A CONTRA-PARTIDA

LIVRO 1

UM THRILLER SOBRE
O PODER DE UMA DECISÃO.
QUAL SERIA A SUA?

URANIO BONOLDI

A CONTRA-PARTIDA

LIVRO 1

valentina

Rio de Janeiro, 2023

2ª Edição

CAPA
Raul Fernandes

FOTO DA CINTA (AMYR KLINK)
Marina Klink

DIAGRAMAÇÃO
Kátia Regina Silva

Impresso no Brasil
Printed in Brazil
2023

CIP-BRASIL. CATALOGAÇÃO NA PUBLICAÇÃO
SINDICATO NACIONAL DOS EDITORES DE LIVROS, RJ
MERI GLEICE RODRIGUES DE SOUZA – BIBLIOTECÁRIA CRB-7/6439

B685c
2ª ed.

Bonoldi, Uranio
A contrapartida / Uranio Bonoldi. – 2. ed. – Rio de Janeiro: Valentina, 2023.

336p. ; 23 cm.

ISBN 978-85-5889-082-3

1. Ficção brasileira. I. Título.

CDD: 869.3
19-54706 CDU: 82-3(81)

Todos os livros da Editora Valentina estão em conformidade com o novo Acordo Ortográfico da Língua Portuguesa.

EDITORA VALENTINA
Rua Santa Clara 50/1107 – Copacabana
Rio de Janeiro – 22041-012
Tel/Fax: (21) 3208-8777
www.editoravalentina.com.br

Dedicatória

Gostaria de dedicar este livro às pessoas que acreditam que podemos melhorar nossas vidas e a vida de nossos semelhantes, aprimorando o processo de escolhas e de tomada de decisão.

Dedico-o também a quem deseje desenvolver ao máximo sua consciência e que, com isso, identifique quando o medo atua e, assim, o administre com inteligência – com o uso da razão.

Agradecimentos

Há coisas que nos movem e que nos dão enorme prazer à medida que avançam. Neste processo, somos surpreendidos por pessoas que nos proporcionam um caminhar com prazer redobrado. Fui apoiado por inúmeras delas, a quem agradeço profundamente, e gostaria de citá-las.

Minha mulher, Paola, e meus filhos, Roberta e Aurelio, bem como minha nora, Mariela, pelas observações importantes à obra e pelo apoio incondicional.

Amyr Klink, meu mentor e quem me deu muita força ao longo da escrita, orientando minha navegação, e pelo seu aval a esta obra.

Eduardo Villela, verdadeiro entusiasta e grande guia para quem está apenas começando no mundo literário, pela sua assessoria e revisão técnica da obra.

João Cordeiro, por me iniciar no mundo das palestras, bem como por me orientar sobre como preparar apresentações.

Arnaldo Farias, escritor de mão cheia, por não me deixar esmorecer em função de obstáculos que surgiam e mostrar, através de sua experiência de vida, o quanto eu avançava neste novo projeto.

Jaqueline de Vita, por me encorajar a fazer algo que não fosse apenas exercer a minha profissão de gestor de empresas e consultor empresarial.

Rosa Carvalho, revisora que me encantou pelas suas contribuições, discordando várias vezes de alguns elementos que estavam em excesso nos textos.

Cícero Barnabé, profissional e amigo que acompanha e apoia minha trajetória desde 2001 – não foi diferente ao longo do caminho da escrita deste livro.

Rafael Goldkorn, Rosemary Alves, Vânia Abreu, Ilson Pellegrinelli e toda a equipe da Editora Valentina, por terem acreditado no potencial de entretenimento e reflexão da obra.

Por fim, faço um agradecimento especial às pessoas que me apoiaram indiretamente, dado que, se fosse citá-las, cobririam um sem-número de páginas – meu caloroso obrigado a todos.

Os caminhos que se abrem com as escolhas

"Pois, que adianta ao homem ganhar o mundo inteiro e perder a sua alma?"
Marcos 8:36

Na vida, quando nos deparamos com diversas alternativas, somos pressionados a optar por apenas uma única. Essa escolha é permeada por inúmeras variáveis que são pesadas e conduzem a determinada decisão que, bem ou mal, leva a uma consequência.

No conto de Jorge Luis Borges, *O jardim das veredas que se bifurcam,* conhecemos o labirinto-romance de Ts'ui Pen e o mistério do homem que, diferentemente de todos nós, consegue optar por todas as alternativas ao mesmo tempo. Assim, são construídos infinitos futuros que coexistem de acordo com as infinitas escolhas: boas, más, absurdas, lógicas, catastróficas, enfim, todas as possibilidades são cobertas e resultam em todos os futuros possíveis.

Ao mergulharmos fundo no empolgante thriller *A contrapartida*, descobrimos um protagonista diferente de Ts'ui Pen e muito parecido conosco. Tão parecido que provoca, incomoda e nos obriga a refletir.

Tavinho, o fio condutor dessa história cheia de misticismo, ação e revelações, decide, como muitos de nós deveríamos decidir, não aceitar o próprio destino. Esse gatilho, o chamado do herói – no caso, um anti-herói –, leva o personagem a embarcar no destino que ele escolheu, da maneira que escolheu e, assim, arcar com as consequências.

O cerne da obra apresentada por Uranio Bonoldi é exatamente a maneira escolhida por Tavinho para efetivamente ser o que os outros gostariam que ele fosse. Para isso, ele precisava manifestar a excelência e destrancar todo o seu potencial. O custo é alto. Muito alto.

Bonoldi, executivo de longa experiência que, atualmente, se dedica à consultoria, às palestras e ao *coaching* de alta performance, conseguiu imprimir sua vivência e seu poder provocativo nas páginas de *A contrapartida*, levando o leitor a refletir sobre suas próprias escolhas, não promovendo uma passiva sessão de terapia, mas sim trazendo uma história elétrica, cativante, intrigante e que prende o leitor até a última página.

A justiça, no universo brilhantemente confeccionado por Bonoldi, talvez venha pelas mãos da polícia, talvez se dê pelas mãos dos próprios injustiçados, mas, certamente, ocorrerá pelos infalíveis liames do destino. E esse tipo de justiça é implacável.

E o Mal? Existe o Mal em *A contrapartida*? Sem o maniqueísmo comum a obras de autores debutantes, na saga de Tavinho encontramos o Mal como presença física em pessoas, como presença metafísica nos acontecimentos e como presença psíquica nas escolhas que os personagens fazem a todo momento. E não seria assim, também, na vida real?

A contrapartida tem a qualidade de gerar identificação e empatia ao mesmo tempo que causa estranheza e, podem acreditar, fortes emoções. Um mundo tão próximo ao leitor que, simultaneamente, também é a manifestação de uma realidade paralela distante, assustadora e, em algum ponto da leitura, tentadora.

É imprescindível que as lições aprendidas e apreendidas nesta obra sejam trabalhadas em casa, nas escolas, na sociedade. Principalmente porque existem pessoas que acreditam que os fins justificam os meios. Para elas, talvez este livro sirva como um alerta premonitório sobre o Mal que ronda as escolhas e os devidos preços a serem pagos em algum momento no futuro.

Há estruturas ocultas e desafiadoras que convidam os leitores a mergulhar nas diversas camadas de entendimento e a navegar de maneira muito feliz como em um thriller moderno ambientado no Brasil. Em uma primeira leitura, é possível captar a presença de um subtexto importante e sugestivo que serve como convite para releituras e redescobertas sob novos prismas.

Por fim, *A contrapartida* é uma experiência de confronto com as próprias decisões; um exercício de empatia que ensina, diverte, emociona e serve de alerta para todos nós, que não somos Ts'ui Pen e nem temos à frente veredas que se bifurcam como no incrível conto de Borges.

Desfrute sem moderação. A satisfação, nesse caso, será uma contrapartida garantida.

Luciano Milici

Escritor, roteirista e produtor. É o descobridor de *Setealém*, autor de *A página perdida de Camões* (Évora, 2012) e *Diário de um exorcista* (Évora, 2013). Atua também como profissional de marketing e comércio eletrônico para grandes companhias de varejo.

PARTE UM

Como Tudo Começou

Efeito

"Meu Deus, sou um monstro?!"

Ano de 2016, início do outono, cidade de São Paulo, terreno urbano, fim de madrugada com chuva torrencial, o que torna ainda mais escuro o nascer do dia. Ao final de uma trilha, sob árvores altas e em meio a uma vegetação com raízes aéreas que cobrem o terreno lamacento, um homem está de costas. Ajoelhado, de punhos cerrados na lama, tenta se sustentar – treme. Ofegante, emite sons horríveis, como se quisesse expulsar sua mágoa, livrar-se de algo que dilacera seu peito.

"Preciso acabar com isso. Depois, sumo com essa merda desse canivete cego e vou embora daqui..."

Observando melhor, é possível ver que vomita um líquido esverdeado. Parece querer expulsar algo muito amargo ou podre – o cheiro horrível lhe provoca mais náusea. Tosse, engasga, faz uma pausa que mais parece falta de ar e solta outra golfada daquela gosma que não expele nada sólido, apenas uma combinação de humores internos em verdadeira ebulição.

O homem também fala sozinho:

– Está acabando, só mais este. Pronto. O último de dezenove... Chega, não aguento mais! – Trêmulo, guarda um tubo plástico no bolso. O conteúdo ele iria triturar para não deixar vestígio.

Dando um giro de 180 graus, vendo aquele homem sob outro ângulo, ele está encharcado de suor. Os cabelos, ainda que protegidos da chuva por um capuz, estão molhados. Tenta se recompor, inspirando fundo. Olha para cima, exausto. Não suporta mais os espasmos e as ânsias, e começa a lentamente se levantar, apoiando-se num tronco à sua esquerda.

– Acho que vou melhorar. *Preciso* melhorar.

Ele aparenta estar entrando na casa dos 40 anos, a silhueta é magra porém forte. A sombra, revelada pela iluminação fraca da rua nos fundos do terreno, projeta uns 6 metros, mas sua altura real é 1,80m. Veste uma capa de chuva, usa luvas cirúrgicas e calça sapatos envoltos em plástico resistente. O semblante está tenso e denota desespero. Ao se levantar, sente uma tontura violenta e procura se agarrar onde pode. Contudo, sem perceber onde pisa, ele tropeça.

"Meu Deus! Pisei nos corpos. Que inferno!"

Estendidos no chão, com características de lesões fatais, dois cadáveres jazem com dilacerações no tórax e na cabeça. Estão estranhamente limpos, apesar dos ferimentos, e não há sinais de outro tipo de violência e nem de terem sofrido demais traumas antes da morte. Entretanto, os semblantes denunciam um fim sinistro. Os olhos estão arregalados, demostrando pavor e agonia.

"Só mais uma última ida ao carro, e depois tiro as proteções dos pés."

Há marcas no chão comprovando que aqueles seres humanos foram arrastados por uns 30 metros, distância que separa uma picape azul-marinho, cabine dupla, filmada e blindada, estacionada às margens da trilha, e o homem que agora os observa. Está ali parado, fitando-os. Seu olhar parece não enxergar nada, perdido, pensativo, e então se questiona:

"A que ponto cheguei, meu Deus? Quem sou eu? O que eu fiz e ainda precisarei fazer para acabar com tudo isso? Meus pais aprovariam tais atos? Eles me entenderiam? Conseguiriam acreditar na verdade que só eu conheço?"

Com o pensamento fixo na mãe, escorrem-lhe lágrimas que alcançam sua boca. O salgado confunde-se com o suor frio. Fica ali por uns 30 segundos, encarando as carcaças, até que as abandona a céu aberto. Passos largos e firmes marcam sua volta ao veículo, e mais uma vez ele vomita.

– Merda, eu ainda tenho o que botar pra fora! Estou fraco. Preciso me alimentar... Porra! – grita entre os dentes.

Recompõe-se novamente e, com destreza, tira as luvas, deixando-as do avesso e enfiando-as nos grandes bolsos da capa de chuva.

Ao chegar à picape que o aguarda com o motor ligado, ele vai direto ao banco de trás, cuja porta direita não teve como fechar. Ajoelha-se outra vez na lama e começa a retirar e dobrar enormes plásticos escuros – com vestígios de sangue e líquidos nada estranhos para ele – que ficaram jogados no assoalho.

"Rápido. Falta pouco! Estou quase terminando."

Ao levantar o corpo para fechar a porta traseira do utilitário, seus olhos passam de relance pelos bancos da frente, e, do ângulo desfavorável em que se encontra, algo o deixa petrificado, quase em estado de choque. O banco do passageiro está vazio.

"A caixa!!! Cadê a caixa?!"

Ele não reparou, mas a porta do passageiro também não estava fechada. Bate a porta traseira com violência e olha para a estrada à frente. "Será que alguém se aproximou e roubou a caixa ao ver meu carro aqui, abandonado?", indaga-se. Busca alguma pista… e nada, ninguém à vista. Olha para o outro lado… e nada também. "Quem tirou a caixa dali? Será que esqueci de trazer? Mas onde? Como posso ter cometido um erro estúpido desses?"

Desesperado, puxa a porta do motorista, e lá está a caixa vermelha no banco do passageiro. Tem uma alça branca no centro e não é muito grande. Tentará, antes do amanhecer, entregá-la no local previamente combinado.

"Meu Deus. A caixa está aqui. Não estou entendendo. O que aconteceu? Havia sumido, mas agora está aqui!"

De repente, vê um vulto passar, sorrateiro, entre as árvores, como se estivesse tentando se esconder. Um arrepio gelado de terror percorre-lhe a espinha.

– Quem é?! Quem está aí? – grita, em meio ao temporal ensurdecedor.

Nada. Nenhuma resposta. Confuso e apavorado, volta-se imediatamente para a caixa. Abre-a com pressa e confere o conteúdo em seus quatro compartimentos.

"Tudo certo! Ainda bem! Está tudo aqui. Será que foi a minha imaginação? Deve ter sido, estou exausto… Mas a tampa… está molhada! Como assim? Que porra é essa?! Preciso sumir daqui!"

Fecha a porta, contorna a picape, checa porta por porta, e se prepara para sair daquele local que lhe provoca calafrios.

"Está acabando… Só mais um pouco!"

Engata a marcha, por sorte é um 4x4 integral, e segue cuidadosamente, em baixa velocidade, para não chamar atenção ou cometer qualquer erro.

O trajeto ainda compreende aproximadamente 35 quilômetros entre a região do Parque do Carmo e o bairro Santa Cecília, depois de vencer aquela estrada lamacenta. Dirige de forma automática para seu destino, sem saber por que freia nos sinais vermelhos, por que arranca nos verdes e em qual parte do trajeto se encontra. Sente uma forte dor no plexo e, ao passar por um cruzamento, ouve uma buzina infernal.

"Puta merda!"

Freia em cima da hora. Que perigo! Aéreo, quase provoca um acidente. Arranca novamente. Não para de pensar no que está fazendo com a sua ainda jovem vida e se haverá volta.

Ao longo do caminho, não se esquece de deixar as luvas cirúrgicas numa lixeira presa em um poste, e mais adiante, já em outro bairro sem qualquer ligação com o local do abandono dos corpos, deposita a proteção dos sapatos numa caçamba de entulho posicionada no meio-fio. Para num posto sem bandeira, onde completa o tanque e pede que retirem o barro grosso, oferecendo uma boa gorjeta. É atendido prontamente pelo frentista, que se candidata a dar uma "ducha" caprichada no veículo, mesmo com a forte chuva que ainda cai. Ao sair do posto, continua seu caminho rumo ao bairro Santa Cecília, aonde chegará em poucos minutos.

"Cheguei! Graças a Deus… cheguei!"

Uma casa antiga, com janelas venezianas em madeira, muito bem-cuidada, de gente supercaprichosa e provavelmente de posses. Tem um jardim na frente, com plantas e árvores nativas de florestas tropicais, além de canteiros com inúmeras ervas medicinais.

Com a caixa vermelha na mão, ele ajeita a capa de chuva. Ninguém atende à campainha. Então, sem dificuldade, abre o portão que dá acesso ao jardim, uma vez que tem as chaves, sobe a escada que vai dar na varanda, onde fica a porta principal, e começa a olhar pelas vidraças das janelas das salas de estar e jantar, tentando identificar algum movimento.

Nada, somente muito barulho da chuva que não dá trégua. Segue para a lateral, onde fica a garagem com pequenos basculantes, e olha para o interior.

Nenhuma luz acesa. Volta, então, à porta da frente, deposita a caixa no chão e dá um telefonema. Do outro lado da linha, uma mulher atende.

– Alô?

Ele reconhece a voz sonolenta e vai direto à pergunta, disfarçando a forte tensão que o acomete naquele amanhecer.

– A senhora está em casa? Acabei de chegar.

– Não, meu querido, estou na casa da sua mãe, Tavinho. Posso continuar te chamando assim, né?

– Claro! Aliás, acabo de perceber que te chamei de senhora, sem querer. Então… você está na casa da minha mãe.

– Acabei ficando aqui por conta do temporal, e só mais tarde irei para aí. Choveu o dia inteiro ontem, tudo alagado, e sua mãe pediu para eu não sair.

– Ah, entendi.

– Mas, Tavinho, está precisando que eu vá agora? Aconteceu alguma coisa? Você acabou chegando bem mais cedo e parece nervoso, ofegante.

– Não… está tudo bem! Eu terminei o que precisava terminar. Aquele assunto que contei sobre o hospital da universidade.

– Sim, eu me lembro, Tavinho. Mas não sei dos detalhes. Depois você precisa me contar.

– Conto, sim. Mas posso deixar a caixa aqui? Fica em perfeitas condições por mais umas quatro, cinco horas. Tenho a chave da sua casa. Pode me dizer o código do alarme?

– Você tem o *seu* código, Tavinho.

– Não, não tenho.

– Tavinho… Você tem certeza de que está bem? Você tem o seu código. Lembra?

Silêncio. O barulho dos trovões e da chuva sumiu e deu lugar a um silêncio abissal.

– Qual é?

– Tavinho, nós escolhemos juntos, lembra? O seu código é a data do meu aniversário.

– Nossa, é verdade, me desculpe.

– Tudo bem, Tavinho. Não foi nada.

– Mas… qual é o número mesmo?

A mulher do outro lado da linha fica assustada. Ele nunca esqueceria a data do aniversário dela. "Como não se lembra? Por mais cansado que esteja, inteligente do jeito que é? Como?"

– Dezoito zero oito, Tavinho.

– Ah, obrigado, Iaúna.

– Você tem certeza de que não deseja que eu vá logo para aí?

– Absoluta, fique tranquila. Estou bem.

– Mas, por conta dessa súbita perda de memória, você terá que voltar o quanto antes para fazer uma sessão. Está mais do que na hora, querido. Você terá que fazer.

– Ok, virei, sim. Combinaremos ainda esta semana. Posso, então, deixar a caixa com os ingredientes aqui, correto?

A água ainda escorre pelo capuz da capa daquele homem que transpira muito e, para completar, começa a tremer de frio. Ou talvez trema por estar com hipoglicemia, por ter comido pouco e vomitado até a alma. A fome e a confusão mental geradas pela tensão, e o foco no que estava fazendo, não lhe permitem concluir que basta colocar algum alimento na boca para que seu metabolismo volte ao normal. Não para de suar, apresenta desorientação, está quase em estado de fadiga total. Precisa acabar logo com aquilo. Sair dali, ir para casa e descansar. Está exausto, destruído.

– Claro! Sem problema algum, Tavinho. Pode deixar que eu cuido de tudo assim que chegar. Devo estar aí por volta das nove. Acho melhor você guardar a caixa na geladeira da cozinha. Tire umas prateleiras e coloque lá.

– Combinado, Iaúna! Vou fazer isso, e depois acertamos o dia para eu tomar o elixir. Bom descanso, e me desculpe por te acordar tão cedo e por todo esse incômodo.

– Não foi nada, querido! Pode deixar que eu cuido de tudo. A gente se vê na quinta?

– Fechado. Tchau.

– Beijo.

Tavinho, como combinado, abre a casa com todo cuidado, e agora com atenção redobrada, pois sabe que não está nada bem. Desliga rapidamente o alarme e deposita a caixa num aparador no saguão de entrada. Dá uma checada no sistema de vigilância recentemente instalado. Examina a casa com olhar contemplativo, pesaroso, como se fosse a última vez, e, de repente, como que voltando de uma incursão ao passado, *acorda* e faz um giro rápido, levando a caixa até a cozinha e acondicionando-a na geladeira, como orientou Iaúna. Apaga a luz e segue em direção à porta que o levará à saída.

"Droga! Tenho que voltar. Caramba, já ia me esquecendo!"

Retira do bolso esquerdo do casaco um frasco cilíndrico de plástico e despeja o conteúdo – algo estranho que parece estar mergulhado em sangue – no triturador da pia da cozinha. Em seguida, joga o frasco no lixo.

"Preciso ir embora. Já!"

Retorna à sala, digita o código do sistema de segurança, sai e tranca a porta com todo o cuidado. Certifica-se de que ficou bem fechada e deixa o belo sobrado, batendo o portão do jardim às suas costas.

Uma vez de volta ao veículo, tira a capa encharcada, joga-a no assoalho do passageiro, digita alguns comandos no celular e parte para o seu apartamento – uma cobertura nas imediações do espigão da avenida Paulista, mais precisamente na alameda Santos.

Quase que por instinto, abre a geladeira da sua picape, retira duas barras de cereais e as devora como um animal – o organismo pede alimento. Não está muito longe de casa quando dá a partida. O aplicativo marca 14 minutos para ele chegar à sua vista cinematográfica, um apartamento de mais de 500 metros quadrados, mas com apenas duas vagas de garagem. Sim, apenas duas vagas por ser um dos edifícios mais antigos da região.

Tavinho estaciona ao lado do seu BMW Série 6 Gran Coupé, blindado, o qual usa para trabalhar. Não muito longe dessas vagas, as outras duas, alugadas, ostentam veículos para pura diversão: uma Mercedes SLS-AMG Asa de Gaivota e um Porsche 911 Turbo Cabriolet.

Sem olhar para os lados, ruma para o elevador e sobe ao 18º andar. Está moído da viagem de aproximadamente 1.700km num intervalo de 27 horas, das quais dormiu apenas uma, além de ter se submetido a um estresse sem precedentes. Mas chegou em casa, sua maravilhosa cobertura linear.

* * *

"Graças a Deus! Cheguei são e salvo..."

Deixa para arrumar tudo mais tarde, pois precisa descansar. Dirige-se diretamente à suíte e vai para a banheira, quase cheia graças ao comando pelo celular disparado ao entrar no carro, que acionou também o som – música clássica – e uma iluminação suave. O fluxo de água para massagem já se encontra ligado, de forma que basta lançar a espuma de banho e os sais relaxantes, e mergulhar o corpo. Tira a roupa, jogando-a no cesto de roupas sujas, quando, de repente, nota que há sangue nas mangas da camisa.

"Vou ter que me livrar dessa camisa. Amanhã cuido disso."

Deita-se na banheira para um bom relaxamento, e daí a alguns minutos pega no sono. Foi um dia extenso demais. Em particular, uma noite e uma madrugada muito longas. Dormirá sem café da manhã e, provavelmente, muito mal naquele começo de manhã de domingo, em função dos acontecimentos da véspera, que o deixaram em estado de profunda decepção e tristeza. E tomado pelo ódio, claro.

Terá ele mudado o passado? Terá com isso alterado para melhor o presente e o futuro? Ainda não. Os recentes desvendamentos levaram-no para mais ações do que acreditava serem necessárias. Será a correção do seu passado em definitivo? Como fará? Sabe que tem que agir, e rápido. Como será? Perguntas difíceis de serem respondidas *neste* momento.

A Causa

Doze anos antes, primavera de 2004, cidade de São Paulo, em uma sala de aula de um colégio particular, o garoto Octávio, que muitos chamam de Tavinho, está de pé atrás de sua carteira, sendo arguido pelo professor de História e Geografia sobre temas com os quais não tem a menor familiaridade.

Ele estudou muito, muito mesmo. Decorou o que pôde, mas o nervosismo, a insegurança e a dificuldade que o menino de 13 anos tem de reter, compreender e construir correlações entre informações, tudo isso aliado a uma certa lentidão de raciocínio e tendência à dispersão, levam-no ao insucesso nos estudos – mais exatamente, em quase todas as matérias.

Tavinho é um garoto responsável, que dedica mais horas aos estudos do que seus colegas, embora sem resultados práticos.

Após algumas perguntas, o professor Firmino – homem insensível, que em vez de enxergar o temor que o garoto sente e tentar confortá-lo, deixa-o ainda mais inseguro para dar as respostas – despeja-lhe uma dura responsabilidade sobre os ombros com um sonoro:

– Minha Nossa Senhora! Seu pai, o saudoso professor Albuquerque, ficaria decepcionado ao ver que o filho não domina um assunto tão fácil e básico, como os movimentos demográficos migratórios. Vamos lá... sr. Octávio!

O professor chama todos os alunos de senhor e senhorita. É um excelente gestor – acumula o cargo de diretor da escola –, muito respeitado pelos pais, professores e alunos por sua reputação de grande estudioso e profundo conhecedor das matérias que leciona.

– Qual foi o principal motivo que gerou o movimento migratório da Itália?

Tavinho simplesmente não consegue lembrar e confunde o uso correto das palavras migração, emigração e imigração. Faz uma confusão daquelas e tenta encontrar o caminho da resposta, de forma quase que malandra.

– Ah, professor, o senhor quer dizer, por que os italianos saíram da Itália, né?

– Sim, sr. Octávio, e se estou perguntando da Itália e o senhor está dizendo que eles saíram de lá, o movimento foi emigratório ou imigratório?

– Ah, imigratório da Itália.

– Não, sr. Octávio! Não! É movimento *emigratório* da Itália! Os italianos saíram da Itália para outros países. Preste atenção! De novo, pergunto: o que os motivou a deixar a Itália?

Começam as risadas da turma, e Tavinho fica nervoso e corado, tamanha a vergonha que sente.

– Me desculpe, professor. Bem, então eles saíram por conta do desemprego e da miséria?

– Sr. Octávio, eu estou perguntando. Sou *eu* quem pergunta. O senhor deve apenas responder.

Tavinho olha ao redor, tentando encontrar alguém que o ajude, mas nada. Quase todos riem dele e querem mais diversão às custas das suas dificuldades.

– Vamos lá, sr. Octávio, foi uma resposta parcial com altas doses de insegurança. Vou lhe ajudar: em razão de uma enorme crise econômica e social na *bota*, no fim do século XIX e início do século XX, como o senhor bem disse, o povo italiano começou a passar fome e a viver na miséria. Portanto, houve um forte movimento de emigração para os Estados Unidos, Argentina e, particularmente, Brasil, em busca de melhores condições de vida, melhores oportunidades de trabalho. Certo, sr. Octávio? Entendeu o motivo?

– Certo, professor Firmino. Entendi. Obrigado.

– Ainda no mesmo assunto, sr. Octávio, quero que me diga quais as contribuições da imigração dos italianos, no caso particular do Brasil. O que eles nos trouxeram de benefícios?

– Mas, professor Firmino, o tema não era *emigração*? Por que o senhor mudou para *imigração*?

A turma não aguenta, cai de novo na gargalhada. Tavinho olha para os lados sem entender o que pode ter dito para causar tanto alvoroço.

– Sr. Octávio, o que mudou aqui foi a referência! É *emigração* do povo italiano, a partir da Itália, e *imigração*, do ponto de vista do Brasil. Já ensinamos isso no ano passado. Foi matéria do ano passado!

Tavinho está arrasado, e seu bloqueio é quase absoluto.

– Bem, sr. Octávio, diga-me quais as contribuições que o povo italiano nos proporcionou? Elenque algumas delas. Eu ajudo.

Seus colegas de turma não dão trégua. Ficam cochichando e rindo baixo. O professor não ouve, mas Tavinho, que está ao lado deles, escuta tudo. Fica ressentido, além de sem graça e nervoso, o que só piora a situação em relação a se lembrar da matéria. Muito envergonhado, sente as orelhas e as bochechas queimarem, sabe que estão vermelhas e lamenta não conseguir escondê-las. E ouve mais cochichos maldosos:

"Olha a orelha dele!"; "Traz água! Vai pegar fogo!"; "Aí, cuzão! Tá só se ferrando."

– Professor Firmino, me desculpe, mas essa eu não sei mesmo. Me desculpe – responde Tavinho, tenso e já entrando em pânico.

– Alguém deseja responder no lugar do sr. Octávio? – indaga o professor Firmino, ignorando Tavinho.

Nesse momento, o inteligente e esperto Renato Stein levanta a mão e se prontifica a dar alguns elementos para ajudar o colega em apuros.

– Diga, sr. Stein. Sr. Octávio, pode se sentar.

– Professor Firmino, li que a colônia italiana contribuiu demais para a modificação dos nossos costumes. Os italianos nos trouxeram novas opções de comida, como a pizza, o panetone de Natal, a polenta, o espaguete à bolonhesa, e também temperos. Trouxeram novas danças e músicas, e, nos negócios, novas técnicas de produção, contribuindo assim para a industrialização do país. Mais ou menos isso.

– Muito bem, sr. Stein. Perfeito! – exclama. O professor Firmino se dirige a todos os alunos pelo sobrenome, menos a Tavinho.

A vontade de Tavinho é de sumir dali. O insensível professor dá por encerrada a aula e permite que os alunos saiam logo que toca o sinal das 12:15. Entretanto, precisa falar com Tavinho.

– Sr. Octávio, quando tocar o sinal, quero conversar com o senhor. Pode ficar na sala comigo um minuto?

– Claro, professor Firmino. Claro que posso.

– Obrigado, sr. Octávio.

Aqueles minutos que se seguem são um terror para Tavinho, vítima de todo tipo de chacota dos demais colegas, que riem e debocham da saia justa em que se meteu ao não saber a matéria.

Toca o sinal, e Tavinho se aproxima do professor Firmino.

– Sr. Octávio, o senhor bem sabe o apreço que tenho pela sua mãe e o quanto eu admirava seu pai. Daí eu ter tanto carinho pelo senhor e desejar vê-lo um vencedor na vida. Quero lhe pedir que fale com ela para que o ajude a buscar um reforço urgente. Por favor, busque reforço; do contrário, não conseguirá ter sucesso este ano. Já passou raspando no ano passado, graças à boa vontade do Conselho Docente, à minha interferência e também à de sua mãe junto a toda a diretoria. Por favor, busque um professor particular e se esforce, entendido?

– Sim, professor Firmino. Farei isso.

Tavinho não sabe como sair dessa. O professor Firmino nem imagina que ele já vem tendo aulas particulares, e que a mãe está fazendo de tudo e mais um pouco para recuperar o filho, tamanha a sua dificuldade. Ele está realmente em apuros com as notas, pois tem vermelhas nos dois primeiros trimestres, exceto nas disciplinas de Educação Física e Artes. Precisa de notas excelentes para passar, mas ainda assim tem chance, pois os pesos mudam a cada trimestre, e é peso quatro no terceiro e último.

Entretanto, se Tavinho não virar esse jogo, e bem rápido, metendo as caras, como diz o professor Firmino, tendo ainda mais reforço com aulas particulares e alcançando ótimas notas nas últimas provas do ano, ele não conseguirá passar.

Seus melhores amigos são excelentes alunos, e Tavinho não quer perder suas amizades, deseja ficar perto deles, estudar com eles e tê-los como referência. Mas está difícil, ou quase impossível. Inclusive, ele próprio se acha limitado e pouco inteligente. Não será fácil virar esse jogo.

Um Pouco Mais do Tavinho

Octávio Albuquerque Júnior – o Tavinho – é um garoto que provavelmente será alto quando adulto, pois é magro e longilíneo. Tem uma beleza diferente, de traços delicados, cabelos bem lisos e sorriso contagiante. Difícil descrevê--lo por estar em franca transformação, mas pode-se dizer que se tornará um homem atraente.

Adora andar de bicicleta, jogar futebol e videogame. Apaixonado por música, tem aulas de piano e bateria, e até arranha uns solos de guitarra. Seu sonho é ter uma banda, mas, como diz a mãe, vida de músico é uma dureza. No geral, adora artes e cinema. É um bom garoto, introspectivo e carinhoso. O problema está mesmo nos estudos.

"Vou ser médico. Salvar pessoas, curá-las. Meu pai aprovaria, e minha mãe, com certeza, vai adorar que eu me torne uma pessoa realizada e reconhecida na profissão. Mas como, se estou quase sendo reprovado na 8ª série?!"

Tavinho não consegue se concentrar nas aulas nem estudar com método, e por isso as notas nunca vêm boas. A mãe já tentou de tudo. Aulas particulares, psicólogos, pedagogos, acompanhamento especial na escola e mais um sem número de alternativas frustradas.

"Que desespero", pensa Tavinho. "Vejo minha mãe tentando de tudo, e eu não conseguindo corresponder."

Sente muito por ela. O perigo da repetência é claro e iminente. Se a recuperação não for imediata, talvez ele tenha de mudar de escola e ir para alguma mais fraca, pois a dele não tolera repetentes. Cristina fica desesperada, tentando não demonstrar que está vendo a vida de Tavinho andar para trás.

Ele percebe toda essa angústia, que também é dele. Filho único, vive com a mãe e uma senhora de 56 anos, a índia Iaúna, governanta da casa, que ajuda a viúva nas tarefas domésticas e a ele, na organização do dia a dia. Tem verdadeira adoração por Iaúna, cuja aparência é bem mais jovem do que registra sua idade cronológica, e só não a considera uma irmã mais velha por ela ter mais de 50 – mas divertem-se juntos e se respeitam.

A mãe perdeu o marido de forma trágica em um assalto, vítima de latrocínio, quando Tavinho tinha apenas quatro anos. Na época, o menino não entendeu bem o que havia acontecido, mas sentiu demais a perda do pai.

Feliz e orgulhoso por carregar o nome paterno, Tavinho sempre desejou honrá-lo. Daí sentir-se tão mal quando ouve de alguns professores que deve estudar mais para ser tão competente quanto o pai. Ele não quer fracassar, não quer decepcionar a memória do grande professor Albuquerque. Muita carga emocional para um garoto de apenas 13 anos.

Por outro lado, Tavinho é apaixonado pela mãe, Cristina Albuquerque. Administradora de empresas, ela trabalha no mercado financeiro, mais precisamente em um banco multinacional europeu, ao qual se dedica com afinco para que nunca falte nada ao filho. Ele percebe isso e nutre enorme admiração por ela.

Tavinho gosta especialmente dos finais de semana. Como sua mãe consegue ter um bom padrão de vida, ela lhe proporciona o que há de melhor no quesito lazer. Sempre vão a cinemas, teatros, exposições, shows, parques, restaurantes, viajam para locais próximos a São Paulo e, nas férias, fazem turismo pelo Brasil e pelo exterior – nesse ponto, Tavinho sempre foi um privilegiado.

Em relação a amizades, tem poucas, mas de excelente qualidade, como a dos amigos Oswaldo e Renato, e das amigas Silvia e Fernanda. Há também Martha, que, além de amiga, é um tanto especial, pois Tavinho a considera a maior gata. Morena, pele bem clara, olhos pretos de jabuticaba e magra, exatamente como ele gosta. Inteligente, estudiosa e muito meiga – um doce de garota.

Tavinho, enfim, é um menino que se considera feliz, um menino alegre e sorridente, que não deseja mal a ninguém. Porém, não consegue se sentir pleno pela grande dificuldade que tem nos estudos e por não vislumbrar a menor possibilidade de reverter a situação. Isso o está deixando aflito, pois enxerga o grande abismo que existe entre o anseio da mãe em vê-lo se tornar um grande profissional, quem sabe até um brilhante cirurgião, e essa situação que se mostra irreversível.

"Que desespero, meu Deus, estou ferrado! Estou fodido!!!"

Governanta

Iaúna é uma índia descendente da extinta tribo Moxiruna. Sua história é marcada por um passado turbulento e grande dose de violência. Chegou ao Centro de Reabilitação de Povos Indígenas levando seus pertences num fardo de cipó trançado – objetos e utensílios que trouxera da tribo, como cocares, algumas cabaças com ervas e outras com sementes, colares de contas, tintas em pó –, mas se mostrava muito assustada, arredia, e estava machucada, fraca e sem a menor perspectiva de vida digna a curto prazo.

Por outro lado, Iaúna teve muita sorte, pois a futura senhora Cristina Albuquerque, ainda solteira, com 22 anos de idade, estava em viagem de pesquisa para a conclusão da sua monografia, acompanhada de um grupo de trabalho. Permaneceriam em plena Amazônia por dois meses, fazendo um levantamento justamente do modelo de gestão do CRPI onde se encontrava a índia. A proposta do grupo era desenvolver um novo modelo e sugeri-lo aos órgãos governamentais, para ser replicado nas demais unidades de gestão e controle.

A inteligência de Iaúna despertou a atenção de Cristina, porque ela conseguia se expressar razoavelmente bem em língua portuguesa, ainda que de forma rudimentar e com forte sotaque.

Cristina percebeu também que a índia aparentava sentir muito medo, pois vivia se escondendo em locais mais protegidos da mata. Mostrando-se sensível a essa constatação e porque ficaria um bom tempo naquele assentamento, passou a visitar a índia, a ter longas conversas com ela, dispensando-lhe atenção, tentando conquistar sua confiança e mostrando que era possível confiar nos brancos que ela tanto parecia temer.

* * *

Num fim de tarde quente e úmido da floresta, a jovem Iaúna, que aparentava ter uns vinte e poucos anos, faz uma proposta que deixa Cristina bastante assustada, pois não esperava ouvir um pedido quase desesperado.

– Me leva com a senhora!

– Como? Levar você comigo? Por quê?

– Eu tenho medo de ficar aqui. Quero que me leve, quero servir, ser útil, aprender tudo dos brancos.

– Querida Iaúna, gosto muito de você! Mas como eu poderia te levar? Não tenho casa, ainda estou estudando.

Lágrimas escorrem dos olhos de Iaúna. Carinhosa como é, Cristina pede que Iaúna a olhe diretamente nos olhos.

– Iaúna, não fique assim. Aprendi a gostar de você, sou sua amiga, e você bem sabe que eu adoraria te levar. Mas não posso. Quero te ajudar, mas não sei do que você tem tanto medo. Você está aqui com amigos, com pessoas que te protegem.

Iaúna abaixa os olhos, triste.

– Pera aí, Iaúna! Você está querendo me dizer que alguém está te maltratando aqui? Estão molestando você? Você entende o que é molestar? Quero dizer, machucar? Alguém aqui está te machucando? Tem gente abusando de você?

– Não... não, dona Cristina.

– Você não precisa me chamar de *dona* Cristina. Me chame apenas de Cristina.

– Não, não é aqui que estão me ameaçando.

– Iaúna, então me conte. O que está acontecendo?

A jovem Iaúna começa a preparar um chá, aquecendo a água em um pequeno fogareiro. Num pilão, amassa ervas cujo aroma delicioso de canela misturada com marapuama invade o ar.

– Tenho medo dos garimpeiros que fizeram mal pro meu irmão e tentaram fazer mal pra mim também.

– O que fizeram com o seu irmão?

– Acho que mataram ele. Não tenho certeza se ele morreu, porque ele me protegeu e fugiu. Ele se separou de mim. Ele fugiu para um lado, se atirando num rio, e eu para o outro.

– Nossa, Iaúna, isso é muito grave.

– Acho que eles ainda estão atrás de mim e querem me matar.

– Mas, por quê? Que ameaça você pode significar para eles?

– Eu sei que são maus e que matam os índios quando querem invadir suas terras para roubar madeira, ouro e pedras.

– Bem, Iaúna, o que posso dizer a você é que tome cuidado, e, diante do que está me contando, acho melhor eu vir sempre visitá-la e verificar se você está se sentindo melhor, mais segura. Daqui a pouco tempo, você vai se esquecer de tudo isso, está bem?

– Te agradeço muito, querida menina. Agradeço muito. Quer tomar chá comigo? Ele é feito de ervas cultivadas pela minha tribo, que eu trouxe com as minhas coisas.

– Verdade? O cheiro é delicioso. O gosto é bom como o cheiro?

Ambas sorriem e trocam olhares que demonstram verdadeira sintonia.

– É ótimo, menina Cristina. Vamos tomar ao som de um cântico da minha tribo. Eu canto pra você enquanto tomamos o chá. Você é minha amiga.

Iaúna começa a entoar o que mais parece um mantra, um som suave e agradável, que Cristina ouve com atenção e respeito. A sensação é de paz, serenidade e compaixão por aquela jovem índia. Sua simplicidade, singeleza, fragilidade começam a sensibilizar Cristina, que passa a pensar em tentar lhe dar todo o conforto possível, pelo menos enquanto estiver por lá.

Ao terminarem o chá, despedem-se e vão dormir.

Cristina repetiria diariamente tais visitas. Faltando menos de duas semanas para o retorno à "civilização", ela esperava encontrar Iaúna no alojamento, quando foi surpreendida com a sua ausência. Buscou informações, mas em vão. Dirigiu-se então à secretaria do assentamento.

– Bom dia, sr. Rubens.

– Olá, Cristina, como vai? Tudo bem?

Cristina, como sempre, havia feito amizade com todos, fossem índios ou brancos. O sr. Rubens era um homem maravilhoso e lutava pelas causas indígenas, tentando proporcionar um convívio sadio e respeitoso.

– Sim, sr. Rubens. Tudo bem, e o senhor?

– Também, tudo ótimo.

– Me diga uma coisa, o senhor viu Iaúna por aí?

– Por que pergunta?

– Ah, porque eu a visito todos os dias no alojamento, saímos para passear, tomamos chá juntas, enfim, ficamos amigas. Mas hoje não a encontrei em lugar nenhum.

– Cristina, você é uma jovem maravilhosa. Não sabia que vinha fazendo isso por essa índia. Vou lhe dizer o que aconteceu, mas não quero que saia por aí contando. Não quero que cause pânico e medo nas aldeias ou mesmo no assentamento.

– Ai, meu Deus! O que houve com ela?

– Ela está bem. Pode ficar tranquila, mas tivemos que escondê-la.

– Esconder? De quem? Do quê?

– A pobre índia está jurada de morte por um grupo de garimpeiros que identificamos graças a ela, e, sempre que eles aparecem no vilarejo, que fica aqui nas proximidades, sou avisado pelo rádio por um homem de inteira confiança, dono de um bar onde o garimpo todo da região se reúne para beber, encontrar-se com mulheres, sabe como é, farrear. Assim que o grupo aparece, ele me comunica imediatamente e a escondemos em um local na mata que prefiro não dizer onde fica. Quanto menos pessoas souberem, melhor. Acho que só eu e a índia conhecemos o local.

"Então é verdade", pensa Cristina. Iaúna corre perigo ali. "Ela falou a verdade. Que vida horrível. A morte do irmão deve ter sido violenta. Ela não merecia isso."

– Sr. Rubens, me diga uma coisa. Se eu quiser adotar Iaúna, levá-la comigo para São Paulo, é possível?

– Ah, não sei se ela iria. Esse povo é muito medroso, Cristina. Preso demais à sua terra.

– Mas ela me pediu. Chegou a chorar várias vezes. Disse que tem medo, que está assustada, mas nunca me revelou o real motivo. Agora eu estou entendendo.

– Sério? Ela lhe pediu? Minha nossa! Vou dizer uma coisa. Seria ótimo para ela, pois é uma boa pessoa, fala bem o português e adora você.

– Então o senhor acha que eu conseguiria?

– Acho que sim, eu vou te ajudar. Tem muita burocracia, claro, mas não é impossível.

Cristina ficou animadíssima! Precisava telefonar para os pais.

– O quê?! Você enlouqueceu? – grita o sr. Costa, ao telefone.

– Papai, preste atenção. Me ouça! Você e mamãe estão precisando de uma pessoa para ajudar nas tarefas domésticas. Estou dizendo que essa índia é um doce de pessoa. Fala a nossa língua e está num apuro danado.

– Filha, mais uma vez pergunto: você enlouqueceu? Adotar uma índia?

– Papai, você não está me ouvindo. Sei que parece muito estranho, mas pense comigo...

Com toda a habilidade, Cristina começa a relatar o histórico da sua mãe, dizendo que ela sempre gostou de fazer tudo sozinha em casa e que entende perfeitamente as razões de ambos não quererem conviver com uma estranha. Ao mesmo tempo, mostra-lhe que estão ficando velhos, e que embora ainda estejam muito bem de espírito e de cabeça, estão na idade de precisar de ajuda integral – seus corpos já não têm mais a vitalidade da juventude.

– Sei que mamãe nunca aprovou essa história de empregada, que sempre foi feliz cozinhando pra nós, não é mesmo? Arrumando a casa, se ocupando o dia todo em cuidar da gente.

– Sim, filha. Isso mesmo! Você sabe como é a sua mãe. Você está dizendo tudo o que sei e sinto. Seria muito difícil para ela aceitar.

– Mas então, papai, eu percebo que a mamãe mudou nesse último ano. Depois que ela caiu da escada, depois daquele tombo em que machucou a perna e o braço, concorda que ela tem feito todos os movimentos com crescente dificuldade?

– É verdade, mas...

– Então, papai, ela não consegue mais arrumar a cama com o capricho que pretende. Pensa que eu não sei que o senhor ajuda a mamãe em um montão de coisas? Várias vezes, quando posso, eu também ajudo.

– É… eu sei, filha.

– Papai, vou lhe contar uma coisa que eu não queria. Mas vou contar só para que o senhor veja se tenho ou não razão quando digo que a mamãe mudou e acredito que ela aceitaria pensar no assunto.

– O que é, filha?

– Há três meses mais ou menos, eu encontrei ela chorando, com a cabeça encostada na mesa da sala de jantar. Ela não percebeu a minha aproximação, acabou levando um susto e tentou disfarçar. Perguntei o que estava acontecendo, sem esconder que eu havia reparado que estava aflita e triste.

– Nossa, filha, o que foi? Ela estava sentindo dores? Ela costuma me dizer que sente muitas dores no corpo, principalmente nos joelhos.

– Além das dores, pai, ela me disse que estava chorando porque não conseguia mais deixar a casa em ordem nem cozinhar direito. Escolhia somente pratos fáceis de fazer porque não tinha forças nos braços para se dedicar a pratos mais elaborados. Queixou-se de que tudo estava ficando uma bagunça. Chorou muito. Muito mesmo.

– Que triste, filha. Jura?

– Juro, papai. Nesse dia, eu falei que ela precisava arrumar alguém para ajudar vocês. Ela me ouviu. Então foi ficando mais animada, pois eu disse que vocês poderiam ter uma pessoa para cozinhar, arrumar, auxiliar nas compras da feira, do supermercado – essa pessoa acompanharia vocês dois pra tudo que é lado. "Olha como seria bom", argumentei no dia.

– E ela concordou?

– Sim, pai. Concordou. No fundo, acho que você tem medo de falar com ela a esse respeito para não chateá-la, e ela tem receio de falar com o senhor porque acha que vai decepcioná-lo. Não é engraçado?

– Nossa, filha! Se eu soubesse…

– Pois é! E eu acabei não lhe falando porque não queria deixá-lo preocupado e pedi pra ela conversar com o senhor. Mas, pelo visto, mamãe acabou ficando quietinha, sofrendo no canto dela.

– Ah, filha, mas então eu vou falar com ela para acharmos alguém logo.

– Papai! Papai! Me escuta! Tem alguém aqui pronta para ser a melhor pessoa do mundo pra vocês. Um ser humano de um coração enorme! Uma mulher que vai amar vocês. Acredite em mim.

– Mas, filha, e se a sua mãe não gostar dela?

– Duvido, papai! Impossível não gostar de Iaúna. Ela é uma moça muito calma e tem um respeito enorme por mim. Muito educada. Acredite!

– Filha, não sei, não. Eu tenho medo de trazer uma pessoa para cá e não dar certo. E aí, como você vai mandar ela embora? Veja se não tenho razão. Por acaso você conhece os hábitos dessa índia? Conhece o comportamento dela?

– Pai, já falei, ela é um doce de pessoa!

– Me escuta! Agora, *você* me escuta! Falo de comportamento tribal! Quais são os costumes tribais dela? A ancestralidade? Como funciona a cabeça dela, os dogmas, as crenças, os valores? Do que ela pode ter medo, além dos garimpeiros, é claro? Você sabe?

– Pai, pelo amor de Deus! Que diferença isso faz?

– Como assim?! Como *que diferença isso faz*? Faz muita! Os indígenas têm suas crenças, seus comportamentos particulares, diferentes dos nossos, seus deuses, valores, ética, seus mitos, seus ritos. Pense bem! A cultura deles é completamente diferente da nossa!

– Mas, pai, não podemos conviver com isso? Acredito que podemos conviver com as diferenças e aprender muito com elas.

– Não sei! Talvez não, e aí?! O que faremos? O que faremos com ela se não houver uma boa adaptação? Nós a devolveremos para o assentamento? Para o seu habitat? Eu não sei se devemos trazê-la para a cidade. Poderemos atrapalhar seu desenvolvimento, causar um grande estrago não só a ela, mas a nós mesmos. Sinceramente, estou pensando no bem-estar dela, talvez até mais do que no nosso.

– Papai, tive uma ideia.

– Ai, meu Deus. Você e suas ideias. O que é desta vez?

– Fala que sim e eu conto.

– Filha, para com isso e fala logo.

– Pai, fala que sim.

Cristina é terrível, sabe conquistar corações e derreter convicções, muito especialmente as do pai.

– Tá bom, filha – concorda, sorrindo. – SIM!

– Então, escuta o plano: você vai falar com a mamãe e contar tudo o que eu te contei. Pode falar tudo. Ela vai entender e se sentir aliviada por saber que você está a par das angústias dela e que ela não queria te contar para não te preocupar.

– Claro, eu faria isso de qualquer jeito.

– Muito bem, papai. E agora vem a segunda parte do nosso plano e a mais legal.

Aquela menina sabia envolver o pai..."nosso" plano! Cristina é muito boa com argumentos, esperta e carinhosa. É irresistível!

– O que é, filha? Vamos lá, qual é a segunda parte do seu... do "nosso" plano, que você preparou? – perguntou ele, sorrindo.

O pai de Cristina, é claro, estava enxergando e sentindo toda aquela sedução, mas ele via lógica, amor e verdade em tudo o que a filha dizia. O melhor é que era visível o bem que ela desejava aos pais, pela vida que levariam dali em diante, que não precisaria mais ser uma vida de tristeza pelas frustrações de um corpo que dava nítidos sinais de esgotamento, uma vida feliz, independente e com tempo para se dedicarem também ao lazer.

– Por que vocês não vêm aqui me buscar? Você e a mamãe? Assim, vocês a conhecem e, se gostarem, levamos ela pra ficar na nossa casa. Ela é adorável, acredite em mim. Além disso, está correndo perigo aqui, papai. Precisa de auxílio e vai poder nos ajudar aí em casa. Ela é danada de inteligente. Não tem nada de boba, não.

– Você enlouqueceu mesmo!

– Não, papai. Quando vocês a conhecerem, verão que eu estou coberta de razão.

– Filha, façamos o seguinte. Vou conversar hoje com a sua mãe e amanhã dou uma resposta. Você pode me ligar amanhã, no mesmo horário?

– Claro, papai! Te amo, pai! Fala com a mamãe direitinho, e pode confiar em mim. O nome da índia é Iaúna.

* * *

Cristina não esperou a chegada dos pais. Estava decidida, e agora o que mais queria era proporcionar estudos àquela jovem índia, dar um trabalho a ela e arrumar um teto para que pudesse ter uma vida digna. Tudo a seu tempo.

No dia seguinte, os pais de Cristina aguardaram juntos a ligação da filha. Queriam saber mais alguns detalhes e, quem sabe, demover Cristina daquela ideia louca. Mas não foram capazes. A filha reforçou à mãe tudo o que dissera ao pai e foi implacável na argumentação.

– Tá bem, Cristina – disse a mãe ao lado do marido –, no fim do mês, vamos buscar você e conhecer a jovem. Como ela se chama mesmo?

– Iaúna, mamãe.

– Pois bem… Iaúna.

Cristina ficou eufórica, e os amigos ajudaram-na a regularizar toda a papelada, comprar roupas e agilizar a ida da índia para São Paulo. Registraram-na Iaúna Costa, 34 anos.

Chegou o grande dia em que a índia seria apresentada ao senhor e à senhora Costa. Cristina pediu que Iaúna se arrumasse com as roupas compradas, pois não queria que os pais levassem um choque ao ver a índia ainda tão ligada aos costumes silvícolas. Queria que eles a vissem o mais aculturada possível, isso já venceria alguma resistência.

Foi amor à primeira vista. Eles adoraram Iaúna. Perguntaram a ela se era realmente aquilo que ela queria, se desejava sair da sua terra, do seu meio, para tentar a vida numa cidade enorme, a maior do país. Iaúna assentiu, sempre com muito respeito e reverenciando aqueles que a salvariam dos inescrupulosos garimpeiros.

Cristina só teve o trabalho de dizer:

– Mamãe e papai, eu, com a ajuda dos meus amigos, organizei tudo em 10 dias! A papelada de registro e emancipação está pronta. A guarda de Iaúna é minha. Ainda bem que tenho mais de 21 anos. Graças a Deus! Vamos poder partir para São Paulo.

Iaúna não se continha em lágrimas de agradecimento e abraçava Cristina como uma menininha de 10 anos. Era tanta felicidade e gratidão, que não parava de chorar e sorrir com grande euforia. Todos ficaram satisfeitos com o desfecho da adoção daquela índia que havia se mostrado adorável.

Em São Paulo, Cristina, futura mulher do professor Octávio Albuquerque e futura mãe de Octávio Albuquerque Júnior, inscreveu Iaúna num curso supletivo e pagou estudos particulares para que ela aprendesse a ler e escrever a língua dos brancos. Seus pais cederam-lhe uma bela suíte na edícula da casa em que moravam, além, é claro, de assinar a carteira de trabalho dela para exercer as atividades domésticas.

Iaúna sentia imensa gratidão por Cristina, pois, assim que esta se casou, oito anos mais tarde, levou-a para morar com ela e o marido, ajudar nas tarefas domésticas e também na criação de Tavinho, nascido dois anos depois.

E sentia também orgulho das próprias conquistas, pois, por ocasião do falecimento dos pais – um infarto fulminante levou o sr. Costa e, quatro meses depois, em depressão, sua mãe, fumante inveterada, não resistiu ao câncer de pulmão –, Cristina cedera-lhe a bela casa deles, a fim de proporcionar um teto para aquela mulher que havia conquistado a simpatia da família.

Em contrapartida, o marido de Cristina opunha-se ao rumo que as coisas tomavam, pois achava que a esposa estava se precipitando demais. Ele achava também que Cristina deveria agir com mais parcimônia. Com mais razão e menos emoção.

Certa vez, por mero incidente, Iaúna, ao chegar para trabalhar na casa dos Albuquerque e sem que fosse vista, não pôde deixar de ouvir Cristina contar seus planos para o marido, o que a deixou eufórica, mas em seguida, triste e assustada...

"Então, querido, você não acha que ela merece?"

"Cristina, só não quero que você se apresse com esses planos. Você é tão nova... Mais tarde, poderá se arrepender."

"Mas por que eu iria me arrepender? Você acredita que algum dia ainda iremos morar lá?"

"Claro que não. Mas e se você desejar vender a casa?"

"Imagine, querido. Jamais vou vender a casa que um dia foi dos meus pais, onde cresci. Depois, tenho certeza de que Iaúna irá cuidar muito bem dela."

"Se você acredita que não vai fazer falta e não vai mudar de ideia, a casa é sua, afinal, faça o que sua razão e seu *coração* mandam."

Cristina percebeu Octávio impaciente e um pouco agressivo na resposta, e resolveu levar a conversa mais adiante.

"É que me sinto na obrigação. Imagine se sofrermos algum acidente e faltarmos, o que será de Iaúna? Eu a tirei do seu meio, sinto-me responsável por ela, e por isso desejo muito lhe dar a casa..."

"Ah, minha querida. Você que não se engane! Esperta ela é, né? Passar fome ela não vai. Concorda?"

"Ela é inteligente, sim, claro! Mas me sinto na obrigação."

"Acho um exagero, querida! Desculpe-me, mas eu acho um verdadeiro exagero. Ela é muito esperta e, por sinal, se tornou essa folgada, chata e *onipresente* na nossa família! Em alguns momentos, inclusive, nem me sinto à vontade na presença dela."

Pronto, Cristina habilmente acabou descobrindo que havia uma certa tensão no ar.

"O quê, Octávio? O que foi isso?"

"Cristina, não fico te falando para não te chatear, mas, puxa vida, você não acha ela uma entrona?"

"Como assim, querido?"

"Ela fica usurpando um espaço que você e eu não demos. Por exemplo, lembra-se de ontem no jantar? Eu falei para o Tavinho parar com aquela manha na mesa, pois queria que ele tomasse toda a sopa. Não é que a dona Iaúna se intrometeu me desautorizando?! Pior! Tirou o prato de sopa da mesa e disse que tudo bem, ele já tinha tomado umas colheradas e era o bastante! Me segurei para não dar uma chamada nela. Como ela pôde fazer uma coisa daquelas? Quem deve educar nosso filho somos nós, à nossa maneira! O que foi aquilo?!"

"Querido, calma! Você tem razão, eu percebi também. Vi que você ficou bem irritado. Mas concorda que ela faz isso porque idolatra o Tavinho?"

"Faz porque não tem desconfiômetro e porque também acabamos lhe dando liberdade demais! Ela está ficando chata! Desculpe-me, Cris, mas ela, às vezes, me tira do sério. Desculpe-me falar assim. Mas, ontem, eu não sei como não mandei ela de volta para a floresta."

"Querido, o que é isso?!"

"É isso mesmo, Cris. Foi por pouco. E pior, se perco a cabeça, não volto atrás. Coloco ela num avião de volta pro mato!"

"Calma, querido. Vou falar com ela. Deixa comigo, calma..."

"Querida, nem sei se deve. Ela pode ficar chateada comigo, e era só o que me faltava...ter de aturar cara feia na minha própria casa."

"Eu sei como fazer, querido. Não vou dizer que você ficou nervoso. Vou dizer a ela que *eu* não gostei. Pode deixar. Aliás, é a mais pura verdade. Eu também não gostei."

"Bom, Cris, por tudo isso, acho que você precisa de mais tempo para decidir essas coisas da casa. Percebe por quê? Imagina eu ter que mandá-la de volta para a Amazônia, colocá-la no avião. E aí? E a *sua* casa? Entende?"

"Calma, isso não vai acontecer."

"Mas então ela que pare de ser folgada."

"Fofo, chega, tá? Aliás, adoro quando você fica bravo!"

Cristina lhe deu um beijo e o abraçou por trás. Sabia como acalmá-lo e enchê-lo de carícias. Beijava-o na testa, fazendo-o sorrir, e depois lhe tascava um *daqueles* nos lábios.

"Tenho certeza de que ela não fará mais isso. Não agiu por mal. Ficando claro que eu não gostei e Iaúna se redimindo, aceitando que exagerou, você aprova que eu faça a doação da casa?"

"Você sabe o que eu penso. Só estou dizendo isso para você refletir com calma e não se arrepender depois."

"Não vou me arrepender. Vou falar direitinho com ela, e, só após percebermos que Iaúna absorveu bem o que nos chateou, aí eu começarei a cuidar da papelada. Ela merece a casa, e eu não me sentiria bem se não deixasse isso resolvido."

"Devagar com a papelada, querida, tudo a seu tempo. Calma."

"Tá bom, querido, tá bom. Irei com mais calma."

Iaúna ressentiu-se, ficou assustada e com feições de preocupação e medo. "Deus me livre de voltar para a Amazônia!", pensou.

Dali em diante, de alguma forma, os sentimentos que nutria pelo professor Octávio já não seriam mais os mesmos, e passou a tratá-lo com certa reserva, mas jamais com hostilidade, afinal, era o pai da pessoa que ela mais adorava na vida; e se desejava mesmo a casa, agir com diplomacia era a melhor política.

Quando recebeu a notícia de que seria presenteada com aquela casa maravilhosa, Iaúna ficou eufórica, tirou carteira de motorista e comprou uma picape Ford F-100 usada, mas em excelente estado, com suas economias de vários anos de trabalho. Dirigia o utilitário nos finais de semana, ia para casa aos sábados após servir o café e voltava às segundas bem cedinho. Usava principalmente a camionete para carregar mudas de plantas, vasos, sacos de terra, de adubo, levar entulho do jardim para o lixão... A picape era toda equipada. Ela havia mandado instalar um cilindro pneumático para levantar e abaixar a caçamba, o que facilitava a descarga, bem como um guincho horizontal, também na caçamba, para ajudar no carregamento de objetos pesados e mudas de plantas mais crescidas. Atividades com o verde e com a terra remetiam Iaúna às suas origens indígenas e deixavam-na contentíssima, conferindo-lhe ótimo equilíbrio à vida na cidade grande. Fazia de tudo para deixar aquela casa impecável em todos os detalhes. Seu jardim havia ficado deslumbrante, muito verde devido a plantas nativas da Mata Atlântica e da Amazônia, a pintura e o restauro das partes em madeira estavam primorosos; enfim, a casa foi ficando um brinco em contraste com as demais casas da rua de um bairro antigo, no Centro velho da cidade de São Paulo. Ambas, Cristina e Iaúna, eram muito felizes uma com a outra, pelo respeito mútuo e também pela confiança que nutriam.

O Cotidiano

Na saída da escola, acontecia de a mãe de alguma criança levar Tavinho para casa. Em função do trabalho, nem sempre Cristina conseguia buscar o filho. Ou estava enrolada com reuniões e apresentações, ou participava de algum almoço de diretoria. Em geral, ele pegava carona com a mãe da Fernanda de Vita, mas, às vezes, voltava com a mãe da Silvinha.

Ambas eram amigas de Cristina. Gostavam muito dela, achavam-na inteligente e dinâmica. Viam em Cristina uma mulher moderna e independente, exatamente o que gostariam de ser – por isso admiravam-na tanto. Era um prazer levar Tavinho para casa, pois assim sempre mantinham contato.

Tavinho era, antes de tudo, um garoto muito carinhoso. Talvez aquelas mães já estivessem investindo um pouco no relacionamento das filhas com ele. Quem sabe não sairia um bom casamento entre aquela turma de pré-adolescentes? O futuro estava logo ali... e era provável que pensassem nisso. Silvia arrastava a asa para Tavinho, enquanto Fernanda focava mesmo na amizade. Mas menino nessa idade... imagina! Nem passava pela cabeça deles namorar alguém. Só que menina é menina... são mais precoces.

Tavinho sai do carro da mãe da Fernanda, calado e cabisbaixo. Agradece a carona dando o rotineiro "tchau, até amanhã" e entra em casa.

– Oi, dona Iaúna. Cheguei.

– Oi, querido, como foi na escola, tudo bem?

– Mais ou menos, qual vai ser o almoço? Estou morrendo de fome.

– Fiz bife acebolado, arroz e feijão. De sobremesa, vamos ter creme de abacate com limão. Bati com sorvete!

– Tá.

– Vá lavar as mãos que já coloco tudo na mesa.

Iaúna repara que a cara de Tavinho não está nada boa. Fica preocupada e resolve perguntar:

– Aconteceu alguma coisa?

– Nada de mais, por quê?

– Te conheço… fala logo – diz, com um sorriso maroto.

– É que o professor Firmino me deu a maior bronca. Eu passei a maior vergonha na sala, não sabia responder às perguntas que ele fazia, e meus amigos tiraram sarro da minha cara em vez de me ajudar. E pra completar, ele pediu que eu ficasse depois da aula para falar comigo.

– Quem pediu?

– O diretor da escola, dona Iaúna! O professor Firmino.

– Ah, sim, o diretor.

– Pois é, dona Iaúna. Resumindo: ele disse que, se eu não me recuperar, não vou passar de ano. Disse também que, nos anos anteriores, passei raspando e que eles fizeram de tudo pra que eu não repetisse. Me falou que foram muito tolerantes, mas que este ano vai ser diferente, porque estou ficando muito pra trás. Mal sabe ele que já tenho professor particular e que a mamãe gasta um dinheirão com aulas, psicólogos e… a senhora sabe muito bem. Estou desesperado! Não faço a menor ideia de como vou conseguir passar. Só mesmo se acontecer um milagre! Milagre… Preciso de um milagre!

– Tavinho, calma!

– Calma?! Eu estudo tanto! Dona Iaúna, eu estudo até demais, e nem chego aos pés da inteligência dos meus pais. Não consigo juntar acontecimentos históricos com Geografia, por exemplo. Matemática, eu tenho uma dificuldade desgraçada, e quando começar Física 2, que é pra valer? Tô ferrado! Os professores vivem dizendo que Matemática é fundamental na Física! Pra completar, minha memória não ajuda, me esqueço das coisas, me esqueço com muita facilidade de coisas simples de serem guardadas. Fico tão aborrecido com isso… Queria tanto ser inteligente, ter boa memória. Quero ser cirurgião, quero passar logo no vestibular e me formar ainda bem jovem. Quero ser reconhecido e ajudar as pessoas. Mas, se nesta etapa da escola eu já tenho tanta dificuldade, imagina como será quando a coisa começar a ficar difícil de verdade? Quero muito que a minha mãe se orgulhe de mim, quero salvar vidas, quero honrar o nome do meu pai. Mas hoje fiquei desesperado, desanimado, muito triste mesmo – desabafou ele.

– Tavinho, não fique assim. Eu entendo as suas dificuldades, mas com calma a gente vai achar uma saída.

– Por falar em saída... Quer que eu conte o que aconteceu na saída da escola? A tiração de sarro da minha cara? Juntaram uns cinco em cima de mim, na frente da Martha, e me chamaram de mongo! Me empurraram e me jogaram num latão de lixo!!! Me humilharam! Tentei não chorar... segurei o que deu porque eu estava na frente de um montão de gente e da Martha. Eu ficaria mais envergonhado ainda se chorasse, mas depois não aguentei, saí dali engolindo o choro, esfregando os olhos pra disfarçar. Puta sacanagem!... Eu fiquei muito triste!

Iaúna ouve pensativa e atenta a tudo o que Tavinho conta. É baixa, mede menos de 1,60m, e tem os traços bastante acentuados da sua etnia. Apesar das características marcantes e da infância sofrida, tem aparência doce e amigável, e um grande senso de reconhecimento e gratidão pelo que a família Albuquerque fez por ela. Se hoje é feliz e vive confortavelmente, é graças àquela gente.

O depoimento de Tavinho deixou-a bastante comovida, pois a remeteu a rituais indígenas que não gostaria de reviver para poder ajudá-lo. Mas a gratidão é tanta e o amor que sente por aquele menino, tão profundo, que talvez tenha chegado a oportunidade de revisitar seu passado e retribuir tudo o que fizeram por ela. Mas ajudá-lo realizando tais rituais será acordar forças adormecidas... ela terá de pensar bem, e muito.

Enquanto Tavinho se serve da sua sobremesa predileta e começa a devorá-la, Iaúna o consola:

– Tavinho, tenha um pouco de calma e paciência, pois cada pessoa tem seu tempo, sua maneira e seu momento de despertar. Fique sossegado, que um dia você receberá um estalo, uma luz, e a sua vida na escola vai mudar. Pode acreditar!

Tavinho sorri.

– Está certo, dona Iaúna! É por isso que eu gosto tanto da senhora. Mas agora vou estudar pra ver se o professor Firmino não me pega mais.

– É isso aí! Levo um lanche para você, lá pelas quatro da tarde.

Tavinho dá um beijo carinhoso na testa de Iaúna e se retira.

Pai

Quem na verdade Tavinho não queria decepcionar era o professor Octávio Albuquerque, que havia lecionado História nas melhores escolas particulares de São Paulo, e Sociologia em faculdades e universidades de renome, públicas e privadas.

Homem de reputação ilibada e inteligentíssimo, aos 38 anos de idade tivera forte participação no movimento das Diretas Já, assessorando o então "Sr. Diretas Já", por quem nutria grande admiração. Esse movimento pedia a aprovação de uma emenda constitucional que tinha como principal objetivo reinstaurar as eleições diretas para Presidente da República.

O professor Albuquerque gostava muito de conversar com seus alunos depois das aulas, nos intervalos ou mesmo ao término do dia. Com esse costume, construíra grandes amizades e excelente relacionamento com pessoas que lhe despertavam interesses maiores, como, por exemplo, uma aluna do melhor curso, segundo ele, de engenharia de produção do Brasil, mulher bonita, inteligente, de boa família – com berço, como se dizia. Admirava-a pela facilidade de aprendizagem, argumentação e excelentes notas. Mulher independente, que defendia seus pontos de vista de forma bastante coerente e assertiva.

Aos 45 anos, feliz como uma criança, após oito anos de namoro, casava-se com Cristina Costa, futura mãe de Octávio Júnior, que, a partir de então, passava a responder pelo nome de Cristina Costa Albuquerque.

Esse homem brilhante adorava o filho. Sempre que chegava em casa, dava-lhe toda atenção e carinho, dividindo com Cristina a tarefa de criá-lo. Com um bebê ainda em fase de amamentação, ele o tomava do berço ou das mãos de Cristina e o ninava. Passeava com ele pela casa, deitava-o de bruços para lhe aliviar as cólicas.

Tavinho era irrequieto e, certas vezes, já tarde da noite, dava um baile daqueles e não deixava ninguém dormir. Nessas ocasiões, o professor Octávio colocava-o no carrinho e ficava passeando com ele pela casa para que sossegasse. Só assim sorria e ficava quietinho, mas quando nem assim ele apagava, levava-o de carro para passear por São Paulo até o pequeno pegar no sono. Dava um trabalhão, mas aquele pai coruja não se importava nem um pouquinho.

Quando já estava um pouco mais crescido, iam a parques públicos – em particular, adorava levar o filho ao Parque Severo Gomes, onde lhe mostrava os animais em seus habitats. Tavinho se divertia vendo pica-paus com a crista vermelha batendo nos troncos ocos em busca de alimento. Jogavam bola, curtiam uma gangorra com a cuidadosa Cristina segurando o moleque pelas costas, enquanto ambos olhavam para o pai, sorrindo e se divertindo.

Família feliz, não fosse a interrupção inesperada e trágica que ocorreu em 1995, quando Tavinho completou quatro anos.

O professor Albuquerque morreu precocemente, aos 50 anos, e de forma violenta, quando voltava para casa. Ladrões o abordaram em seu veículo, arrastaram-no para fora, roubaram-lhe o relógio, a carteira e o celular, e atiraram para fazê-lo entrar no carro e ir embora rapidamente. O tiro, porém, acertou em cheio a sua têmpora direita. Já chegou sem vida ao hospital.

Mãe

Cristina Costa, mulher de beleza exótica, impressionava por onde passava: 1,70m de altura, magra, cabelos castanhos curtos, esguia, muito dinâmica e bem-humorada. Nunca soube o que era dificuldade nos estudos; pelo contrário, ganhava prêmios em todas as escolas por onde passava. Descendente de espanhóis, falava outras línguas, como inglês e francês. Havia ingressado em uma das melhores instituições de ensino superior sem a mínima dificuldade, como era de se esperar, e já havia conquistado fama acadêmica.

"Ela não é só bonita... é muito inteligente!", diziam os colegas machistas, e contavam a famosa piada: "Deus, quando faz uma mulher, pergunta a ela: você quer ser bonita ou fazer engenharia?"

Cristina se interessava por todas as matérias, e sempre as via como complementares e úteis para a carreira no mercado financeiro ou em multinacionais. Nunca cogitou de depender de quem quer que fosse para alcançar um alto posto, e não queria ser financeira nem emocionalmente dependente para poder fazer suas escolhas e ser dona do próprio nariz. Se isso assustava as pessoas e a afastava dos relacionamentos? Sim, alguns homens bem-sucedidos, porém inseguros e arrogantes, não se aproximavam muito, pois não conseguiam suportar a ideia de competir com tamanha inteligência e conviver com tamanha independência. Porém, homens sensíveis e seguros de si viam Cristina como um todo; em particular, um professor de Sociologia.

Era o sociólogo e PhD em História, Octávio Albuquerque, que tinha 36 anos quando Cristina ainda era muito jovem, com seus quase 21. Ambos gostavam muito de conversar após as aulas, com o intuito de aprofundar os temas da matéria e sobre oportunidades profissionais. Chegaram até a sair em grupo com o pessoal da faculdade, momentos esses em que as conversas se estendiam madrugada adentro. Começaram a sair sozinhos, pois Cristina achava o professor Albuquerque o homem mais inteligente da faculdade, e, além de tudo, um sujeito divertidíssimo.

Certa vez, ele confessou a ela que não tinha namorado muitas mulheres, era meio tímido, e isso dificultava um pouco as coisas. Além do fato de ser extremamente dedicado aos estudos, a temas políticos e aos cuidados com os pais. Cristina acabou por revelar que também havia namorado pouco, mas o professor Albuquerque custou a acreditar:

– Até parece.

– É verdade!

– Mas você é muito bonita e inteligente para ficar sem namorado... não acredito!

Naquele dia, Cristina estava particularmente linda. Usava um vestido azul que lhe caía muito bem, pois mostrava perfeitamente a silhueta do corpo esguio e metade das pernas conforme as cruzava. Como acompanhamento, colar e brincos de pérolas que a deixavam com ar de mulher mais madura. As unhas, muito bem-cuidadas, haviam sido pintadas de vermelho; aliás, que mãos lindas – dedos longos, finos. Calçava sapatos de salto médio, de um tom de azul próximo ao do vestido, com detalhes em branco. Deslumbrante!

– Os homens... sei lá. Parece que não tomam mais a iniciativa. Em algumas ocasiões, esperei uma atitude, e nada. – Sorriu abertamente, um sorriso encantador, e, em seguida, mordeu os lábios.

– E se eu tomasse uma atitude agora... seria correspondido? – perguntou Octávio.

– ... seria!

Começaram o namoro seis meses antes de Cristina se formar. Foi especial, pois ambos se respeitavam muito. Sentiam ter encontrado o parceiro perfeito.

Ao final da formatura, Cristina viajaria para a Amazônia – iria escrever sua monografia –, onde ficaria por aproximadamente dois meses. Partiu com um aperto no coração, mas sabia que era importante, assim como seu namorado. Enquanto estava por lá, ligava para ele em horário combinado – queria saber como andavam as coisas –, e se dispunha a atualizá-lo das novidades sobre o trabalho que vinha desenvolvendo, até o dia em que inseriu um elemento novo na conversa. Falou da índia Iaúna, aquele ser indefeso que encontrara no coração da floresta.

– Mas, Cristina, é uma índia! Tirá-la do seu meio, da própria família?! Que história é essa de trazê-la para São Paulo? Seus pais sabem disso?

– Não, querido, não falei com eles ainda. Nem sei se a levarei. Mas ela me disse que está jurada de morte por garimpeiros da região, e eu apurei que é verdade. Acho que ela seria a pessoa ideal para os meus pais. Poderia ser a cuidadora deles, a governanta da casa. Eles estão precisando de alguém, estão ficando velhos, e minha mãe está com a saúde frágil, fumando muito... Lembra quando te falei que eles se casaram tarde e tiveram uma vida bem sofrida no início do casamento? Quando nasci, mamãe já era praticamente uma quarentona, foi uma gravidez de risco. Papai já está com mais de 70; ele é forte, mas está decaindo aos poucos. Enfim, precisam de alguém, querido.

– Entendo, querida. Acho que você tem toda razão. O que me assusta é buscar essa ajuda, esse conforto para seus pais em uma pessoa tão distante da nossa civilização.

– É... Eu sei o que você quer dizer. Mas é que eu convivi com ela, sabe? Ela é muito bacana. Carinhosa, me prepara chás, entoa cânticos, até me dá conselhos.

– Ela fala português?

– Pois é, fala, sim! E como é inteligente! Entende tudo, se expressa bem. Tem um pouco de sotaque, seu vocabulário é simples, mas está cada vez melhor. É muito comunicativa e simpática.

– Caramba! Como você está animada com ela. Apenas tome cuidado para ter certeza de que seus costumes se adaptarão aos nossos e, mais ainda, a uma megalópole como São Paulo.

– Ah, você também iria adorá-la. É inteligente, aprende tudo bem rapidinho. Se a minha mãe tiver paciência, tenho certeza de que ela irá surpreender na cozinha e nas tarefas domésticas.

– Ok, meu conselho é: converse com seus pais. Se eles toparem, tudo bem. Mas eu teria inúmeras restrições a trazer uma índia para São Paulo. Não sei se a adaptação será fácil. Os índios são frágeis, nunca foram expostos à violência da cidade grande, às nossas doenças... O problema não são eles, somos nós. Mas você é quem sabe.

– Claro, primeiro vou falar com meus pais. Quem sabe eu consigo? Torce por mim?

– Claro. Sei que você está fazendo isso para o bem de todos. E... vê se volta logo. Estou morrendo de saudades dessa linda aluna que eu tenho.

– Não sou mais sua aluna, seu bobo.

– Ah, você sempre será minha aluna. Aquela por quem me apaixonei.

– Bobo. Também estou com saudades. Mas já estou quase voltando.

– Beijos, gatinha.

– Beijos, gatão!

Cristina, aos 35 anos, ficou viúva e com um filho de quatro anos para criar, mas graças à sua bondade e ao carinho de 13 anos antes, pôde contar com a governanta e amiga, Iaúna, para enfrentar a difícil tarefa de ser mãe e pai.

Eternos Amigos

Tavinho, aos 13 anos, já tinha uma escolha bastante clara, e muitos de seus colegas também revelavam suas intenções profissionais. Cada qual por seu motivo, embora a maioria pretendesse seguir os passos do pai ou da mãe.

Oswaldo Roche, neto de portugueses, adorava histórias policiais e de investigação, como Tintin, por exemplo. Era muito engraçado, meio loucão, o que fazia Tavinho admirá-lo por sua total imprevisibilidade.

Certa vez, enquanto Tavinho batia uma bola na rua com Oswaldo, surgiram dois caras valentões, que já chegaram mexendo com eles. Os dois ficaram assustados, pois eram rapazes beirando os 18 anos.

"Com certeza, estão a fim de acabar com a gente a troco de nada, ou melhor, devem estar querendo tomar a nossa bola e nos dar uns cascudos. Vão arrumar confusão", pensou Tavinho.

– Sabia que essa bola é feita onde meu pai trabalha? – disparou Oswaldo. – Ele é gerente de uma fábrica de bolas de couro, de plástico, de tudo quanto é tipo. Vocês não querem que eu vá buscar uma novinha em folha? Eu vou lá e trago uma pra vocês.

Os garotos riram, e um deles, ainda segurando Tavinho, falou:

– Isso. Vai lá, seu merdinha! E traz duas! Uma pra mim e outra pro meu camarada. Senão vamos acabar com vocês.

– Ok!

E lá foi o Oswaldo... Tavinho, pálido, pensava: "Onde esse cara está com a cabeça? Que doido! Onde ele foi?"

Em dois minutos, Oswaldo voltou correndo com um arpão para caça submarina, armado para disparar. Apontando o objeto para os caras, ameaçou:

– Larga o meu amigo! Deixa a bola no chão e some os dois daqui antes que eu dispare esse arpão. Sabem quando isso vai soltar da barriga de vocês? No hospital!

Os garotos ficaram brancos! Apavorados! Soltaram Tavinho na hora.

– Você é louco! – gritou um deles.

– Sou mesmo! E, se não saírem da minha frente, vão acabar na peixaria.

– Isso mata! O que você tem na cabeça, seu doente?

– Tenho uma vontade enorme de furar os dois com esse arpão e ver vocês chorando, borrados de medo. Seus bundões! Covardes! Quem é o merdinha agora?

– Vamos voltar pra pegar vocês!

– Se falarem mais alguma coisa, atravesso os dois! São duas flechas e estão armadas! Fora, zarpando!!!

Os babacas metidos a valentões se mandaram. Nunca mais apareceram. Oswaldo se tornaria o melhor amigo – o amigo confidente – de Tavinho.

Oswaldo era assim: doido, não levava desaforo pra casa, corajoso e muito camarada. Além de tudo, era tarado, tinha um monte de revistas de mulher pelada, que vivia levando para a escola. Não é que uma menina o dedurou? Pior, ela falou que a revista era do Tavinho e que Oswaldo tinha pedido emprestado. Quando ele soube da injustiça, foi até a professora e confessou: "Professora, a revista é minha e está aqui."

Oswaldo nunca deixaria que outro assumisse a culpa ou fosse responsabilizado por aquilo que não havia feito. Entregou a revista embrulhada, muito bem embrulhada, para a professora, e disse: "Eu só mostrei pro Tavinho. Ele não tem nada a ver com isso."

"Ele tinha um pai doidão que vivia trazendo revistas proibidas pra ele", lembra Tavinho. "A gente o adorava, era o pai que todo moleque queria ter. Amigão do filho e tão louco como todos nós éramos naquela idade, pra desespero da mãe do Oswaldo. Esse sabia o que era ser parceiro."

* * *

Renato Stein adorava representar, encarnar personagens e ficar fazendo teatro para a turma. Cantava, tocava. Tinha paixão por livros. Lia tudo que chegava nas mãos dele! O pessoal falava que ele deveria ser artista de cinema. Nas peças de teatro da escola, era sempre chamado para o papel principal.

Certa vez, em uma das peças, ele fazia um empresário bem-sucedido e, para a interpretação do papel, foi colocado no alto de um pedestal que devia ter uns dois metros de altura. Isso transmitiria a ideia de ser uma figura poderosa, que olhava a todos de cima e tinha uma ascendência inquestionável. Na verdade, era para interpretar um tirano. Em um certo ponto da apresentação, ele teria de se irritar e dar ordens aos seus subordinados em tom agressivo, fato que fazia com que se levantasse da cadeira com ímpeto.

O que aconteceu? Ele perdeu o pé de apoio e caiu atrás do palco, em meio às cortinas, tentando se agarrar onde podia.

– Eu me lembro de ver olhos saltados de susto, não entendendo por que tinha ficado no ar, flutuando como um idiota – contava Tavinho. – A turma toda não conseguia parar de rir, quando uma menina no palco, tentando saber se ele havia se machucado, perguntou, saindo do script da peça: "Está tudo bem?", e mais uma vez... "Está tudo bem?"... Aquilo foi ridículo! Ninguém respondia e todos continuavam na risada. Bem coisa de adolescente. Podia estar caindo o mundo, o cara podia estar todo arrebentado, mas tínhamos que rir, não podíamos perder a piada, precisávamos nos divertir! Assim era a nossa turma!

Renato Stein era inteligentíssimo, estudioso, culto, e ainda por cima tinha ótima memória. Tavinho o invejava porque ele tirava notas altas. Ele era, sem sombra de dúvida, o melhor aluno da turma. Aquele tipo que se daria bem em qualquer profissão. Precisava apenas fazer a escolha que o deixaria feliz. Tavinho adorava brincar com ele e com o Oswaldo, e, vez ou outra, com as colegas de turma Silvia e Fernanda.

Silvia Bruno gostava muito de animais e morava em uma chácara, o que lhe dava toda a liberdade de ter o bicho de estimação que ela bem quisesse. Tinha gato, cachorro, tartaruga e até um papagaio. Os pais, além de grandes apreciadores de animais, estimulavam o gosto da filha.

– Adorávamos passar as tardes na chácara dela, nos divertíamos muito com os animais e com toda a natureza que nos cercava. Silvia era extrovertida, gostava de brincadeiras de menino. Adorava jogar futebol com a gente, andar de bike, skate... – contava Tavinho. – Por muitas vezes, andamos de bicicleta somente ela e eu. Saíamos cedo de casa, levávamos lanche e água, pois não sabíamos quando iríamos voltar. Era uma delícia. Explorávamos lugares na cidade, ruas de terra, lamaçais e, vez por outra, topávamos com uns delinquentes, mas éramos feras no pedal e conseguíamos fugir. Corríamos como loucos pra bem longe e acabávamos caindo na gargalhada por causa das encrencas em que nos metíamos. Em geral, gostávamos de estar juntos porque, além da diversão normal, vez por outra falávamos de assuntos de meninos e meninas.

"Silvia me perguntava o que fazíamos quando íamos ao banheiro com revistas masculinas. 'Então, o que vocês aprontam com as mãozinhas rápidas em seus pintinhos? Ficam doidinhos como se estivessem transando com uma mulher, né? Tarados!' Eu retrucava: 'Pintinho, não!' Caíamos na risada. Aí, eu perguntava dela, mas ela pouco falava, é óbvio. Então, eu pedia pra me contar das nossas colegas de turma: 'Qual é a cor dos pelinhos da Fernanda?' Não parávamos de rir. Ela virava pra mim, danada como era, e perguntava: 'Você não quer saber a cor dos pelinhos da Martha?' Nossa... eu ficava todo vermelho, mas continuávamos rindo. Ela sabia da asa que eu arrastava pra Martha. E eu investia pra saber como eram os 'peitinhos' das meninas. Ela me contava das formas, fazendo analogia com frutas: 'Ah, os dela são perinhas, os da fulana são pêssegos, daquela... ah, são pequenos, moranguinhos. Não tem nenhuma melão!', e mais risadas.

"Confesso que aquela conversa me deixava excitado, eu adorava! Ficava imaginando como deveria ser bom aquele mundo por debaixo das roupas daquelas meninas – de todas elas!"

Fernanda de Vita, ao contrário da Silvia, era superintrovertida, centrada, mas querida por todos. Tinha uma aparência frágil, de nerd, mas era firme e séria que nem ela só. Estudava bastante, era muito aplicada e ia bem na escola. Gostava de ler, como Renato, e era ligada em História, Ciências, além de ser fera em Língua Portuguesa. Viajava bastante para o exterior com os pais e fazia dois cursos de idiomas.

– Ela gostava demais da nossa turma porque dávamos todas as razões pra ela não ficar de mau humor. Sempre que fazíamos trabalhos juntos, Fernanda acabava sendo a nossa revisora e apresentadora, já que era quem melhor falava. E só a nossa superturma conseguia fazê-la abrir um sorriso genuíno. Falávamos tanta besteira que ela não se aguentava.

"Certa vez, decidimos que tínhamos que pregar uma peça no Oswaldo, pois ele vinha dando uma de sacana com todo mundo, todo orgulhosinho porque estava fazendo academia e lutando karatê. Ou seja, estava se achando. Tudo combinado, começamos a colocar o plano em marcha. A casa da Silvia, ou melhor, a chácara, tinha uma característica interessante: por conta dos animais que ali eram tratados, possuía uma grande quantidade de sacos de ração, de adubo e caixas de pesticida – seus pais tinham um verdadeiro estoque de deixar muita loja de jardinagem, muito pet shop com inveja! Combinamos que, à medida que esses sacos e caixas fossem ficando vazios, Silvia os guardaria e nós os encheríamos de gravetos, folhas secas, algodão de paineiras, jornal... desde que bem leves. Fernanda participava de tudo, e, ao longo de toda essa trabalheira, nós a divertíamos com piadas, falando dos músculos 'murchos' do Oswaldo e mais um montão de besteiras. Ao longo de semanas de preparação, fomos empilhando tudo no mezanino em cima do almoxarifado, até que tivéssemos pilhas enormes de dar medo a quem passasse por baixo.

"No dia certo, Silvia convidou nossa turma para um churrasco e disse que precisava arrumar uns sacos de ração no estoque e que contava com a ajuda do Oswaldo. Ele ficou todo metido. Fernanda, adorando a brincadeira, virou-se pra Silvia na frente da galera e, pro Oswaldo ouvir, soltou um sensacional: 'Você fez muito bem em chamar o Oswaldo, só mesmo ele com essa musculatura e força pra te ajudar, Silvia.' Quando Fernanda queria, sua ironia ia às alturas, era convincente, séria e brincava pouco.

"Oswaldo virou-se pro Renato e pra mim como que dizendo: 'Estão vendo?... Estão ouvindo o que a Fernanda falou?'... Um verdadeiro idiota! O bobo perfeito!

"No dia do churrasco, combinamos com a Silvia e chegamos uma hora mais cedo pra aprontar tudo. Ela pediu que Oswaldo chegasse meia hora antes pra ajudá-la a levar os sacos de ração pro mezanino. O mais engraçado é que cada saco de ração pesava 30 quilos, e o coitado iria perceber que o negócio era muito pesado, até mesmo pra ele que estava começando na musculação.

"Nós nos posicionamos atrás dos sacos vazios no andar de cima. A altura da pilha era de uns dois metros! O cara ia ficar arrepiado! Estava difícil pra Fernanda, Renato e eu ficarmos em silêncio lá atrás. De repente… a campainha tocou. Todo mundo se aprontou em seus postos conforme o combinado. Silvia correu pra atender à porta.

"'Olá, Oswaldo, tudo bem?'

"'Oi, Silvia, tudo!'

"Não é que o cara veio de camiseta regata pra mostrar os bíceps, tríceps e antebraços pra todo mundo ver? Caminharam até o almoxarifado que ficava relativamente distante da porta de entrada.

"'Então, Oswaldo, são estes os sacos. Tem cinco sacos de ração de 30 quilos cada aqui. Pegue um pra ver o peso.'

"Oswaldo mal conseguia erguer um. Como faria pra subir com aquilo tudo? Mas não dava o braço a torcer.

"'Seus pais não têm uma roldana pra levantar isso?'

"Os amigos, posicionados atrás das pilhas, estavam tapando a boca pra não se entregarem e choravam de tanto rir. Sussurravam bem baixinho… 'tá fodido… vai se cagar todo…'

"Fernanda aproveitou a deixa: 'Acho que tem uma roldana lá embaixo daquele mezanino, sob aquelas pilhas de sacos de adubo, de ração e pesticida. Aliás, eu preciso que você empilhe tudo lá, tá vendo?'

"Era o sinal para que o grupo de cima do mezanino ficasse de prontidão pra quando o coitado do incauto estivesse embaixo daquela pilha de sacos vazios forjadamente pesadíssimos.

"'Um, dois, três e já…'

"Oswaldo teve a clara impressão de que iria morrer! Duas pilhas de falsos 240 impressionantes quilos de sacos de adubo se projetaram sobre a sua cabeça, acompanhados dos berros da Silvia, da Fernanda e dos seus amigos.

Ele ficou branco, petrificado, e, em segundos, sua reação passou para um misto de fúria com alívio ao perceber que tudo não havia passado de uma pegadinha muito bem bolada.

"'Filhos da puta!', gritou Oswaldo.

"A gente não parava de rir. Descemos a escada e vimos aquela cena com ele todo coberto de sacos de adubo, com um montão de porcarias dentro, inclusive terra.

"'Vocês me pagam! Até você, Fernanda?!'

"'E aí, fortinho, se cagou na cueca?'

"E mais e mais risadas da turma toda e, a essa altura, risadas também do Oswaldo, que começou a correr atrás de nós, imundo, pra sujar a gente.

"Esses eram a Fernanda e os meus melhores amigos, além da Martha, é claro, que não pôde ir – uma pena."

"'Hora do churrasco!', gritou Silvia.

"Eu não queria nunca me separar dessa turma. Tive a felicidade de ficar quase todo o ensino fundamental com eles. Foram oito anos de muita convivência sadia, estudos e bagunça. Sabia que jamais nos separaríamos – nem quando adultos. Éramos verdadeiros companheiros."

Passado Indígena

Descendente da tribo Moxiruna, Iaúna era a filha do cacique.

O homem branco nunca havia tido contato com a tribo até 1970. Iaúna vivia nessa comunidade de cerca de 80 índios, cujos costumes eram simples, e os integrantes tinham grande apego a seus deuses e ancestrais. Sem deixar rastros, a tribo estranhamente desapareceu em 1980. O que ficou para trás foram apenas a aldeia e suas ocas, nada mais.

Os Moxiruna não sabiam fazer fogo, portanto, não cozinhavam sua caça, pesca ou vegetais. Usavam, no máximo, o artifício de secá-los ao sol sobre pedras, na beira do rio. Eram sempre as mulheres, muito zelosas, que abanavam grandes e vistosas folhas de palmeiras, com cabos feitos de longos e resistentes galhos de castanheiras, protegendo contra insetos ou outros pequenos predadores o precioso banquete.

Por ser uma importante fonte de alimento para a tribo, as castanheiras eram veneradas como um milagre concedido pelo deus Terra. Sua casca, usada para fazer cabaças e guardar corantes, servia também de apoio para a comida, e de forração do chão e laterais das ocas.

A tribo situava-se à beira do rio Uaupés, afluente da margem direita do rio Negro. Estrategicamente protegido de invasores, o local apresentava uma paisagem paradisíaca. Mas a vida tranquila e serena dos Moxiruna seria destruída com a chegada inesperada e avassaladora do homem branco. Nunca se soube do paradeiro de toda a comunidade. Apenas uma pessoa ou, talvez, duas, no máximo, poderiam contar exatamente o que se passara.

Seus deuses Terra e Água lhes forneciam os alimentos, e o deus Céu lhes proporcionava os conhecimentos necessários – a força e a inteligência – para defender a tribo. Os Moxiruna tinham uma disciplinada rotina e, além de lutar diariamente pela sobrevivência, agradeciam aos deuses e aos ancestrais os dias concedidos neste planeta.

Para os deuses Água e Terra, ofertavam, sempre em rituais, a metade dos seus alimentos. O ritual para o deus Céu era regado a infusões preparadas com plantas maceradas e mastigadas pelas índias, infusões essas que levavam os índios a um certo estado alterado de consciência. Tal ritual acontecia em dias determinados pela contagem das semanas, segundo as fases da lua.

Na lua minguante, ocorria o ritual relacionado às ferramentas de caça e à iniciação dos índios mais jovens à vida adulta, o chamado rito de passagem – ocasião em que aprenderiam a obter o próprio sustento, e preservar e proteger a cultura da tribo e seus ancestrais.

Para caçar, usavam lanças e pedras de diferentes formatos. As pedras eram pontiagudas e afiadas pelo atrito umas com as outras. Utilizavam também galhos de castanheira, que serviam de cabos, os quais eram amarrados nas pedras por um cipó e usados principalmente como facas, pequenos machados e martelos.

No período da lua nova, as oferendas tinham como objetivo agradecer ao deus Terra, num ritual que durava três dias. E assim como ocorria com os pescados, daquilo que colhiam ou caçavam, metade era guardada e enterrada. No período da lua nova, desenterravam esses alimentos e os levavam à floresta para alimentar os animais que futuramente seriam suas presas. Eram plantas, sementes e raízes para os herbívoros, e restos de animais ou animais inteiros para os carnívoros. Os alimentos em decomposição eram espalhados por vasta área da floresta, não só para adubar o solo, mas para servir de alimento a insetos, certas aves de rapina e algumas espécies rasteiras. Outras caças eram deixadas em lugares mais distantes e frequentados por animais de maior porte.

E assim viviam: compartilhavam metade do que obtinham em cada mês, ou ciclo lunar, com o deus Terra e o deus Água.

No período de lua cheia, agradeciam ao deus Céu, e o ritual... bem, o ritual dedicado a ele era totalmente diferente.

Escolhas – para Refletir

Conforme prometido, Iaúna vai ao quarto de Tavinho levar o lanche dele. Como encontra a porta entreaberta, empurra-a sem bater e já entra falando:

– Hora do lancheeeee…

Ele está com feições que variam da raiva à tristeza.

– O que foi, Tavinho? O que está acontecendo?

– A droga da minha dificuldade em aprender. Eu sou burro! Não adianta! A essa hora, meus amigos já estudaram, já estão brincando, e eu estou aqui, tentando memorizar alguma coisa. Mas não consigo!

– Tavinho, escute! Eu posso resolver o seu problema. Mas preciso saber se você está disposto a fazer sacrifícios.

– Sacrifícios?!

– Posso lhe dar a inteligência mais poderosa deste planeta.

– Como assim?

– Através da ingestão de um elixir indígena, mas isso exigirá atos e compromissos bem específicos. Você terá uma inteligência fora do normal.

– Elixir?! Sério? Meu Deus! E o que estamos esperando? Topo qualquer coisa! Me explica melhor o que eu preciso fazer.

– Vamos marcar na minha casa? Lá conversaremos com calma e discutiremos tudo.

– Mas quando?

– No sábado que vem será lua cheia. Um dia perfeito. Acho melhor no sábado pela manhã porque sua mãe costuma acordar mais tarde e depois sair para fazer compras, ir ao cabeleireiro, à manicure… enfim, estará entretida até quase as quatro ou cinco. É melhor sua mãe não saber que você vai estar comigo todo esse tempo. Diz para ela que vai me visitar pela manhã; ela não precisa saber que você ficou, pelo menos, nove horas na minha companhia.

– Mas até sábado demora, ainda estamos na quarta...

– Calma, Tavinho... Agora tenha calma... até lá vá pensando muito bem em uma coisa. Eu preciso saber: você está disposto a enfrentar um inimigo, uma pessoa ruim, para poder ter acesso ao chá que potencializará a sua inteligência?

– Como assim, enfrentar alguém? Significa brigar? Agredir?

– Sim, é... bem, não... calma. Não é de forma violenta. Talvez você simplesmente precise justiçar a vida de alguém, sabendo que esse alguém é um inimigo... uma pessoa má, uma pessoa que fez muito mal a uma outra.

– Pera aí! Um inimigo? Isso está me assustando, me dando arrepios.

– Vou explicar... Se, por exemplo, um homem rouba outro homem e, além de judiar dele, arranca tudo o que tem e, ainda para completar, mata ele de forma violenta, com requintes de crueldade, sem dar qualquer chance de defesa, você não acha que esse homem é uma pessoa má?

– Sim, claro!

Habilmente, Iaúna busca encontrar no que aconteceu com o pai do adolescente um exemplo de situação para que ele, ainda tão jovem, possa compreender esse tipo de estímulo.

– Então, Tavinho, não seria justo esse vilão morrer para pagar pelo que fez? Se ele tivesse feito uma maldade muito cruel com alguém que você ama, por exemplo, você não mataria o desgraçado? Para livrar nosso mundo desses maus espíritos?

– Sim, claro! Quero dizer... acho que sim... acho. Acho que sim...

– Pense bastante nisso, avalie muito bem e voltaremos a nos falar no sábado.

– Tá bom, combinado. Depois me lembra que ônibus eu pego pra chegar na sua casa.

– Pode deixar. Se programe para chegar bem cedinho. Sete da manhã seria ótimo. Agora se alimente... acho que o seu sanduíche até já esfriou.

– Vou comer assim mesmo.

Tavinho dá uma dentada no misto e, de boca cheia, volta-se para Iaúna.

– Hummm... está ótimo! Obrigado!

Deus Céu

O ritual para o deus Céu era totalmente diferente... Realizado na lua cheia, o núcleo familiar de Iaúna era o responsável pelo seu preparo.

A tribo dos Moxiruna, constituída de guerreiros destemidos e excelentes estrategistas, utilizava vários métodos como precaução a ataques de tribos rivais que tinham por objetivo a pilhagem de alimentos e armas, como lanças, bodoques e artefatos para caça e pesca.

Os Moxiruna construíam diversos tipos de armadilha em locais inusitados, e à medida que o inimigo avançava e caía em alguma delas, surpreendia-se, tanto com a variedade quanto com a engenhosidade das arapucas. Dessa forma, eles não corriam o risco de os inimigos descobrirem as artimanhas usadas para capturá-los. Se algum conseguia fugir, fato raríssimo, logo alteravam a armadilha e a localização, com o intuito de confundi-lo. Preferiam pegar vivos os agressores, para ofertá-los em sacrifício. Viessem por rio ou por terra, e de qualquer lado que fosse, tinham meios de capturá-los, pois recebiam sinais que, por encordoamento e entrelaçamento de cipós com maracás feitos de cabaça seca preenchida com pequenos seixos, vibravam causando um barulho característico e avisavam que alguma armadilha havia sido acionada.

Os índios eram extremamente perspicazes e guardavam a sete chaves a fórmula da inteligência recebida dos ancestrais. Nas rochas que rodeavam a aldeia, havia vários desenhos dos antepassados, pinturas rupestres que, com o passar dos anos, acabaram se perdendo, mas, nas partes baixas das rochas, não se sabe como, os desenhos que reproduziam os sacrifícios ficaram preservados.

A cada mês, na semana da lua cheia, eram escolhidos os guerreiros que tomariam o elixir. Por outro lado, havia a escolha de quais prisioneiros "cederiam" seu corpo ao sacrifício. Tal escolha era feita pelos zeladores, os índios responsáveis pela guarda dos cativos, sempre tratados com respeito e dignidade. Porém, as vítimas sabiam muito bem o que as aguardava, pois os Moxiruna eram conhecidos e temidos não só por sua astúcia e inteligência, mas pela ferocidade. No último ritual do qual Iaúna participara, comandado pelo pai, quatro prisioneiros haviam sido sacrificados para *alimentar* a inteligência de quatro índios. Os eleitos para receberem os dons da inteligência, naquele que seria o último ritual registrado em pedra, foram três guerreiros. O quarto escolhido foi a índia Iaúna. Sim, ela, a filha do cacique, receberia naquela lua cheia o dom da inteligência. Mal sabia ela que seria esse o motivo da sua salvação da morte, pelo que viria a ocorrer no dia seguinte aos sacrifícios.

Tanto Iaúna quanto seu irmão, o guerreiro e exímio caçador Iaruanã, já haviam passado pelo ritual de iniciação para a fase adulta, que se dava por volta dos 14 anos de idade. Nessa fase, os jovens da tribo eram separados do convívio social e tinham de se embrenhar na mata por um período que consistia em um ciclo lunar completo. O lugar onde ficavam confinados era do conhecimento de todos, mas o contato com qualquer membro da tribo, ao longo do período de separação, era proibido, salvo se fosse consentido pelo cacique. Os jovens indígenas eram deixados sem comida e sem água, excetuando-se apenas os do sexo feminino. Às índias era permitida a visita da mãe, a cada fase da lua, para verificar se elas estavam bem, se haviam conseguido se suprir de alimentos e hidratação, pois, como não tinham sido treinadas para serem caçadoras, podia-lhes eventualmente faltar alimento.

Ao voltarem para a tribo, os adolescentes ainda teriam de passar pelo aprendizado do ritual ao deus Céu. A eles era ensinado todo o rito, e, na primeira vez que recebiam a missão de sacrificar algum dos prisioneiros, eram obrigatoriamente acompanhados dos índios mais experientes, dada a destreza necessária ao ato em si. Essa fase, considerada o fechamento do ritual de iniciação, era fundamental para os Moxiruna, pois representava a separação dos seres vivos dos mortos, levando o jovem indígena a entender o limiar entre a vida e a morte, além de guiar o sacrificado ao mundo que não pertence aos humanos. Tanto Iaúna quanto o irmão, após a iniciação, passaram a ser chamados com frequência para realizar os ritos, como acontecia com a maioria dos integrantes da tribo.

Precedendo aos sacrifícios e ao ritual do deus Céu, a mãe de Iaúna mastigava uma grande quantidade de ervas, juntamente com ajudantes iniciadas. Essa massa, misturada a outros ingredientes, seria posteriormente levada a uma água morna para infusão, assim que a lua cheia apontasse.

Dado que os Moxiruna não dominavam o fogo, a água morna era obtida por um processo de exposição ao sol, acondicionada em grandes folhas verde-escuras de uma palmeira raríssima, enroladas em forma de cone e apoiadas em troncos perfurados. Em paralelo, grandes igaçabas – espécie de pote ou talha de barro – eram também expostas ao sol, atingindo altas temperaturas.

Ao fim da tarde, a água quente era despejada nas igaçabas aquecidas e estas, imediatamente enterradas para que o calor fosse conservado até o surgimento da lua cheia. Assim que anoitecia, os prisioneiros recebiam uma forte dose da infusão. A ingestão de tais ervas deixava-os num estado de torpor, semiconscientes e anestesiados. Toda a tribo, com exceção dos que estavam participando diretamente, emitia um mantra cujas palavras geravam um poderoso som que envolvia todo o espaço ocupado pelo ritual. Essas ondas de energia, que resultavam do som do mantra e eram fundamentais para a manutenção do estado alterado de consciência, antecediam o ritual em que os prisioneiros seriam sacrificados.

Deitados e amarrados, era-lhes cortado o peito num golpe de faca de pedra, que dilacerava a parte frontal mais à esquerda da caixa torácica, expondo o coração. O sangue jorrava pela secção das principais artérias que dão vida ao corpo humano. O coração era arrancado ainda pulsando através das costelas afastadas pelas mãos dos algozes e depositado em uma cuia de coco. As vítimas mal esboçavam reação de dor, mostrando-se inertes pela retirada do órgão que as mantinha vivas. A jovem Iaúna repetia o gesto, pois havia sido muito bem treinada pelo pai. Os corações ainda estavam "vivos" quando depositados nas cuias com a infusão, e em seguida acontecia a hábil retirada do cérebro dos prisioneiros, realizada com uma machadinha e uma lâmina de bambu afiadíssima, de uso exclusivo no ritual.

As "oferendas" eram viradas de lado, e uma cava era aberta em sua nuca logo acima da coluna cervical. Com a cava aberta, o cérebro ficava exposto e era então removido com uma ferramenta em forma de concha, feita de madeira. Não se podia demorar, pois o cérebro também terminava na igaçaba para fazer parte da infusão. O líquido se tornava meio gelatinoso e seria absorvido por aqueles que receberiam os poderes concedidos pelo deus Céu.

Os Moxiruna ofereciam tal sacrifício acreditando na eficácia do bem sobre o mal, do bom sobre o ruim. Verdade seja dita, eram índios que não atacavam ninguém, mas contra-atacavam de forma implacável, pois acreditavam que a reação precisava dar um recado claro e definitivo. Nunca promoviam agressões a que tribo fosse. Porém, com certeza, eles se defendiam de invasões e saques de todos os gêneros, de tentativas de violência à tribo, e, uma vez que se consideravam bons e mansos, ao fazer o ritual ao deus Céu buscavam fundir coração e cérebro de espíritos ruins – seus prisioneiros, agressores e tiranos – ao coração e cérebro de espíritos bons, ou seja, deles mesmos. Fundiam aquilo que existia de bom, como sua astúcia, inteligência e amor à natureza, para o correto uso – na visão deles – por parte da população da tribo, de seu bem-estar, sua evolução e desenvolvimento.

Os corpos sacrificados eram levados ao rio Uaupés e, depois de lavados, oferecidos ao deus Céu. Ficavam boiando, ao sabor da correnteza, numa espécie de esquife feito de galhos e folhas. Ao mesmo tempo, deixar tais corpos mutilados, boiando no rio, constituía forte mensagem às outras tribos da região para que não despertassem a ira dos Moxiruna.

Ao sorver aquele líquido, resultado da mistura do coração e do cérebro do inimigo com ervas da floresta, pedia-se ao deus Céu o dom da inteligência suprema. Aquele elixir alquímico deveria ser tomado em um mínimo de três goles. Em seguida, os índios escolhidos precisavam se deitar para serem amarrados, pois entrariam em delírio. Delírio longo, de pelo menos quatro horas. Era o deus Céu fazendo a sua parte: agradecendo o sacrifício e conferindo-lhes o dom.

* * *

Iaúna experimentou os delírios que o deus Céu conferia a quem bebesse daquele elixir. Causavam calores, calafrios, visões, espasmos, sinapses violentas, pupilas dilatadas, taquicardia e zumbido nos ouvidos. Visão de um mundo absolutamente interligado em feixes de cores, sons, pessoas, animais. Visões da Terra, do ponto de vista do espaço, e visões do universo, do ponto de vista da Terra. A sensação era de flutuação e conexão através de fachos de luz entre os cérebros de entes que pareciam ser da tribo, mas que se encontravam em outra dimensão, em outra parte que não na floresta, que não neste planeta. O elixir produzia uma experiência única, avassaladora, sensações que deixaram a jovem Iaúna exausta por um bom tempo.

No dia seguinte, como sempre, não apenas a jovem Iaúna, mas todos da tribo acordaram exaustos em função do trabalho duro de preparo do ritual, das danças, das orações e do forte teor emocional.

O dia era guardado para retirar as sobras dos elementos utilizados, sempre enterrados à frente da tribo. Organizavam e arrumavam os utensílios, verificavam se as armadilhas estavam em ordem e se os corpos oferecidos em sacrifício não haviam se enroscado em raízes, em alguma área próxima à aldeia. Para garantir o êxito, era feito um minucioso trabalho de varredura da margem direita do rio. O recado aos povos vizinhos precisava ser efetivo e sem falhas.

Iaúna estava se sentindo muito bem. Em estado de alerta, percebia que absorvia tudo o que ocorria ao seu redor. Lembrava-se de cada detalhe, e seus sentidos operavam de forma frenética. Era o elixir! Seu efeito era impressionante! Era o elixir!!!

1995, Triste Ano

Setembro de 1995, quarta-feira à noite, por volta das 19:00, o pai de Tavinho, como sempre, havia saído do trabalho e voltava para casa. A poucos metros da faculdade, foi surpreendido por dois assaltantes armados.

"Por que eu?" Carro básico, roupas simples, nada de ostentação. "Por que eu?" Passado o susto inicial, o professor Albuquerque não esboçou qualquer reação, levantou as mãos e, ao comando dos assaltantes, desceu do veículo, começando a entregar tudo o que tinha: celular, carteira, relógio...

– A pasta – explicou – é de trabalho. Não levem, por favor. São as provas dos meus alunos.

Apresentou-se dizendo que era professor, acrescentando que não havia nada de valor na pasta. O que o professor não sabia é que estava lidando com criminosos de alta periculosidade, ligadaços de pó.

– Mentiroso do caralho!

Um dos bandidos lhe deu um soco na cara que o fez cair de joelhos. Meio tonto, ergueu-se apoiando-se no carro, enquanto o outro assaltante, aos berros, completava o serviço: uma coronhada, que fez seus óculos voarem e se espatifarem no chão. O golpe acertou em cheio o osso zigomático, abrindo um enorme corte pelo qual começou a escorrer sangue.

– Mala de barão! Professor porra nenhuma!

Então, os dois assaltantes passaram a jogar todas as provas e a papelada no chão, aos olhos atônitos da vítima, que, impotente, machucada e tonta, seguiu ali parada, sem reagir.

– Aí, otário! Entra no carro e some daqui!

– Eu... eu não estou enxergando direito. Meus óculos...

Um deles o levantou do chão com violência e o colocou de pé ao lado do veículo. Logo em seguida, ouviu-se um som seco de tiro – abafado talvez pelo trânsito, pelos carros, pelas buzinas que tocavam sem parar.

– Puta merda, imbecil! O que você fez?

– Sei lá! Eu não atirei nele! Só coloquei ele de pé!

– Como não atirou? Olha a cabeça do tio! Olha o sangue!

– Mas nem puxei o gatilho.

– Seu bosta! O cara tá morto! Era só pra dar um susto e…

– Cacete! Será que essa merda disparou sem querer?

O assaltante olhava a arma e procurava entender a merda que havia feito.

– Morreu?

– Caralho! Olha a quantidade de sangue que tá saindo da cabeça dele! Olha o caldo, imbecil!

Um sujeito de boné e óculos escuros, que atravessava a rua, desviou seu curso e gritou:

– Polícia! – E desapareceu no meio da confusão.

– Sujou! Deixa esse filho da puta aí! Vamos nessa. Larga a porra dessa pasta e vamos meter o pé! Larga tudo! Não quero prova com a gente! Vaza!!!

O professor Albuquerque foi alvejado por uma bala que atingiu em cheio a sua têmpora direita.

Caiu sem esboçar qualquer reação, e uma poça de sangue se formou ao redor. Algumas pessoas que estavam passando por perto, tanto a pé quanto de carro e de moto, correram para socorrê-lo. Ao constatarem a gravidade do ferimento, imediatamente afastaram os curiosos da cena chocante. Chamaram a polícia, mas não havia o que fazer. O tiro fora fatal.

É quase certo que o professor Octávio Albuquerque tenha morrido sem sequer saber o que realmente aconteceu. Nada sentiu. Foi fulminante. Na cena do crime, gente chorava em estado de choque. Não tardou para a notícia chegar à faculdade. Vários professores, alunos e colaboradores correram ao local e, desolados, se desesperavam pela morte de um professor tão especial. Choravam pelas pessoas que deixara, pela saudade que sentiriam dele. Montaram vigília no local, chamaram a imprensa para que fosse noticiada a ocorrência e a forma brutal como tudo acontecera.

A mãe de Tavinho recebeu um telefonema de uma amiga em comum do casal, que era também professora da faculdade, dizendo que o marido dela havia sofrido um acidente e fora levado para o hospital.

– Ele está bem? – quis saber Cristina.

– Não sabemos exatamente o que aconteceu. Você precisa vir imediatamente. Estarei lá na entrada esperando por você.

Toda a história foi contada à sra. Cristina Albuquerque de forma que ela não entrasse em pânico e tivesse conforto imediato da amiga que a aguardava. Os professores e as pessoas que conheciam a sra. Albuquerque acharam melhor não adiantar absolutamente nada, pois não sabiam qual poderia ser a reação dela. A amiga queria recebê-la para dar a notícia e, conforme a reação, encaminhá-la diretamente ao pronto-socorro.

Cristina, ao chegar ao hospital, só de olhar para a amiga pressentiu que algo grave havia acontecido e caiu em prantos. Amparada, recebeu a notícia. Não havia mais nada a fazer.

Tudo o que Cristina sonhara realizar com o marido terminara ali. Um sentimento de impotência se abateu sobre aquela mulher que havia planejado toda uma vida e agora via seu mundo sendo destroçado.

Aquele ato cometido pelos delinquentes representava para ela algo mais – representava o sentimento de falta de liberdade de escolha. Eles não haviam respeitado a escolha do seu marido em colaborar e sobreviver, nem seus planos para o futuro. A liberdade de decidir pela própria vida fora desrespeitada, ignorada. Ela não conseguia parar de pensar nisso, pois tinha certeza absoluta de que ele jamais reagiria. Um homem sábio, uma pessoa totalmente avessa a qualquer tipo de violência, nunca fora dado a valentias, brigas, e, mesmo assim, tinha sido assassinado. Quanto estudo, planejamento, uma vida pacífica e regrada pela busca da liberdade plena... para nada. Uma vida ceifada de forma brutal e banal.

Cristina jamais deixaria isso de lado; jamais aceitaria passivamente. Cuidaria com todas as forças para que fosse feita justiça. Para começar, *caçaria* os responsáveis pelo mal causado, e mais, faria com que pagassem caro pelo crime que haviam cometido. Esses seres do mal não ficariam impunes, pois ela conhecia muito bem o delegado da 77ª DP – Santa Cecília, bairro onde passara a infância. Ela sabia muito bem quem procurar. Por ora, no entanto, teria de cuidar de Tavinho e, para que não ficasse traumatizado, precisaria afagá-lo, confortá-lo e conversar com ele de forma a fazê-lo entender que o pai estava melhor agora do que neste plano. Muito melhor.

Meu Amor: Martha Moss

Depois que Iaúna deixou o quarto, Tavinho, com seus poucos 13 anos de vida, estava cheio de dúvidas em relação a tudo o que ouvira a respeito de tirar a vida de outros seres humanos, ainda que maus.

"Mas tirar a vida de pessoas? Ela só pode estar brincando", pensava.

Tavinho começou a imaginar como seria, se fosse verdade, a primeira parte da conversa que tivera com Iaúna.

"Já pensou? Eu ser um cara inteligente, aprender tudo de forma rápida e fácil? Ter uma supermemória, habilidades que nunca imaginei. Nossa, Martha se apaixonaria por mim. Tenho certeza! Ela iria me achar o máximo!"

Em seguida, pensou na garota da sua vida. Era apaixonado por ela: linda, não muito alta, morena, magra, olhos bem escuros e penetrantes, rosto delicado, sobrancelhas altivas, inteligente e estudiosa.

"É com ela que eu vou me casar, ter filhos. Ela é a garota com quem eu sonho ficar junto por toda a vida, exatamente como papai e mamãe um dia sonharam. Mas burrão como eu sou? Como ela vai gostar de mim? Bom, eu vou fazer de tudo para que ela me queira e eu a mereça."

Martha é filha de neozelandeses; aliás, Tavinho conheceu a mãe dela e constatou que era linda também.

"Mais um ponto pra Martha!", pensa Tavinho, sorrindo. "A mãe gostou de mim. Deu pra perceber. Ponto pra mim também."

O pai é um importante executivo, e foi transferido para o Brasil, com a missão de liderar uma mudança estratégica numa empresa que fabrica e importa componentes eletrônicos para automação veicular, um negócio de futuro para a indústria automobilística brasileira.

Martha já tinha uma ideia clara do que desejava ser. Pretendia seguir a carreira do pai, pois achava um charme ser diretora executiva, como a mãe de Tavinho. Também achava importante ser diferente da mãe, que se dedicara à vida de acompanhante do pai em todos os locais para onde a empresa o transferia. Ele era uma espécie de coringa na gestão da companhia, de forma que viajava muito, e toda a família tinha de se adaptar a isso. Em relação ao Brasil, o sr. Moss esperava ficar por mais tempo, em função do tamanho do mercado que o país representava, pela sua importância comercial. Ele sabia que, para qualquer operação mundial, o Brasil tinha um peso importantíssimo. Sendo assim, sempre se mostrara empenhado em tentar fincar raízes por aqui.

"Nunca saí com a Martha, nem sei bem por quê. Aliás, acho que sei... Ela poderia muito bem fazer parte do nosso grupo, mas sabe como são as garotas. A Fernanda e a Silvia morrem de ciúmes. Acham que é uma fresca, narizinho empinado e chata. Se referem a ela como "a gringa", cheias de despeito. Mas já percebi que não gostam dela porque é a mais gata da turma – só isso. Morrem de inveja. Ela é legal. Acho até que fica chateada com isso, e então se faz de feia. Às vezes, se arruma mal pra ver se é aceita pelo grupo. Eu faço a minha parte, tento ao máximo incluí-la, dou a maior atenção, chamo para as conversas, para as brincadeiras, tento de tudo. O ruim é que tem um monte de cara dando em cima dela, mais velhos, que raiva! Mas também, pudera! Ela é linda! É linda linda linda. Acho que isso é paixão! Não pode ser outra coisa."

Apesar de Tavinho ter suas inseguranças, Martha via nele um garoto de muitas qualidades, qualidades estas que não percebia no pai nem em outros garotos. Ela o via como alguém que se importava com todos e era muito carinhoso. "Pena ele não gostar de estudar", pensava Martha. Acreditava que lhe faltava interesse, força de vontade. "Não fosse isso, ele seria perfeito."

Revelações

Sábado, conforme o combinado, Tavinho acordou às 5:15, pois tinha uma grande jornada pela frente. Cristina ainda dormia, mas sabia que Tavinho sairia cedo para visitar Iaúna e passar a manhã com ela. No dia anterior, Cristina lhe dera a recomendação:

– Deixei dinheiro para o táxi. Pega um no ponto aqui em frente, a essa hora seu Joaquim deve estar lá. Ah, e não se esqueça de levar meu celular reserva, filho! Se eu precisar, quero saber que posso falar com você a qualquer momento, meu gatão!

– Pode deixar, mãe, não vou esquecer. Já coloquei pra carregar. Se precisar, me ligue.

– Viu, Tavinho, não incomode muito Iaúna, ok? Sei que ela convidou você para passarem a manhã juntos, mas ela precisa descansar.

– Sim, tá bem. Não devo demorar por lá, não.

Tavinho bebeu uma rápida xícara de café com leite, comeu uma tigela cheia de cereal, daquele bem doce, e, às seis em ponto, partiu para pegar o ônibus 609, que, segundo Iaúna, iria direto para Santa Cecília. O ponto final ficava a umas três quadras do destino.

O adolescente já se achava totalmente apto a tomar um ônibus, precisava provar para si mesmo que tinha sua própria independência, não era um garotinho mimado. Se queria ser alguém na vida, então estava mais do que na hora de começar a tomar certas decisões. Desobedeceria à recomendação da mãe. Era necessário.

A casa ficava numa área residencial do bairro, na qual havia vários imóveis assobradados, todos um tanto feinhos, com exceção do dela, que era maior e mais vistoso, não só pela localização, como também pela impecável conservação.

Não podemos esquecer que esse bairro abrigara, por longos anos, as mansões e residências dos fazendeiros de café, quando vinham a negócios à capital. Ficava também, nas cercanias, o principal hospital da cidade à época, a Santa Casa. Contudo, a decadência do bairro, devido à crise de 1929, seguida pela Revolução de 1930, geraram perdas significativas a muitas famílias, que, ali instaladas, tiveram de mudar-se para bairros mais afastados. Muitos casarões e mansões acabaram sendo demolidos, cedendo suas áreas à especulação imobiliária. Outros – porém poucos – imóveis continuaram de pé, como o da família de Cristina, e acabaram por ser alugados.

Eram 6:40, e ele estava um pouco adiantado; melhor assim, porque ainda teria de caminhar uns 10 minutos.

Começou por subir um ladeirão que margeava um túnel, entrando na parte considerada a mais nobre do bairro.

Finalmente, Tavinho chegou à casa de Iaúna. Por sua arquitetura, caracterizava muito bem a história do bairro e da São Paulo antiga.

Uma escada que saía do centro do jardim até a frente da casa levava os convidados ao saguão de distribuição das salas de estar e jantar, após vencerem a imponente porta de pinho de riga da entrada principal, que devia ter uns três metros de altura. As janelas nas laterais, também altas, iluminavam a sala de estar e a sala de jantar. A escada fora colocada ali para dar um ar aristocrático à entrada principal.

Na parte de baixo desses antigos casarões, um grande porão ocupava toda a área sob o assoalho de madeira. Esses porões eram verdadeiros salões que abrigavam a garagem em uma das laterais, facilitavam as manutenções elétrica e hidráulica, proporcionavam isolamento de umidade e, é claro, serviam também de depósito.

Eram casas práticas, bonitas, de arquitetura amplamente usada pela colônia italiana na cidade de São Paulo. Invariavelmente, tinham dois andares, além do porão, como a casa de Iaúna. O segundo andar era alcançado por uma bela e enorme escada interna que saía do centro do saguão, e ao fundo ficavam a copa, a cozinha e o lavabo, este situado embaixo da escada, além de uma saleta extra que também servia de confortável quarto de hóspedes. No andar superior, havia um pequeno corredor que levava a quatro quartos e dois banheiros. Nenhum era suíte. Na época da construção, as suítes eram raras. O que podia mudar era o tamanho das casas. Mas a solução arquitetônica permanecia quase sempre a mesma.

Tavinho tocou a campainha.

– Oi, Tavinho, entra! – gritou Iaúna, lá de cima da escada. – Está aberta.

– Oi, dona Iaúna, tudo bem?

– Tudo, querido! Senta aí, deixei preparados chá e biscoitinhos deliciosos que eu mesma fiz. Você vai gostar.

– Essa sua casa é da hora!

Ela riu da gíria e começou a descer a escada.

– Dona Iaúna, estou muito ansioso pra saber o que a senhora tem pra mim. O que é essa coisa que a senhora disse que deve melhorar a minha inteligência, matar gente ruim, o que isso tudo quer dizer? Hoje, a senhora vai me contar, né?

– Claro, querido. Vou por partes, para que você não fique assustado, pois são coisas que você deverá ir assimilando com bastante calma. Mas gostaria que a gente começasse da forma mais simples possível, para ver se você já sente algum efeito e...

– Tá, mas como funciona isso? Estou achando tudo muito sinistro – interrompeu-a.

– Calma, fique tranquilo. Você sabe muito bem que eu te quero como ao filho que sempre sonhei ter. Infelizmente a vida não me presenteou, mas um dia... Então, querido, como você bem sabe, sou uma índia velha e trouxe comigo a fórmula de um elixir herdado dos meus ancestrais. Somente eu sei, ou talvez... é... pensando bem, somente eu tenho essa receita. Esta beberagem, este elixir, como quiser chamar, desperta a inteligência de quem o ingere. É uma infusão cujo líquido, como você vai ver, é meio gelatinoso.

– É bruxaria?

– Não, Tavinho. Não se trata de bruxaria, mas de invocação aos deuses que regem, neste planeta, a inteligência para o bem, e não para o mal, desde que acreditemos nisso. E eu acredito! O elixir é feito com ervas e outros ingredientes que, associados a uma reza que faço, vestida com os trajes dos meus ancestrais, e a um mantra, passam a invocar a força da inteligência para que ela incorpore em nós… nesse caso, em você. Com isso, surgirá o despertar da sua inteligência, da sua memória e da capacidade de absorver rapidamente conhecimento, processá-lo e aplicá-lo. Não quero que você se assuste, por isso estou relatando o que vou ter que fazer para que o rito dê certo. Vou pedir para você tomar o elixir e se deitar no tatame do quarto aqui ao lado; vou lhe mostrar onde fica. E vou precisar amarrar você, pois terá delírios. Se tudo der certo, você vai delirar devido à ação do elixir no seu cérebro, e as amarras serão usadas para você não se machucar. Depois de cessarem os delírios, você dormirá profundamente por, no mínimo, umas três horas. Quando sair daqui, você começará a sentir os efeitos do elixir, e, na sua escola, ao longo das aulas, veremos o resultado. Será isso que precisaremos observar depois: como você se comportará nas aulas. O que está achando disso tudo, amor da minha vida?

– Me assusta um pouco, mas eu disse que faria qualquer coisa pra ter inteligência. *Qualquer* coisa. Então, eu quero experimentar.

– Mesmo que isso signifique que alguém terá que morrer? Alguém com espírito maligno terá que morrer para termos o elixir. Homem ou mulher. A inteligência desse ser do mal deverá ser incorporada ao cérebro de um ser do bem, no caso você. Lembra-se de que comentei isso?

– Eu lembro, claro! É, dona Iaúna… pensei nisso também. Continuo afirmando que faria qualquer coisa para os meus pais terem orgulho de mim, para honrar o sobrenome Albuquerque com inteligência, fazer o bem, dar conforto às pessoas. Desejo muito isso.

– Perfeito, meu filho, vejo que você está disposto a dar a contrapartida. Vejo que está pronto… ou quase pronto.

In-Justiça?

Cristina Albuquerque nunca deixou de lado a busca pelos assassinos do marido, e, graças ao excelente relacionamento da sua família com pessoas de influência do bairro Santa Cecília, as investigações não ficaram paradas, ao contrário, foram conduzidas com alto grau de interesse e celeridade. Não foi fácil, pois só havia pistas de testemunhas oculares. Em primeiro lugar, foi um verdadeiro garimpo encontrar pessoas que tivessem visto os assassinos fugindo, refazer trajetórias, buscar pistas, colher depoimentos... Descobriu-se que eram viciados, violentos e tinham total desprezo pela vida.

Constatou-se também que eram conhecidos e temidos, moradores de um cortiço nas proximidades da cracolândia. Isso ajudou; contudo, quando perceberam a movimentação dos policiais no seu encalço, sumiram da área por um período e saíram do Estado. A polícia, então, passou a monitorar a possível volta deles sem que percebessem e, ao mesmo tempo, infiltrou-se na cracolândia para aguardar a oportunidade de conduzi-los à delegacia assim que retornassem.

A polícia sabia que voltariam quando acreditassem que o caso havia esfriado. Esse tipo de marginal não sabe operar em outro lugar, não tem a menor estrutura. Então, quando o dinheiro acaba ou quando quem dá retaguarda resolve expulsá-los, voltam para seu local de ação.

Tratou-se de uma operação cinematográfica, de muita inteligência investigativa, mas dada a falta de integração com a polícia de outros Estados, levaram seis meses para conseguir prender o autor do disparo e seu comparsa, protagonistas da fatídica noite de primavera de 1995. Portanto, precisamente em 16 de março de 1996, logo pela manhã, era preso um dos meliantes.

Levado à delegacia, foi trancado num subterrâneo forrado de azulejos brancos, um espaço fétido e tomado de infiltrações, cuja mesa baixa e suas três cadeiras de alumínio davam ao interrogado uma pista do que acontecia por ali. Ao fundo, havia uma espécie de maca, uma mangueira ligada a uma torneira e um armário fechado, além de um ralo enorme no centro. Numa das paredes, via-se um daqueles espelhos que, na realidade, são espelho de um lado e, do outro, um vidro pelo qual outras pessoas podem ver, além de ouvir por um interfone, o que se passa na sala de inquérito policial. Nesse ambiente de arrepiar, estava Cleverson.

Assim que ele se sentou, prenderam as algemas que já circundavam os pulsos do delinquente no aro central da mesa, de forma que ele ficou com as mãos presas e à mostra. Dois investigadores fizeram perguntas ao bandido pálido de medo, nervoso e ofegante. Ele entendeu perfeitamente o que o aguardava.

– Cadê o teu comparsa?

– Não sei nã...

Antes mesmo de terminar, o outro investigador deu-lhe uma porrada na região lombar, que o fez se contorcer. A borracha dos cassetetes usados nessas ocasiões era envolvida em um pano de chão molhado para que não deixasse marcas.

– Se você falar logo, ele não vai mais usar, prometo. Mas se você não falar onde tá o teu comparsa, filho de uma grande puta como você, tu vai sentir esse cabo te atravessando por dentro. Cadê o teu...

– Eu não sei, juro.

– Ah! Você jura? Então quero saber uma coisa. Agora vai ter que falar. Foi você ou o teu comparsa que atirou?

– Eu não atirei, não senhor. Eu perdi um dedo, ó, num acidente. Nem consigo mais segurar uma arma. Foi o Joilson.

– Ah, foi o outro. Você só ficou olhando, né? Você é o bonzinho. Como é o nome deste merda aqui? – perguntou o investigador ao outro policial que estava com o cassetete de borracha.

– Cleverson, chefe.

– Ah, Cleverson! Bonito nome, hein? E então, se você é o bonzinho, vai ter que falar. Se não foi você que atirou, deve pegar, no mínimo, seis anos.

Seu comparsa é que tá fodido, vai levar uns 20, 30 anos mofando na cadeia. E então, vai falar?

– Foi acidente! O Joilson disparou por acidente!

– Não foi isso que eu te perguntei. Pela última vez, antes que as coisas piorem pro teu lado, eu vou perguntar de novo: cadê o Joilson?

Silêncio. Tomou outra cacetada que o fez cair da cadeira, ficando pendurado pelas algemas, pernas dobradas, ajoelhado no chão. A reação foi de um gemido agudo de dor, sem que conseguisse respirar e tomar fôlego.

– Não vai falar? Vai deitar na maca olhando pra cima!

Outro gemido, seguido de tentativa de tomar fôlego.

– Prende ele na maca e me passa o pano enrolado na borracha!

Antes de o policial deitá-lo na maca, deu-lhe mais uma cacetada na altura dos rins – o delinquente perdeu o ar por mais uns bons segundos. Ao recobrar a respiração, berrava que queria a presença de um advogado, berrava que não queria morrer.

– Ah, se não falar, vai morrer, sim, e afogado. Esse *carinho* foi só uma amostra de como é ficar sem ar. Presta atenção: foi uma amostra grátis, seu filho da puta! Então, vai falar?

O delinquente gemia e não dava a informação.

O investigador meteu um pano de chão na cara dele, ligou a mangueira e começou a jogar água na boca e no nariz do sujeito, levando-o a uma sensação terrível de afogamento, pois, enquanto o torturado tenta pegar mais ar, mais se afoga com a água.

Isso explicava o ralo.

O investigador tirou o pano do rosto do infeliz, que, engasgado, se debatia amarrado à maca.

– Vai falar agora? Onde está o filho da puta do teu comparsa? Você não sai daqui vivo até dizer. Deu pra entender? Você tá fodido! Não tem ninguém pra te buscar. Só o IML, se você não falar. Já matou a sede ou quer beber mais um pouquinho? Pra mim, tá fácil. Depois arrumamos um lençol e dizemos pra todo mundo que você se enforcou na cela. Prefere sair como daqui, vivo ou morto?

Mal recobrando o fôlego e tossindo, Cleverson assentiu com a cabeça.

– Então fala logo, seu filho da puta! Fala!

Mais uns segundos, ele disse:

– Vo… Vou… Vou falar…

Na tarde do mesmo dia, o autor do disparo que vitimou o professor Octávio Albuquerque foi preso, no exato lugar que seu comparsa indicara. A justiça ainda estava por ser feita, pois haveria um longo período para o julgamento e a declaração da pena para os dois delinquentes. A luta de Cristina estava apenas começando.

PARTE DOIS

Marcas que ficam

O Dia em que os Moxiruna Desapareceram

A noite do ritual ao deus Céu, iluminada pela lua cheia, estava preenchida pelo som inebriante dos mantras emitidos pelos membros da tribo para invocação do deus, mas também atormentada pelos gritos delirantes daqueles que haviam tomado o elixir.

Durante a manhã que se seguia ao ritual, os Moxiruna deixavam explícito o motivo pelo qual se tornaram tão temidos. Faziam questão de expor os corpos mutilados em uma espécie de esquife feito de galhos e folhas, lançado ao sabor da correnteza no rio Uaupés. Faziam isso para garantir que a prática não fosse vista como uma lenda, embora, de tempos em tempos, aparecessem tribos que ousavam um ataque.

Nesse mesmo dia, reforçavam as celas de madeira dos prisioneiros que ainda seriam sacrificados, pois, cientes do ocorrido aos escolhidos para o sacrifício da noite anterior, procuravam desesperadamente todo e qualquer meio de fuga.

Os Moxiruna conferiam e apertavam as amarras de cipó das celas, reforçavam os troncos verticais que serviam de grades naturais e amarravam os prisioneiros entre si. Era impossível escapar sem que fossem ouvidos ou percebidos.

Contudo, por ironia, nesses dias os Moxiruna se encontravam fragilizados e vulneráveis. Em função de todos os trabalhos de preparação para o ritual – menos horas de descanso, muito esforço físico e mental –, acabavam ficando sonolentos, exaustos e até mesmo estressados. Mas, é claro, nenhuma tribo sabia disso.

* * *

A índia Iaúna e seu irmão – que haviam ingerido o elixir na noite anterior e tinham, respectivamente, cerca de 30 e 25 anos de idade – foram incumbidos pelo cacique de verificar na floresta, através das possíveis trilhas de chegada de invasores, se as arapucas estavam em ordem e se os chocalhos se encontravam bem posicionados, para que o alarme não falhasse.

O irmão de Iaúna, excelente arqueiro – o melhor atirador da tribo –, possuía invejável capacidade de caça a longa distância, mãos firmes e olhos de águia. Quando mirava sua presa... o alimento do dia estava garantido.

Vez por outra, durante o descanso da caminhada, puxavam um cipó e dele extraíam água, batendo-o contra os troncos e cortando-o na parte inferior; em seguida, saciavam a sede sugando o líquido puro e cristalino.

De repente, um chocalho se mexeu. Iaúna parou e olhou para o irmão. Os dois trocaram um sorriso confiante, como que se perguntando: "Faremos mais prisioneiros? Nossos inimigos não aprendem nunca?"

Saíram da trilha para verificar a origem da zoada e avaliar se precisariam buscar reforço. À frente viram um grupo de mais ou menos 20 jagunços portando espingardas, revólveres e facões. Carregavam também escadas longas e cordas que serviriam tanto para transpor possíveis armadilhas, como para escalar pedras e chegar à aldeia através do rio.

A visão foi assustadora, e eles ficaram desesperados para voltar, avisar a tribo e colocá-la de prontidão para enfrentar os agressores, os quais não seria nada fácil combater. Deram meia-volta e correram como nunca em direção à aldeia, sem medir esforços para superar os obstáculos da mata. A tranquilidade ficou para trás, e tudo o que restava era lutar pela própria sobrevivência e, consequentemente, pela de sua tribo.

Ao longo do caminho, ouviram tiros e gritos. Não se falavam, mas já deduziam o desastre. Um outro grupo enorme, de mais ou menos 40 homens brancos, armados até os dentes, havia alcançado a aldeia. O grupo menor lá estava para cercar os possíveis fugitivos que adentrassem o coração da mata.

Gente sem a menor piedade, que dominava, usurpava e destruía a natureza e o solo porque deles extraía madeira e ouro. Eram garimpeiros que já haviam prospectado na região onde se situava a aldeia e descoberto enorme potencial para a exploração de minérios.

Os Moxiruna se defenderam bravamente com suas lanças pontiagudas, machados, flechas e porretes, porém sem a menor chance de sobrevivência contra armas de fogo.

– Mata tudo! Criança, mulher... Não quero ninguém vivo! – ordenou o líder.

Foi uma chacina sem precedentes. Não havia razão para aniquilarem toda a tribo, bastaria abater os guerreiros e os que viessem a oferecer resistência. Entretanto, a fama dos Moxiruna circulava pela floresta. Havia relatos de que também as índias mutilavam os prisioneiros vivos e comiam seus corações e cérebros. Os garimpeiros estavam a par de tal ferocidade.

Os jovens irmãos correram para a oca, mas já era tarde... os invasores se separaram em grupos e, formando várias linhas simultâneas de ataque, abateram quem cruzou seu caminho.

O pai de Iaúna, por ser o cacique, foi um dos primeiros a perder a vida, atingido por uma bala no peito e em seguida sendo degolado. Depois, foi a vez da mãe, pois os dois, ao constatarem a invasão por terra e rio, colocaram-se à frente da tribo.

Os jovens irmãos assistiram a tudo, sem nada poder fazer. Estarrecidos, e não se sabe se por instinto ou devido à inteligência adquirida no ritual da noite anterior, agiram com a razão, mantendo-se escondidos e absolutamente imóveis. Quando viram os garimpeiros se afastando da oca dos pais, sem mais ninguém vivo, conseguiram entrar, recolheram o que puderam – sementes, corantes, folhas de chá, um cocar de cerimônias, alimentos, ferramentas, cordas feitas de cipó –, e, com muita dor no coração, partiram mata adentro, sem deixar vestígios.

Os garimpeiros simplesmente dizimaram a tribo em meia hora. Se algo se mexia ou se arrastava, vinha o tiro de misericórdia. Se alguma criança ainda chorava, levava imediatamente uma bala na cabeça. Se alguém, ferido ou não, pedia clemência, ajoelhando-se e colocando as mãos para o alto, era sumariamente sacrificado. Nem mesmo os prisioneiros que estavam amarrados nas celas foram poupados. Aquele grupo de garimpeiros não queria testemunhas, relatos ou quaisquer possibilidades de vestígio que pudessem incriminá-los.

Terminada a carnificina, o chefe do bando ordenou aos cinquenta e poucos homens – os Moxiruna conseguiram matar uns cinco ou seis e ferir outros sete ou oito – que deixassem a estrutura das ocas absolutamente intacta para configurar abandono do local. Deu ordens também para que sumissem com absolutamente todos os corpos, atirando-os no rio.

Assim foi feito, e com isso os cadáveres ensanguentados atraíram rapidamente enormes cardumes de piranhas. Por várias horas, as águas do sereno Uaupés, bem como a terra argilosa e esbranquiçada de suas margens, ficaram totalmente rubras.

Os irmãos correram, correram muito, deixando para trás não somente o som dos gritos desesperados, a imagem dos pais sendo mortos e degolados, mas sua história e as pedras que guardavam seus desenhos. Entretanto, jamais deixariam de ser Moxirunas. Levaram consigo, não só na mente, mas também no coração, o que de mais valioso possuíam: sua cultura. Prometeram que carregariam sempre consigo seus pertences e lembranças que tinham conseguido juntar e acondicionar, às pressas, em fardos de cipó trançado. A promessa se faria cumprir. Jamais se renderiam a outras tribos ou mesmo aos costumes dos brancos. Jamais seriam submissos. Revanche, vingança… sentimentos que os irmãos carregariam para sempre.

Após duas noites de caminhada floresta adentro, estavam exaustos. Não pararam um só minuto por medo de serem encontrados por algum dos assassinos. No terceiro dia, faltou-lhes sorte ao se depararem com um grupo de garimpeiros que buscavam indícios de ouro.

Um dos garimpeiros chamou pelo rádio um jipe que os ajudaria na perseguição dos dois, que saíram em disparada. Iaruanã olhou para a irmã e lhe passou o plano de fuga:

– Melhor nos separarmos. Teremos mais chance de sobreviver, pelo menos um de nós.

– Não! Você está louco!

– Irmã, eu vou pular no rio. Você vai por terra, e para o lado oposto. Contra a correnteza. Eu sou um guerreiro, eu vou sobreviver.

– Não! O rio é perigoso! Não faça isso! Não pule!

– Irmã, fuja! Fuja agora que ninguém está vendo. Corra! Vou chamar a atenção deles. Eles virão atrás de mim, e isso dará tempo a você. Eles vão achar que pulamos juntos.

– Mas você vai morrer no rio. Está muito cansado para nadar. A correnteza está forte por causa das chuvas.

– Iaúna, não temos escolha. Te amo, irmã! Nos veremos em algum lugar, em algum tempo. Confie em mim. Vá enquanto tem energia para fugir. Corra!

Abraçaram-se por alguns segundos.

– Te amo, querido irmão, que o deus Céu te proteja.

Iaúna se separou do irmão e começou a subir por uma trilha, na direção oposta à dos garimpeiros: a encosta de um morro que margeava o rio. Embrenhou-se na mata, de forma que os via sem que eles pudessem vê-la. Parou um pouco durante a subida e pôde observar que o irmão ficara parado, agachado, fingindo se esconder, para que fosse visto e o perseguissem.

Com a aproximação dos garimpeiros, ele mergulhou nas águas caudalosas. Iaúna ficou admirada com a sua perspicácia, pois ele manteve ao seu lado uma cabaça, na qual passou o que parecia ser um lodo marrom-escuro, quase preto. Por isso estava agachado. Ele fizera com que aquela cabaça ficasse parecendo a cabeça dela, enganando, assim, os algozes e levando-os a terem certeza de que ambos haviam pulado no rio.

O irmão foi levado pela correnteza, sem que os perseguidores pudessem alcançá-lo. O rio arrastou-o com força para o meio de suas águas em questão de segundos. Ele estava sozinho e corria perigo. Mesmo que sobrevivesse ao rio, ainda teria que vencer a floresta e seus animais, e o bando de jagunços violentos em seu encalço. Difícil, muito difícil superar tudo aquilo.

A jovem índia, abalada com tudo que havia vivenciado e imaginando que o irmão não sobreviveria, juntou as forças que lhe restavam, virou-se para o lado contrário e seguiu, a passos largos como uma onça, morro acima.

Obedeceu aos instintos do irmão, que estavam absolutamente certos, pois sabia aonde aquela direção a levaria.

Iaúna ficou sozinha no mundo, mas não por muito tempo. Após mais um dia vagando pela floresta, chegou a um assentamento. Recebeu doses de diversas vacinas, além de cuidados médicos para que não viesse a se contaminar com qualquer doença do homem branco. Permaneceu calada, sem dizer a que tribo pertencia. Astuta, não queria correr o risco de que os garimpeiros viessem a saber que havia uma Moxiruna sobrevivente. A morte seria certa.

Até hoje, não se sabe exatamente o que aconteceu com os Moxiruna. Seu desaparecimento continua envolto em mistério. Somente a índia Iaúna e o irmão sabiam o que realmente sucedera. Entretanto, ela guardaria o segredo consigo e não comentaria com absolutamente ninguém. Triste e assustada, sozinha no mundo, ficou no assentamento, até que a jovem Cristina, ao encontrá-la, mudou sua sorte.

Impunidade?

Passaram-se dois anos desde o dia em que o professor Octávio Albuquerque foi assassinado. São 17 de outubro de 1997, será proferida a sentença dos réus – os criminosos Cleverson e Joilson.

Após longo julgamento, eles estão de pé aguardando o veredicto. Cristina Albuquerque se encontra na audiência. Contratou excelentes criminalistas e acompanhou o caso de perto para ter certeza de que a justiça será feita. Como sempre, está elegante, trajando, em sinal de luto, um vestido preto. Iaúna a acompanha e também veste preto. A esperança é que os assassinos paguem caro pela maldade que fizeram.

Os réus foram julgados juntos. A defesa trabalhou simultaneamente com Cleverson e Joilson, para deixar claro que haviam agido com o intuito de apenas praticar um roubo, minimizando assim a sequência que culminou no latrocínio. Em contrapartida, a promotoria está confiante de que a punição será exemplar.

Após o trabalho e a votação do júri em sala reservada, e já na sala de audiência, o juiz pede:

– Todos de pé!

O escrivão está a postos para dar início à digitação da sentença que Cristina aguarda com enorme ansiedade.

Após as formalidades, o juiz começa a leitura:

– Dado que não restou demonstrado, consoante análise da prova carreada aos autos, que o réu agiu de forma dolosa enquanto do eventual disparo da arma que causou a morte da vítima, o júri, por maioria, absolveu o réu Joilson da sentença de homicídio qualificado.

Ouvem-se murmúrios na sala, como que perguntando se as palavras do juiz foram ouvidas corretamente.

– Silêncio! Silêncio no tribunal. Silêncio! – exige o juiz.

Perplexas, as pessoas se calam. Lágrimas escorrem pelo rosto de Cristina enquanto ela olha para baixo e se curva devido à dor angustiante no peito.

O juiz continua:

– Na verdade, há duas versões possíveis para explicar o evento denunciado. Houve dúvidas se fora mesmo Joilson o autor do disparo, pois nunca se encontrou a arma, tampouco a cápsula, e, quando descobriram o paradeiro do réu, já era tarde demais para procurar qualquer vestígio de pólvora nas mãos. Além disso, a confissão foi contestada pelos advogados de defesa, porque os réus denunciaram terem sido torturados pela polícia para confessar o crime. De forma um tanto equivocada, eles foram interrogados sem a presença de um advogado. Ambos sempre negaram com veemência terem feito qualquer disparo. Repetiram incansavelmente que estavam desarmados e que os ferimentos causados à vítima se deveram ao uso do cabo de um punhal, o qual alegaram ter sido jogado em um bueiro – e jamais encontrado –, e ao soco no rosto.

– Assim – continua o juiz –, patente a dúvida a respeito da responsabilidade do acusado, incabível arredar o estado de inocência que milita em favor do réu.

Murmúrios se tornam gritos e vaias do público proferidos ao juiz e ao júri. A audiência está indignada com o que acabou de ouvir. Dá-se início a um grande tumulto, o juiz pede que policiais entrem no tribunal para garantir a ordem e a proteção dos réus, ao mesmo tempo em que bate fortemente o martelo pedindo silêncio para declarar a sentença.

Cristina está aos prantos, em contraste com os réus, que sorriem em meio a gestos irônicos. Eles já se cumprimentam e abraçam seu advogado. Cristina, por outro lado, passa a se sentir culpada por não ter conseguido fazer justiça. Já está ciente do que virá pela frente. Só não grita por ser uma pessoa extremamente controlada.

– Os réus, no entanto, pelo assalto praticado com clara violência corporal e consequente subtração de objetos pertencentes à vítima, o que caracteriza roubo qualificado pelo Código Penal, ficam condenados a três anos e seis meses de reclusão. Caso encerrado!

Como eles já haviam cumprido parte da pena enquanto aguardavam o julgamento, em dois anos, no máximo, estariam soltos.

A polícia se mostrara afoita, pois não soubera cuidar das provas, testemunhas e interrogatório dos réus. Adotara uma linha de conduta prepotente e arrogante, sem uso de inteligência, acreditando que os bandidos eram dois pobres coitados, e, portanto, resolveriam logo a questão de modo truculento. Contudo, o tempo mostrara que eles haviam sido muito bem assessorados pelo escritório contratado.

E a conta? Quem bancara? Haveria alguém por trás? Como o advogado fora pago? Perguntas sem respostas que, em meio ao caos e à frustração da viúva, acabaram ficando relegadas ao segundo plano, como algo menor e sem a devida importância diante de tamanha injustiça.

Iaúna abraça e afaga Cristina na sua grande dor, e sobre seus ombros observa os dois bandidos comemorarem.

Triste fim para Cristina, que tanto ansiara por justiça.

Tavinho Está Pronto... ou Quase

– ***Beba o chá, meu filho. Pode dar três goles ou mais. Respire fundo para*** inalar a fumaça e depois se deite.

Tavinho obedece.

– Que gosto horrível! Não dá pra tomar. É gosmento. Eca...

– Beba, Tavinho... O despertar da sua inteligência depende disso. Beba. No mínimo, três goles. Beba com calma...

Naquele tatame e já desatado das amarras, três horas após ter ingerido o elixir e inalado a fumaça, Tavinho acorda faminto e sedento.

– Então, Tavinho? Como está se sentindo?

– Tô meio tonto, enjoado.

– Isso é fome! O ritual consome muita energia, e como você só tomou o café da manhã e não comeu mais nada, agora deve estar exaurido. Vou preparar um sanduíche bem gostoso de peito de frango com queijo Minas e salada. Beba esta água enquanto preparo um suco. Fica aí descansando.

Quando Iaúna volta, Tavinho está dormindo. Ela deposita o sanduíche e o suco de laranja ao lado dele, e torna a sair porque vai assar um bolo de chocolate.

Uma hora e meia depois.

– Dona Iaúna, acordei!

– Que ótimo, Tavinho! Você está com uma aparência *beeem* melhor. Assim que comer o sanduíche, um pedaço do bolo que você adora, e que está esfriando na cozinha, e tomar este suco de laranja, vai se sentir ótimo. Vai voltar para casa forte e muito bem-disposto. Como está se sentindo agora?

– Melhor, obrigado. Que horas são?

– Quase uma. Coma com calma. Se você sair daqui às duas, em menos de uma hora estará em casa. Sua mãe só deverá chegar depois das quatro. Estamos muito bem de horário.

– Quando vou começar a sentir os efeitos?

– Acho que na escola, na sala de aula. Você vai perceber uma melhora na sua memória e também na velocidade de raciocínio.

Tavinho, ansioso, não vê a hora de confirmar se tudo deu certo.

– Toma, Tavinho, do jeito que você gosta. Bolo de chocolate com calda de chocolate branco. Bom, né? – pergunta Iaúna.

Tavinho começa a devorar o pedaço de bolo.

– Hum, está uma delícia! Adoro esse bolo!

– Leva um pedaço para casa ou come no ônibus. Aliás, leva também um pedaço para sua mãe. Ela é outra que adora esse bolo!

– Sim, claro, vou levar. Engraçado, eu acho que estou me sentindo mais esperto. Mais vivo.

– É, Tavinho, isso pode acontecer. Lembro que me senti assim também, depois que tomei o chá na aldeia. Aprendi muito rapidamente a língua dos brancos. Boa parte do que sei e na velocidade que aprendi eu devo a ele. Talvez sua mãe nem tivesse me trazido, se não conseguisse falar comigo. Mas, como nos comunicamos relativamente bem, acho que ela se sentiu à vontade. Do contrário, como faríamos? Foi uma maravilha como me senti depois de tomar o elixir Moxi... Quero dizer, o chá indígena.

Iaúna quase menciona o nome da tribo Moxiruna, que ela se proibiu de enunciar. Talvez um dia o faça. Talvez em breve, até. Mas não agora, ainda é cedo.

– Dona Iaúna, me pergunte alguma coisa.

– Como assim?

– Ah, sei lá... Me pede pra fazer uma conta difícil.

– Hummm... Vamos ver: 361+427+322... Quanto d...

– 1.110!

Não deu tempo de Iaúna terminar a pergunta.

– Tavinho, isso está certo? É esse o resultado?

– Claro que é! Manda outra! Peça pra eu somar e subtrair.

– Lá vai! 230 + 433 – 211 + 40 – 156… quanto…

E, mais uma vez, Tavinho, sem deixar Iaúna terminar…

– Dá 336!

– Se está certo… é chocante!

– Me manda uma de dividir e de multiplicar! Manda!

Ele está eufórico. É impressionante. Acerta todas e com rapidez. Eles se abraçam e riem muito.

– Obrigado, dona Iaúna, não sei como agradecer!

– Não foi nada, filho, agora vá para casa! Não esqueça o seu casaco. Na segunda-feira, a gente se vê e conversa mais. Para ver *meu* Tavinho feliz e contente, eu sou capaz de qualquer coisa.

Eles terão de conversar mais… muito mais.

Lembranças

Tavinho inicia seu caminho de volta para casa. Para pegar um ônibus vazio – dica de Iaúna, pois a linha 609 não serve –, vai até um ponto que fica numa área menos nobre do bairro.

A certa altura, uma aglomeração em frente a um cortiço chama sua atenção. São várias viaturas, um veículo do IML, gente curiosa tentando ver o que está acontecendo. Tavinho se aproxima e já vai logo se intrometendo:

– Oi – diz, meio tímido, a um estranho que observa os acontecimentos. É um homem gordo, de barba por fazer, cabelos despenteados, camisa para fora da calça, chinelos. – O... o que aconteceu?

Com voz rouca e dentes amarelados pelo fumo, o homem responde:

– Sei não, moleque. Não tenho certeza, mas acho que foi assassinato. Encontraram o morto na porta dessa casa, jogado nos entulhos. Parece que não foi morte morrida. Serviço cruel, vai entender.

Ao ver que se trata de um menino, o homem não quer dizer exatamente o que o pessoal faz dentro daqueles cortiços, mas sabe-se que costumam usá-los para fumar crack e prostituir-se por quaisquer 20 reais, para obter alguns gramas da pedra, diretamente dos traficantes.

– Encontraram o homem todo cortado. O peito tá rasgado de cima a baixo e a cabeça, estourada, aberta na parte de trás. Eu vi, antes dos polícia chegar.

– É sério? Nossa!

– É, garoto, vira e mexe aparece esses corpo por aqui. Não sei que ruindade é essa. Os bandido já não se contenta em matar. Judiam do infeliz.

* * *

Tavinho segue em direção ao ponto de ônibus, assustado e bastante impressionado com a violência. Sem muita demora, surge o ônibus, ele faz sinal e se senta logo à frente. Como está vazio, fica tranquilo e começa a se lembrar de muitas coisas.

Parece que estavam guardadas em seu cérebro, só que não eram acessadas com tanta velocidade. Passa a se recordar, com detalhes, de passagens da infância na companhia do pai, ainda com três anos de idade. Tavinho está se lembrando perfeitamente de todo o convívio que teve com ele, tudo o que ele lhe proporcionou e como era querido.

Agora está com uma lembrança muito viva – o pai o levando a um parque perto de casa, relativamente pequeno, mas que para ele parecia enorme. Adorava brincar na caixa de areia. Tinha balanço, gangorra, amiguinhos da mesma idade dele, cães que brincavam com as crianças, e muito cantar de pássaros.

"Me lembro de um determinado dia em que minha mãe, acompanhada de uma amiga, chegou em casa bem tarde. Acho que eu já estava com quatro anos. Eu havia acordado com o barulho delas e perguntei pelo papai. Ela me falou que ele havia tido um problema, disse para eu voltar a dormir, pois conversaria comigo pela manhã. Ela tinha o rosto muito abatido, triste, e parecia ter chorado. Mas achei que era cansaço, e dormi. Era aquela triste noite de 1995", pensou Tavinho.

Na quinta-feira, logo cedo, dia seguinte à morte do marido, Cristina foi acordar Tavinho para lhe dar banho e aprontá-lo, pois teriam de sair assim que tomassem o café da manhã.

"Hoje, imagino a dificuldade que minha mãe teve para me contar que meu pai havia morrido. Que dor, que angústia deve ter sentido. Mas, como sempre, foi valente. Ela me arrumou com carinho, dizendo que me vestiria com as roupas mais novas que eu tinha, a começar pela cueca e pelas meias. Em seguida, me colocou uma calça social preta, uma camisa branca de mangas compridas, e me calçou sapatos pretos. Fiquei sem entender bem por que estavam vestindo em mim, em vez do uniforme da escola, aquelas roupas tão chiques e tão novas."

"Tavinho…"

"Sim, mamãe? Você tá chorando?"

"É que eu tenho uma coisa muito triste para te contar. É que… o papai morreu e foi para o céu."

Cristina já havia consultado uma amiga, psicóloga de renome, para saber a melhor maneira de contar ao filho o que havia acontecido. Por orientação dela, a palavra morte não poderia ser substituída por "virou estrelinha", "viajou para longe", dentre outras metáforas, pois tais expressões dão ideia de que haverá volta algum dia. Quando há viagem, há volta; se virou algo, desvira; mas a morte não tem volta, e é importante que as crianças entendam, ainda que precocemente, a morte como ela é. Desse modo, por mais doído que fosse dar tal notícia, não havia melhor forma do que dizer a verdade.

Em seguida, perguntou:

– Se você quiser, ainda hoje poderemos ir a um lugar onde conseguiremos ver o papai. Você quer vir comigo?

– Quero, mamãe.

– Então deixa eu terminar de aprontar você, te vestir direitinho, e vamos juntos, tá bom? Você vai ficar bem bonito. Vou até colocar uma gravata em você. Vai ficar elegante como o papai.

– Tá bom! Mas o papai não vai mais voltar?

– Não, meu filho. Papai não vai mais voltar. Mas nós dois ficaremos bem unidos e amigos um do outro, e vamos sempre nos lembrar do papai como se ele estivesse com a gente, combinado?

– Combinado, mamãe.

Àquela altura, Cristina havia ficado aliviada por ter conseguido dar a notícia ao filho e tudo ter ocorrido de forma tão natural, embora estivesse abalada demais. Não parava de pensar em quem poderia ter cometido ato tão cruel. Com que direito? As lágrimas corriam pelo seu rosto, ainda que tentasse em vão segurá-las. Lágrimas apertadas pelo desejo de se mostrar forte e altiva diante daquele doloroso momento que estava vivendo.

"Me lembro tão bem desse dia… Depois, quando fomos ao cemitério, rezamos. Em sinal de oração, uni as palmas das mãos e vi o caixão. Claro que só depois vim a entender o que era um caixão e o porquê do rosto estar praticamente todo coberto por flores. Minha mãe chorando, parentes, professores, um montão de gente chorando também e outros tentando me distrair. Hoje eu entendo quanto tudo aquilo foi triste. Que tragédia! Eu perguntava para minha mãe do que meu pai havia morrido. Por que tão cedo? O que teria acontecido de verdade? Mamãe sempre dizia que ele havia sofrido um acidente de carro, se machucado muito e não resistira aos ferimentos. Entendi e não liguei mais para isso. Compreendi que nada o traria de volta. Mas chegara o momento de saber exatamente o que acontecera.

"Acho que perto da hora do almoço, meu pai, dentro daquele caixão, foi conduzido em um carro até o lugar onde o enterraram. É um lugar bonito, todo gramado, cheio de árvores e bancos de madeira. Ali enterraram ele, e, de vez em quando, vou com a mamãe visitá-lo. O lugar passa bastante paz porque é muito tranquilo, e hoje, quando falamos do papai, é sempre lembrando de coisas boas, sem tristeza. Falamos com muita alegria e recordamos momentos felizes: mamãe me fala de como se conheceram, namoraram e casaram. Ela sempre me conta momentos engraçados, coisas que ele dizia... Enfim, só momentos felizes."

Tavinho volta das lembranças e percebe que já está próximo ao ponto em que deverá saltar.

– Mãe! Cheguei!

Cristina ainda não está em casa.

"Ufa! Deu tudo certo."

O Dia com o Qual Tavinho Sempre Sonhou

É segunda-feira cedinho, após uma manhã de domingo de estudos de toda a matéria que será ministrada durante a semana, seguida de uma tarde espetacular na companhia da mãe.

Tavinho tomou rapidamente seu banho e desceu para o desjejum com ela. Às segundas, geralmente, é Cristina quem prepara o café, pois Iaúna chega um pouquinho mais tarde.

– Oi, mamãe! Bom dia!

– Bom dia, Tavinho. Hoje fiz panquecas! Quer com açúcar e mel?

– Hummm… Se quero!

– Café com leite?

– Sim, mas pode deixar que eu pego. E você, Mami? Não vai comer as panquecas?

– Vou de torradas com mel e iogurte. Comi muito no fim de semana. Preciso me desintoxicar.

– Que nada, gatona, você tá magrinha, olha só!

Tavinho adora apertar os "pneuzinhos" na cintura da mãe. Ela grita de aflição.

– Para! Para com isso, Tavinho. Para, que eu não aguento!

Cristina foge, subindo a escada do bonito sobrado.

Tudo pronto, eles saem, e Cristina deixa Tavinho na porta da escola.

⋆ ⋆ ⋆

Tavinho está no começo do segundo semestre da 8ª série, e a primeira aula daquela manhã será de Matemática.

Algo estranho, porém, acontece. As perguntas do professor passam a ser integralmente respondidas por ele.

"O que terá acontecido?", perguntam-se o professor e alguns alunos, como o inteligentíssimo amigo Renato Stein. Até então, Renato era "o cara" que todos admiravam, por tão prodigiosa inteligência e aplicação nos estudos.

A situação vai ficando tão complicada que, a certa altura, o professor precisa pedir a Tavinho que pare de responder para que os outros alunos também participem. Na 8ª série, a turma já aprendeu a trabalhar bem com equação de 1º grau, e os alunos estão começando a entender os conceitos da equação de 2º grau.

O ápice acontece quando Tavinho, em uma passagem na solução de uma equação de 2º grau, corrige o professor.

– Parabéns pela atenção, Octávio! – exclama o professor. – Muito bem! Excelente observação. Você está correto! Foi equívoco meu.

Próxima aula, História e Geografia com o professor Firmino. Lá está Tavinho prestando atenção na aula.

– Caros alunos, bom dia!

Aquele sonoro "Bom dia, Mestre!" entoado por toda a turma em coro.

– Vocês leram o capítulo "Fases da Industrialização no Brasil", conforme solicitei na última aula?

Mais uma vez em coro: "Sim, Mestre!"

E quem o professor chama? Fernanda de Vita, pois deseja respostas certas, e ela também é uma aluna aplicadíssima.

– Srta. De Vita!

– Sim, professor.

– A senhorita pode citar as fases da industrialização no Brasil e dizer o que representaram?

– Sim, professor. Foram elas: "Proibição", de 1500 a 1808; depois, "Implantação", de 1808 a 1930. A terceira fase foi a "Revolução Industrial Brasileira", de 1930 até... até... – Ela puxa pela memória.

Tavinho entra em cena:

– 1956, Fernanda! 1956!

– Sr. Octávio, deixe sua colega falar.

– Sim, professor, desculpe-me.

– Vamos lá, srta. De Vita, continue.

– Então, ééé... foi até 1956. E a quarta fase foi a partir de 56, chamada "Fase de Internacionalização da Economia Brasileira".

– Perfeito, srta. De Vita. Então, já que o sr. Octávio está louco para ajudá-la, vamos deixá-lo falar sobre o que representa cada uma dessas fases.

Todos começam a rir, a cochichar piadinhas.

– O bundão foi ajudar e se ferrou! – Mais risadas da galerinha do fundo.

– Sr. Octávio? Pode começar?

Com ar solene, meio irônico, mas demonstrando humildade, Tavinho faz um preâmbulo, pois sabe o que virá:

– Professor, vou tentar, mas se eu der uma engasgada ou errar, o senhor me ajuda?

– Vamos ver, meu filho, vamos lá! Coragem!

E mais risadas da turma seguidas de "Aí, palhaço!... Tá fodido!..."

– É o seguinte... – começa Tavinho. – No período "Proibição", de 1500 a 1808, a Colônia não queria que o Brasil produzisse, mas deixava que algumas coisas que interessavam a ela e que se consumiam aqui fossem feitas. Por exemplo, calçados. Bem, eu me lembro de calçados. Não sei se havia mais coisas.

– Havia, sim, sr. Octávio. Por exemplo, fios e tecidos mais à frente.

– Ah, é verdade! Mas quando o Brasil começou a produzir e prejudicar Portugal, voltou a proibição, que durou até 1818. O segundo período, professor, de 1808 a 1930, tem duas fases, certo?

– Sim, sr. Octávio. Está certo!

– Na primeira fase, D. João VI abre os portos do Brasil e volta a incentivar a produção nacional – diz, assertivo.

O professor Firmino está atônito. Não reconhece aquele rapaz com pleno domínio de datas e correlação dos acontecimentos históricos.

– Na segunda fase – continua Tavinho –, foi proibida a venda de escravos. Como sobrava dinheiro porque não se compravam mais escravos, os comerciantes e os industriais começaram a aplicar em fábricas, aumentando a produção e vendendo seus produtos para outros países, incrementando assim a riqueza do Brasil. O terceiro período, de 1930 a 1956, foi a "Revolução Industrial Brasileira", na época do presidente Getúlio Vargas. Ele criou a Petrobras, a Companhia Siderúrgica Nacional, e acho que a... a Vale do Rio Doce! O quarto período, que vai de 56 até os dias de hoje, é chamado de "Internacionalização", que começou com o presidente JK. Nosso país cresceu muito nessa época, foram criadas a indústria automobilística, a indústria química, e construímos estradas, portos, estaleiros e um montão de coisas. Eu li que, em 1979, pela primeira vez, as exportações de produtos fabricados aqui no Brasil foram maiores do que as exportações de produtos da extração da terra, como ouro, pedras, minérios... E depois o país entrou em período inflacionário, e meio que não cresceu por conta dele. Foi isso, né?

– Sim, sr. Octávio, tenho o dever de lhe dar os meus parabéns! E também de perguntar: quer fazer parte da equipe de História das 8ª e 9ª séries, que defende a nossa escola nas gincanas intercolegiais? Como deve saber, elas começarão daqui a dois meses, no último trimestre, portanto, há tempo suficiente para o senhor se preparar com seus colegas.

– Será uma honra, professor Firmino. Claro!

Sem dúvida nenhuma, o elixir, aliado ao afinco nos estudos das matérias da semana, havia surtido efeito muito acima do esperado.

Às 10:30, toca o sinal para um intervalo de meia hora; em seguida, haverá aula de Educação Física – das 11:00 às 12:15, e fim, hora de ir para casa.

Tavinho e os amigos correm para a cantina. Lá estão Silvia, Fernanda, Oswaldo, Renato e, para a alegria de Tavinho, Martha Moss.

Martha, com olhares interessados, vira-se para Tavinho e pergunta:

– O que foi aquilo, Tavinho? Você sabia toda a matéria de Matemática, de História e de Geografia.

– Resolvi estudar, Martha, levar a sério os estudos. Para quem quer fazer medicina, como eu, se não começar a estudar desde já, e muito, não vou conseguir passar no vestibular. Eu resolvi que, a partir desse último fim de semana, levarei os estudos mais a sério.

– Caramba! Ficamos impressionados.

Após terminar o lanche, todos vão se trocar e se dirigem para a quadra. Os meninos integram o time de handebol da escola. No treino, surpresa... O desempenho de Tavinho na quadra também mudou. Na realidade, não que a sua performance física tenha mudado, mas a astúcia com que planeja as jogadas, como antevê os movimentos do adversário, fazem com que tenha um ótimo aproveitamento com a bola, além da ajuda que, com mais eficiência, presta aos colegas de time.

Como não poderia deixar de ser, ao término da aula recebe mais elogios do professor de Educação Física. Ele está a caminho de, em pouco tempo, ser considerado o craque do time.

Tavinho está impressionado com a eficácia e a facilidade com que aprende e memoriza as matérias. Agora quer ler jornais, revistas, para se manter atualizado. Passou a pensar, inclusive, em publicações de medicina, em função do futuro profissional. Está se tornando um buscador de informações em todo tipo de mídia. Seu cérebro tem sede de saber. Quer se exercitar, quer pensar. Quer mais. Avisou à mãe que vai querer livros de Natal. Somente livros!

As Coisas Ainda Não Estão Muito Claras

Tavinho pega carona de volta para casa com a mãe da Fernanda de Vita. No caminho, Fernanda não para de falar da aula de História.

– Mãe, o Tavinho deu um show! O professor Firmino engoliu a língua. Se ferrou! O Tavinho sabia toda a matéria.

– Que legal, Tavinho! Parabéns! – diz a mãe da Fernanda. – Tal pai, tal filho. Seu pai iria se orgulhar de você.

Tavinho fica todo cheio de si.

– Ah, se meu pai fosse vivo para ver e ouvir aquilo. Obrigado, tia, mas acho que a Fernanda está exagerando.

– Exagerando nada. O professor até chamou você para ser membro do time de História e Geografia, para defender a escola no Intercolegial que vamos ter daqui a dois meses... É ou não é?

– É mesmo, Tavinho? – pergunta a mãe da Fernanda. – Que bacana! Você vai integrar a equipe? Tenho certeza de que vai se dar superbem.

– É, acho que vai ser bem legal. Vou dar tudo de mim. Vou defender a escola no xadrez, também. Como as competições são depois do horário das gincanas, vai dar para participar.

– Claro, Tavinho. Vamos torcer pela escola! Todas as famílias.

Tavinho se lembra do pai. "Que saudade! Como gostaria que o papai estivesse aqui, ao meu lado, na torcida. Seria tão bom... Paciência. Bola pra frente! Não tenho como mudar o passado, mas certamente mudarei meu futuro!"

– Chegamos, Tavinho. Mande um beijo para sua mãe e diga a ela que vou chamá-la para irmos ao cinema num fim de semana desses.

– Pode deixar, tia! Falo, sim! Obrigado pela carona. Tchau, Fê! Tchau, tia!

Tavinho chega em casa, eufórico.

– Dona Iaúna! Dona Iaúna! Cheguei! Cadê a senhora? Preciso te contar!

– Oi, menino! Tô aqui na cozinha! Vem cá que eu não posso sair daqui. Estou fritando bolinhos de arroz.

– Oi, dona Iaúna! A senhora não sabe…

– Fala, Tavinho, conta! Como foi?

– Dona Iaúna, a senhora não vai acreditar! Eu sabia toda a matéria de Matemática, História e Geografia. O professor Firmino me convidou para participar do time que vai defender o colégio na gincana intercolegial, e me deu os parabéns. O professor de Matemática também me deu os parabéns por eu ter encontrado um erro nas anotações dele. Hoje, na aula de Educação Física, tivemos treino de handebol. Dei show!!! Fiz sete gols e umas assistências sensacionais! Que dia, dona Iaúna! Estou lendo rapidamente, estou aprendendo rapidamente, estou conseguindo me concentrar, estou com vontade de aprender mais e mais. Impressionante! Ah! Dona Iaúna… obrigado, obrigado e obrigado! Não sei como agradecer!

– Nossa, Tavinho! Que dia maravilhoso! Mas você não tem que me agradecer, não. Faço tudo por você e pela sua mãe com o maior prazer. Faço, para retribuir o que a sua família fez por mim. Agora, lembre-se: temos que manter esse segredo entre nós.

– Então, dona Iaúna… por que temos que manter esse segredo? Por que mamãe não pode saber? Ela ficaria tão feliz em saber o que a senhora está fazendo por mim. É apenas um elixir. Tudo bem que ele tem efeitos colaterais, e dos grandes, fiquei até achando que iria morrer, mas o resultado foi tão benéfico! Veja que inteligência eu adquiri.

– Tavinho, lembra que lhe perguntei se você estaria disposto a fazer outras coisas não muito agradáveis para usufruir dessa *poção mágica*?

– Mas o que elas têm a ver com o elixir, dona Iaúna?

– Tavinho, por hora, guarde total segredo. Vou terminar seu almoço, e, à tarde, conversaremos, tá bom? Vá lavar as mãos porque já estou servindo.

– Tá bom. Mas vê se me conta tudo mesmo.

À mesa, Tavinho come como um leão. Estava morrendo de fome.

– Dona Iaúna!

– Sim, Tavinho? O que foi?

– A senhora viu ou soube de um assassinato que teve perto da sua casa? Umas pessoas acharam um corpo todo cortado. Tinha polícia para tudo que era lado.

– É mesmo? E você parou para ver?

– Parei, e um homem me contou que o pessoal usa aquelas casas para fumar e beber, sei lá. Acharam o corpo desse cara em frente a uma das casas. Eu fui embora logo. Não fiquei lá para ver, não.

– Fez bem. Mas quem morreu deve ser um desses bandidos. Como aqueles que fizeram mal ao seu pai.

Iaúna, astuta e calculadamente, já está abrindo terreno para contar a verdade a Tavinho.

– Como assim, dona Iaúna? Quem fez mal ao meu pai? Mamãe falou que ele se machucou muito num acidente de carro. Quem fez mal a ele? Quem machucou…

– Eu sempre dando com a língua nos dentes. Tavinho, dona Cristina, com certeza, quando sentir que deve contar a você, vai explicar tudo direitinho. Prefiro que ela lhe conte, não eu. Tudo bem? Mas, já que falei demais, posso te garantir o seguinte: seu pai se machucou, sim. Mas machucaram ele, e ele não resistiu. E foi gente como esse que foi assassinado lá no bairro. Garanto que, pelo menos, esse que morreu não sabe por que morreu. Morreu sem sofrer.

– Ué? Mas como a senhora sabe?

– Eu não disse que conversaríamos na hora certa? Como prometi, vou te contar tudo, mas tenha um pouco de paciência! Tudo na sua hora, Tavinho!

– Tá bom, tá bom. Me passa aquele livro ali; enquanto eu almoço, vou repassar algumas questões de Matemática.

Tavinho almoçou, de sobremesa saboreou um delicioso pavê, e não via a hora de continuar a conversa. Mas tinha de esperar Iaúna tirar a mesa, limpar a cozinha, colocar os pratos na lava-louça e começar a pensar no jantar, pois Cristina adorava jantar bem e na presença do filho. Fazia questão de saber como havia sido seu dia, dava conselhos, riam dos acontecimentos, enfim, eram grandes companheiros.

– Vou subir para o quarto. Preciso estudar sobre a Revolução de 30. Tá bom?

– Tá bom, Tavinho. Lá pelas quatro te chamo para o lanche.

Agora Tudo Ficou Claro

Tavinho não vê a hora de a mãe chegar para saber o que realmente causou a morte do seu pai. Além de Iaúna ter-lhe contado coisas perturbadoras à tarde, ele não tira da cabeça o fato de alguém ter feito mal ao pai e ele ter morrido por causa dos ferimentos. "Quem pode ter feito mal a um homem tão bom, que todos dizem ter sido tão especial?"

– Tavinhoooo, cheguei!!!

Sua mãe sempre se anuncia assim. Misto de alegria ao ver o filho e poder descansar após um longo dia de trabalho.

– Oi, Mami! Tudo bem?

– Tudo, Tavinho! Como foi o seu dia?

– O melhor da minha vida! Dei um show na escola!

– Sério? Por quê?

– Senta que você vai gostar de ouvir.

– Pera aí! Deixa eu dar um oi para Iaúna também, né? Iaúna? Cheguei!

– Olá, dona Cristina, tudo bem? A que horas eu sirvo o jantar?

– Ah, espera um pouquinho. Tavinho quer me contar o dia dele, e eu quero tomar um banho antes do jantar. Faz assim: sirva o jantar daqui a uma hora.

– Perfeito, dona Cristina, combinado.

Cristina retorna para falar com Tavinho, e aí ele começa...

"Meu Deus! Ele está eufórico."

A mãe fica encantada e exclama:

– Tavinho, seu pai ficaria tão orgulhoso de você!

– É, mãe. Também acho. Pela primeira vez, eu sinto isso e vou continuar assim. Vou estudar, me preparar para ser um excelente médico, e, mais do que nunca, um cirurgião cardíaco. Quero ser o melhor do Brasil!

– Nossa, Tavinho, que bom! E a banda?

– Ah, mãe, é um sonho... mas ela vai ter que esperar. Ou deixa pra lá! De que adianta ser músico? Não ganharia grana com isso. Viveria mal, não é mesmo?

– É... bem, não sei. Pode ser. Acho que músicos devem ter uma vida difícil.

– Pois é. E depois, não param de viajar. Pelo menos, se for médico, poderei ficar perto dos meus amigos, de você, e ter uma vida mais... normal.

– Muito bem, Tavinho. Então, quando eu ficar velhinha, você vai cuidar do meu coração.

Riram muito.

– Mãe, há muito tempo eu não paro de pensar na morte do papai, e gostaria muito que a gente falasse a respeito. Para dizer a verdade, eu *quero* saber exatamente como tudo aconteceu. Já me sinto preparado para ouvir toda a verdade. Podemos conversar sobre isso?

Cristina está impressionada. Tavinho abordou o assunto de forma adulta e acaba de colocá-la em situação de não poder dizer não.

– Claro, meu amor. Vamos conversar, sim. Se é tão importante para você, e entendo que é, vamos conversar. Só que prefiro fazer isso depois do jantar, tudo bem? Entre a sobremesa e o cafezinho. Pode ser?

– Claro, mãe. Pode sim.

Tavinho sabe que esse assunto deixa sua mãe triste e que ela prefere falar antes de dormir, para esquecer assim que pegar no sono.

– Bem, Tavinho. Estou morrendo de fome, e você?

– Também!

– Então deixa eu tomar meu santo banho e colocar um pijama. Volto para jantar.

– Tá bom, mãe. Então, enquanto isso, já vou começar o livro da aula de Literatura. Este mês vamos debater *Vidas secas*, de Graciliano Ramos.

– Ótimo. Um clássico. Então, até daqui a pouco.

– Te espero na sala, Mami!

Enquanto Cristina toma seu banho, ela pensa, pensa e não para de pensar. "Como Tavinho cresceu! Será que eu perdi algo do seu desenvolvimento? Que orgulho! Que amor por esse adolescente adorável." Ao mesmo tempo, reflete sobre como abordará a morte do marido. Sabe que Tavinho está preparado e ela, feliz em poder contar o que aconteceu. Será bem melhor do que ele saber por terceiros; não tem ideia de que Iaúna deixou escapar parte do ocorrido. Além disso, pensa em como é feliz por ter, em casa, Tavinho e Iaúna.

– Tavinho, estou pronta! Vamos jantar?

– É pra já!

O jantar é um belo cassoulet, como manda o figurino, acompanhado apenas de arroz branco. Ambos adoram esse prato. Jantam conversando amenidades, e de sobremesa comem salada de frutas com creme de leite. Assim que terminam, continuam sentados à mesa para tomar o café que Iaúna serve rotineiramente após cada refeição e, assim que servidos, Cristina se prontifica a dar início ao relato sobre a perda do marido.

– Então, Tavinho, você deseja saber como seu pai morreu, certo? Vou ser bem direta. Quando aconteceu o fato, você era muito novo, e precisei encontrar um meio de lhe contar, sem que isso o deixasse chocado ou escapasse à sua compreensão. Você era tão pequeno... então decidi falar que seu pai havia se machucado, ficado muito ferido num acidente de carro e, ao não resistir aos ferimentos, morrera. Isso me deu conforto porque, na realidade, foi o que de fato aconteceu. Seu pai foi duramente machucado, só que por assaltantes.

– O quê, mãe? Assaltantes?

– Sim, Tavinho! Seu pai estava saindo da faculdade, quando foi surpreendido por dois assaltantes. Um horror! Imagino o que ele deve ter passado, pois era um homem muito tranquilo. Tenho certeza de que deve ter conduzido a situação com toda a calma.

– E por que mataram ele?

– Um dos assaltantes, depois de os dois já terem agredido ele, deu-lhe uma coronhada na cabeça e um soco no rosto, e, como se já não bastasse, atirou. Os policiais acreditam que um deles deu um tiro só para assustá-lo e obrigá-lo a entrar no carro, mas nunca saberemos se é essa a verdade. O tiro atingiu sua têmpora direita. Não houve tempo para nada, filho, ele morreu na hora. Disseram os médicos legistas que ele nem sentiu. Foi tudo muito rápido. Um instantâneo e triste fim.

– Nossa, Mami. Que horrível! E os assaltantes foram presos?

– Sim, mas eles tiveram uma pena muito pequena pelo fato de a arma ter desaparecido e o advogado deles ter seguido uma linha de defesa excepcional para eles e muito ruim para nós. Disseram que não portavam arma de fogo e, portanto, jamais poderiam ter disparado o tiro que matou seu pai. Alegaram também terem ficado surpresos ao ouvirem o tiro e verem seu pai ferido no chão.

– Mas que história mais doida, Mami.

– Para completar, como a arma e a cápsula nunca foram encontradas, pairaram dúvidas durante o julgamento.

– Como assim?

– Por mais evidente que possa parecer ser um deles o autor do disparo que vitimou seu pai, propositalmente ou não, a justiça lida com fatos concretos para absolver ou culpar um réu. Por exemplo: pólvora nas mãos de quem efetuou o disparo, a própria arma... Se a arma e a cápsula tivessem sido encontradas, os técnicos em balística poderiam perfeitamente identificar se a bala que saiu de determinada arma foi a mesma que matou.

– Nossa! Nunca encontraram uma prova? Ninguém viu se esses caras estavam armados?

– Não, meu amor. Infelizmente, tudo aconteceu muito rápido. Até quem passava na hora se dar conta de que era um assalto, praticamente tudo já havia ocorrido. Então, quem ali estava mal viu os delinquentes fugindo a pé, entre os carros, com as possíveis armas escondidas sob as roupas, ou sei lá onde podem tê-las escondido. O fato é que não houve testemunha que pudesse afirmar tê-los visto portando uma arma de fogo.

– Caramba, mãe! Que absurdo! Que azar também.

– Para completar, a confissão do crime na delegacia foi feita sem a presença de um advogado, e eles alegaram tortura para que confessassem o crime. O pior é que, de fato, a polícia errou. Prenderam os delinquentes e arrancaram deles a confissão sob espancamento, afogamento, essas barbaridades. Isso foi verdade, e a promotoria perdeu a possibilidade de colocar aqueles assassinos covardes para mofar na cadeia.

– Nossa, mãe! Mas que foram eles... isso a gente tem certeza, né?

Tavinho, em sua pouca idade, não tinha a menor ideia de como funcionavam as leis e a justiça no país, e, é claro, tendo conhecimento sobre o que os delinquentes haviam feito com seu pai, não se conformou em saber que os bandidos não tinham levado a pior. Caberia a sua mãe dar mais detalhes.

– Tavinho, vou tentar explicar melhor. Todo mundo acreditava que eram eles os assassinos, mas, à medida que o processo foi caminhando, verificaram-se muitas falhas da acusação na obtenção das provas. No dia do julgamento, essas falhas mudaram todo o resultado da sentença. Eles já estavam presos havia uns dois anos, tamanha a certeza de que tinham cometido o crime. Acabaram por cumprir mais um ano e pouco em regime fechado depois do julgamento, uma vez que a pena deles foi de três anos e meio de reclusão. E ainda, por bom comportamento, podem ter sido soltos antes de terem completado a pena até o fim.

– Nossa! Mal cumpriram dois anos e meio de prisão. Você viu a cara deles?

– Vi, sim. Dá medo. Dois assassinos frios, ainda que um deles não tenha puxado o gatilho. Mas sei que ambos são violentos, pois maltrataram seu pai e eram capazes de matar, sim.

– Mas então, e aí? Eles foram soltos e tudo ficou por isso mesmo?

– Sim, filho. Essa é a verdade. Eles estão soltos e, provavelmente, cometendo delitos de todos os gêneros. Não quero mais saber dessa gente. É muita injustiça. A polícia se esforçou para colocar esses desgraçados na cadeia, mas eles foram soltos com muita facilidade. Não que haja culpa de quem julga e de quem prende, mas as nossas leis não colaboram, são muito permissivas. Os policiais e juízes têm medo dessa gente. Bandidos fazem o que querem, e nada acontece; se presos hoje, amanhã já estão soltos.

– Mas mãe, onde estão esses caras?

– Não sei, filho. Não sei e não quero saber. De verdade. Quero esses miseráveis muito longe, isso sim. O mais longe possível.

– Ah, mãe. Eu vou achar esses desgraçados e acabar com a raça deles.

– Filho, não fique assim. Eles podem até já estar mortos. E, de mais a mais, alimentar a raiva, o rancor e o desapontamento de nada vai adiantar. Garanto que fiz o que pude dentro do que era legalmente cabível. Inclusive, quando me informaram que a polícia torturou os bandidos, ao saber que eles tinham feito mal a alguém da minha família, fiquei muito mal, pois não é assim que as coisas devem ser feitas. As leis existem para serem cumpridas, e, infelizmente, foi aí que perdemos a razão. A polícia quis demais ajudar, mas, talvez, por isso mesmo, tenha atrapalhado por completo.

– Ah, mãe, tomara mesmo que já estejam mortos. Fico pensando em quanta tristeza te causaram. Quanta dor e quanta preocupação para me criar sozinha. Já pensou se você não trabalhasse?

– Tavinho, saiba que você foi o meu alicerce para aguentar toda essa dor. Ainda bem que eu tinha você, o fruto do nosso amor. Ainda bem que eu tinha Iaúna comigo e meu trabalho também. Foi o que me manteve de pé!

– Tudo isso que você falou agora só deixa clara uma coisa. Você é uma guerreira, Mami. Eu tenho *muitooo* orgulho de ser seu filho. Ainda bem que eu tenho você.

– Vem cá me dar um abraço, gatão. Vamos ver um filme na TV e esquecer tudo isso?

Tavinho nunca se esqueceria de tudo o que acabara de ouvir.

– Veja lá se Iaúna não quer ver um filme com a gente, e depois, cama! Amanhã, trate de acordar cedo.

– Ok.

– Dona Iaúna! Vem cá! Quer ver um filme com a gente?

Cristina, mais uma vez, ficou encantada com a maturidade de Tavinho. Ele compreendera cada movimento da mãe diante da terrível ocorrência do fatídico dia de primavera de 1995.

Mais Claro Impossível

– ***Oi, Tavinho! Seu lanche!***

Um dia após a conversa que Cristina tivera com Tavinho, Iaúna entendeu ser o momento certo para revelar a ele como eram obtidos os "ingredientes" para o elixir que tomara. Precisavam terminar a conversa que haviam iniciado, mas só agora, na sua avaliação, Tavinho estava pronto.

Antes de entrar no quarto, Iaúna sempre avisava a sua chegada. Em geral, a porta ficava entreaberta, mas, às vezes, estava fechada mesmo. Ela não queria pegar Tavinho desprevenido.

– Oi, dona Iaúna, entra! A porta está aberta.

– Oi, Tavinho! Pode falar agora?

– Claro, vamos falar. Me conta tudo, tá? Sem essa de deixar detalhes de fora ou para mais à frente.

– Tá bom, Tavinho! Só que o que vou te contar é algo que também deverá ficar em total segredo. Em hipótese alguma poderá ser dito a outra pessoa. Essa parte do nosso segredo contém fatos muito perigosos e não pode ser transmitida a ninguém; caso contrário, sofrerei consequências gravíssimas. Entendeu?

– Pode deixar, dona Iaúna, segredo absoluto. Sei que nem a minha mãe pode saber, apesar de ser a minha maior confidente e, acho, sua melhor amiga, né?

– Isso mesmo, Tavinho. Isso mesmo – concordou Iaúna. – Tavinho, aquele elixir que você tomou leva vários ingredientes. Ele tem poderes muito fortes porque as substâncias, como já falei, vão além das ervas. Vou começar descrevendo o que os nossos ancestrais indígenas faziam. De que maneira meus antepassados se comportavam para adquirir e cultivar inteligência acima da média em relação a outros povos indígenas. Minha confiança em você é tão grande que vou revelar algo que prometi jamais contar a alguém, e, com o tempo, você vai entender por quê. Minha tribo se chamava Moxiruna. Agora, só você e eu sabemos que eu pertencia a essa tribo. Só você e eu.

– Mas que tribo é essa? A senhora não tem parentes?

– Tavinho, a minha tribo foi totalmente dizimada por gente branca, má, por garimpeiros e jagunços. Eu sobrevivi porque fugi, e você vai saber como eu consegui. Não quero falar sobre a violência e a tirania que a minha tribo sofreu. Não vem ao caso e é muito triste para mim. Mas o fato é que eu fugi sozinha pela floresta até encontrar um assentamento.

Não era de todo uma mentira o que Iaúna revelava, dado que ela se separara do irmão e, sozinha, buscara o assentamento. Contudo, ela não quis dar mais detalhes sobre o que realmente ocorrera, que seu irmão escapara com ela, até que se separaram na selva para aumentarem as chances de sobreviver à barbárie.

– Quando eu vivia na minha tribo, dentre os cultos que fazíamos para vários deuses, havia um muito especial. Na lua cheia, cultuávamos o deus Céu com oferendas. Este deus nos supria de astúcia e alto poder de raciocínio, à medida que incorporávamos a inteligência que era empregada para o mal, canalizando-a para o bem. Para um bem comum. Para a felicidade de uma comunidade, no caso a nossa tribo. Desse modo, quando éramos atacados, encarávamos os inimigos como agressores que ali chegavam para se apossar do que pertencia a nós; portanto, eles eram considerados maus espíritos, maus elementos, egoístas e fracos. Nós, os Moxiruna, quando sofríamos tais ataques, aprisionávamos esses guerreiros e os sacrificávamos em um culto ao deus Céu, arrancando-lhes o coração, com eles ainda vivos, e em seguida fazendo a extração de seu cérebro, para que, em conjunto com uma infusão de várias ervas, tivesse seu aroma inalado e seu líquido gelatinoso sorvido. Foi este o elixir que você conheceu.

– Nossa, por isso ele tem um gosto horrível! – Faz cara de vômito.

– Sim, de certa forma, sim, mas, ao beber esse elixir, os Moxiruna absorviam a inteligência do oponente, e, com a bênção do deus Céu, o efeito perverso que o coração do inimigo possuía era completamente anulado, tornando aquele espírito do mal um espírito elevado. Fazíamos isso sempre em um dia de lua cheia. Entendeu? Entendeu por que eu disse que deveríamos fazer seu ritual na lua cheia?

– Entendi, mas que horror, dona Iaúna! Vocês arrancavam o coração do inimigo ainda vivo? Isso devia causar um sofrimento horrível. Que maldade!

– Não era bem assim, Tavinho. Os prisioneiros, antes de serem sacrificados, recebiam altas doses de um chá que os deixava em estado de torpor. Anestesiados mesmo. Então, ficavam sem entender o que estava ocorrendo e não sentiam dor. A erva usada nesse chá era a mesma que utilizávamos para pescar. Espalhávamos as folhas maceradas num trecho isolado do rio, cercado por pedras, e os peixes ficavam tontos, lentos e fáceis de serem pegos com as mãos. Eles não sentiam nada. Nada mesmo. Em relação aos prisioneiros, após terem o coração extraído, eram virados de lado, e o cérebro, extraído pela nuca.

Iaúna explicava o ritual a Tavinho, e, com as próprias mãos, mostrava em seu corpo como eram feitas as incisões para a retirada desses órgãos.

– Continuo achando tudo muito cruel, dona Iaúna.

Tavinho estava impressionado. Tanta crueldade cometida pelos antepassados de Iaúna, e a tranquilidade com que ela relatava tal barbárie. Ao mesmo tempo, ele entendia e encarava aquela conversa como um adulto. Parecia que o elixir dava realmente uma inteligência completa, equilibrada e astuta, pois, para um garoto da idade dele, ouvir aquilo tudo e se controlar não era fácil.

– Tavinho, pense bem nas perguntas que vou te fazer, e, caso não saiba as respostas, estou aqui para ajudá-lo. Como você imagina que ficou tão inteligente de um dia para o outro? Como você acha que esta índia velha, com mais de 50 anos, sabe o que sabe? Vivi meus primeiros vinte e poucos anos falando somente um idioma – o dialeto Moxiruna, que, aliás, conta com pouquíssimas palavras. Em curto espaço de tempo, aprendi a falar a sua língua, a língua dos brancos. Aprendi a dirigir, a fazer contas na escola em que sua mãe me matriculou, e me viro como ninguém em São Paulo. Pensa bem! Sei até mexer em computador, procurar informações na internet, usar celular e o que mais me derem para eu me comunicar. Você acha isso possível para uma pessoa de inteligência mediana? Eu seria uma matuta daquelas! Claro, se não fosse o elixir, eu não seria nada. E você? E a sua transformação? Meu filho, isso é o elixir. Entenda, é o elixir.

– Dona Iaúna, a senhora não está querendo dizer que tomei o elixir com coração e cérebro arrancados de alguma pessoa há pouco tempo, está?

A essa altura da conversa, não dava mais para voltar atrás. Iaúna tinha que avançar e estava morrendo de medo de que aquela criança, sim, criança, desse com a língua nos dentes e contasse tudo a alguém. Mas ela não tinha como retroceder. Assim, Iaúna continuou confiando que aquele garoto era apenas um garoto na sua aparência física, mas não na sua inteligência. Estava preparado para ouvir e discernir a respeito do que viria pela frente.

– Estou. Como já te expliquei, você tomou com *todos* os ingredientes.

– Dona Iaúna, que barbaridade! E de quem eram o coração e o cérebro? Como a senhora conseguiu isso? A senhora matou alguém?

Iaúna precisava ter muito tato e cuidado agora.

– Sim, Tavinho. Matei primeiramente por você, para não vê-lo mais sofrer por conta dos estudos, e o fiz porque tinha que eliminar um espírito mau da nossa convivência aqui na Terra. Um homem que havia feito muita maldade a uma criança de apenas 13 anos – tinha a sua idade, Tavinho! E era um assassino confesso, que se drogava todos os dias e não respondia mais por seus terríveis atos. E que continuaria a fazer mal, sem que a polícia conseguisse colocá-lo na cadeia. Sim, Tavinho. Fiz, e foram esses os motivos.

– Foi aquele homem, né? Que foi assassinado perto da sua casa, certo?

– O próprio.

– Mas como? Como a senhora fez aquilo?

– Toda a vizinhança morria de medo dele e sabia que ele se drogava diariamente no cortiço que você viu. Na sexta-feira à noite, lá pelas onze, eu me fingi de usuária e fui para lá. Ele estava vendendo e consumindo drogas. Esperei ele ficar bem chapado, disse a ele que eu também tinha uma droga muito da boa na minha casa e o convidei para fumar comigo. Ele aceitou, pois acho que não sentiu qualquer ameaça em mim. Chegando lá em casa, dei-lhe o chá indígena, causando nele enorme torpor. Como já estava atordoado pelas drogas, ficou mais ainda devido ao chá, e então não foi difícil deitá-lo e amarrá-lo na cama que eu tenho na garagem, e retirar seu coração e seu cérebro sem que fizesse qualquer ruído. Ele descansou da vida horrível que tinha aqui na Terra.

– Mas, dona Iaúna, como fez para se livrar do corpo pesado dele? Ele era meio grandão, eu vi com os meus próprios olhos.

– Então, Tavinho, utilizei a minha picape. Tenho várias capas de placas com números diferentes para não ser identificada, e coloquei uma dessas capas. Feito isso, enrolei o sujeito em um cobertor e o amarrei ao guincho elétrico da picape para que o corpo fosse arrastado para dentro da caçamba. Em seguida, voltei para o cortiço. Lá, foi fácil. Acionei o hidráulico e despejei o corpo na calçada, porque não há câmeras, policiais, e circula pouca gente. O fato é que, às três da madrugada, eu tinha terminado o trabalho. O coração e o cérebro, eu coloquei na geladeira para serem usados no dia seguinte.

– Não sei se eu aprovo isso. Acho que não desejo mais tomar o elixir. A senhora não fica brava se eu não quiser mais?

– Tavinho, claro que não. Mas tenho que te dizer que a sua inteligência não se expandirá mais, como vinha acontecendo. Ficará estagnada, se esgotará até voltar ao normal.

– Mas, dona Iaúna, seu efeito foi mais do que suficiente. Já entendi os dois lados. É muito bom ser inteligente como sou agora, mas se para isso é preciso matar pessoas, não me vejo em condições de continuar.

– Tavinho, na realidade, você nem precisa saber quando, quem e como foi feito. Só queria e quero que saiba como acontece. Imagina se eu ficar lhe ministrando um elixir, sem você ter conhecimento do que existe por trás? Pense na maravilha de se tornar um menino inteligente e depois um homem inteligentíssimo. Sei que o assunto é grave, mas ao mesmo tempo pode ser encarado como uma purificação.

– Sim, dona Iaúna. Agradeço imensamente o que fez por mim. Aliás, o que faz por mim e o que tem feito por mim todos esses anos. Mas saber do que o elixir é feito me incomoda demais. Eu não creio que mataria alguém só para poder ter inteligência. Se eu não faria isso, não posso tomar algo cuja matéria-prima são ingredientes que resultam da morte, na realidade, do assassinato de alguém.

– Sim, Tavinho, entendo. Mas pense nas consequências. As pessoas conheceram um Tavinho muito inteligente hoje. Fique atento, pois você não tornará mais a ser o menino brilhante de hoje cedo. A sua inteligência, em algum momento, voltará ao estágio anterior. O que você aprendeu, e na velocidade com que aprendeu, foi retido, mas depois voltarão as dificuldades, a lentidão de raciocínio, a falta de memória e tudo mais... Você sabe melhor do que eu.

– Tudo bem, dona Iaúna. A senhora não vai ficar brava comigo se eu não quiser mais, né?

– Claro que não, Tavinho! Como já disse, fiz isso por você e para tirar de circulação daqui da Terra um ser de espírito maligno.

– Está bem, dona Iaúna, ficamos assim. E pode deixar que ninguém, mas ninguém mesmo, saberá esse nosso segredo. Pode deixar.

– Muito bem, Tavinho. Agradeço pelo seu compromisso e entendo a sua posição. Termine seu sanduíche e depois me chame para vir buscar o prato.

– Ok, dona Iaúna. De verdade, muito obrigado mesmo. Agradeço toda a sua preocupação e o seu desejo de me ver feliz.

– Tavinho, respeito sua decisão. Está tudo bem.

"Meu Deus, quantos ela já terá matado para ter chegado aonde chegou?"

Escolhas e Decisões

Passaram-se dois meses, e Octávio Albuquerque Júnior está a todo vapor. Nunca foi tão requisitado pelos professores. O último trimestre da 8ª série será inesquecível para ele. Seu boletim começou a ser pintado de notas azuis, está estudando como louco e se preparando para o Intercolegial. O garoto se tornou um fenômeno. E adivinha quem acabou se apaixonando por ele e já o namora? Martha Moss. Seu sonho finalmente se realizou! Estão apaixonados, curtindo a vida e estudando juntos.

O início do namoro foi meio complicado, por ambos serem muito próximos. Ficava difícil para um deles tomar a iniciativa. Mas, graças aos amigos e amigas, que deixaram o ciúme bobo de lado e lhe deram um baita empurrão, dizendo que Martha esperava que ele a pedisse em namoro, Tavinho finalmente tomou coragem, roubando-lhe um selinho, gesto este automaticamente correspondido.

Que felicidade ambos estão vivenciando! Acertaram na escolha, pois foram feitos um para o outro.

A gincana intercolegial começará na próxima semana. Participarão do time de Matemática os amigos de sempre: Martha Moss, Fernanda de Vita, Renato Stein, ele e mais outros seis colegas, distribuídos entre as 8ª e 9ª séries. Os times serão compostos de 10 alunos. No de História e Geografia, estarão Renato Stein, Oswaldo Roche, Silvia Bruno, ele e mais seis colegas, sendo um da 8ª série, colega de turma, e outros cinco da 9ª. De quebra, Tavinho se inscreveu também na competição de xadrez. Todos pesos--pesados nos estudos e eufóricos com o Intercolegial.

Tavinho está achando tudo isso maravilhoso. Nunca imaginou que estaria um dia participando do grupo de elite dos estudantes, competindo em gincanas por prêmios e pela tradição vitoriosa da escola. Está radiante.

Segunda-feira – 1º dia do Intercolegial

Chegou o grande dia do início da Semana da Gincana Intercolegial. Ela acontecerá em vários locais, e, dependendo da série e da modalidade, serão necessários deslocamentos dos alunos. Tudo já está planejado. Tavinho e os amigos mais próximos contarão com a picape de Iaúna.

A manhã está linda e ensolarada. Tavinho tomou seu café preparado pela mãe, e agora os dois seguem para a escola.

Ele está supereufórico. No caminho, conta o que estudou e diz que dará tudo de si. Ao chegar à escola, despede-se e logo é envolvido pelos colegas, já cientes das novidades da gincana: local das provas, salas a serem usadas e questões que provavelmente cairão. Desejam alinhar as respostas que o grupo deverá dar.

A escola se encontra em festa, toda arrumada para as atividades. Há uma banda tocando, cartazes indicam as salas onde haverá provas. Adolescentes nervosos roem as unhas. O ambiente está bastante agitado. O Intercolegial é um acontecimento estudantil de grande vulto, no qual se acirra a competitividade entre os jovens em idade escolar.

Começa a gincana de Matemática, no primeiro período de duas horas de atividades. O grupo de Tavinho vence a primeira fase. Há questões escritas e orais. Nas orais, Tavinho dá um show.

O grupo ganha uma vantagem imensa. Tavinho responde em velocidade estonteante, não dá chance às outras escolas. Isso o deixa superorgulhoso, pois seu time depende não só da velocidade com que responde, mas também da precisão das respostas, claro. Ele fica feliz em perceber que, além de seus colegas, a escola também depende dele para se sagrar campeã.

Tavinho sente, pela primeira vez, que tem poder em virtude do conhecimento. Ele gosta de fazer as coisas com amor e dedicação, e essa combinação "poder-amor", amor pelos amigos, pela escola... só poderá trazer resultados fantásticos, como aliás já está acontecendo.

Assim transcorre o primeiro dia da gincana, inclusive de História e Geografia, cujas provas foram realizadas em outra escola e no período da tarde. Tavinho está se achando, e com razão! Chega em casa por volta das cinco da tarde, de carona, como de costume, dessa vez com a mãe do Renato, a escolhida para ir buscá-los.

– Dona Iaúna, cheguei!

– Oi, Tavinho! Tudo bem? Como foi?

– Fomos muito bem. Abrimos uma bela vantagem sobre os concorrentes. Estamos em primeiro lugar, tanto em História e Geografia, como em Matemática. Amanhã começa o torneio de xadrez.

– Que bom, Tavinho!

Iaúna está um pouco preocupada, pois não sabe até quando durarão os efeitos do elixir ministrado por ela. Está impressionada com o fato de Tavinho não ter tido qualquer recaída.

Terça-feira – 2º dia do Intercolegial

Mais um dia de feitos excepcionais para os alunos da escola de Tavinho, sendo ele o aluno que faz a diferença.

– Tavinho, você foi demais. Matou a questão na hora em que mais precisávamos. Estamos liderando com folga! – comemoram os integrantes do grupo.

– Galera, somos um time. Quando um vence, vencem todos. Quando um perde, perdem todos!

Tavinho, apesar de estar extremamente orgulhoso de si, tem ótimo espírito de equipe, nunca reclama dos amigos quando erram alguma pergunta. Faz questão de mostrar o quanto está orgulhoso de todos os colegas. Isso ele realmente sabe fazer – trabalhar em equipe.

À tarde, não é diferente. Os amigos da gincana de História e Geografia elogiam a memória e os detalhes de passagens históricas e dados demográficos nacionais e mundiais que Tavinho memorizou com impressionante precisão.

Ao final do dia, Tavinho ainda vai para a primeira seletiva da gincana de xadrez.

Lá está ele num enorme ginásio, onde há várias mesas com tabuleiros, e cada uma delas com um juiz. Tavinho aparenta nervosismo e está suando mais do que o normal. Sua oponente, considerada um prodígio, é uma menina da 8ª série de uma tradicional escola rival. Ela se mostra serena.

Tavinho está com as peças pretas. Ela começa avançando o peão por duas casas.

Adversária: peão em frente ao rei na E-4

Tavinho: peão em frente ao rei na E-5

Desse modo, a partida segue transcorrendo por 15 minutos. Tavinho ainda sua, está se sentindo um pouco confuso com o jogo, até que a oponente canta um sonoro "rainha A-5: xeque-mate!"

– Como? Não!

– Sim! Claro! Rainha A-5: xeque-mate!

– Não é possível!!!

O juiz dá como válido o movimento, travando o relógio que está ao lado dos jogadores: 16:02.

O fim daquela terça-feira não condiz com o balanço do desempenho de Tavinho até o início da partida de xadrez. Ele está atônito. Como pode não ter antevisto uma jogada razoavelmente simples como aquela? Está eliminado do campeonato já na primeira rodada classificatória, e por um erro absolutamente bobo. Ele se pergunta: "Estou cansado? Exausto? O que aconteceu?"

Envergonhado e perplexo diante da menina e dos colegas que assistiam ao jogo e torciam por ele, retira-se do ginásio, louco de raiva. Nem cumprimenta a adversária, esquecendo completamente o protocolo. Foi um golpe duríssimo para Tavinho, que não consegue conter as lágrimas. Perder para a provável campeã é aceitável. Mas a forma como foi envolvido por uma das jogadas mais manjadas do xadrez... é inadmissível.

Em casa, narra o ocorrido a Iaúna e à mãe. Está louco da vida! Cristina coloca panos quentes na reação exagerada do filho.

– Amor da minha vida, pense bem! Seu dia foi excepcional. Você só falhou no xadrez porque estava cansado. Pare e pense. Aquela menina devia estar descansada. Pode ser que ela tenha ido à escola somente para aquela competição. Tenha calma e paciência com os seus limites. Você mesmo disse que ela é um prodígio!

– Ah, mãe, é fogo. Eu não podia ter perdido *daquele* jeito. Não entendi.

– Bem, vá relaxar. Durma e descanse bastante, porque amanhã será mais um dia duro. E seus colegas precisarão de você recomposto e descansado. Certo?

– Certo, mãe. Estou exausto mesmo. Vou dormir.

– Amanhã eu terei que levantar bem cedo. Acho que, quando você acordar, já deverei ter saído. Então, boa sorte, gatão!

Iaúna só ouviu. Ouviu e percebeu que Tavinho já não estava mais com aquele brilho nos olhos, aquele semblante ao mesmo tempo esperto e descansado. O elixir tinha isso, deixava a pessoa com um semblante alerta, vivo e, ao mesmo tempo, sereno, pois o cérebro trabalhava sem esforço aparente.

Iaúna, preocupada, se despediu desejando uma boa noite aos dois.

– Boa noite, dona Iaúna! Boa noite, Mami!

– Boa noite, Tavinho! Boa noite, Iaúna!

Aquela noite não seria tão boa para Tavinho. Ele teve pesadelos, pensamentos ruins de falhas, de não corresponder às expectativas no dia seguinte. Ainda havia dois dias pela frente. Sexta-feira seria o dia da entrega dos troféus às escolas vencedoras e aos destaques da competição.

Iaúna não pregou olho a noite toda. Percebeu o que estava para acontecer.

QUARTA-FEIRA – 3º DIA DO INTERCOLEGIAL

Café da manhã reforçado, como todos os dias. Iaúna levará Tavinho para a escola, pois Cristina saiu cedo para um compromisso de negócios. No carro, Iaúna e Tavinho começam um rápido diálogo:

– Então, dona Iaúna, fiquei meio receoso de ontem, no jogo de xadrez, o efeito do elixir ter começado a passar. A senhora acredita que isso pode ter acontecido?

– Não, Tavinho, deixa de bobagem. Você é um menino inteligente e sabe o que tem que fazer. Estudar, só isso. O que houve no jogo de xadrez foi distração, cansaço. Não esquenta a cabeça com isso, não. E, de mais a mais, sua adversária provavelmente será a campeã, você mesmo não disse que ela é um prodígio do xadrez?

– Mas sabe o que estou sentindo? Preguiça de pensar. Preguiça de estudar. Não estou sentindo meu cérebro vivo como antes. Estou inseguro.

– Tavinho, fique tranquilo. Vai dar tudo certo. Chegamos!

– Tchau, dona Iaúna, me deseje sorte.

– Claro, meu filho. Boa sorte! Toda sorte do mundo para você!

Esse dia foi fatídico. Tavinho estava com o raciocínio lento e perdendo o raciocínio lógico. Para completar, não conseguiu se lembrar de quase nada. A competição funcionava da seguinte maneira: os participantes, ao acreditarem que tinham a resposta certa, apertavam um botão para anular a possibilidade de o adversário responder. A resposta teria de ser dada em 5 segundos. Caso não fosse dada resposta alguma, ou estivesse errada, os pontos daquela questão seriam diminuídos do total de pontos acumulados e passados para o adversário. Ou seja, o sistema era implacável, a fim de impossibilitar chutes. O time que apertasse o botão teria de saber a resposta na ponta da língua, dominar a matéria.

Em Matemática, acabaram o dia praticamente empatados com a escola que detinha a segunda colocação no total geral. Toda a vantagem que haviam aberto foi perdida num só dia. Muito triste.

Na parte da tarde, foi ainda pior, pois Tavinho liderava o apertar de botão, acreditando que acertaria as perguntas, ou então um membro do seu grupo, mas deixou de dominar as matérias de História e Geografia, e seus colegas de equipe, atônitos, sem saída para dar a resposta no tempo proposto pelo regulamento.

Caíram para terceiro ao final do dia. Assim, Tavinho deixou a competição dizendo aos colegas que não iria mais prosseguir.

– Não vou mais participar da gincana!

– Como, Tavinho? O que é isso? Precisamos de você!

– Renato, eu estou atrapalhando. Não vou ajudar vocês em nada amanhã. Não sei o que aconteceu comigo. Acho que é nervosismo. Não estou conseguindo lidar com a pressão e só estou prejudicando o nosso time.

– Mas, Tavinho... – insistiram Silvia, Oswaldo e Renato. – Você não pode nos abandonar.

– Não é questão de abandonar, amigos. Eu estou atrapalhando, e amanhã, se eu participar com o desempenho de hoje, vou afundar a escola. Por favor, entendam. Melhor vocês ficarem com um a menos. Vocês terão menos chances de errar na estratégia. Eu não venho, e pronto. Mas estarei com vocês torcendo o tempo todo. Só não comporei o time. Fiquem sossegados, vocês se sairão bem. Bem melhor do que comigo fazendo as besteiras que fiz hoje. Podem acreditar.

– Ah, Tavinho! Você está exagerando. Contamos com você! Queremos você com a gente!

Tavinho sabia muito bem o que estava se passando. Sua inteligência voltara ao normal. Ele não poderia ajudá-los. Apelou para a falta de preparo psicológico, alegando nervosismo, mas sabia exatamente o que se passava.

– Vocês são superlegais! Obrigado, amigos. Quem quer carona? Dona Iaúna já deve estar na porta esperando a gente.

– Eu vou com você!

– Eu também!

Lá foram Tavinho, Silvia Bruno e Fernanda de Vita a bordo da picape que, por sinal, incomodava Tavinho, por ele saber para que, de fato, era usada. Bem, seu uso efetivo ficava restrito à área da caçamba. Menos mal.

– E então, crianças, como foi hoje?

Tavinho tomou a palavra, mas todos participaram do relato a Iaúna. Ele se culpava dos erros e do pesadelo em que se transformara o dia, mas os amigos o poupavam.

Depois de deixar os colegas em casa e ficar a sós com Iaúna, ele disse:

– Dona Iaúna, escute bem o que vou falar. *Nunca mais na vida eu quero ser humilhado e passar o que passei hoje nas provas e ontem na partida de xadrez. Nunca mais...*

Iaúna sorriu vitoriosa por dentro. Seguiram em total silêncio até em casa.

Quinta-feira – 4º dia do Intercolegial

Tavinho não participou, como havia comunicado na véspera. O resultado foi melhor do que o esperado. Em Matemática, o colégio retomou a liderança, recuperando-se do empate do dia anterior, e, em História e Geografia, ficaram com o terceiro lugar, pois o time perdera o integrante que fazia uma enorme diferença.

Tavinho, ao longo e ao final de cada competição, esteve sempre junto dos colegas, mostrando companheirismo e um genuíno espírito de equipe.

Incentivou-os, parabenizou-os e enalteceu cada um deles, em cada feito e a cada momento, em função dos desafios que enfrentavam.

O dia seguinte seria o dia das premiações. A escola estaria no pódio em, pelo menos, duas competições, e só ficaria fora da individual de xadrez.

Tavinho sabia que poderia ter ficado no pódio, até mesmo em primeiro lugar nas três modalidades. Estava magoado, envergonhado, triste, pois sua saída para tamanha humilhação fora não participar no último dia; caso contrário, teria se exposto completamente. Ficou bem claro que algo grave ou artificial o acometera. Pelo menos, sua desistência caracterizava falta de empenho e nervosismo. Tavinho não iria comparecer à escola para a entrega dos troféus – estava decidido. Não se achava merecedor, ainda que nos dois primeiros dias tivesse deixado sua escola em excelente posição. A sexta-feira ele dedicaria a tomar um bom café da manhã com a mãe e a ter uma conversa muito séria com Iaúna.

Sem Perder Nem Mais um Minuto

Cristina estava ocupadíssima com as planilhas em andamento da empresa onde trabalha, e nessa semana viajou na quarta à noite, retornando somente na quinta, bem tarde. Ainda não havia falado com Tavinho pessoalmente, mas sabia das últimas notícias sobre a gincana e do resultado que ficara longe do sonhado e planejado pelo grupo. Sentia-se um pouco culpada por não estar mais presente para apoiar o filho nos momentos difíceis que passara após a derrota no xadrez e a piora do desempenho na quarta-feira.

– Dona Cristina? Tavinho? O café está servido!

– Estou descendo!

– Eu também!

Entre uma xícara de café e outra, um misto quente, pãezinhos de queijo e torradas, Cristina e Tavinho põem a conversa em dia.

– Tavinho, eu soube que você não participou da gincana ontem, ficou muito nervoso, achou que iria atrapalhar o grupo... É verdade?

– Sim, Mami, é verdade. Mas como você soube disso?

– Soube pela mãe da Fernanda. Ela me telefonou, preocupada. Achou que, para um menino de 13 anos, você está levando muito a sério toda essa história. O que aconteceu? Você me contou que estava indo tudo tão bem! Depois de quarta-feira, quando falamos ao telefone, você disse que havia se atrapalhado um pouco, mas não pensei que estivesse tão estressado, nervoso, a ponto de desistir de participar e não querer ir hoje receber os troféus e comemorar com os colegas.

– Pois é, mãe. Realmente me descontrolei, mas não queria preocupar você. Para mim, foi muito difícil encarar a derrota no xadrez e ter tido uma quarta-feira de resultados tão ruins. Toda a minha contribuição em ganhos positivos para o grupo na segunda e na terça acabou se transformando em perdas na quarta. Foi um desastre. Muito ruim mesmo.

– Mas você não deve se culpar assim.

– Eu sei disso, mãe.

– Fiquei sabendo da partida de xadrez também. Estão dizendo que a derrota te desestabilizou. Que você ficou muito bravo, descontrolado. Por quê, Tavinho? Sempre te preparei para as frustrações da vida. Sempre te disse que, se alguém ganha, alguém, necessariamente, tem que perder. Perder e ganhar fazem parte de qualquer competição. Sempre te disse isso. Não se ganha todas as vezes. Na verdade, filho, só um vence. Temos que estar preparados para possíveis e reais derrotas.

– Vou tentar trabalhar melhor isso, Mami, vou aprender.

– Vamos escovar os dentes? Vamos juntos. Assim continuamos o papo.

Subiram a escada conversando, e Cristina perguntou:

– Você quer ir a um psicólogo?

Tavinho sabia que não era bem esse o seu caso, mas concordou, pois já tinha chegado à conclusão de que ter um psicólogo a seu lado só lhe faria bem. Seria um bom disfarce, pelo menos por algum tempo.

– Mami, se você achar que é bom, eu gostaria, porque a minha falta de equilíbrio atrapalhou tudo. Pelo menos, é o que estão dizendo.

– Eu acho, filho. Vou perguntar a minhas amigas se conhecem algum psicólogo bom, e marco um horário para você.

– Ótimo, mãe, valeu!

– Dona Iaúna? Cadê a senhora?

– Estou aqui, meu filho, na cozinha.

– Então... Quero falar com a senhora agora. Pode ser? A senhora pode parar um pouco o que está fazendo?

– Claro. Subo aí no seu quarto?

– Pode ser, acho melhor.

– Tô subindo! – Sorrindo para quebrar o gelo, Iaúna solta: – Você está pelado?

– Claro que não, né, dona Iaúna!

– Ainda bem! Não quero ver seu pintão, não!

Ambos dão risadas.

– Então, dona Iaúna, lembra quando eu falei no seu carro que nunca mais iria passar pela humilhação que passei?

– Lembro bem, meu filho. Você estava possesso!

– Eu decidi. Quero continuar tomando o elixir. Mas quero já. Pois não posso deixar que meus amigos pensem que voltei a ficar burro.

– Tavinho, você não é burro. Tem alguma dificuldade, mas não é burro! Pelo amor de Deus! Pare de falar que é burro.

– Tá bem, dona Iaúna. Quero ser o cara mais inteligente que o mundo já viu. Pronto, é isso. E quero essa inteligência para fazer o bem às pessoas, ajudar e apoiar a todos. Para ser um bom médico, um bom filho, um bom homem. Não quero ser nada além disso. Quero poder ajudar com a minha inteligência.

– Ok. Você pensou bem na contrapartida?

– Sim, pensei muito bem. Pra mim, é o preço a ser pago para fazer o bem. No fundo, não quero ficar pensando muito nisso. Se eu for um bom cirurgião como desejo ser, a quantas pessoas farei o bem? O resto deixa de ter importância.

Apesar da idade, Tavinho, além de ser determinado, tem uma boa noção do que quer. Ele não consegue conviver com o fato de ser um futuro médico apenas mediano. Entende que precisa ser o melhor, principalmente agora que provou o gosto delicioso do sucesso. Sendo gentil, humilde, dedicado, carinhoso, e exercendo a profissão com muito amor.

– Você não acha mais esse preço tão alto, Tavinho?

– Ainda não sei ao certo se estarei fazendo bem ou mal ao contribuir para o extermínio de maus elementos deste mundo. Eu refleti muito, e pensei, principalmente, no que a minha mãe contou sobre os assassinos do meu pai. É justo estarem soltos? Estou pensando demais nisso também. Entendo que, com uma inteligência maior, vou encontrar respostas. Só espero não ser tarde. Aliás, dona Iaúna, quero que a senhora me ajude desde já a encontrar o paradeiro dos assassinos do meu pai. Quero saber tudo sobre esses caras – os dois. A senhora pode me ajudar nisso?

– Sim, Tavinho, claro que posso. Vamos ver aonde anda essa gente. Tenho meus contatos na 77ª DP. Vamos ver o que eles me dizem sobre esses dois delinquentes. Mas me dê um tempo. Não posso levantar suspeitas.

– Claro, dona Iaúna. Obrigado.

– Tavinho, você sabe em que lua entramos ontem?

– Pois é, dona Iaúna, já verifiquei. Estamos na lua certa. Queria saber se é possível tomar o elixir amanhã. Podemos combinar do mesmo modo que fizemos da outra vez. A senhora acha que vai dar?

– Acho. Mas terei que agir hoje à noite. Deixemos tudo marcado exatamente como fizemos da última vez. Já tenho em mente a quem buscar.

– Dona Iaúna, não sei como agradecer.

– Tavinho, já falei. É a minha retribuição a tudo o que vocês fizeram por mim, é uma maneira de me redimir.

– Mas a senhora teve muita paciência comigo e está me entendendo sempre. Eu é que tenho que agradecer.

– Tavinho, agora lembre-se de algo que você está sempre falando. Você usará a sua inteligência para o bem. Sempre para o bem. Jamais para o mal. Jamais, certo? Isso é o que vale, e foi por isso que lhe revelei o segredo. Pelo seu bom coração, desde muito pequeno, por esse seu maravilhoso sorriso que você nunca deverá perder. Ele cura. Nunca se esqueça disso.

– Pode deixar, dona Iaúna. Não vou esquecer, não.

Ação Rápida

Iaúna saiu mais cedo do que de costume da casa de Cristina na sua picape. Terá de ser rápida, mas já sabe o que fazer e como. Ela buscará o local onde toda noite há um assassino frio, um traficante, um aliciador de meninas viciadas.

A índia investiga antecipadamente "quem é quem", sem levantar suspeitas, e não se detém muito no grau de violência que manifestaram ao longo de sua breve vida. Em geral, ela acaba obtendo as informações dos próprios policiais, pois sempre buscou conquistar a simpatia dos agentes da 77ª DP.

O delegado à frente da Divisão de Homicídios é um velho conhecido da família de Cristina, amizade cultivada desde os tempos em que o pai, advogado de excelente reputação, indicava os melhores defensores para os policiais da delegacia. Via de regra, a defesa precisava embasar muito bem a justificativa de que estavam protegendo cidadãos, o chamado auto de resistência, e, fosse lá quem tivesse perdido a vida, perdera-a por motivos evidentes – revide a uma ação necessária da polícia, além de ter colocado inocentes em risco.

Dr. PH, como era conhecido, inevitavelmente acabou sendo apresentado a Iaúna, dada a frequência com que ela e Cristina o visitavam para acompanhar de perto o caso do assassinato do professor Octávio. Iaúna levava doces, preparava almoços especiais para o plantão de fim de semana, chamava a todos de "filhos" e "filhas", e com isso, além de não despertar qualquer suspeita, ficava sabendo de tudo daquele bairro.

Em geral, os assassinos e bandidos que ela procurava não passavam dos 40 anos. A ficha criminal desses elementos era interminável, e eles estavam sempre soltos, ao largo da Justiça, que não conseguia mantê-los presos ou mesmo encontrá-los para levá-los à cadeia. Se Iaúna pudesse fazer algo com as próprias mãos, ela o faria. E seria sempre pelo bem de um mundo melhor, no que tangia a seus valores. Para Iaúna, bandido bom…

Ela chegou a um velho casarão na sua F-100. Estava vestida como uma distinta senhora. Sabia que ali morava um homem desprezível, temido por todos. Estacionou a uns 20 metros de distância e começou a observar. Sabia que aquele ser abominável costumava sair por volta das sete da noite para comer num bar próximo, antes de começar a aliciar as meninas, buscar clientes desesperados por drogas e intermediar a venda de objetos furtados. Era assim que agia, e acabava com a vida de quem tentasse atrapalhar seus negócios.

Em poucos minutos, a porta do casarão se abriu e de lá saiu um brutamontes de aproximadamente 1,90m de altura. Iaúna ficou abismada com o tamanho dele. O homem também era muito forte, devia pesar uns 100 quilos de puro músculo, e tinha uma cabeça desproporcional em relação ao corpo.

Antes de pisar na calçada, ele olhou para os lados e para frente. Acendeu um cigarro e se pôs a andar como se fosse um felino, espreitando o movimento da rua. Como não poderia deixar de ser, viu a picape de Iaúna e, percebendo que havia uma mulher dentro, entrou em alerta. Em seguida, jogou a guimba acesa fora, pegou um palito no bolso da camisa, encostou-se no muro de casa e, com olhar feroz e já desconfiado daquela mulher que continuava na camionete, encarou-a como quem estivesse dizendo: "Estou aqui, se não disser a que veio, vou te buscar."

Iaúna não podia vacilar. Saiu da picape e caminhou ao encontro dele.

– Sr. Duque? Sr. Duque?

Era Duque o codinome do mamute.

– Senhor? Tá me chamando de senhor, é, sua velha? É isso mesmo?

Fingindo um sotaque espanhol para que seu plano desse certo, prosseguiu:

– Desculpe, sr. Duque. É que me falaram para procurar o senhor, disseram que o senhor saberia como me ajudar.

– Não ajudo ninguém! – Duque deu de ombros e se virou.

– Mas, sr. Duque, o senhor não entendeu. Eu tenho uma mercadoria que lhe interessa.

– Como assim, índia?

– Iaúna. Pode me chamar de Iaúna.

– Fala aí! Que bagulho é esse?

Iaúna se aproximou de Duque e falou baixinho:

– Eu tenho pasta, e da pura.

O homem deu uma risada de assustar.

– Farinha? Como a senhora conseguiu? Posso saber?

– Eu sou boliviana, e meu marido era traficante. Por isso eu tenho um pouco de sotaque. Ele morreu, e eu fiquei com uma carga inteira. Quero me livrar dela. Não quero me meter nesse negócio. Não quero morrer.

– Mataram?

Com expressão triste e ao mesmo tempo assustada, respondeu:

– Quando estava tentando passar com uma carga pela fronteira. A polícia. Morreu há pouco tempo, hoje faz 43 dias.

– Tem quanto?

– Como assim… quanto?

Iaúna procurava mostrar inocência e despreparo no ramo.

– É! Quanto! Peso! Quanto tem o carregamento que a índia quer vender?

– Ah, não sei bem ao certo. Está tudo em pacotes. Mas por eu ficar para lá e para cá escondendo eles no porão da minha casa, acredito que uns vinte.

Duque começou a pensar:

"Caraca! Vinte quilos! Aceito comprar da índia, ela me mostra tudo – santa inocência da velha –, mato ela, escondo o corpo, e acabou. Tenho droga pra cacete. Tô feito. Será que ela sabe quanto vale? A velha é louca. Isso tá valendo mais de 500 mil no varejo. Será que essa boliviana tem noção do perigo que está correndo?"

– Quanto a senhora quer pela carga?

– Sei não. Queria que o senhor visse primeiro e me desse o preço.

– Olha, dona, acho que eu não levanto toda a grana de cara. Mas podemos combinar de eu ir pegando, vou vendendo e vou pagando, vendendo e pagando, fechou?

Iaúna pensou:

"Venci! Ele caiu na isca. Quer me fazer de idiota, quer que eu acredite que ele é bonzinho e que não tem dinheiro e que vai me pagar. Tudo isso para eu não ficar com medo, achando que ele vai me matar. Bom, agora é atrair ele para a minha casa, ficar de olhos bem abertos e fazer esse monstro beber meu chá. Vai ter que beber muito. Ele é um touro."

– Tudo bem, sr. Duque. Acho que está bem assim. Quer ir à minha casa para tomar um chá e eu mostro a carga? – Ainda falou bem baixinho e sorrindo: – Ah! Meu chá é da Bolívia. O senhor vai adorar.

Riram juntos...

– Bora, dona... Dona o quê mesmo?

– Dona Iaúna, índia boliviana!

– Ah... Tá bom, dona Iaúna. Vamos na sua caranga?

– Sim, vamos!

Lá chegando, ela entrou de ré na garagem e seguiram pela porta lateral, que dava na cozinha da casa.

– Pode se sentar aqui mesmo na cozinha. Vou preparar o chá.

A cozinha ficava perto do quarto da garagem onde se trancariam mais tarde.

– Assim que bebermos, vamos descer e ver a carga. Está escondida num quarto lá embaixo na garagem. Mas eu vou mostrar tudo, viu? O senhor vai gostar do produto. Pode ficar tranquilo, meu marido só trabalhava com a pura.

– Pode esquecer o chá, detesto chá.

– Ah, trato é trato. Eu disse que beberíamos o chá. Sabe o que é? Eu não aguento ficar sem esse chá de coca, entende? Eu preciso beber todos os dias.

– Ah, então a senhora é viciada, né?

Ambos riram da brincadeira, e ele voltou a dar seu sorriso assustador. Iaúna manipulara-o até ali. Tinha que manter a concentração e todo o cuidado nos gestos e nas palavras.

* * *

Enquanto ela pegava a chaleira, acendia o fogo e botava a água para ferver, Duque observava cada canto da casa:

"Ah, eu vou fazer a minha vida é aqui mesmo. Até perceberem que essa velha morreu, vou aproveitar tudo e mais um pouco do que tem por aqui. Baita casa de bacana!"

– Sr. Duque, está quase pronto.

Iaúna dobrou a receita do chá, pois estava impressionada com o tamanho e a força daquele homem. Ela não poderia, nem por um segundo, correr o risco de ele ficar apenas um pouco tonto. Seria um desastre! Ela o queria totalmente alucinado, mas suficientemente acordado para conseguir andar. Também com muita esperteza, preparou duas xícaras exatamente iguais. Temia que ele sacasse a armação e pedisse a troca assim que ela os servisse – jamais poderia levantar suspeita. Ela pensou em tudo. Separou um tipo de xícara rústica, de casca de coco, com cinco pés de apoio, bem curtos, pois assim ela ficava bem rente ao tampo da mesa, e o líquido não entornaria. Entretanto, um desses curtos pés era móvel – como uma espécie de rolha encaixada na base da casca de coco –, e bastava Iaúna retirá-lo que o conteúdo da xícara vazaria para a mesa e cairia em um furo encoberto pela toalha e com espuma ao fundo para não fazer barulho nenhum à medida que fosse escorrendo. Engenhoca muito bem-feita em função de seus dotes artesanais. Ela já havia testado. Funcionava sempre.

– Pronto, sr. Duque! Seu chá está servido. Aqui está a sua xícara. Vou pegar a minha e já sento com o senhor.

– Anda logo, não tenho o dia todo.

– Aqui tem uns biscoitinhos. O bom é tomar bem quente. Sendo assim, vamos lá. Saúde e vida eterna para nós.

– Ah! Dona Iara…

– Iaúna. Iaúna.

– Ah, sim. Iaúna, a senhora sabe que eu vivo perigosamente, né?

– Imagino, sr. Duque, imagino. Mas por que está me falando isso? Algum problema?

– Tenho muitos inimigos. Eu bebo o seu e a dona bebe o meu. Eu não posso confiar em *ninguém*.

– Nossa, sr. Duque. Mas o senhor não viu que eu tirei da mesma chaleira o chá para as duas xícaras? Na mesma hora?

Dona Iaúna continuava a bancar a inocente.

– Não interessa! Podem ter algo no fundo.

– Mas claro, sr. Duque. Não estou aborrecida e nem quero que fique pensando coisas. Jamais faria isso ao senhor. Pronto! Trocado! Aliás, o senhor quer que eu troque sua xícara por uma xícara normal? É que meu finado marido, que Deus o tenha, só bebia nessas xícaras artesanais.

Sugerindo a troca das xícaras, dona Iaúna o deixou mais tranquilo.

– Não. Tá tudo certo.

Imediatamente, Iaúna soltou com habilidade um dos pés de sua xícara e a apoiou na mesa sobre o pano, para que o chá escorresse para o reservatório. Em poucos segundos, levantou-a.

– Pronto, já não está mais muito quente. Agora posso tomar. Hummm. Que delícia! Pode tomar, sr. Duque. O senhor vai adorar.

Duque dava seus goles e pensava:

"Que saco! Puta que pariu! Chata pra caralho! Vou ter que tomar essa merda pra essa velha nojenta me fazer ver a porra do quarto e me dar a droga! Ah, mas vou fazer essa velha morrer gemendo. Ela vai pedir pra morrer, essa filha da puta!"

Mal sabia ele que já despontavam alguns efeitos do chá. Não precisou mais do que um minuto, e a imagem de Iaúna começou a se distorcer, a fala dela parecendo embrulhada, ele ficou tonto, suando muito e se sentindo mole, com as pernas bambas.

Iaúna, ao perceber os sintomas, perguntou se ele queria ver o quarto e a mercadoria.

– Agora, Iara!

– Mas beba tudo, sr. Duque. Beba tudo até o fim.

– Dona, vamos ver a droga? Terminei o meu chá. Vamos ver a porra da droga?

Duque estava ficando impaciente, mas já era um ser inofensivo.

– Claro, vem comigo. Você está encharcado. Deve ser a coca. Eu te ajudo.

Iaúna começou a descer a escada até a garagem. Duque logo atrás. Lá, abriu uma porta de ferro de correr – com fechadura de segredo, cuja frente se disfarçava em um armário também de ferro que deslizava junto e por inteiro, o qual continha uma série de bugigangas de garagem, como regador, ferramentas, sacos de adubo, produtos de limpeza da casa, do carro, lâmpadas... Fechou a porta atrás de si, trancou-a por dentro e sentou a vítima numa cama de metal com amarras de couro, igual àquelas usadas em hospícios.

– Então, sr. Duque? Como está se sentindo?

– Cadê a mercadoria?

– Já vou trazer, calma. Pode se deitar agora.

O homenzarrão estava completamente entregue.

– O senhor está muito pálido, estique as pernas e vai se sentir melhor.

– Cadê... me passa... que eu quero matar... – Estava tão grogue que até confessava suas intenções.

Quando Duque já se encontrava amarrado e sem a menor possibilidade de sair da cama, Iaúna abriu duas gavetas para pegar os utensílios usados em suas operações rápidas e indolores.

– Pronto, vou começar, sr. Duque. Fique bem tranquilo.

Rápido corte no tórax com uma faca de fio de bisturi, sem o menor esboço de dor. Incisões nas veias cavas, aorta e demais artérias. A velha índia já segurava o coração, resultado da precisão cirúrgica. Afastando as costelas paralelamente, abriu caminho entre elas e extraiu o órgão ainda pulsante, elevou-o com as duas mãos e, em seguida, depositou-o na bandeja plástica que estava ao seu lado. Com o monstro já inerte, Iaúna soltou um lado das amarras de seus braços e pernas, e virou-o de lado. Perfurou a parte posterior do crânio, acima da coluna e abaixo do osso occipital, e extraiu, com uma concha grande e afiada, todo o cérebro. Tudo foi muito rápido e feito com uma destreza de arrepiar. Os produtos obtidos com a intervenção foram acondicionados juntos. Seriam levados mais tarde ao congelador e aguardariam lá até que fossem usados na infusão que ela prepararia para uso no dia seguinte.

Quanto ao corpo do mastodonte, Iaúna encheu as cavidades com pano de chão e suturou-as com fita adesiva automotiva. Para posterior transporte, enrolou o morto num plástico grosso que estava sob a cama onde ele jazia. Iaúna abriu a porta do "quarto cirúrgico", pegou o gancho do guincho da picape e acionou o motor elétrico. O guincho puxou o corpo para dentro da caçamba.

Só faltava agora desová-lo num local onde a maior parte dos bandidos perversos pudesse vê-lo. Pegou uma capa de placa com um número qualquer e cobriu as placas da frente e de trás da picape. Ainda era cedo... Não eram nem nove da noite. E o faria só na madrugada.

– Alô? Tavinho?

– Sim, dona Iaúna. Tudo bem?

– Sim, tudo bem. Só estou confirmando sua vinda amanhã, tá bom?

– Claro, dona Iaúna. Da minha parte, fechado! Que bom que a senhora confirmou.

– Sim, sim. Confirmado. Agora vá dormir que amanhã seu dia será cheio.

– Tá bom. Beijo.

– Beijo, querido.

Passava de uma e meia da manhã quando Iaúna entrou na picape. Acionou a porta automática da garagem e saiu de casa, dirigindo-se a uma favela enorme na região central de São Paulo. Antes, parou num posto e, apesar de a picape ser movida a gasolina, misturou cinco litros de diesel com o objetivo de fazer muita fumaça. Passou por ruas lamacentas, esburacadas, e a picape ficou coberta de barro e sujeira de todo tipo.

A notícia do justiçamento com as próprias mãos se espalharia por toda a cidade. Iaúna rodou muito procurando ângulos dos quais as câmeras não conseguissem filmar seu veículo. Assim que identificou um excelente local, acelerou fundo para produzir muita fumaça. Bastou abrir a porta de trás da caçamba e acionar o hidráulico da caminhonete. O corpo voou de uma altura de 20 metros e se estraçalhou na favela embaixo do viaduto onde se encontrava.

Assim que recolheu totalmente a caçamba, partiu devagar, sem despertar qualquer suspeita. Foi direto para casa, e a primeira coisa que fez foi lavar com máximo capricho a picape no seu jardim. Na garagem, terminou de enxugá-la. Missão cumprida. Nenhum vestígio. Agora precisava dormir umas duas horinhas e acordar às cinco e meia para iniciar os preparativos do rito com o seu venerado Tavinho.

Resultado da Gincana

Sexta-feira. Dia das premiações. Para os colegas de Tavinho, esse dia é de suma importância, mas sentem que poderá ser muito melhor se o amigo estiver por perto. Tavinho foi um grande incentivador do grupo. Os professores ficaram supercontentes com a atitude dele em participar, por ter contribuído com os organizadores e com os grupos nos dias de competição, até o fatídico fim de tarde no xadrez.

O professor Firmino está orgulhoso do garoto e sabe que "escorregões" acontecem. O que ele não sabe é que não se trata de um "escorregão", mas de um sinal bem mais grave – Tavinho voltou a ser o que era e colocou em risco toda a competição, tudo o que a escola havia conquistado até ali.

– Sr. Roche, onde está o senhor Octávio?

– Ah, professor Firmino, ele me disse que não virá hoje para a premiação.

– Mas como não? Que pena! Ele fez e faz parte do time!

– Pois é, professor. Insistimos muito para ele vir. Mas ele ficou muito chateado com a derrota no xadrez, na quarta-feira. Ele ainda está se sentindo mal.

– Ele não pode ficar assim. Eu mesmo vou ligar para a mãe dele. Não aceitarei esse tipo de comportamento!

– É que o Tavinho se cobra muito.

– Sim, vou ver o que posso fazer.

O professor Firmino se dirige para a sala de apuração com um propósito. Tentar saber quem receberá o prêmio de aluno revelação da gincana.

A contagem dos votos já terminou, os respectivos vencedores já são conhecidos. Ele fala com a coordenadora, que tem em mãos os envelopes com os nomes dos vencedores de cada escola, e pergunta quem será o vencedor pelas 8ª e 9ª séries. Ela consulta a lista e depois os envelopes.

– Rápido, por favor. Rápido – pede, impaciente.

– É o aluno Octávio Albuquerque Júnior.

Ele já imaginava, pois Tavinho estava indo muito bem na escola, e a sua participação em todas as aulas tinha sido excelente, além do desempenho na gincana ao longo das competições. Era essa a sua leitura, e deveria ter sido também a dos demais professores da escola.

– Está bem, obrigado!

Sai rapidamente e se dirige à secretaria para pegar o número do telefone da mãe de Tavinho. Precisa avisá-la e pedir a ela que diga ao menino para vir à escola receber a medalha.

– Alô? Cristina Albuquerque, por favor.

– É ela.

– Aqui é o professor Firmino. Como vai a senhora?

– Ah. Olá, professor, como vai? Algum problema com o Tavinho?

– Sim e não, sra. Albuquerque. Não há problema algum porque quero que a senhora saiba que seu filho ganhou a medalha de destaque e receberá o prêmio de aluno revelação do ano.

– Meu Deus! O Tavinho!

– Sim, sra. Albuquerque! O sr. Octávio.

– Ele está muito triste com os resultados dos últimos dias e se recusou terminantemente a ir hoje.

– Pois é, e aí está o problema, ele está sendo muito duro consigo mesmo pelo fato de não ter ido tão bem nos últimos dias. Mas a contribuição para o desempenho do colégio antes e durante a competição foi, digamos, deveras relevante. Incentivou a participação de todos e foi fundamental na divulgação e na competição, até sofrer uma insegurança tremenda devido ao resultado no xadrez. Quero lhe pedir, e todos os seus colegas também, que diga a ele para vir à escola. Ele será recebido como herói. A senhora pode fazer isso por nós?

– Claro, professor. Vou tentar convencê-lo.

– Muito obrigado, sra. Albuquerque. A senhora sabe o quanto isso representa para mim e, é claro, para a senhora também. Não preciso dizer o quão merecedor seu filho é. Foi pelo voto que Octávio conquistou essa medalha. É legítimo que ele esteja aqui para recebê-la! É por ele, em primeiro lugar.

– Claro, professor, não posso perder tempo. Vou desligar e procurá-lo. Muito obrigada!

– Sim, até logo, sra. Albuquerque, e boa sorte com o rapaz!

As cerimônias se seguiram, e, como não poderia deixar de ser, a escola teve garantido o primeiro lugar em Matemática e o terceiro em História e Geografia. Passaram aos vencedores dos torneios de xadrez e depois aos nomes da categoria Destaque.

Chegado esse momento, desponta na plateia, em pessoa, a sra. Albuquerque ao lado de seu filho e de Iaúna. Lá está o Tavinho, ainda bem! O professor Firmino esboça um sorriso aliviado em direção a Cristina.

Ela encontrou Tavinho em casa e o arrancou de lá, dizendo que não era justo seus colegas ficarem sozinhos na escola recebendo os prêmios sem ele. Disse que seus colegas haviam ligado insistindo para que ele fosse à escola. Estavam muito chateados.

– Tavinho, pode se arrumar. Eu vou passar aí para te pegar e levar para a escola.

– Que mico, mãe.

– Mico nada! E para de se lamentar por ter ido mal em alguns quesitos. Eles me ligaram e não se conformam que você não esteja lá. Que tipo de colega é você? Quem pagou mico fui eu!

– Mas, mãe, eu quase caguei tudo.

– Para de falar desse jeito! Se arruma!

Cristina, quando necessário, sabia impor sua autoridade de mãe *e* de pai.

– Eu mesma vou te levar e aproveitar para falar com a diretora. Ela me ligou pedindo ajuda para o programa assistencial a uma comunidade carente que há tempos vem sendo apoiado pela associação de moradores do nosso bairro e pela escola. Ela me disse que, neste ano, o projeto acabou sofrendo um severo corte na verba de custeio por parte da prefeitura. Estão desesperados, pois perderam metade da verba, de uma hora para outra. Eu quero entender o projeto e levar a solicitação para a minha empresa; tenho quase certeza de que poderemos colaborar. Te pego em 20 minutos, filhão. Já estou a caminho. Fala para Iaúna ir também, com a picape dela. Assim, se eu tiver que ficar mais tempo, ela te leva de volta para almoçar em casa.

Na verdade, era até o contrário. Tavinho talvez ficasse mais tempo lá e Cristina voltasse para algum compromisso. Ela sabia que ele teria vontade de ficar mais tempo com os colegas e queria que Iaúna participasse da cerimônia, pela grande ajuda que dera na criação do filho.

Ao som dos alto-falantes:

"O professor Firmino irá divulgar quem foi o aluno revelação deste ano."

Ao saber que Tavinho ganhara, ele pedira à comissão de julgamento da gincana que o deixasse entregar a medalha e dar o aperto de mão no garoto. Claro que a coordenação e a comissão concordaram.

O professor abriu o envelope e, com um largo sorriso, declarou:

– O vencedor é… Octávio Albuquerque Júnior!

Tavinho ficou atônito! Sua mãe e Iaúna olharam para ele, deram-lhe um beijo e fizeram-no levantar-se para receber a medalha. Seus colegas gritavam: "Vai, Tavinho! Vai, Tavinho! Vai, Tavinho!" Chegando ao palco, o professor Firmino lhe estendeu a mão e exclamou:

– Parabéns, sr. Albuquerque Júnior! O senhor venceu. O senhor mereceu. Seu pai ficaria orgulhoso do senhor.

Em seguida, tirou a medalha da caixa e colocou-a em volta do pescoço do menino, enquanto lhe dava um aperto de mão.

– Muito obrigado, professor Firmino. Devo muito ao senhor.

Virou-se para a plateia e disse:

– Muito obrigado a todos.

Saiu acenando, rindo e zoando com os colegas que o aguardavam na saída do palco. Eles o rodearam e o levantaram em mais sessões de "Vai, Tavinho!", jogando-o para o alto várias vezes e amortecendo a queda nos braços até se cansarem. Foi uma senhora festa!

Cristina tinha razão. Ele ficaria mais tempo do que ela poderia permanecer. Deu-lhe um beijo de parabéns, um abraço afetuoso, e se despediu.

– Nos vemos em casa, meu gatão! Meus parabéns, hein? Que delícia de prêmio! Agora divirta-se e comemore com seus colegas. Parabéns a você, a seus amigos e à escola!

Antes de sair, ela se dirigiu ao professor Firmino.

– Professor Firmino, muitíssimo obrigada. O senhor foi muito sensível e amável. Queria muito lhe agradecer pessoalmente.

– Eu é que lhe agradeço por ter me atendido. É assim que conseguimos educar esses mini-homens. Parabéns pelo seu filho, sra. Albuquerque.

– Obrigada, professor Firmino.

Tavinho pensava consigo mesmo: "Pode me custar muito caro, mas jamais irei decepcionar essas pessoas."

Dia da Confirmação

Tavinho está apreensivo. Chegou antes das sete na casa de Iaúna. Como da outra vez, vão aproveitar o sábado para fazer a sessão de orações aos deuses e beber o elixir. Ele não conhece as orações, mas usufrui dos resultados, e como! Não quer, pelo menos por ora, interferir e se aprofundar acerca dos preparativos e tudo mais. É muita informação. Mal assimilou a origem dos ingredientes que compõem o elixir, como poderá assimilar todo o ritual? Não dá.

Toca a campainha e aguarda alguns instantes. Como sempre, Iaúna surge alegre, bem-humorada e jovial. Tavinho está uma pilha de nervos, tenso por saber como as coisas precisam acontecer para que tudo funcione a contento.

"Como dona Iaúna pode encarar o que faz de forma tão natural? Alguém teve que morrer, e deve ter sido ontem. Melhor nem pensar." Tavinho afasta esses pensamentos da cabeça.

– Olá, Tavinho! Entra!

– Oi, dona Iaúna, como vai? Tudo bem?

– Tudo, Tavinho, vamos entrar. Já está tudo pronto. Só espere um minuto na sala de estar. Daqui a pouco, já te levo para o quarto.

Tavinho não se contém. Sua consciência despertou e fala mais alto.

– Quem foi dessa vez, dona Iaúna? Como aconteceu?

– Tavinho, não se preocupe. Apenas relaxe.

– Quero saber, dona Iaúna.

– Ai, Tavinho. Mas que coisa!

– Eu. Quero. Saber!

– Tá bom. Lá vai… Foi um homem muito mau. Todos o conheciam por Duque. Um traficante, aliciador de menores, receptador de carga roubada…

Já havia matado gente e andava solto pelas ruas, pois até a polícia tinha medo dele. Quem conseguia prendê-lo ficava marcado, e, assim que era solto, tratava de se vingar de quem o colocara na cadeia. Não tinha piedade de ninguém. Não tinha amigos, era um ser que não sabia viver em sociedade.

– E como a senhora conseguiu vencer uma pessoa como essa?

– Fácil, meu querido. Foi só dar aquilo que ele queria. A ganância cega o cérebro, e foi o que aconteceu. Bastou eu oferecer uma boa quantidade de drogas, que veio até a minha armadilha, e, ruim do jeito que era, me achava idiota e, portanto, me roubaria, me mataria até e se aproveitaria da situação. Ofereci o chá a ele, antes de lhe mostrar as drogas – que não existem, é claro. Ao tomar o chá que preparei, ficou imediatamente semiconsciente e anestesiado. Portanto, ele não sofreu, pode ter certeza disso, Tavinho.

– Ok, dona Iaúna. Obrigado por me contar tudo. Eu me sinto melhor em saber que se tratava de um ser muito mau para merecer viver. E como se livrou do corpo?

– Abandonei numa favela bem próxima daqui, de madrugada. A descoberta do cadáver deverá sair nos jornais e na TV, e, dada a fama dele, o corpo será identificado rapidamente. Bem, Tavinho, aguarde um minutinho para eu me trocar. Já volto com o elixir para irmos ao quarto da cerimônia.

– Está bem, dona Iaúna. Espero aqui.

Tavinho se pegou imaginando o quanto evoluíra intelectualmente ao ter tomado apenas uma dose do elixir. Sentiu na pele o que era ter facilidade de aprendizagem. Havia sido impressionante esse período mais intenso da sua vida, e como tinha sido bom – "Que sensacional viver assim". Começou a se imaginar no futuro. Ele estava pronto para se tornar uma pessoa com inteligência muito acima da média, e seu desejo era aproveitar ao máximo tal oportunidade, deixando quem tivesse que deixar para trás nos estudos – os amigos, por exemplo. Seu ego passaria a falar mais alto, não se permitiria mais ser alvo de bullying nem das humilhações que sofrera desde que entrara na escola.

* * *

Em poucos instantes, surge Iaúna em seu traje indígena, típico dos rituais: cocar com plumas coloridas e colares de sementes. Ombros e dorso à mostra, da cintura desce uma saia leve feita de juta. Não é diferente a parte que lhe cobre os seios. Nos pés, sandálias muito simples. Sola de couro e tranças também de fibra de juta. Como toque final, pelo furo que ela tem no septo nasal, a cartilagem interna que divide as narinas, atravessa uma pena de cada lado, presas, em seu centro, uma à outra. São adornos lindíssimos! À memória, vieram as rezas e a receita do elixir, que ela já havia preparado para Tavinho, bem como as orações entoadas como mantras, que aprendera na juventude.

– Cá estou, filho querido. Venha comigo, vamos abrir a porta do quarto juntos. Te mostro novamente como funciona. Puxa-se a guarnição, e pronto, a fechadura da porta de lambri aparece. Abre-se com esta chave que tem esses serrilhados aqui. Está vendo?

Somente Iaúna tinha a chave da porta.

– Sim, dona Iaúna. Legal!

– Abre-se a porta e chegamos a uma segunda porta, que é de aço. Digitamos o código, e pronto. Vamos entrar!

Uma vez abertas as duas portas, é possível alcançar o quarto usado para tomar o elixir e realizar o ritual. Ao lado da cama de estrado simples, um tatame, além de muitas toalhas e um jarro d'água. Algumas amarras na cama, um forte cheiro de ervas queimando e velas também compõem o ambiente.

– Tavinho, como da última vez, sente-se na cama para tomar o elixir.

Tavinho, mais assustado do que da primeira vez, obedece.

– Tome seu elixir, Tavinho.

– Lá vou eu.

Tavinho sorve o primeiro gole.

– Dona Iaúna, não dá pra melhorar o gostinho desse elixir, não?

Ambos riem. Tavinho toma mais dois goles, mais outro, e se deita. Vai começar.

* * *

Iaúna amarra-o na cama, como procedeu na primeira vez, antes que comece a convulsionar em função do efeito. Acende uma vela e coloca-a num console ao pé da cama, juntamente com as ervas, que exalam um cheiro de mata. Ao apagar a luz e acender outras velas, o ambiente se torna a imagem fiel de uma noite iluminada pela lua cheia.

Assim que Tavinho inicia o processo de entrar em transe, ela toma em suas mãos um cajado com penas e chocalho na ponta, e senta-se de pernas cruzadas – de maneira bem peculiar –, num pequeno tapete de juta trançada, ao lado do menino. Ali, começa a proferir palavras na língua Moxiruna, mantras, além de alguns grunhidos ininteligíveis. Com as pálpebras completamente abertas e a mente em profundo estado alterado de consciência, seus olhos passam a sofrer mutação e escurecem, ganhando novas formas, como se fossem de outro ser. A esclera e a córnea ficam pretas e as pupilas, brancas, e se fecham verticalmente como as de um felino.

As chamas das velas conferem uma imagem assustadora *àquele* que ali está, pois não se parece mais com a dócil mulher. Fortes vibrações são sentidas no quarto e fluem daquele ser, agora estranho, quase disforme, seguindo em direção a Tavinho. As velas ao seu lado curvam suas chamas em direção a ele, bem como a tênue fumaça do queimador de ervas, deixando claro o quanto aquela energia é poderosa e real. Prestando total atenção ao que se passa no recinto em penumbra e completamente inebriado por aromas e vibrações poderosas, percebe-se que Iaúna manifesta certas reações que lhe provocam uma respiração ofegante e uma alteração anormal na pele, num processo de repuxamento e afrouxamento ritmados e constantes.

Eles estão absolutamente ligados em um compartilhar de energias e vibrações que remete Iaúna ao clima dos rituais de seus ancestrais. Ela sua muito também, a ponto de o piso ficar todo gotejado à sua volta. É possível constatar que os dois indivíduos estão em estado de transe profundo, e agora é fácil entender por que ambas as portas do quarto, durante o ritual, ficam fechadas por dentro. Iaúna jamais correria o risco de alguém tirá-los do transe. Interromper os efeitos daquele elixir poderia trazer a Tavinho sérios riscos ainda desconhecidos. Além disso, dar de cara com aquela estranha cena poderia motivar uma série de reações em quem a visse, ou investigações poderiam surgir em função do desconhecido rito.

Três horas depois, Iaúna está de volta à realidade deste mundo. Tem tempo de enxugar o piso do quarto, guardar seu cajado no armário e, vagarosamente, devido ao cansaço, apagar as velas, pegar o queimador e os castiçais, e guardá-los, juntamente com o cajado, no armário de canto do quarto de rituais.

É o tempo para que Tavinho acorde do transe. E acorda sentindo que teve forte ligação com Iaúna ao longo do ritual. Está cansado, com sede e faminto. Como da última vez, Iaúna lhe serve um copo d'água bem cheio. Ele bebe tudo e pede para descansar mais um pouco, o que resulta num sono de mais uma hora.

– Dona Iaúna, dormi muito?

– Não, Tavinho, o tempo certo para chegar em casa antes da sua mãe.

– Ótimo, dona Iaúna, então vou indo.

– Está se sentindo bem?

– Sim, meio exausto fisicamente, mas já sinto meu cérebro descansado, relaxado e ao mesmo tempo processando tudo. É perceptível como ele passa a trabalhar bem, como a memória se aguça num piscar de olhos. É fantástico.

– Que bom, Tavinho, que bom!

Neste momento, ocorre a Tavinho fazer um pedido inocente:

– Dona Iaúna, depois me ensina o que a senhora fala durante os rituais?

– Claro, Tavinho! Tudo a seu tempo. Eu tenho tudo escrito. Tive esse trabalho de escrever como passatempo, enquanto aprendia a língua de vocês. O problema é que está escrito com a minha letra horrível!

Riram.

Parecia que até Tavinho estava esquecido do que lhe afligira no começo do ritual, tamanho era seu entusiasmo em adquirir a inteligência ímpar que se manifestava naquele momento. Esse entusiasmo e o esquecimento conveniente da procedência dos ingredientes também seriam manifestações do efeito do elixir? Só o futuro diria.

O Tempo Passa

Começo do outono de 2016. Conforme combinado, numa madrugada chuvosa de domingo, aos 26 anos de idade, Tavinho volta para tomar o elixir de Iaúna, aproveitando que 21 de abril é feriado de Tiradentes, caiu numa quinta-feira e, portanto, São Paulo está vazia e sossegada.

Ele foi de ônibus para o ritual, o que poderá causar certa estranheza a Iaúna. Para que isso não suscite dúvidas ou alguma suspeita de que há algo errado com ele, diz simplesmente que foi de táxi. Alega receio de que poderá voltar a chover forte e assim pôr um de seus carrões em risco.

– Olá, dona Iaúna, tudo bem? Quero dizer, Iaúna. Preciso me acostumar com o que combinamos. Chega de dona Iaúna. Agora é só Iaúna, certo?

– Certo, Tavinho! Por que não entrou direto?

– Ah, Iaúna, vai saber se você não está namorando... entro e interrompo alguma coisa...

Enquanto Tavinho entra, eles continuam a conversar.

– Querido, para com isso! Quem vai querer alguma coisa com essa índia velha?

– Velha? Você está cada vez mais jovem e bonita! E então, o meu elixir e as minhas acomodações, tudo pronto?

– Claro, Tavinho. Como sempre!

– Estou precisando muito, já sinto um certo desgaste e não posso falhar nas cirurgias.

Entram na casa impecável, mas já velha, pois se percebe o assoalho ondulado pelo uso. A mobília é antiga, clássica, típica de uma época. Como sempre, tudo está bem-cuidado, conservado e no seu devido lugar.

– Vamos sentar um pouco, Tavinho.

– Bom, vou ficar aqui, Iaúna, enquanto você se prepara. Espero na sala mesmo.

– Eu já volto, Tavinho, fique à vontade, querido. Aliás, você não me contou onde e como conseguiu os ingredientes que deixou aqui.

– Depois eu conto, Iaúna. Antes de voltar para casa eu conto.

Tavinho está olhando a casa, admirando os quadros e fotografias pendurados nas paredes, que remetem à sua infância. Retratos de Iaúna na sua companhia, na companhia da sua mãe… Apenas deles e bem poucos somente dela. Que coisa estranha ela não ter nenhuma fotografia dos pais legítimos, irmãs ou irmãos, tribo… Nada. Claro, jamais poderia ter. Suas recordações familiares são somente recordações da sua mente. Incrível como isso deve ser. Registro fotográfico do passado, apenas da família Albuquerque.

A casa é bastante familiar a Tavinho, e lhe traz lembranças das histórias que a mãe e Iaúna contavam sobre a resistência da índia em aceitar a casa.

"Dona Cristina, a senhora tem certeza que deseja me dar essa casa?"

"Não estou te dando, estou perguntando se você gostaria de ter este cantinho. Arrumá-lo do jeito que quiser, ter suas coisas aqui em vez de deixar lá em casa. Você poderia até guardar um carro aqui. Ir e voltar do trabalho com o seu carrinho."

"Carrinho? Se eu vier morar aqui, vou comprar uma picape para carregar as minhas mudas, fazer a limpeza do jardim, trazer coqueiros, árvores. Vou plantar a minha própria floresta, dona Cristina", dizia ela.

"Mal sabia minha mãe o real uso da picape", pensa Tavinho.

Ele voltou ao presente com uma chamada em voz alta e firme de Iaúna:

– Estou quase pronta, Tavinho!

Dirigem-se ao quarto que, como Tavinho aprendeu ainda adolescente, tem a porta disfarçada por um lambri e fica trancada por uma fechadura que se esconde sob uma guarnição deslizante na sala de estar.

A chave dessa porta fica somente com Iaúna, que, a essa altura, já mostrou a Tavinho onde fica escondida. Conforme prometera, ainda bem jovem, Iaúna também mostrara seus manuscritos com as descrições das orações e os sons dos mantras proferidos ao deus Céu. Tavinho tivera o trabalho de transcrever tudo em letra mais legível e fizera as devidas correções com Iaúna, até o texto ficar impecável. Foi um trabalho de três anos. Hoje, tudo fica guardado em HDs e pen drives com senhas únicas e inacessíveis a outras pessoas.

Vencida a porta disfarçada de lambri e, em seguida, a porta de ferro com o segredo, o acesso ao cômodo está liberado. É um quarto que, apesar de Tavinho ter estado ali inúmeras vezes, ainda lhe provoca calafrios pela energia que emana.

– Pode se sentar na cama, Tavinho.

– Obrigado.

– Agora beba o elixir. Já sabe o que fazer, mas não consigo ficar sem falar. Inale sua fumaça, respire bem fundo, procure beber todo o líquido e deite-se.

Tavinho assente. Como não pode deixar de ser, consegue, com esforço, repetir a piada de longos anos:

– Não dá para melhorar o sabor desse elixir, não?

Poderes do Elixir

Tavinho dá o primeiro gole, o segundo, em seguida inala profundamente a fumaça do elixir, dá mais um gole e começa a se sentir fraco. Uma certa tontura lhe vem à cabeça, ele dá o quarto gole e se deita. É imediatamente atado à cama por Iaúna, e começa a se agitar e a gemer.

Tavinho tem visões, sente o corpo travado, ouve gritos. Deseja falar, se mexer, mas há muitas pessoas, umas segurando as outras e o segurando, corpo e boca, sem deixá-lo se mexer, sem deixá-lo falar. Aflição! Começa, então, a suar. Sua muito! Passa a ver animais estranhos, sempre deformados, mar, florestas imensas e densas. Sente-se levitar, e então começa uma jornada em que vê a Terra se afastando, viaja pelo universo como se fosse um núcleo atômico, vaga por sistemas solares e se vê absorvido por galáxias inteiras em um cenário multicolorido.

Uma hora depois de sorver o elixir, após um turbilhão de vibrações energéticas e experiências sensoriais, Tavinho começa a se sentir devolvido ao nosso planeta. Começa a descer, enxergar mares, florestas, rios, animais, paisagens inóspitas, porém mais calmas, enxerga alguém que pode ser seu pai, sua mãe e, de repente, breu, escuridão, ausência total de luz e de tempo. Entra em um estado semelhante ao coma.

Após três horas dessas sensações, ele recobra os sentidos. Iaúna, sua confidente de anos, está ao seu lado, passa no rosto dele uma toalha umedecida em água gelada e, como sempre, pergunta:

– Como está se sentindo, querido?

Aos olhos de Tavinho, Iaúna está mais bonita do que nunca. Dá quase para dizer que está deslumbrante, apesar da idade.

– Bem, estou bem. Um pouco cansado e com fome, como de costume, mas estou bem.

– Perfeito, então descanse. Fique sossegado. Beba bastante água e volte a dormir.

– Farei isso, vou dormir mais uma horinha e sairei em seguida para casa.

Antes de cair no sono, Tavinho começa a se perguntar até quando terá de levar tudo aquilo adiante para continuar a ser quem ele é, quem os outros admiram. Foram tantas e tantas concessões esquecendo-se do seu eu verdadeiro, e agora se vê e se sente sozinho, num enorme vazio.

Tem o que tanto desejou: reconhecimento, respeito, dinheiro, mas não tem uma família, uma mulher, filhos, uma vida mais calma e natural. O que possui são elementos que não o preenchem, não se mostram suficientes, por melhores que sejam: um trabalho extenuante, inúmeras *namoradas*, viagens a trabalho, luxo, diplomas, e outras vantagens conferidas a um homem que se formou em medicina aos 21 anos e fez dois anos de residência, os quais cumpriu com extrema facilidade.

Aos 26 anos, ele é o cirurgião mais procurado para intervenções complexas, e atualmente conduz duas equipes de cirurgiões cardíacos em renomados hospitais paulistanos. É um homem que, profissionalmente, realizou o que poucos só conseguem aos 50 – tornou-se um fenômeno.

Hoje, Tavinho olha à sua volta e tem certeza de que sua mãe se orgulha dele, assim como seus amigos de escola, de universidade, de cursos de especialização. Olha para trás e percebe que o pai só poderia se orgulhar dele. Orgulhar-se de todos os seus feitos. Será? Será que seu pai teria motivos para se orgulhar do filho? De como ele chegara até ali? E Martha? Por onde andaria aquela que fora o grande amor da sua adolescência?

Depois de dormir mais uma hora, Tavinho acorda, fica de pé ao lado da cama e respira fundo antes de chamar Iaúna. Dessa vez, não voltará para casa sem ter uma conversa franca com ela. Com aquela índia que está ficando cada vez mais bela e doce com ele. Além de franca, a conversa será tensa e, quem sabe – e ele está preparado –, esse diálogo remeterá ambos aos instintos mais primitivos dos seres vivos.

– Iaúna! Acordei!

PARTE TRÊS

Sem Volta

Faculdade

Ninguém segurava Tavinho.

Cursou o ensino médio em dois anos e, aos 16, já era aluno matriculado na Faculdade de Medicina.

A escola permitiu que ele atropelasse os anos letivos, em vez de deixar aquele gênio escapar. O corpo docente via nele um grande atrativo para agregar valor e reforçar suas estatísticas.

Tavinho não entrou entre os primeiros colocados na turma de medicina de 2008, mas abriu as portas para seu ambicioso plano. Ao longo do período preparatório, ele foi brilhante. Nunca faltava às aulas, mantinha o equilíbrio entre estudos e exercícios físicos, e ainda dava aulas nos finais de semana para alunos mais fracos e ganhava algum dinheiro com isso.

Visitava também, ao menos um sábado a cada dois meses, Iaúna, que, aos 58 anos de idade, aparentava ser uma jovem senhora de, no máximo, 45. Ele aprendera o quanto era importante manter a frequência dos encontros, embora o deixassem bastante incomodado. Mas já estava se acostumando aos ritos e a seus efeitos colaterais, achando-os, inclusive, brandos.

O que Tavinho mais lamentava nessa história toda era ter deixado para trás os amigos do ensino médio e alguns sonhos, como a sua batera, a guitarra, a música que tanto amava e para a qual demonstrava talento, enfim, ter uma banda – enterrara desejos e fantasias. Sabia que deveria percorrer outro caminho para estar à altura do que esperava sua mãe, além, é claro, de seu pai, se vivo fosse. Pena nunca ter se perguntado se era realmente feliz.

⋆ ⋆ ⋆

A essa altura, cada um de seus amigos também acreditava saber o que desejava ser. Martha Moss queria fazer Administração, mas já não acompanhava mais Tavinho nos estudos. Eles continuavam namorando firme e se encontravam nos intervalos das aulas e nos finais de semana.

Oswaldo Roche, Fernanda de Vita e Renato Stein iriam prestar vestibular para o curso de direito. O sonho de Fernanda era ser juíza. Já Oswaldo, dada a sua impetuosidade, sabia bem o que queria ser: agente da PF. Renato Stein ainda não sabia ao certo em qual especialidade pretendia atuar. Por fim, Silvia Bruno, como era de se esperar, optara pela Veterinária.

O sonho de Tavinho era que todos mantivessem para sempre a amizade. Não queria jamais perder o contato com os amigos tão queridos. Como ele mesmo dizia, *irmãos que a vida me deu.*

Entretanto, a meta agora era obter os melhores resultados e cursar a faculdade em tempo recorde. Dedicando assim ao estudo as mesmas 12 horas diárias, ele queria abreviar o curso de medicina de 6 para, no máximo, 4 anos. A residência em cardiologia para, no máximo, 1 ano e meio. Seria um recorde, sem dúvida, dado que o primeiro aluno que conseguira concluir com mais brevidade um curso de medicina no Brasil fizera-o em 4 anos e meio, precisando obter decisão favorável na Justiça para seu feito inédito.

Não foi diferente com Tavinho. No entanto, já poderia ir fazendo o curso por ter em mãos uma liminar. Tavinho estava prestes a realizar sua meta: ser, aos 21 anos de idade, o cirurgião cardíaco mais jovem do Brasil a comandar uma equipe de cardiologistas em hospital de renome. Salvar muitas vidas era o que ele mais desejava.

– Tavinho, quando você pretende descer para comer seu lanche da tarde? – gritou Iaúna.

– Ué, a senhora não vai trazer pra mim aqui em cima?

– Hoje não! Temos surpresas!

– Ah, é? Que surpresas?

– Venha aqui e veja com seus próprios olhos.

– Já estou indo, dona Iaúna!

Eram sua mãe e Martha Moss.

– Martha! Que surpresa legal! O que faz aqui, além de, com a minha mãe, alegrar a minha tarde? O que vocês estão aprontando?

– Então, Tavinho. Queremos lhe propor uma sugestão para você descansar um pouco.

– Eu, descansar? Vocês sabem que não posso.

– Ora, Tavinho! Pode, sim, e você nem sabe ainda o que vamos propor.

– Hum, está bem. Manda! O que é?

– Que tal fazermos uma viagem de apenas uma semana para você descansar de São Paulo, dos estudos, e aproveitar um pouco a vida e as férias de janeiro antes das aulas começarem? Que tal?

– Para onde vocês querem ir?

– Para onde você adora ir com a sua mãe. Deer Valley, esquiar. Que tal?

– Que golpe baixo!

Riram muito.

– Adorei a ideia! Estou dentro. Mas vou estudar no avião e onde der. Tudo bem? Eu preciso. Mas, com certeza, vamos nos divertir muito! Eu topo!

Ficaram admiradas com a receptividade de Tavinho, pois achavam que teriam que insistir para ele topar. Pelo contrário, ele sabia que estava precisando descansar – mas só um pouco.

– Quando sairemos?

– Vamos preparar tudo para a semana que vem, gatão. Já sei o que você está pensando, não se preocupe, voltaremos bem antes de começarem as aulas. Vamos embarcar na sexta à noite, dia 11, e voltaremos no dia 19, no contrafluxo do festival de cinema independente de Park City, que começará nesse dia. Durante o festival não dá para arriscar, a cidade fica lotada e os preços, exorbitantes. Mas tenho certeza de que a semana que escolhemos será muito agradável, com a cidade já bem agitada. Nossas férias serão inesquecíveis.

– Que demais, mãe!

– E o que você achou dos pais da Martha permitirem que ela venha com a gente?

– Superdemais! Martha vai aprender a esquiar. Que legal! Você vai adorar, Martha!

Tavinho, imediatamente, teve uma ideia.

– Vamos jantar fora hoje para comemorar? Que tal? Vamos? Tô vendo que o jantar nem está sendo feito ainda!

– Ah, Tavinho, vão vocês dois. Estou um pouco cansada. Ficarei aqui em casa com Iaúna. Comeremos alguma coisa juntas e me deitarei cedo. Escolham um lugar descolado. Vão se divertir. Eu pago o jantar. Quero que vocês vão e voltem de táxi, tudo por minha conta. Presente merecido para vocês.

– Que legal, mãe! Obrigado!

– Topa ir, Martha? – pergunta Tavinho.

– Claro que sim! Mas… E você, tia? Não quer mesmo ir com a gente? A dona Iaúna também poderia vir.

A hábil Martha sabia conquistar corações. Convidara as duas, pois sabia o quanto elas influenciavam a sua paixão. Ah! Ela sabia que, conquistando o coração daquelas mulheres, conquistaria de uma vez por todas o coração daquele adolescente com pinta de adulto.

– Eu? Essa velha índia aqui? Jantar fora? Você ficou doida? Os restaurantes nem aceitam a minha entrada!

Todos riram diante da reação de Iaúna e, ao mesmo tempo, apreciaram o gesto da garota.

– Bem, Martha, se ninguém quer ir, só iremos você e eu. Vamos logo, né? Quer ir aonde?

– Vamos no Ratá? – perguntou Martha. – Meu pai só fala nele!

– Oba! Vamos! Eu também adoro esse restaurante.

O Ratá é um restaurante moderninho, frequentado pela nova elite paulistana, localizado no Centro da cidade. Os jovens gostam dele porque tem boa música, petiscos gourmet, pratos muito bons, e o ambiente é à meia-luz, com alguns pontos bem reservados, e, claro, é nisso que Tavinho está pensando. Não só ele, Martha também.

Pegaram um táxi financiado por Cristina e, em 40 minutos, já estavam sentados lado a lado, num sofazinho a uma mesa para dois. Pediram o menu de 4 pratos. Conversaram muito sobre a escola, seus planos nos estudos, e, por fim, beijaram-se ao sabor de uma sobremesa compartilhada: profiteroles com uma carolina recheada de sorvete de pistache. A calda quente de chocolate belga servida à parte permitia que os dois, além de a colocarem sobre as carolinas, se divertissem, sem serem vistos, em lambuzar os lábios e retirar o chocolate com beijinhos. Adolescentes que brincavam com amor e respeito um pelo outro. Assim passaram duas horas curtindo aquele momento, até que foram interrompidos.

– Todo mundo quieto! Mãos em cima da mesa! É um assalto! Quem vacilar morre!

Aquilo parecia um enorme pesadelo. Dois bandidos passavam de mesa em mesa, recolhendo as carteiras dos clientes, celulares, relógios, anéis. Um outro recolhia o dinheiro no caixa, com a arma apontada para o gerente e os donos do restaurante. O quarto se alojara na cozinha, tomando conta dos cozinheiros. Era uma quadrilha e ninguém sabia quantos mais havia do lado de fora.

Tavinho e Martha obedeceram à orientação que seus pais sempre haviam dado para esses momentos: "Não ofereçam qualquer resistência. Entreguem tudo sem hesitar."

A pulseira do relógio de Martha era muito apertada e não estava saindo do pulso, o que deixou um dos bandidos enfurecido, pois achou que a garota não queria entregá-lo.

– Pera aí, moço. Ela é apertada, mas vai sair.

– Entrega essa merda, senão arranco tua mão!

O bandido sacou uma faca que estava espetada no cinto e fez menção de cortar o braço de Martha. Tavinho segurou o pulso dele, mas acabou levando um soco que o fez cair do sofá. Ao tentar se levantar, o bandido chutou seu estômago.

– Tira a mão de mim, seu merdinha! Vai querer encarar? Te encho de porrada e depois te mato. Vai morrer gemendo. Vai pedir pra morrer. Você quer? Quer?

Mais um chute, até que Martha gritou:

– Consegui, o relógio saiu! Toma! Está tudo bem!

Como se não bastasse, o ladrão continuou provocando o jovem casal.

– Ô babaquinha, olha o que eu faço com a sua namoradinha obediente.

Enfiou a mão na blusa de Martha e a bolinou, deixando a faca espetada no pescoço dela.

– Isso é pra você ver como você é um merdinha à toa. Puta peitinho gostoso! Ô seu viadinho, tá gemendo por quê? Tá doendo? Vem defender a sua putinha! Seu merda! Um dia eu volto pra comer tua namoradinha.

Não mais do que três minutos se passaram, e o grupo foi embora levando os pertences dos clientes do Ratá. Tavinho estava furioso e experimentava inúmeros sentimentos. Misto de impotência com a sensação de não ter cumprido com seu dever. "Isso não vai ficar assim", pensou.

Martha estava aos prantos. Os garçons levavam água com açúcar para os clientes, tentavam acalmá-los, pediam desculpas e chamavam a polícia. As pessoas estavam atordoadas com tamanha audácia e violência.

– Martha, você está bem?

– Sim, Tavinho. Estou. Obrigada por tentar me defender dessa gente.

– Nossa, Martha, mas eu não consegui. Sinceramente, achei que ele iria te ferir com a faca naquela hora em que seu relógio não saía do pulso. Que desespero!

– Obrigada, Tavinho.

– Martha, isso não vai ficar assim. Ele te desrespeitou. Isso não vai ficar assim. Ninguém tem esse direito.

– Tavinho, esquece. Estamos vivos e somos felizes. Esquece.

– Tem razão, gata. Vamos falar com a polícia, dar parte, e depois voltar pra casa. Vamos pensar em Deer Valley! Vamos pensar nas nossas férias.

Tavinho jamais esqueceria. Falaria imediatamente com Iaúna. Haveria matéria-prima para cada uma das próximas quatro sessões, ou, quem sabe, cinco, seis... Só dependeria de quantos comparsas tinham ficado do lado de fora do restaurante. Prometeu a si mesmo que não sobraria um. Iaúna saberia o que fazer para encontrá-los. Agora, o desgraçado que se aproveitara da namorada dele... Esse assunto seria tratado como vingança pessoal.

Estoque de Ingredientes

Antes de a família Albuquerque sair de férias, Iaúna quis saber com detalhes como havia sido o assalto. Queria informações de como os bandidos tinham agido, como eram, que tipo de armas haviam usado, com que carro fugiram e várias outras perguntas do tipo que um investigador faria.

– Agiram com requintes de crueldade – disse Tavinho. – A senhora precisava ver. Não hesitaram um instante sequer. Foi tudo muito rápido.

– Nós vamos achá-los, Tavinho. Pode ter certeza.

Como o assalto ocorrera no Centro, alguma pista a respeito haveria na 77ª DP, pois tudo o que acontecia nas redondezas era do conhecimento daquela delegacia. Iaúna queria aproveitar a ausência de Cristina para investigar o máximo possível.

– Então, Tavinho, quantos eram?

– No mínimo, cinco, pois notei que havia uma camionete branca esperando por eles. Mas poderiam ser seis, porque acho que um ficou do lado de fora tomando conta, enquanto o outro aguardava no carro. Só não consegui ter certeza se havia uma ou duas pessoas dentro do veículo, porque os vidros eram filmados e, quando saíram, não consegui ver nada... eu estava no chão me contorcendo de dor, depois das agressões. Mesmo tonto, deu pra ver direitinho a cara de dois. Quem eu consigo descrever bem é o que ficou comigo e com a Martha.

– Então, como ele era?

– Tinha seu 1,70 de altura, era magro, franzino. Tinha uma tatuagem na mão direita, uma espécie de âncora. Me lembro bem porque foi a mão que ele usou pra segurar a faca na garganta da Martha, enquanto enfiava a outra dentro da blusa dela, covarde nojento. Era branco, barba por fazer, cabelos compridos. Estava com uma camiseta na qual havia o desenho de um pneu. Usava uma calça jeans surrada e uma bota emborrachada. A arma dele parecia uma arma normal de filme.

– Era um 38?

– Como vou saber?

– Ora, Tavinho. Como era? Era como aquelas armas que a gente vê em filmes de faroeste?

– Isso mesmo. Revólver. Não era pistola.

– Deve ser um 38. Tinha cano curto, né?

– É, a arma era pequena. Cabia no bolso dele.

– Perfeito. Que mais, Tavinho? Tente me contar detalhes, as conversas.

– Ah. Eles falavam em ir para uma garagem. Isso eu lembro. Um deles disse: "Corre. Vamos embora logo. Amanhã tem garagem logo cedo."

– Garagem? Logo cedo? Que coisa estranha... Mas está bem, Tavinho. Não se lembra de mais nada?

– Acho que um deles estava com uma camiseta de um sindicato. Eu só consegui ler as palavras *sindicato* e *diárias* sei lá o quê. Eu não sei se isso é importante.

– *Diárias nunca mais*? Será? É uma reivindicação do sindicato dos taxistas. Ok, Tavinho. Se você se lembrar de mais alguma coisa, me fale. Me avise logo.

– Claro! Mas, preste atenção. Já sabe o que eu vou falar?

– O que é, Tavinho?

– O cara que sarrou a Martha é meu! Meu! Falamos disso quando eu voltar. Combinado?

– Sim, Tavinho. Combinado!

Sexta-feira da semana seguinte, às quatro da tarde, a família Albuquerque já estava pronta para ir para o aeroporto na picape de Iaúna.

Do aeroporto, Iaúna seguiu diretamente para casa, porque sábado seria um dia cheio. Não queria perder tempo. Visitaria seus amigos da 77ª DP, pois, decorrida uma semana do assalto ao restaurante, já deveriam ter informações suficientes: quantos tinham agido, como e, quem sabe, quais pistas preciosas já dispunham para seguir.

Sábado, dez da manhã, e lá está Iaúna pronta para ouvir o que o delegado tem para contar.

– Olá, dr. PH, como vai? Como vai o meu querido delegado? Trouxe rosquinhas recheadas com geleia para toda a equipe. Tem de laranja, goiaba, morango e também de chocolate.

– Ai, dona Iaúna, que delícia! Como a senhora pode fazer isso com a gente? Vamos virar um bando de gordos. Meu pessoal já é esfomeado, imagina comendo essas rosquinhas!

– Elas não engordam, não. Só não pode comer tudo de uma vez. Basta comer uma, duas por dia. Essas rosquinhas não engordam ninguém e também não vão durar a semana toda, né? Cada um pegando uma ou duas, amanhã já acabou tudo. Alguns, se bobearem, nem vão comer.

– Verdade, dona Iaúna. E a senhora? A cada dia que passa parece mais jovem. Só podem ser essas suas delícias.

Riram. Realmente, Iaúna, aos 58 anos, apresentava uma forma excepcional.

– Pode ter certeza, dr. PH! Minhas receitas são sensacionais. E então? Quais são as novidades aqui na DP? O senhor está sabendo do assalto ao restaurante de gente chique? O Ratá?

– O quê? Não acredito! Até a senhora?

– Até eu por quê? Quem mais perguntou? Eu lhe digo por que estou perguntando: não é que o filho da dona Cristina, minha patroa, estava lá? E foi roubado, ouviu bem? O filho da dona Cristina Albuquerque! O Tavinho estava lá!

– É mesmo?

– É mesmo! E ainda sofreu violência de um dos assaltantes. Bateram nele, levou bofetões e chutes na barriga. Ele prestou depoimento para seus policiais; com certeza, falou com um ou mais de seus comandados.

– Ah, sim. Claro! É tanto assalto, tanto homicídio... Vou verificar o nome das vítimas. Devo encontrá-lo entre os depoentes.

– Então, eu queria saber se pegaram os bandidos. Esses merecem ir para a cadeia, e rápido.

– Estamos cercando a quadrilha. Parece que esse povo é limpo, mas já encontramos a ponta do fio que nos levará ao bando. Eles não têm passagem e são espertos. Um deles foi reconhecido por um dos garçons como sendo um motorista de táxi com ponto perto do restaurante. O rapaz disse ter observado que ele vestia uma camiseta com um pneu estampado, mas que não ficou olhando muito. Aí, o cara mandou ele levantar a cabeça. Quando o garçom o encarou, reconheceu que ele era um dos motoristas do ponto e que a camiseta com o pneu era do sindicato dos taxistas de São Paulo.

Agora Iaúna sabia que os dois homens que vestiam a mesma camiseta eram uns idiotas, e que um deles já havia sido identificado. Mas não aquele que molestara Martha.

– E vocês já localizaram o abestado no ponto? Já têm o nome dos motoristas de lá?

– Não localizamos, só temos a ficha deles, mas conferimos com o cliente as fotos de cada um para ver se ele identificava algum. Ele reconheceu na hora.

– É mesmo? Deixa eu ver a fotografia desse infeliz. Vai-se lá saber se eu também não conheço essa praga. Pego tantos táxis por aí.

– Olha aqui. É esse o cara.

– Caramba, que bicho feio, mas não conheço, não. E o garçom do restaurante confirmou a identificação desse aqui?

– Sim, senhora. Rafael Domingues. Nome bonito, mas o cara é feio que dói! Parece que vive sozinho.

– E qual o número do táxi dele?

– Hum, está aqui no processo, 163. Temos o número do registro e demais números de identificação dele.

– Posso levar uma foto para ver se o Tavinho reconhece?

– Pode. Temos várias, espalhamos em todos os estabelecimentos perto do ponto e entre os colegas dele.

A última coisa que Iaúna queria era mostrar a foto a Tavinho. Queria aquela foto para ela.

– E o que os colegas disseram?

– Que faz tempo que não aparece por lá. Procuramos o meliante no endereço dele, mas a casa indicada nos registros da prefeitura está abandonada. Os vizinhos disseram que se lembram dele. Vivia sozinho. E que o cara era muito estranho. Ele deve ter dado um endereço falso, ou morou lá por um tempo e não mora mais. É o que falei. Os caras parecem limpos e lisos.

Iaúna sabia que seus vizinhos jamais entregariam o delinquente à polícia. Simplesmente por medo. Não se pode esquecer que, no mínimo, cinco bandidos haviam assaltado o restaurante. Era muita gente no bando e, portanto, quem quer que fosse o vagabundo, ele teria muitos colegas para acabar com a vida de quem o denunciasse.

– Bem, eu vou mostrar para o Tavinho, para ver se ele confirma esse rosto, e qualquer novidade eu aviso. Vai demorar um pouco para eu voltar a falar com você, porque o Tavinho está viajando com a mãe e só retornará daqui a uma semana. Está traumatizado e em pânico. Preferiu sair da cidade.

– Tá bom, dona Iaúna, sua ajuda será sempre bem-vinda.

Iaúna saiu da delegacia determinada a encontrar o taxista antes de qualquer um. Tinha que achá-lo antes da polícia, e já sabia como. Agora, era colocar o plano em prática. Entrou na picape e partiu a toda.

Férias Inesquecíveis

A família Albuquerque chegou a Salt Lake City após 15 horas entre voos e traslados, das quais Tavinho não desperdiçou um minuto sequer em seus estudos.

Com malas e sacolas especiais que portavam os esquis de Cristina e de Tavinho, e sacolas térmicas nas quais acomodavam as botas – um verdadeiro trambolho para carregar em qualquer viagem –, deixaram o lobby das esteiras rolantes e se dirigiram ao saguão do aeroporto, onde encontraram um senhor que os levaria ao condomínio onde haviam reservado um belo flat. Seguiriam para Park City, cidade a 50 minutos do aeroporto.

A tarde seria ocupadíssima, pois teriam que alugar os equipamentos para Martha, que era iniciante na arte de esquiar, além de comprar para ela algumas roupas e acessórios, como óculos, gorro, luvas etc. Fora isso, já estava tudo contratado no Mahre Training Center – escola dos campeões de esqui de 1984, os irmãos gêmeos Phil e Steve Mahre. Martha ficaria no grupo *Never Ever,* enquanto Cristina e Tavinho no grupo *Advanced.*

Cristina e seus dois companheiros de viagem chegaram ao condomínio em Park City. Era um flat amplo, de duas suítes com cama de casal e uma cozinha integrada a uma bela sala com lareira a gás, que primava pela praticidade de seus inúmeros aparelhos eletrodomésticos. A luz natural em todo o apartamento fazia com que seus ocupantes tivessem uma maravilhosa vista da paisagem local.

Chegado o momento da escolha dos aposentos, Cristina virou-se para o jovem casal e fez a seguinte observação:

– Não me importo se vocês desejarem ficar juntos. Se quiserem, estou de acordo. Ambos já têm idade suficiente para saber o que estão fazendo. Só peço uma coisa: se cuidem. Nada, absolutamente nada, antes da hora.

Martha ficou ruborizada, mas feliz, pois adoraria a experiência de viver como casal, e Tavinho ficou mais feliz ainda, só imaginando como seriam aquelas noites depois de passar o dia nas montanhas.

Arrumaram tudo nos respectivos guarda-roupas e ligaram as malas das botas nas tomadas para aquecê-las, pois assim entram nos pés com mais facilidade; se frias ou geladas, parecem uma pedra, e a vida do esquiador se torna um inferno na hora de calçá-las.

Deixaram o banho para depois, vestiram os agasalhos para encarar o frio, e foram comer na cidade e alugar os equipamentos para Martha. Almoçaram tarde e rapidamente no descolado Squartters Craft Beer, comeram pizza e salada – estranho costume americano: pizza no almoço. E salada com pizza? Mais estranho ainda, mas estava tudo delicioso. Rumaram para uma loja de aluguel de esquis, botas e acessórios.

Havia inúmeras delas, mas acabaram escolhendo a Cole Sport por ser a mais próxima do condomínio e pela facilidade na hora da devolução, pois andar com todos os equipamentos de esqui nas mãos não faz bem a ninguém. Na mesma loja, compraram gorro, cachecol, óculos – chamados *goggles* –, além de aquecedores para os dedos dos pés e das mãos, luvas e artigos que dão mais conforto ao esporte.

Dali rumaram para um *bootfitter*, pois Tavinho queria refazer a palmilha das suas botas. Era uma grande frescura, mas lá foram as duas acompanhando-o naquela tarefa de tirar o molde do pé, refazer a palmilha e trocar a antiga que, segundo Cristina, ainda estava muito boa. Aquela brincadeira custaria caro e seria um desperdício de tempo – pelo menos, 1 hora e meia de sessão de ajustes nas botas.

– Mami, onde vamos jantar?

– Que tal o Blind Dog? Lá tem de tudo. Podemos escolher entre sushi, carne ou massa. Que tal?

– Pra mim parece ótimo e acho que Martha vai gostar.

– Você topa, Martha?

– Claro! Onde vocês quiserem.

– Antes vamos fazer umas comprinhas para o café da manhã. Já quero comprar tudo para uma semana, pois, assim que começarem as aulas de esqui, pouco tempo sobrará para irmos ao supermercado e à farmácia.

– Claro, Mami, vamos já, rapidinho. Cada um vai pegando uma coisa e levamos para o flat.

Compraram cereais, frutas, leite, café, queijos, vários tipos de pães e biscoitos recheados, suco de laranja, maçã, uva. Para o café, não poderiam faltar os irresistíveis Pop Tarts sabor canela. Para aperitivo, antes de sair para jantar, as famosas Cape Cod Potato Chips e tortillas. Assim, Martha e Tavinho foram ficando contentíssimos com as compras. Tudo era delicioso. Saindo do supermercado, pegaram um táxi, pois tinham muitas sacolas para carregar.

Todos prontos e agasalhados para suportar a temperatura da noite que havia caído para -4°C. Banho? Nem pensar, ficaria para a hora de dormir. A essa altura, correriam um risco enorme de tirar um cochilo depois do banho e não daria tempo de jantar. O restaurante Blind Dog ficava a dois quilômetros do condomínio, e os Albuquerque poderiam tranquilamente ir a pé ou de ônibus. Negativo. Muito frio. Chamaram um Uber e foram jantar – já haviam reservado mesa para três.

Era um restaurante grande, com vários ambientes e cozinhas – japonesa, italiana, francesa –, com porções preparadas ao gosto americano, com tudo quanto é tipo de molho e, em geral, extremamente bem servidas. O ambiente poderia ser escolhido pelo cliente.

A família Albuquerque optou por um espaço mais sossegado, onde pudessem conversar sem precisar falar alto, e sem mesas ocupadas ao lado, ou aniversariantes em comemoração. Cristina pediu seu tradicional Dry Martini, apenas gelado, mexido e com azeitona, o que a faria lembrar-se do marido, que adorava o drinque.

O nervosismo e a ansiedade de Tavinho e Martha eram notórios, por conta de uma primeira noite juntos. Eles se entreolhavam perguntando-se como seria. Não tinham dúvidas de que seria maravilhoso, dado que se amavam de verdade. Sentiam-se muito bem um com o outro e eram grandes companheiros. Até ali, eles haviam feito experimentos e descobertas muito interessantes e até mesmo divertidas. Mas nada além disso; jamais haviam passado das etapas iniciais. Estavam verdadeiramente ansiosos por aquela noite que, acreditavam, seria inesquecível.

Comeram muito bem, os pratos estavam deliciosos. Conta paga, foram direto para o *condo*. Chegando ao aconchegante apartamento, e, logo após tirarem as primeiras camadas de roupa, Martha e Tavinho desejaram boa noite a Cristina e dirigiram-se para o quarto. Ainda eram nove e meia, mas estavam exaustos, pregados mesmo, e o fuso ainda lhes perturbava o cérebro.

Tavinho e Martha entraram no quarto, terminaram de se despir e se revezaram no banho. Estavam tímidos com a situação. Martha havia levado uma lingerie lindíssima, que transparecia sob uma camisola de renda. Deixou tudo pronto para vestir no banheiro, com a porta cuidadosamente entreaberta. Queria que Tavinho alimentasse fantasias. Assim que terminou seu banho e se trocou, entrou no quarto, ansiosa e feliz. Tinha a sensação de ser uma mulher feita, a mulher do seu sonho de homem, daquele que ela não via razão para não ser, algum dia, seu marido.

– Tavinho, sua vez!

– Como você está linda e cheirosa.

Sorrindo maliciosamente, Martha Moss soube como cativar ainda mais o namorado.

– Então, Tavinho, é melhor você tomar banho correndo. Antes que eu durma.

Riram.

– Não, pera aí. Estou indo já. Agora!!! – exclamou.

Tavinho tomou seu banho, trocou-se no banheiro, colocou um pijama novinho em folha e foi para a cama, onde Martha o aguardava. Eles se fitaram, sorriram, e Tavinho foi se sentar ao seu lado. Debruçou-se e a beijou longamente. Abraçaram-se e se amaram naquela noite, de forma que, agora, Martha era mesmo sua mulher e Tavinho se sentia seu homem. Dormiram gostosa e apaixonadamente.

Acordaram para um domingo tranquilo, para recompor as energias. Passaram a manhã verificando os equipamentos, mas depois do café foram todos correr nas proximidades do condomínio. Tavinho, porém, foi um pouco mais longe porque corria, no mínimo, 8 quilômetros a cada treino. Mais tarde, almoçaram no Butcher's e depois passearam na Main Street. Viram várias lojas e galerias de arte.

Às sete da noite, entraram no *No Name Saloon* para jantar, e ali saborearam maravilhosos e calóricos grelhados na manteiga bem quente que só os americanos sabem fazer. Tiveram um jantar delicioso em um prédio de tijolos aparentes que parecia uma velha fábrica.

Ao terminar o jantar, desceram a Main Street em direção ao condomínio. Tavinho se deparou com uma interessante lojinha de artigos indígenas. Nesse momento, lembrou-se de Iaúna.

– Como será que está dona Iaúna, será que está bem, Mami?

– Claro que sim, Tavinho. Caramba! Já está com saudades dela?

– Ah, claro. Depois precisamos comprar algo pra ela, né, Martha?

– Claro, vamos comprar, sim. Até, quem sabe, nesta loja aqui mesmo. Algum artigo indígena dos nativos norte-americanos. Será que ela gostaria, dona Cristina?

– Acho que sim. Ao longo da semana procuraremos alguma coisa bem legal e levaremos para ela. O que você acha, Tavinho?

– Sim, claro, Mami! Boa ideia, Martha!

Mas Tavinho estava preocupado com Iaúna por outro motivo. Como será que estavam correndo as investigações do assalto ao restaurante? Ele sabia que Iaúna era implacável. Sabia muito bem do que era capaz. Estava preocupado com o andamento das coisas.

Encontrando os Ingredientes

Assim que saiu da delegacia, Iaúna foi comprar um relógio falsificado, marca Omega, bem pesado, folheado a ouro. Contente com a aquisição, saiu da loja e se dirigiu ao ponto de táxi onde um dos assaltantes do restaurante Ratá fazia ponto.

Iaúna estacionou a picape em um edifício-garagem e seguiu a pé para lá. Estava vestida de forma bem neutra, condizente com uma senhora da sua idade. Exalava um ar de mãezona completamente inofensiva. Era essa a tônica que queria dar ao encontro com os taxistas, que, naquela manhã de sábado, certamente estariam ali. Ela surgiu com semblante bem simpático e já foi perguntando se eles conheciam um taxista alto, magro, de pele clara, cabelos compridos, nariz grande. Iaúna tinha a foto dele, e foi fácil descrevê-lo.

– Vocês conhecem? Ele faz ponto aqui, peguei ele aqui quando precisei ir para a casa da minha patroa.

O mais mal-encarado da turma estava encostado na parede de uma loja em frente ao ponto. Ele rodava um palito de fósforo na boca enquanto ouvia a conversa de Iaúna com seus companheiros. Devia ser o mandachuva do ponto, pois dirigiu-se, impaciente, a ela.

– Fala, minha senhora, algum problema?

– Oi, meu querido, bom dia! Estou querendo saber se alguém conhece um taxista alto, magro, cabeludo, com o nariz adunco…

– Nariz o quê?

– Ai, moço, desculpe, é que não queria falar porque poderia ofender. É que o nariz dele é meio… de tucano, sabe? Ele me pareceu muito boa gente.

– Não tem nenhum taxista aqui assim, não senhora. Por que quer saber?

– É que foi muita coincidência, sabe? Precisei pegar um táxi uma vez aqui neste ponto, faz um tempinho já, e quem me levou foi esse rapaz. Num outro dia, peguei o mesmo rapaz aqui perto, acho que ele estava voltando para o ponto, e me lembrei dele. Lembrei que ele era desse ponto aqui. Conversamos muito e ele perguntou meu nome e eu o dele. Acho até que era Daniel. Nessa segunda vez, encontrei no táxi dele um relógio. Não dei importância porque achei que algum cliente havia perdido, sei lá... estava quebrado, mas como era lindo de morrer, eu peguei. Só que, quando eu fui ver numa relojoaria, o danado era de ouro e o moço da loja me falou que vale, pelo menos, uns 20 mil reais! Eu quase caí para trás. Nunca pude imaginar que um relógio pudesse custar tanto. Minhas pernas tremeram.

O mal-encarado ficou branco, surpreso e ao mesmo tempo interessado e mais simpático.

– É mesmo, dona? Dona...

– Ah. Meu nome é Iaúna, dona Iaúna. Pode me chamar de Iaúna, sem o "dona" mesmo. E como é o seu nome?

– Meu nome é Ronaldo.

– Ah, então, sr. Ronaldo. O senhor conhece o tal Daniel? Ou a pessoa que descrevi? Não sei bem ao certo se o nome dele é Daniel.

– Não conheço não, dona. Além do mais, se a senhora quer dinheiro pra devolver o relógio, se ele é motorista de táxi não vai ter, não.

E o grosseirão do Ronaldo deu risada, aguardando a reação de Iaúna. Mas Iaúna sabia trabalhar muito bem o lado psicológico das pessoas e deu sua cartada final, rindo junto com Ronaldo.

– Não quero cobrar nada dele, não. Só quero devolver. O objeto tem muito valor. Pode ser que o dono tenha reclamado, ameaçado o sr. Daniel, não sei o que pode ter acontecido. O relógio tem muito valor. Também, caso o dono tenha deixado um telefone ou endereço... pode ser que o sr. Daniel, ao devolver, até receba uma boa recompensa. Outra hipótese é ele ficar com o relógio que, aliás, é dele, não é meu. Meu pai me ensinou que a gente nunca deve ficar com nada que não é nosso. Nada! Pensei que tinha achado um relógio quebrado de 100 reais, nunca pensei que pudesse valer tanto dinheiro. Se eu ficar com esse relógio, Deus me livre, depois que eu descobri quanto custa... vou me sentir muito mal, sr. Ronaldo. Por isso eu quero devolver.

Colocou a mão na bolsa e retirou o relógio que reluzia à luz do sol daquela manhã, quase início de tarde.

– Olha só que beleza! Pegue para ver o peso! E agora está funcionando, o relojoeiro colocou o relógio em marcha e deixou novinho. Coisa boa, sabe? Ele disse que a máquina é suíça. Então? Não conhece mesmo ninguém como descrevi?

– Não, dona Iaúna, não conheço, não. Mas vamos fazer assim: deixe seu telefone comigo, se eu descobrir alguma coisa com algum dos meus colegas, eu aviso.

A isca estava mordida! Agora era aguardar e, devagar, ir cansando o peixe e trazendo-o para mais perto... bem perto.

O bandido nem esperou Iaúna virar a esquina. Já estava ligando para o Rafael. Os colegas taxistas estavam com medo daquela história, pois tinham achado tudo muito estranho. O mais novinho da turma ousou falar com Ronaldo.

– Mas, chefe, e se ela for uma investigadora, ladra mesmo, ou até uma vigarista?

Com o telefone na orelha e o papel com o número de telefone de Iaúna na outra mão, o mandachuva respondeu:

– Ô idiota, ela só não é mais otária do que você! Não viu a cara dela? Vou falar pro Rafael ir buscar essa merda de relógio agora! Quero metade do dinheiro! Esse Rafael é outro merda! Como pode perder um relógio desses? Deixar no banco do carro pra quem quiser pegar? Outro otário como você! Foi pro serviço extra lá no restaurante com a camisa do sindicato! Imbecil! Filho de uma puta! Chegou lá na hora e tirou a porra do casaco, disse que esqueceu que tava com a nossa camisa por baixo. Burro pra caralho. Puta bando de otários, filhos da puta! Agora a polícia fica rodeando a gente. Cacete! Puta que pariu! Vê se não me enche mais o saco!

* * *

Do outro lado da linha, Rafael atende:

– Alô?

– Fala, nareba! Precisamo ter um papo.

– Coé, Fenômeno, aí tá sujo. Não posso aparecer aí, não.

– Ô cuzão, não tô falando pra você vir no ponto! Vai pra minha casa, não no ponto, ô cacete! Bunda mole! Foi usar a porra da camiseta dos taxista. Bando de otário. Agora todo mundo tem que se esconder! Todo mundo com medinho. Suas bicha do caralho!

– Mas e aí, chefe, aconteceu alguma coisa?

– Aconteceu e boa! Mete o pé e vai pra lá agora.

– Tá. Tô saindo.

Seria a última vez que Ronaldo se encontraria com quem ele chamava de cuzão e otário.

Por outro lado, Iaúna teria que esperar. Ter paciência e esperar, quem sabe até terça ou quarta-feira da semana seguinte. Ela sabia que Ronaldo não iria dizer tão rapidamente que encontrara Rafael.

De Volta ao Paraíso

Para o primeiro dia de esqui, precisavam ir mais cedo porque haveria a distribuição dos grupos, segundo o nível de cada um.

Tavinho e Cristina, com certeza, desceriam a Success – pista deliciosa, fácil de percorrer e muito prazerosa. Martha iria para a pequena Snowflake – indicada aos iniciantes. Ficaria lá por, pelo menos, dois dias, sofrendo como qualquer aprendiz com as aulas iniciais.

Pularam da cama quando o despertador tocou. Cristina preparou um café da manhã reforçado e, devidamente trajados para encarar a neve, os três saíram para pegar o ônibus que os levaria a Deer Valley. Pareciam robozinhos agasalhados, carregando os esquis e as botas.

Martha, ainda muito desajeitada com tudo, tinha dificuldade para andar na neve, carregar os esquis. Para entrar no ônibus foi terrível, riram muito. Ela não sabia se apoiava os esquis no chão para depois entrar, se entrava no ônibus com os esquis e tudo mais a que tinha direito. Além disso, estava morrendo de medo de o ônibus partir, e ela, em total desequilíbrio, levar o primeiro tombo antes mesmo de chegar à pista. Eles não paravam de rir, e Martha perguntava o tempo todo:

– Isso vai melhorar?

– Com certeza, gata! Fica de boa! São só os primeiros dias. Quando a gente chegar em Deer Valley, vamos deixar as suas botas e os seus esquis guardados no Snow Park Lodge. Não vamos mais precisar ficar carregando tudo isso. Só no último dia, na volta pro flat, é que precisaremos devolver seus equipamentos. Fica tranquila. Vai dar tudo certo.

⋆ ⋆ ⋆

Foram muito bem recepcionados pela equipe do Mahre Training Center e rapidamente separados, por turma, de acordo com o avanço das habilidades declaradas nas fichas de inscrição.

Tavinho e Cristina se despediram de Martha, pois iriam para a parte alta das montanhas. Subiram de ski lift, uma espécie de teleférico que pode ser aberto ou fechado, e que leva os esquiadores até o topo.

Esquiariam o dia inteiro – aproximadamente 7 horas diárias. A rotina inicia às nove da manhã. Por volta do meio-dia, há uma parada para o almoço, aproveitada para que os alunos e professores vejam as filmagens feitas nas pistas, para avaliar o desenvolvimento de cada um. O retorno se dá por volta de uma e meia e o dia termina às cinco. As pessoas chegam exaustas, mas nada como um bom banho, seguido de coquetel e jantar, para revigorar as forças para o dia seguinte.

Ao final do primeiro dia de esqui, Cristina e Tavinho foram buscar Martha e já a encontraram sem os esquis, apavorada e se perguntando se um dia conseguiria esquiar.

– Martha, amanhã vou sair meia hora mais cedo para vir aqui te pegar e te ver de pé esquiando. Quer apostar comigo?

– Quero! Apostado!

– Minha mãe será testemunha. Mas como foi? O que você achou?

– Achei bem difícil, mas a gente aprendeu um monte de coisas sem ficar esquiando. Foi mais ou menos. Acho que amanhã vai ser menos chato.

– Isso mesmo. E depois, se a gente ficar vindo todos os anos, você vai ter um progresso imenso. Escreve o que estou te dizendo.

– Bom, crianças, hora de ir para casa, tomar um banho e jantar. Estou morrendo de fome. Tem algum lugar a que vocês gostariam de ir?

– Sim, eu gostaria de ir àquele restaurante famoso lá na Main Street.

– Hummm... Qual?

– Aquele que tem música ao vivo. Em geral, lá se apresentam conjuntos que a gente nunca viu no Brasil, mas que tocam superbem.

– Ah, já sei. The Spur.

– Esse mesmo. Vamos comer um hamburgão? Acho que Martha vai amar!

– Ok. Combinado.

Em São Paulo

Muito antes do que esperava, Iaúna recebeu um telefonema.

– Alô?

– Alô, dona Iaúna?

– Sim, é ela.

– Aqui é o Ronaldo, do ponto do táxi. Lembra de mim?

– Ah! Sim, claro! Como vai?

– Muito bem, dona. E estamos com sorte! Meus colegas encontraram o Rafael. O nome dele é esse mesmo, Rafael.

– Ah, que bom, sr. Ronaldo, achei que era Daniel. Que bom!

– Estou telefonando pra senhora, pra saber se ele pode ligar e vocês marcarem o encontro pra entrega do relógio.

– Claro! Pode passar o meu número, sim. Peça para o sr. Rafael ligar amanhã, pois hoje vou estar ocupadíssima. Está bem?

– Sim, claro. Pode deixar.

Iaúna estará de fato ocupada nas próximas horas. Ela terá que deixar tudo preparado para a captura do bandido, começando pelo quarto da garagem, o chá, o formol – dessa vez vai precisar de formol também. Além do mais, será necessário ensaiar a conversa e o trajeto até a sala de onde ela sairá com as informações sobre todos os "ingredientes"...

Iaúna foi comprar formol de um manipulador no Centro da cidade, não muito longe dali. Estava aflita com o tempo. Não gostava de fazer as coisas de qualquer jeito. Aprendeu que ser metódica e calculista era o segredo do sucesso.

Abriu uma gaveta e pegou um quadro de borboletas mortas, devidamente conservadas, que comprou em uma lojinha de suvenires lá no aeroporto de Recife, para usar num dia como aquele que estava por vir, e partiu para a farmácia de manipulação de um velho amigo.

– Olá, seu Cláudio, bom dia! O senhor tem aquele formolzinho?

Era uma daquelas farmácias de manipulação muito antigas, fundada em 1913. O sr. Cláudio, neto do fundador, estava à frente do ofício, mas já não via a menor possibilidade de seus filhos seguirem seus passos. Considerava, sinceramente, e já havia um bom tempo, render-se às ofertas das redes de farmácias que vinham infestando a cidade.

– Sim, dona Iaúna. A senhora vai precisar de quanto?

– Não preciso de muito, não. É para as minhas borboletas. Já lhe dei um quadro de borboletas que eu faço?

– Deu sim, obrigado. Veja lá na minha parede.

– Ah! Seu Cláudio, vou lhe dar este outro aqui, então. Olha que par lindo vão formar. Veja, sua parede vai ficar belíssima!

Iaúna não queria deixar qualquer dúvida, em caso de futuras investigações, de quem e para que fim comprava formol.

– Não, dona Iaúna. Não precisa, não. Esse seu quadro aqui já é lindo.

– Seu Cláudio, fique com o quadro. Pendure ao lado do primeiro. Vai ficar belíssimo, um par perfeito porque as borboletas são diferentes. Fica com o quadro, fica. Eu insisto!

– Tudo bem, então. Por sua insistência e por ser um presente, eu aceito! Mas me diga uma coisa, por que a senhora não usa amônia em vez de formol?

– Meu filho, já te expliquei da última vez que estive aqui. Eu não mato as bichinhas. Você deve ter ouvido que o pessoal que faz esses quadros usa amônia. De fato, usa mesmo. Mas eles usam para matar os bichinhos, os pobres coitados dos bichinhos! Eu não faço isso. Quando encontro uma borboleta morta na sala, por exemplo, eu abro suas asas, ponho elas esticadinhas numa forma de isopor, presas por alfinetes próprios para isso – bem delicadinhos. Passo um spray de formol bem de leve pelas asas e injeto formol no corpo com uma agulha bem fininha. É assim que eu aprendi a fazer.

Quem desconfiaria de uma senhora que faz quadros de borboletas e nem mata as coitadinhas?

– Ah! Tá bom. Entendi. Faz assim: me dá meia hora. Vá tomar um café. Vou terminar um trabalho aqui e coloco o formol num frasco para a senhora. Olha! Só vou colocar 300ml, está bom assim?

– Está ótimo, meu querido! Para que preciso de mais? Está excelente!

Era muito formol para usar com as borboletas, mas ela sabia que ele estava sendo generoso na dose em gratidão ao quadrinho que ganhara de presente. Quando ela perguntasse o valor, seu Cláudio diria: "Não é nada, dona Iaúna, fica pelo quadro." Era aguardar para ver. Não haveria nota fiscal nem vestígios.

– Então, vai! Vá tomar seu café e volte em meia hora, tá?

– Tá bom, tá bem! Tô indo e já volto. Obrigada, querido, muito obrigada.

Parte de seu plano estava garantida. Agora era esperar um pouco enquanto degustava um café e voltar para casa com o formol. Retornar ao ensaio dos trajetos que faria e arrumar a casa para receber o idiota.

Enquanto tomava seu espresso, imaginava cada passo, cada lance de como seria a visita do sr. Rafael. Nada daria errado, afinal, não poderia.

– Seu Cláudio, estou de volta. Quanto lhe devo? São 300ml, certo?

Iaúna só esperou...

– Dona Iaúna, acabei colocando em um frasco de 500ml. A toda hora ficam falando que vão proibir a venda de formol. Sei lá quando isso vai acontecer. Assim, a senhora já fica com um estoque, tá bom?

– Quanta gentileza! Está ótimo. Quanto lhe devo?

– Fica pelo quadro! Não é nada, dona Iaúna! Guarde seu dinheiro.

Sorrisos por dentro, e lá foi dona Iaúna, feliz da vida, com meio litro de formol, sem que qualquer suspeita fosse levantada, sem nota fiscal, sem registro algum.

– Meu querido, muito obrigada. Obrigada mesmo, viu? Você foi tão gentil...

– A senhora que é, dona Iaúna. Queria que todos os meus clientes fossem como a senhora. Aliás, quando a senhora voltar, já verá o outro quadro de borboletas pendurado na parede.

– Que bom que o senhor gostou, seu Cláudio! Que bom!

– Adoro esse tom de azul que só as borboletas têm.

– Até a próxima, seu Cláudio!

Em Park City

Foi difícil acordar na terça-feira, depois da bela noitada no The Spur, ao som de um piano maravilhoso tocando jazz.

O despertador tocou às seis e meia, pois seria o grande dia de Martha – estava lançado o desafio de esquiar sozinha até o final da tarde.

Cristina sempre se levantava rapidamente, mas Tavinho e Martha precisavam ouvir algumas boas batidas na porta.

Todos preparados, seguiram para o ponto de ônibus, e, em 20 minutos, já estavam no Snow Park Lodge para mais um dia intenso. Martha se separou de Cristina e Tavinho, e seguiu para o seu desafio.

Eram três e meia da tarde quando Tavinho comunicou ao seu instrutor que precisaria sair para encontrar a namorada no grupo dos iniciantes. O instrutor reconheceu o motivo nobre e incentivador, e liberou Tavinho, que desceu direto pela pista Big Stick, fazendo curvas curtas em sua etapa mais íngreme. Ele adorava derrapar, sentir-se no controle absoluto do esqui e, ao mesmo tempo, alcançar o máximo de velocidade nas descidas.

Ao chegar lá embaixo, informaram que o grupo de Martha havia seguido para uma pista verde, chamada Gnat's Eye. Tavinho nem titubeou, esquiou um pouco mais e encontrou a turma de Martha. Lá estava ela esquiando sozinha, e o melhor, sorrindo! Divertindo-se muito ao perceber que esquiava com o controle dos esquis para aquele nível de pista. Felizes da vida, eles se encontraram, e Tavinho apenas gritou:

– Ganhei a aposta! Ganhei a aposta!

Em seguida, perguntou à instrutora se poderia acompanhar Martha e a turma na descida. A instrutora concordou, pois sabia que aquele gesto incentivaria o grupo.

– Claro que sim! Senhores e senhoras do grupo! Teremos um esquiador avançado conosco nesse fim de tarde. Ele representa vocês esquiando num breve futuro. Bem breve! Portanto, vejam como sairão daqui esquiando no final do curso. Antes, vamos tirar os esquis, descansar um pouco no chalé e tomar um chocolate bem quente; depois desceremos a montanha.

Esquis nos ombros, andando como robozinhos em função das pesadas e duras botas, lá foram todos tomar o maravilhoso chocolate quente num chalé aconchegante.

Tavinho e Martha estavam conquistando mais um sonho – esquiar lado a lado. Ele seguiu o grupo, e junto dele vinha Martha – devagar, à velocidade dos aprendizes. Às vezes, Tavinho passava à frente da namorada e a convidava a segui-lo. Assim, foram alternando as posições até o retorno ao Snow Lodge. Uma descida tranquila, suave e de muito significado para ambos. Martha teria de pagar a aposta. Mas isso seria fácil para ela. Muito fácil.

Ao chegarem lá embaixo, despediram-se do grupo que estava encantado com o jovem casal, com a simpatia de Tavinho e seu estilo de esquiar. Em seguida, encontraram Cristina, que, ainda calçando as pesadas botas, já os aguardava sem os esquis.

– Voltamos juntos, tia! Voltamos esquiando juntos. Tavinho e eu!

– É mesmo? Que maravilha!

– É, Mami! Precisa ver como ela veio direitinho. Esquiamos lado a lado, trocávamos de posição. Foi demais!

– É, foi mesmo! Fiquei superanimada, tia!

Cristina não hesitou em propor uma comemoração na hora do jantar, e, como não poderia deixar de ser, em grande estilo. Deixaram seus esquis e botas, e partiram para o condomínio, a fim de tomar um banho e se preparar para mais uma noitada.

Tavinho e Martha seguiram imediatamente para o banho, enquanto Cristina foi comprar algumas frutas, cereais e leite. Isso deu a Martha a chance que não desperdiçaria de pagar sua aposta a Tavinho. Tomaram banho juntos e, mal se ensaboaram, Tavinho não aguentou.

– O que é isso, Tavinho?

– Culpa sua, Martha! Culpa sua, minha esquiadora de elite.

– Caramba! Calma, né?

Rindo, trocavam carícias para o que viria em seguida. Já na cama king size, se envolveram, e Tavinho, como não poderia deixar passar, foi logo dizendo:

– Viu? Ficou melhor, né? Demorou bem mais agora.

Sorrindo e com ar malicioso, Martha assentiu.

– É. Foi maravilhoso, Tavinho. Delícia.

Recompuseram-se a tempo. Muito esperta, Cristina, quando retornou, por não querer dar de cara com nada que a surpreendesse, pôs-se a fazer barulho, mesmo antes de entrar no chalé. Ao abrir a porta, fingiu que havia errado a senha. Desse modo, os dois lá dentro ouviriam o som de alguém apertando os botões da fechadura. Ao entrar, jogou no chão, cuidadosamente, a caixa de cereal que carregava, deixando claro que havia chegado. Até que ouviu Martha chamando-a.

– Tia? Você chegou?

– Oi, Martha! Sim, estou aqui na cozinha. Acabei de chegar das compras.

– Ok. Estou indo aí ajudar você.

– Oi, mãe! Também estou indo. Só estou escovando os dentes e já vou.

– Não precisa. É pouca coisa.

Eram esses os sinais de que Cristina precisava para ficar mais tranquila. Tendo terminado de arrumar as compras com Martha e Tavinho, ela se dirigiu ao seu merecido banho.

Nesta noite, visitaram a destilaria de uísque High West Distillery & Saloon. Os jovens não podiam beber, mas Cristina, sim, e brindaria por eles.

Chegaram às sete para jantar e pegaram uma mesa bem no centro do salão. Cristina, cumprindo seu papel e promessa, pediu uma degustação de cinco uísques diferentes. Ao mesmo tempo em que experimentava uma dose, disfarçadamente e com muito cuidado para ninguém reparar, oferecia a Tavinho e Martha para que pudessem brindar também. Afinal, era um dia especial, e não faria mal bebericarem só um pouquinho.

Pediram batatas fritas de entrada, além de uma porção de edamame, que Martha passou a adorar.

Ficaram saboreando as entradas e as bebidas enquanto esperavam a sopa de cebola de Cristina, a vitela de Tavinho e o cheeseburguer de Martha. Não resistiram e repetiram as batatas fritas deliciosas – sequinhas e supersaborosas. De sobremesa, pediram sorvete de creme e depois café. Estavam radiantes por tudo de maravilhoso que vinha acontecendo, e pela primeira vez dormiriam antes das dez. Precisavam descansar.

Trabalho Bem-feito

Em São Paulo, os trabalhos de Iaúna estavam caminhando.

– Alô, dona Iaúna?

– Sim?

– Aqui é o Rafael, o rapaz do relógio que a senhora achou no táxi.

– Olá, sr. Rafael, tudo bem?

– Tudo bem, dona Iaúna. É assim que se fala, né?

– Sim, sim, meu filho. Está certo. Perfeito.

– Então, dona Iaúna, o seu Ronaldo me deu seu telefone e disse para eu ligar hoje e marcar de me encontrar com a senhora para pegar o relógio.

– Isso mesmo, meu filho. Nossa! Estou me lembrando da sua voz. É você mesmo. Então, meu filho, pode vir na minha casa pegar? Está aqui comigo. Você vem, tomamos um chazinho, damos umas risadas e te conto como achei o relógio. O que acha?

– Por mim está ótimo, dona Iaúna. A que horas a senhora gostaria de marcar?

– Para mim, no final do dia ou até a noite.

– Posso ir lá pelas seis, sete então?

– Pode, sim. Está ótimo. Ah, uma coisa... você vem com o seu carro ou de outra condução? Pergunto porque aqui não é bom vir de carro. Não tem onde parar e temos tido muitos furtos de veículos nesta rua, e alguns assaltos também. Os bandidos vêm e levam tudo do coitado do motorista.

Iaúna não queria que ele deixasse qualquer vestígio na porta da casa dela. E quanta ironia! Ela falando para um assaltante que o carro dele poderia ser roubado. Soava quase ridículo.

– Ah. Foi bom a senhora falar. Vou de ônibus mesmo, pode deixar. Me confirma o endereço, por favor?

Na verdade, o coitado do sr. Rafael achou ótimo. Estava evitando circular com seu táxi pela cidade. Desde o assalto ao Ratá, ele não queria sair muito na rua e ir a regiões onde era conhecido. Tinha medo de ser identificado.

Eram quase seis em ponto do dia 15 de janeiro, uma terça-feira. A campainha de Iaúna soou. Era o rapaz. Seria mesmo ele o covarde que batera em seu querido Tavinho e abusara da pobre e indefesa Martha, apontando-lhe uma faca? Iaúna não tirava esses pensamentos da mente, pois isso facilitava, e muito, as coisas para ela.

– Olá, sr. Rafael, pode abrir o portão, entre! Está destrancado!

– Olá, dona Iaúna, como vai a senhora?

– Tudo ótimo, meu filho. Se lembrou de mim?

– Sim, claro! Perfeitamente!

Como era mentiroso e safado. Parecia um cordeirinho com tantas gentilezas, e, à noite, se portava como um ser inescrupuloso na companhia de seus comparsas, todos armados. Covardes!

– Entre, meu anjo, sente-se na sala. Vou lhe trazer o chá que prometi.

– Ah, não precisa não.

– E se eu te disser que é um chá peruano de coca? Maravilhoso?

– Chá de coca? Ah, não brinca, sério? Nunca tomei, sabia?

– Sério! Chá de coca. O legítimo! Sou índia, e trouxe mudas e folhas comigo quando vim da Amazônia. Plantei no meu quintal. É segredo, viu?

Riram, e o sr. Rafael chegou mais perto do "pescador". A linha estava se encurtando.

– Então, a chaleira já está fervendo, vá comendo esse pedacinho de bolo de fubá. Modéstia à parte, ficou uma delícia.

– Nossa, dona Iaúna! Uma delícia mesmo!

Rafael já observava a sala daquela mulher para ver o que poderia levar dali, além do relógio. Ele não sabia nada sobre ela: sua vida, quem eram suas companhias... Ficava tentando imaginar como ela vivia. Estava olhando cada detalhe. Aparelho de TV novo... ela devia ter dinheiro guardado. Tinha também uma ótima mobília que ele poderia carregar com seus comparsas. Ele já estava começando a planejar tudo, era do ramo. Vislumbrou uma excelente oportunidade ali. Mal sabia o pobre "peixe" com que tipo de pescador estava lidando.

– Pronto, querido, tome o seu chá que eu tomo o meu. Aliás, tomo este chá todo santo dia. Quer mais bolo de fubá?

– Não, obrigado. E o relógio?

– Assim que você terminar o chá, vamos lá para baixo e te entrego. Está na garagem, meu filho. Guardei bem guardado. Esta cidade está tomada de assaltantes.

– É verdade! Um brinde ao nosso encontro.

– Viva, meu filho. Vida longa!

Mal saíram as palavras irônicas da boca de Iaúna, os efeitos começaram a surgir. Rafael já suava e esboçava sinais de fraqueza, a fala se tornando ininteligível. Iaúna rapidamente tomou-o pelos braços enquanto ele ainda podia andar, e o levou para a garagem.

– Vamos, meu filho, vem comigo. Vou mostrar o relógio que está lá na garagem.

Iaúna deixara a porta do quarto da garagem aberta, o que facilitaria levar sua presa direto para a cadeira já preparada e colocada à frente de um espelho que ia do chão ao teto. Era uma cadeira de metal com as tradicionais amarras de couro para os pés e para as mãos. Nessa cadeira havia um encosto onde a cabeça da "presa" era fixada. Ao lado, ficava uma mesinha na qual Iaúna colocava os instrumentos que usava... fora ali que ela deixara o relógio.

– Olha lá o relógio, está vendo? Vamos lá que vou lhe mostrar, aí você leva.

– Ah... O rulégio... Ughh... a... a... quis bunitus... Xadê?

O sujeito, muito magro, não falava mais coisa com coisa.

– Ali, meu rapaz. Sente-se, que se sentirá melhor.

Bastou ele se sentar, já semiconsciente, que Iaúna amarrou seus antebraços e pés, e ajustou a cabeça no suporte, fixando-a com uma tira de couro.

– Isso, pronto.

Ela o fez cheirar formol para dormir e em seguida acordar, mas ainda sob o efeito anestésico do chá que fora preparado de uma maneira diferente dos demais que outrora havia ministrado. Queria aquele homem com um pouco mais de consciência, mas sem dor.

Assim que Rafael desfaleceu, Iaúna passou um cinto grosso para prendê-lo à cadeira, na linha da cintura, mais para a altura do quadril, e adicionalmente também atou seus braços. Foi até a porta do quarto, trancando-a atrás de si.

Começou, então, a intervenção no tórax do marginal. Abriu-o com um bisturi, pois a incisão tinha que ser perfeita. Foi retirando as finas camadas de gordura e de carne, até chegar ao coração, que pulsava atrás das costelas. Deixou a profunda incisão aberta, utilizando-se de um afastador estático.

Aliás, Iaúna estava se tornando uma cirurgiã de mão cheia, pois, a cada dia que passava, tinha mais instrumentos facilitadores das intervenções. Sempre os comprava usados para que não houvesse registro de compra em qualquer casa de instrumentação cirúrgica, e sempre pagava em dinheiro. Para fechar as incisões, precisava apenas de enchimento e uma boa fita adesiva automotiva ou de embalagem – só isso.

Ela deixou a incisão bem aberta, de forma que ficasse claramente visível o coração da vítima. Por detrás das costelas, ele batia firme e as artérias pulsavam. Havia alguns pequenos pontos hemorrágicos, os quais Iaúna estancava usando a ponta de uma lâmina aquecida num fogão de uma só boca que ficava ao seu lado.

Rafael acordou meio desorientado, mas reconheceu-se diante do espelho. E, olhando para todo aquele sangue e para a ferida aberta no peito, começou a gritar, desesperado.

Berrava, sem entender o que estava acontecendo e, menos ainda, sem saber como poderia ter se tornado vítima de um ser aparentemente tão inofensivo.

– Calma, meu anjinho. Tenha calma. Você não vai morrer agora… se não quiser. Se eu quisesse te matar antes, já o teria feito e você nem saberia. Fique calmo. Não complique a situação; caso contrário, você poderá morrer de hemorragia antes de qualquer coisa. Relaxe, por favor, tudo vai acabar bem.

– O que você fez comigo? O que significa isso?! – berrou.

Ele não ouviu nada do que Iaúna disse, tamanho seu desespero. Lágrimas escorriam pelos cantos dos olhos, num misto de pavor e ódio por estar ali naquela situação, totalmente impotente.

– Me solta! Quero sair! Me solta daqui!

– Rafael, Rafael, será que você não me ouviu? Se continuar gritando, vou te calar… e por mal. Você vai cooperar, não vai? Pela última vez, eu vou perguntar: você vai cooperar ou acabo com a sua vida *agora*? Escolhe.

Um pouco mais calmo, mas ofegante, Rafael se rendeu.

– O que a senhora quer? – perguntou.

– Rafael, sabe o assalto que você e seus comparsas fizeram no Ratá?

– Não, eu não sei de nada. Do que a senhora tá falando? Me solta!

Iaúna tornou-se uma pessoa da pior espécie. Encarando Rafael, ela pegou o ferro incandescente que usara para suturar os vasos abertos e colocou entre os olhos dele. Então, disse:

– Mais uma vez que você minta para mim, e eu te cego com isso! – gritou, agora com ódio na voz. – É a última vez que te aviso. Quer sair vivo? Me responda cem por cento das perguntas que eu vou te fazer e diga só a verdade. A verdade! Me obedeça, e sairá enxergando daqui.

– O que a senhora quer?

– Quero o seu endereço completo.

– Pra quê, dona?

– Quem pergunta aqui sou eu! Vai dar ou não?

– Sim, sim… moro na rua Areias Alvas, 152.

– E onde fica isso?

– Fica no Guarapiranga, dona.

– Se estiver mentindo, eu vou saber e te cego!

– Não, não estou mentindo não, dona. É verdade. Tem aí no meu celular, se quiser ver, inclusive o meu telefone. Eu quero cooperar.

– Bom rapaz. Assim será melhor para você. Continue cooperando, que tudo vai dar certo.

– Sim, dona. Eu tô cooperando.

– Agora quero o nome completo, o endereço e o telefone de todos os seus comparsas daquela noite. Todos!!! Você tem no celular também?

– Só os telefones. Tem no celular. A senhora pode pegar.

– Quero os nomes.

– O... o Ronaldo, a senhora já conhece, olha no celular o número do telefone. Tá escrito Fenômeno. Ele é o patrão. Também tem os números dos carros de todos, no zap-zap. Os endereços eu só sei de cabeça. Aiiii...

Rafael começou a gemer de dor e desconforto.

– Quem são os outros?

– Tem o Ubiratã, o Antônio Carlos... Acho que o nome dele no celular tá como Kaká.

– Sim, sim, sr. Rafael, está indo bem. Os dados estão todos aqui. Telefone fixo, celular, número do carro. Ótimo. Quem mais?

– Ai, só, só... Só tá faltando a tia Lúcia e o mais novo da turma, o José, o... o... Zé, o José Torres.

– Tia Lúcia? Mulher? Tinha mulher entre vocês?

– Ela era a pessoa que estava dirigindo pra nós. Ela dava o pino... dirigia o carro de fuga.

– Ah. Uma vagabunda no grupo! Muito bem! Ela é namorada de quem? Para quem essa puta dá? Quem come ela?

– Não, ela não é puta não, dona. Ela é tchôla do Kaká.

– Meu Deus! É sacanagem em família! Que baixaria! No nome do José Torres não tem o número do carro.

– É... Eu não tenho ainda o número do carro dele. E... ele é novo... Por favor, me tira daqui. Entreguei todos.

– Eu disse cem por cento das perguntas respondidas. Qual o número do carro do Zé?

– Eu não sei... Juro!

– Faltam os endereços. Só um instante que eu vou anotar.

– Eu vou falar direitinho, dona. Pode confiar. Não me cega, pelo amor de Deus. – Suplicando, ditou um a um.

– Bom, a última pergunta: quem, vestido com uma camiseta do sindicato dos taxistas, passou a mão na menina que estava com um rapaz?

– Não fui eu!

– Não minta para mim! Foi você, seu safado?

– Dona, eu juro que não fui eu. Foi o Kaká. Ele é tarado numa novinha… Aiiii…

– Está doendo? Fala logo antes que eu mude de ideia! Fala, que te dou anestesia para acabar com isso…

– Foi o Kaká, dona! Eu até falei pra ele que ele não deveria ter feito aquilo. A menina era de menor. Ele machucou o rapaz também, à toa. Eu não queria que ele fizesse aquilo. Não era pra usar de violência com ninguém! Eu falei pra ele!

– Tá bom. Então você é o bonzinho da turma, né? E esse Kaká safado ficou sarrando a menina que tinha idade para ser filha dele, e a vagabunda da mulher dele esperando o filho da puta no carro. É isso? É isso?!

– É, dona, me desculpa, dona! Me perdoa! Falei tudo. Me solta agora. Me tira daqui. Deixa eu ir embora. Prometo que eu sumo.

– Toma seu chá, então. Mais um pouco para não doer nada e você não sentir nada.

Iaúna empurrou-lhe o chá goela abaixo, fazendo escorrer o líquido pelos cantos da boca. Depois de uns quatro a cinco goles, ela apoiou a caneca ao lado, na sua mesa de instrumentos, e observou. Com o efeito anestésico do chá, o rapaz começou a surtar novamente, a gritar, querendo sair, quando Iaúna lhe disse com toda a calma do mundo:

– Ah… Você percebeu? Não soube responder à pergunta do número do táxi do José Torres, né? Não respondeu cem por cento das perguntas. Não posso te perdoar. Vamos ver se Deus te perdoa, porque eu não perdoei e ninguém aqui nesta Terra te perdoaria. Eu também não vou sentir nada, e nem você. Apenas observe.

Com o bisturi, ela aplicou as incisões nas veias cavas, na aorta e artérias. Rafael, em estado de choque e torpor, foi fechando os olhos, como se a sua bateria estivesse acabando lentamente. O coração do rapaz já estava nas mãos de Iaúna, indo direto para a caixa plástica onde seria congelado.

A segunda parte da intervenção foi mais fácil. Era preciso apenas soltar a tira de couro para que a cabeça do morto tombasse para frente, expondo a parte posterior do crânio.

* * *

Este corpo, mutilado e depositado no fundo de um poço abandonado na região da Represa Billings, na madrugada de quarta-feira – 16 de janeiro –, jamais seria encontrado.

Após a limpeza do quarto onde ocorreu a *cirurgia* e tendo em mãos os telefones e os endereços dos outros criminosos – "ingredientes" que garantiriam o futuro e os sonhos de Tavinho –, Iaúna colocou o defunto dentro da caçamba com a ajuda do guincho e, sem hesitar, dirigiu-se ao local da desova.

Iaúna não queria que a polícia tivesse ciência do paradeiro, para não atrapalhar os planos. Queria, sim, que o chefão da quadrilha, Ronaldo, e seus comparsas desconfiassem dela. Era isso o que desejava – ter toda a atenção deles. Melhor ainda seria que ninguém mais desconfiasse de alguma ligação da família Albuquerque e de Iaúna com o que acontecera e o que estaria por vir. Quanto menos corpos dos assaltantes do restaurante Ratá aparecessem, maior seria a morosidade das investigações policiais.

Voltando a Park City

Quando Tavinho acordou naquela quarta-feira, terceiro dia de esqui, mal sabia que seu plano de ficar frente a frente com o delinquente que o havia agredido, além de ter humilhado Martha, já estava em marcha. Todos que haviam tido o azar de topar com a família Albuquerque no Ratá estavam com o destino traçado e sem chance de reagir, pois não sabiam como evitar tamanha astúcia daquela senhora que parecia tão inocente e ingênua.

Quando Tavinho terminou seu café da manhã, já fazia seis horas que o corpo do primeiro incauto tinha sido depositado no poço abandonado da Represa Billings. Estranhamente, o garoto despertou aéreo e com um pressentimento esquisito – misto de medo do futuro com uma sensação no peito de que poderia chegar longe demais em relação a toda aquela história do Ratá. Estava apreensivo, mas, ao mesmo tempo, não queria e não iria perdoar a ação daqueles marginais, em particular um deles, que, com o conluio de todos, culminara com a prática de atos covardes de violência descabida.

Cristina percebeu o estado de Tavinho e, com o objetivo de acordá-lo daquele torpor, pegou-o pelo estômago.

– Tavinho? Acorda! Quer cereal?

Martha deu risada.

– Ah! Oi, Mami. Não quero, não. Acho que vou de Pop Tarts de canela e suco de laranja.

– Coma bem, que hoje vai ser duro. Vamos fazer exercício de short turns e treinar nos bumps. Vai ser duro.

– Nossa! Nem sei do que vocês estão falando. Pelo visto, vou ter um longo caminho pela frente – disse Martha.

– Fica tranquila, vai chegar lá em mais duas ou três temporadas. Você vai ver.

– É, Martha. Vai ser moleza. Vocês são jovens. Aprendem rapidamente – continuou Cristina.

E como! De quarta a sexta-feira, o progresso de Martha foi espetacular. Adquiriu um bom controle dos esquis, e, como Tavinho previra, mais duas ou três temporadas de esqui, eles já poderiam descer juntos as pistas vermelhas, quiçá as pretas.

Os dias transcorreram com a mesma disciplina e rotina diárias, e, à noite, sempre procuravam variar o local do jantar, pois as opções eram *infinitas* e a qualidade, excepcional.

Na quarta-feira, foram ao restaurante Bistrô 412, onde puderam desfrutar de maravilhosas batatas fritas que acompanhavam um suculento entrecôte. Nesse bistrô, Cristina degustou seu Dry Martini, aliás muito bem preparado, enquanto Tavinho e Martha tomavam apenas uma limonada.

Na quinta, acordaram e foram fazer a descida chamada slalom, na qual o esquiador passa por bandeiras que servem de marcadores como se fossem barreiras que lhe dão orientação para a descida em curvas fechadas. No caso, a descida que eles fariam tinha duas mãos em paralelo promovendo uma competição entre os alunos de quem chegaria primeiro, além, é claro, da cronometragem por um sistema eletrônico.

Tavinho acabou fazendo o melhor tempo, atrás apenas dos irmãos Mahre. Ele percebeu, nessa temporada, que o elixir tinha feito diferença até na sua performance ao esquiar, pois havia tido um aproveitamento excepcional, testemunhado pelos seus instrutores, que já o conheciam de outras temporadas. Competir era não só muito divertido, mas empolgante.

O Mahre Training Center aproveitava ocasiões como essa para filmar os alunos. Os irmãos Mahre davam uma de locutor e comentarista, como se trabalhassem num canal de tevê, narrando as descidas, e com humor faziam comentários, informavam a nacionalidade do esquiador, inventavam suas características – com base nas aulas, reportavam o tempo de cada um e tudo o mais que os narradores fazem nas competições. Quando o esquiador caía, depois de confirmar que ele estava bem, os instrutores deitavam e rolavam na tiração de sarro. E assim iam falando um monte de baboseiras durante os comentários e divertindo a todos, que riam à beça uns dos outros. Era uma terapia. Nessas horas, Tavinho e Cristina se esqueciam de tudo: estudos, trabalho e, inclusive, de querer saber se estava tudo bem com Iaúna em São Paulo.

Para mais tarde, após um dia maravilhoso, haviam planejado um jantar nas montanhas, e se dirigiram diretamente da pista de esqui para o Montage Deer Valley. Desfrutaram de maravilhosos drinques no terraço do hotel com vista para o Empire Express e assistiram dali à cerimônia de abertura da garrafa de champagne com a adaga, conhecida como degola ou sabragem, por ser usado um sabre especial. A cerimônia foi executada por uma mulher, aos olhos curiosos dos visitantes. Após o coquetel, eles se dirigiram ao restaurante Apex at Montage, onde puderam saborear excelentes pratos da cozinha internacional.

O lugar era especial pela vista, pelo clima contagiante e pelo carinho dos recepcionistas, garçons e maîtres. Martha, que conhecia pouco do que era requinte, ficou deslumbrada com tudo aquilo junto em um só lugar, e, em particular, por poder desfrutar daquela maravilha na companhia de Tavinho e Cristina. Sentia muito carinho pelos dois, e quanto mais conhecia Cristina, mais a admirava por sua firmeza, tenacidade e simpatia. Ela era uma mulher realmente especial. Aquela noite era a última na qual desfrutariam desses momentos maravilhosos, pois a derradeira da temporada era dedicada a uma cerimônia de encerramento e jantar com todos os participantes da escola de esqui, seus instrutores e os gêmeos Mahre.

Essa última noite era muito divertida, pois os instrutores costumavam aprontar várias brincadeiras com os alunos, descontraindo-os e preparando o espírito deles para uma volta à escola na próxima temporada, que, eles esperavam, se repetiria inúmeras vezes...

Terminaram o jantar com uma excelente sobremesa tradicional. Pediram um delicioso cheesecake para dividir entre os três. Enquanto degustavam, recordavam, um a um, os acontecimentos da semana: a evolução no esqui, os episódios engraçados...

De repente, Tavinho lembrou-se:

– O presente da dona Iaúna! Gente, nós não voltamos à loja de objetos indígenas para comprar, Mami, precisamos comprar o presente dela.

– Tudo bem, Tavinho. Amanhã passamos lá depois das aulas de esqui, que sempre acabam mais cedo no último dia.

– Acabam mais cedo?

– Sim, por conta da sessão de encerramento do curso. Você esqueceu? Aquela festa que eles fazem. Tem um coquetel, servem jantar, brincam com os alunos e instrutores. Está lembrado?

– Ah, é mesmo... Martha vai adorar. Tinha esquecido... Mas, de qualquer maneira, temos que sair correndo para comprar o presente, pois as lojas fecham cedo.

– Teremos tempo suficiente, Tavinho. Precisaremos devolver os equipamentos da Martha e deixar os nossos no condomínio, para depois voltarmos ao Training Center. Em seguida, passaremos rapidamente na Main Street para comprar o presente. Vai dar certo, não se preocupe.

– Perfeito, Mami. Combinado.

– E você, Martha? Gostou da viagem?

– Nossa! Tia Cristina, eu adorei, e não sei como posso agradecer tamanho presente que nos deu. Tavinho e eu achamos por bem comprar uma lembrança dessa viagem para você em demonstração da nossa felicidade, por tudo que nos proporcionou ao longo dessa semana maravilhosa. É só uma lembrancinha, tia.

– Ah, Martha, não precisava se incomodar com isso. Você também, filho.

– Ah, tia, queríamos que você tivesse uma lembrança dessa viagem e soubesse como curtimos esses momentos. Abra, veja se gosta. Um é meu, outro do Tavinho, mas é um conjunto.

– UAU! Um mixer especial para Dry Martini todo estilizado – lindo! E a bailarina é linda também.

– Nossa, tia! Isso se chama bailarina?

– Sim, é o nome que se dá à colher que usamos no mixer. É que os movimentos feitos por quem mexe o drinque se assemelham aos de uma bailarina dançando.

– Que chique, tia! – Sorriu.

– É, nem todos os drinques são preparados chacoalhando-os no shaker. Muitos deles são feitos apenas mexendo-se com a bailarina em um mixer como este aqui.

Cristina explicou aos dois esses detalhes, fazendo movimentos com a peça.

– E o outro presente nesta linda caixa? Vamos ver o que é. Nossa, crianças! Que bom gosto! Que lindos copos! Vou ficar bêbada desse jeito. Que lindas gravações das imagens das montanhas no cristal. Que delicados. Que lindos! Obrigada, meus queridos. Adorei meus presentes!

Cristina beijou carinhosamente os dois, pensou um pouco e resolveu falar sobre seus planos futuros.

– Queridos, queria falar com vocês sobre uma ideia minha.

– Sim, mãe. Fala!

– Então, Tavinho e Martha, eu estou pensando seriamente em fundar uma organização não governamental...

– O que é isso mesmo, tia?

– Uma ONG. Uma organização sem fins lucrativos – explicou Tavinho.

– Ah, tá. Já ouvi falar.

– Mas então, escutem, quero fundar uma ONG educacional, que venha a formar crianças desde o ensino fundamental até o ensino médio.

– Nossa mãe, show!

– É mesmo, tia! Parabéns! Que coisa bacana!

– Obrigada! – Cristina sorriu.

– Mas, mãe, você já começou a trabalhar nesse projeto?

– Por enquanto fiz contatos com possíveis apoiadores, que estão sensibilizados com a causa. Todos concordam que precisamos fazer mais pela cultura e pela educação do nosso país, principalmente focada nas crianças, cujos pais não têm recursos ou encontram muita dificuldade em educá-las. Apenas comecei a sondar, pois vou precisar de muito apoio.

– Já tem o meu. Sem dinheiro, mas já tem o meu!

Riram entre goles nos drinques que estavam à mesa...

– Mas, falando sério, mãe, acho que esse seu projeto vai ter muito sucesso. A causa é supernobre e, de fato, na escola, Martha e eu sempre discutimos como é difícil e complicado para crianças carentes estudarem. Nossos professores vivem dizendo, bastante inconformados, que a educação precisa de mais investimento e ser olhada com cuidado por toda a sociedade. Eles nos falam muito em tirar nossa sociedade da ignorância, educá-la para as pessoas serem donas de si, verdadeiros cidadãos, com oportunidade garantida para o ensino superior, mercado de trabalho, e assim por diante.

– É, Tavinho. Isso mesmo. É nesta linha que estou pensando, e não podemos ficar esperando nada do governo. Nós precisamos fazer nós mesmos, e o melhor caminho me parece ser por meio de uma ONG, mobilizando empresas e pessoas, como falei... como acontece no primeiro mundo.

– É, mãe. Apoiadíssimo!

– É, tia Cristina! Apoiadíssima! – reforçou Martha.

Cristina havia se surpreendido com o comportamento do filho, com a sua clareza de raciocínio e de domínio do ambiente onde vivia. Ficou encantada com a velocidade com que o filho vinha se desenvolvendo e amadurecendo.

– Aliás, tia Cristina, essa sua iniciativa merece um brinde, né?

– Pera lá, Martha. Vamos com calma. Ainda estou pensando.

– Claro, mas a Martha e eu sabemos que, quando você diz que está pensando em algo, você já deve ter mexido um monte de pauzinhos, né?

– Sim, crianças, mas ainda é só um projeto.

– Mas o brinde é pela iniciativa e pelo nosso apoio. É brinde sem álcool, vamos brindar?

– Claro, meus queridos! Vamos brindar!

Estavam de Volta

Na sexta-feira, último dia de esqui, lá foram os três para as montanhas, já pensando nas etapas que teriam de cumprir para o retorno a São Paulo. Estavam entusiasmados com o desempenho de Martha, e ela não parava de dizer que se sentia pronta para desafiar sua prima-rival no esporte.

Ambas eram muito competitivas em tudo, viviam constantemente se comparando e até se invejando. A prima havia feito uma temporada de esqui na Nova Zelândia sem que Martha tivesse podido participar, porque ficara doente. Martha não se conformava com isso, mas agora tinha tido a grande chance de esquiar, treinar de igual para igual e superá-la.

O dia estava particularmente favorável pela temperatura *amena* para aquela estação – em torno de 0°C –, com muito sol e ar seco, além de neve nova: condições perfeitas para praticar. Todos estavam animados, pois colocariam em prática o que haviam aprendido, e também esquiariam com um dos irmãos Mahre, deferência que todos os grupos tinham: esquiar, pelo menos, duas vezes na presença de um dos gêmeos.

A rotina se manteve intacta. Chegado o horário em que deveriam deixar as pistas, despediram-se rapidamente de todos e foram comprar o presente de Iaúna, devolver os equipamentos de Martha e acondicionar o grosso da bagagem, pois partiriam na madrugada do dia seguinte. Correria danada para uma noite só. Tavinho e Martha voltariam aos estudos, e Cristina ao trabalho, já tendo em mente sua motivação para o novo projeto educacional que pretendia desenvolver.

★ ★ ★

Chegaram à loja de artigos indígenas. Os índios que habitavam aquela região eram os Navajo e os Ute. Encontraram um maravilhoso conjunto de arco e flecha e uma machadinha coloridos, em uma embalagem caprichada e com certificado de autenticidade.

– Mami, tem que ser esse, né?

– Mas, Tavinho, é um roubo. Muito caro!

– Mas dona Iaúna merece, né? Você não acha?

– Claro que eu acho. Mas será que é o caso? Fico pensando se ela não vai achar que gastamos muito dinheiro com os índios americanos, quando poderíamos estar gastando com os índios brasileiros.

– Puxa, ela pensaria isso depois de tudo que você fez por ela? E mais: se não for esse presente, o que poderíamos levar que tenha um significado importante para ela e para nós?

– Filho, você me convenceu! Tem toda razão. Vamos levar este conjunto de tradições culturais. Ela vai adorar.

Saíram felizes da loja. Tinham certeza de que ela ficaria feliz com o presente. No Free Shop, levariam também para ela outras tantas lembrancinhas, como cremes, xampus, perfumes...

Voltaram à Cole Sport para devolver os equipamentos de Martha e saíram correndo para arrumar as malas, tomar um bom banho e seguir para a cerimônia de encerramento do Mahre Training Center. Começavam a esboçar um ar melancólico de saudades pelo fim das férias, pelo término de momentos tão felizes pelos quais passaram e que, com certeza, permaneceriam para sempre na memória. Mas estavam morrendo de pressa, e não havia espaço para desânimo.

– Tavinho e Martha, corram! Vamos arrumar tudo e depois tomar banho. Deixem de fora somente o que forem vestir ou levar nas mãos. Assim, quando voltarmos da festa, trocaremos as roupas por algo mais leve, fecharemos as malas e pegaremos o transfer para o aeroporto.

– Aliás, mãe, você já chamou o transfer?

– Sim, Tavinho. Fiz isso na quarta-feira, antes de irmos jantar. Agendei para as nove e meia.

– Mandou bem, mãe.

* * *

Chegando ao Snow Park Lodge, dirigiram-se ao segundo andar, onde encontraram os colegas e instrutores, além dos irmãos Mahre e o pessoal de apoio. Estava passando o filme de todos esquiando, descendo a pista de slalom com a locução dos irmãos. Era uma verdadeira comédia.

Em seguida, deu-se início à apresentação dos instrutores e suas turmas. Cada um fez referência a cada aluno, enaltecendo alguma característica pitoresca e arrancando risadas da plateia. Sobre Tavinho, o instrutor confidenciou que ele não parava de falar na Martha. O instrutor presenteou-o com uma fotografia dela em um miniporta-retratos, com um fitilho em uma das bordas, para que ele pudesse prender na jaqueta de esqui.

– Assim, Tav – como os americanos o chamavam –, você pode ficar esquiando e olhando para ela ao mesmo tempo – recomendou o instrutor, que teve a habilidade de pegar uma foto de Martha tirada nas montanhas e montar todo o aparato. A plateia morreu de rir.

Martha também ganhou muitas risadas da plateia, porque seu instrutor lhe deu um estojo de maquiagem, que ele chamou de "estojo de maquiagem para montanhas". Consistia de um pequeno estojo envolto em um pano bem felpudo, representando um cobertor, e um espelho que o instrutor avisou que era antiembaçante, para que ela pudesse se maquiar nas montanhas, sem a necessidade de ir ao toalete. Isso por quê? Porque, a cada parada que faziam nos restaurantes, ela sempre voltava com a maquiagem retocada.

Cristina levou o troféu do "antes e depois". O instrutor mostrou uma foto dela após um tombo, tomada de neve e com uma cara engraçada. Na outra, a foto de uma supercampeã de esqui que vestia trajes bem parecidos aos que ela usava na foto. Ele apresentava a foto como sendo ela: uma exímia campeã descendo uma montanha dificílima, pista preta.

Após todas as apresentações, tiveram um jantar agradabilíssimo, em que serviram vinho e cerveja à vontade, sem que Tavinho e Martha pudessem pôr a mão – nada de álcool para menores de idade naquele país. Para ambos havia várias opções de sucos e shakes, cada um melhor do que o outro.

Em seguida, despediram-se de todos, foram para o flat e depois para o aeroporto, rumo a São Paulo.

Sábado às dez e meia da manhã, a pequena – mas unida – família Albuquerque deixava Guarulhos, a bordo da picape de Iaúna. Estavam todos exaustos, mas muito felizes. Missão cumprida!

A Iniciação

Iaúna reservou o domingo para ajudar Cristina a desfazer as malas, mas não via a hora de encontrar uma chance para contar as novidades a Tavinho.

Ele acordou superapreensivo e foi logo falar com a índia.

– Dona Iaúna, quando vamos poder conversar?

– Talvez à tarde.

Cristina achou aquilo meio estranho e resolveu perguntar:

– O que você tem para falar com a Iaúna, Tavinho?

– Ah, Mami. Tá com ciúmes?

– Não enche, Tavinho. Só quero entender esse mistério.

– Não tem mistério nenhum. Só quero contar da viagem, falar como tudo foi divertido. E depois nós temos que dar o presente, né?

– Ah, sim! Já, já! Vá pegar, Tavinho.

Tavinho trouxe a caixa com os artesanatos, e Cristina foi buscar os artigos de beleza. Ela adorou os presentes e ficou encantada, como ele havia previsto, com o conjunto de arco e flecha e machadinha.

– Meus queridos, muito obrigada por tudo. Vocês são uns amores.

– Olha, Iaúna, Martha também ajudou a escolher, viu? Tavinho e Martha se lembravam de você o tempo todo. Martha é um amor de pessoa.

– Ela já é da família, né? Que lindos esses meninos.

– Bem, Iaúna, vamos às tarefas?

– Claro! Estou pronta!

* * *

Tavinho ficou no quarto para organizar seu material, deixando tudo em ordem para o primeiro semestre do curso de medicina. Seria bem puxado, e ele não queria ficar por baixo e nem atrás dos alunos e alunas de dezoito, dezenove ou vinte e poucos anos que estariam ao seu lado nas salas de aula.

Após um almoço simples, Tavinho, já que se encontraria com Martha à noitinha, aproveitou o sono vespertino da mãe e foi falar com Iaúna.

– Então, dona Iaúna, como foi?

– Tenho tudo na mão!

– Nossa! Como assim?

– Um deles já não faz mais parte deste mundo. São psicopatas gananciosos que fizeram o que fizeram por serem insaciáveis.

Iaúna explicou como desenvolvera todo o plano de captura dos bandidos. Tavinho, com olhos arregalados por tamanha destreza em encontrar a pista dos delinquentes e lidar com eles, ouvia atentamente tudo o que ela falava e só a interrompia quando desejava algum detalhe.

– Caramba! Então o Rafael acabou entregando todo o bando quando estava preso com a senhora?

– Exatamente, Tavinho. Arranquei dele o nome dos comparsas, endereços, números dos táxis, confissão completa, principalmente as informações daqueles de quem queríamos mais detalhes.

– Ótimo. Portanto, a senhora sabe quem... certo?

– Maltratou a Martha e você? Sei sim, eram seis pessoas no total, e sei exatamente quem são e onde moram, embora só vá precisar de um dos endereços, de acordo com o meu plano. Agora é capturar todos e mantê-los em cativeiro. Eu pensei muito no plano enquanto vocês estavam fora, e a única possibilidade de termos todos em nossas mãos, sem corrermos o risco dessa gentalha me emboscar e até me matar, ou mesmo de eu ser descoberta pela polícia, é mantermos todos em cativeiro, de uma vez só e rapidamente, pois, como um precisou morrer para eu ter as informações dos outros, é bem provável que o chefe da quadrilha comece a suspeitar de mim, e não sei qual poderá ser a reação dele.

– Mas ele já não te ligou?

– Sim, o vulgo Fenômeno. Ele se chama Ronaldo. Ele me telefonou na quinta-feira perguntando do Rafael, o tal que partiu deste mundo na última terça. Acho que ele esperava um retorno do comparsa, pois ligou várias vezes, tentou encontrá-lo, mas não teve sucesso.

– E como foi a conversa?

– Ah, Tavinho, eu já estava preparada, já esperava a ligação. Achei até que demorou demais para me ligar. Assim que atendi, já fui perguntando pelo Rafael, dando a entender que ele não havia me procurado. O idiota caiu, mas agora preciso juntá-los em casa para dar fim ao trabalho. Bem, não fiz isso até agora porque estava aguardando você. Está conseguindo entender aonde estamos chegando? Posso parar por aqui, e nada vai acontecer. Porém, quem maltratou vocês, provavelmente, ficará solto e impune. A polícia jamais irá encontrá-los. Terão muita dificuldade porque eles são "ficha limpa", difícil de rastrear, saber onde moram, pois nenhum tem passagem pela polícia. Quem poderia denunciá-los tem medo de morrer, porque sabe que são uma quadrilha da pior espécie. Moral da história? A polícia não vai achar ninguém, nenhum elo, tenho quase certeza disso, Tavinho.

– Onde foi parar o corpo desse cara, dona Iaúna?

– Num poço abandonado na Represa Billings. Impossível encontrá-lo. Deixei o corpo lá, na madrugada de terça para quarta.

– É, dona Iaúna, a senhora agiu muito bem, e, se não dermos fim a tudo isso, de que terá adiantado todo esse seu trabalho? Eu não perdoo. Aquele filho da... aquele safado que maltratou a Martha tem que pagar pelo que fez. E pagar caro!

– Tavinho, você está com raiva, com sentimento de vingança, e entendo por quê. Mas saiba que iremos enveredar por um mundo violento... de dor... Não terá volta. Estamos julgando pessoas e condenando-as à morte.

– Elas não merecem viver, dona Iaúna. Um homem que, na minha frente, sem a menor razão, humilhou Martha e a mim daquela forma, é capaz de qualquer coisa para se mostrar forte e dominar uma situação. Eu não vou desistir, dona Iaúna, não mesmo. Esses covardes não só nos roubaram, poderiam ter matado... E, ainda mais, tentaram tirar a minha honra e a dignidade da minha namorada. São uns inúteis para a nossa sociedade.

– Tavinho, quero que saiba que você está entrando no mundo dos meus ancestrais, que julgavam aqueles que tentavam subtrair algo dos outros só para ter mais, para acumular riqueza e poder. Eles achavam que tais pessoas não mereciam viver e lhes tiravam a vida. Faziam isso no nosso mundo, no nosso planeta Terra, que tem uma incrível abundância de recursos naturais, onde jamais se justificaria qualquer tipo de acumulação por parte do homem. A pergunta que fica e da qual precisamos de uma resposta clara é: você está preparado para assumir o peso dessas decisões?

– Claro, dona Iaúna. Não pense que fiquei apenas esquiando nas minhas férias. Ponderei muito sobre tudo isso. Estou prontíssimo.

O Tavinho prodígio acabara de se iniciar, atuava agora como adulto. Que caminho era esse que ele estava tomando? Teria condições de discernir? Estava pronto para assumir mais reponsabilidades? Como lidaria com as consequências? Mas, independentemente das respostas... o pacto estava feito.

A Casa É Grande

Finalmente, Iaúna fará uso de mais uma ala do grande porão que percorre a parte inferior de sua casa. Nesse lado do subsolo, ela construiu uma cela para até oito pessoas, com grades de ferro reforçadas, cujo acesso se dá por uma porta aos fundos da sala de "procedimentos".

É mais um anexo, no qual as paredes são forradas de placas de isopor e cortiça, de forma que se torna impossível escutar qualquer ruído oriundo de lá de dentro. Precavida, forrou também o piso da sala de jantar com duas placas de material antirruído.

Um alçapão num dos cantos da sala de jantar dá acesso a essa cela no porão. Além de muito bem trancado com grades na parte inferior da tampa, ele também tem isolamento acústico. Um tapete estilo persa grosso, que forra toda a sala de jantar, esconde o buraco. Assim, ele está invisível aos olhos de quem se encontra no recinto.

O plano para atrair os bandidos até a armadilha está traçado, a única preocupação no momento é deixar bem preparada a cela daqueles que zombaram dos clientes do restaurante Ratá. Faz-se necessária uma boa faxina no local devido à grande quantidade de pó acumulado durante os anos em que esse tenebroso labirinto ficou fechado e em desuso, assim como abrir o registro para que possam beber água, lavar-se... Além disso, será preciso verificar se está funcionando a latrina de fossa com tampa de plástico, cujo buraco não tem mais de 50 centímetros de diâmetro e 5 metros de profundidade.

* * *

Iaúna vai até a garagem e pega uma caixa de madeira, tipo faqueiro, onde se encontram equipamentos fundamentais para o seu plano: oito pares de algemas e dois aparelhos de eletrochoque Taser de 50.000 volts, que precisam ser recarregados e testados.

Tudo deverá estar funcionando perfeitamente. Falta agora comprar correntes para manter os prisioneiros sob total controle, e cadeados para prender as algemas às correntes, limitando assim os movimentos dos prisioneiros, pois a outra ponta ficará atada às grades da cela para não permitir qualquer reação, ataque ou tentativa de fuga. Fará isso ao longo de dias, em bairros variados e em lojas diferentes.

Enfim, Iaúna reproduziu, no subsolo de sua casa, o cenário que tem ainda muito vivo em sua mente: o do cativeiro dos Moxiruna.

De posse de dois celulares pré-pagos, Iaúna começa a dar andamento ao seu plano.

– Alô? Quem tá falando?

– Aqui é a dona Iaúna, sr. Ronaldo. Como vai o senhor? Tudo bem?

– Oi, dona Iaúna. O que a senhora manda? Está ligando de onde?

– Estou ligando de um celular novo porque perdi o meu antigo. Ainda bem que eu tinha o seu telefone anotado num papelzinho. Senão, ia ter que esperar o sr. Rafael me ligar ou o senhor mesmo.

– O Nare… Rafael sumiu, dona Iaúna.

– Então é por isso que ele não apareceu até agora! Estou esperando ele desde terça-feira! Como o senhor quer que eu faça? Quer que eu entregue o relógio ao pessoal do ponto? Ele me garantiu que iria dividir o dinheiro da venda do relógio com todos. E me passou o nome de todo mundo. Eram… Pera aí! Tá aqui anotadinho.

Iaúna é mestre em parecer uma velhota simplória e indefesa.

– Mas, dona, ele deu o nome de todos?

– Deu, sim. À medida que ele foi falando dos colegas, eu fui anotando.

"Puta idiota", pensou Ronaldo.

Como sempre, Iaúna, bancando a boba ingênua, finge não saber bem ao certo o nome de todos.

– Olha aqui, achei! Ele deu o nome do senhor... Ubiratã, é isso? Minha letra está ficando tão ruim e já não estou enxergando direito.

– É, é Ubiratã, sim, dona Iaúna.

"Filho de uma puta", pensou mais uma vez Ronaldo. "O imbecil saiu caguetando o nome de todo mundo pra essa velha do caralho..."

– Ah, ótimo! Aí tem mais o... esse é fácil, é Zé.

– Sim, tem esse também, dona.

– E o Tatá – esse ela erra de propósito –, além do senhor, é claro. Turma boa, né, seu Ronaldo?

– São os colegas do ponto, dona.

– Então... acho melhor entregar para vocês, já que o sr. Rafael não apareceu, né? Por que vocês não vêm juntos aqui? Eu estava pensando em vocês virem na minha casa e eu entregar o relógio. O que acha? O senhor pode falar com os seus amigos, e combinamos um dia da semana, à noite, para vocês virem buscar na minha casa, ou, quem sabe, no sábado? Como vocês acharem melhor. Eu faço questão de servir um chá, vocês comem um pedacinho de bolo e devolvo o relógio. Acho que o seu colega não achará ruim. Vocês são todos amigos, certo?

– Não está confiando em mim, dona Iaúna? Eu posso ir aí pegar o relógio sozinho. De boa!

– Não é isso, é que não quero confusão para o meu lado. O sr. Rafael me pareceu um homem muito direito, e ele quer dividir o dinheiro arrecadado com todos do ponto. Já pensou se ele aparece aqui para pegar o relógio e algum de vocês sumiu com o dinheiro dele? Como fica a minha cara? Afinal, o relógio é dele, certo?

– É dele sim, dona. Tá certo!

– Então, vamos acabar com essa novela logo e...

– Iremos na quarta à noite, tá bom assim? – interrompe, impaciente.

– Mas o senhor não precisa falar com os seus amigos?

– Vou falar com eles hoje ainda, por isso estou dizendo quarta-feira, assim dá tempo de combinar com meu pessoal.

– Ah, então está bom. Mas venham todos, tá?

– Claro, dona Iaúna. Pode ficar sossegada. Mas preciso do endereço.

"Vou acabar com essa velha chata pra caralho!!!"

Iaúna percebeu o movimento do larápio e sua ganância. Jamais falaria com seus comparsas, viria sozinho. Ela teria de partir para o plano B, fazer as coisas de um modo diferente do que havia imaginado. Teria de colocar sua maestria para funcionar mais uma vez.

"Foi bom o safado ter marcado só na quarta à noite. Tenho tempo mais do que suficiente para comprar tudo o que preciso até lá", pensou.

No dia combinado, Ronaldo apareceu na casa de Iaúna sozinho, conforme previsto.

– Olá, sr. Ronaldo, tudo bem?

– Tudo, dona Iaúna. Como vai a senhora?

– Estou ótima. Conseguiu estacionar o seu carro aqui perto?

– Vim de táxi. Depois eu peço para um parceiro do ponto me buscar.

– Ah, que bom! Aqui nunca tem vaga. E seus amigos? Deixei tudo prontinho na sala.

– Estão chegando. Me disseram que estão quase chegando, acabaram de me ligar.

"Mentiroso safado", pensou Iaúna.

– Vamos entrar, querido, a casa é sua.

"Depois da limpa que eu vou fazer, será minha mesmo. Índia de merda!", pensou Ronaldo.

Ao entrar na casa, após ter vencido o jardim e subido a escada da entrada principal, Ronaldo acabou ficando de costas para Iaúna, distraído e embasbacado, pensando em tudo que conseguiria roubar. Assim, sem titubear, pois era esse o momento certo, ela puxou de trás da sua cintura os aparelhos de eletrochoque que deixara carregando desde segunda-feira, ao ter quase certeza de que o bandido viria.

Rapidamente, encostou um aparelho em cada ombro de Ronaldo, e, para a sua alegria e sorte, ambos funcionaram perfeitamente. O espertinho do grandalhão levou uma descarga dupla de 50.000 volts, tombando de imediato no saguão da casa.

Ronaldo caiu em posição fetal sobre o assoalho de madeira, apresentando convulsões. Uma baba grossa escorria de sua boca. Ele tremia, descontrolado, uma cena horrível. Iaúna não o deixaria morrer assim, sem cooperar com seu plano, pois contava com ele para atrair os demais comparsas. Precisava dele vivo, e resolveu que, ao menos por uma hora, tentaria poupá-lo de mais descargas.

Fechou a porta da casa assim que afastou os pés do meliante. Em seguida, envolveu o rosto do sujeito com um pano, para evitar que a baba sujasse o piso da casa, e começou a retirar seus pertences: chave do carro, celular, carteira, documentos... tudo.

Arrastou-o sobre o tapete, até alcançar a lateral da sala de jantar, onde se localizava a porta do alçapão. Abriu a entrada do cativeiro. Devagar e com muito cuidado, levou o corpo para dentro da cela.

Ao perceber que ele começara a gemer, embora extremamente desorientado, Iaúna correu para baixo. Encontrou-o encharcado de suor, entre gemidos de dor, ocupando três colchonetes que amorteceram a queda. Arrumou o corpo do malandro no fundo da cela, em apenas um colchonete.

Imediatamente, atou suas mãos à frente do corpo e travou uma corrente no centro das algemas com um cadeado. A outra ponta da corrente, após duas voltas na grade da cela, foi fixada com outro cadeado. Aquele sujeito finalmente estava rendido. Retirou o pano que lhe envolvia o rosto e limpou a baba espessa e espumante.

Em seguida, colocou no chão um copo d'água e dois pacotes de biscoitos – um salgado e outro doce. Trancou a cela e deixou uma luz acesa do lado de fora. Ao sair, trancou também todas as portas atrás de si. E, na sala de jantar, fez o mesmo com o alçapão e devolveu o tapete ao seu lugar de origem.

Um deles já estava preso, e ela não poderia demorar nem mais um dia para capturar os demais.

– Alô?

– Dona Cristina? É Iaúna, tudo bem?

– Oi, Iaúna! Aconteceu alguma coisa?

– Não, dona Cristina. Apenas queria avisar que vim mais cedo para casa hoje porque não estava passando bem e ainda não melhorei. Estou com uma enxaqueca daquelas e não desejo passar essa gripe para o Tavinho nem para a senhora. Estou achando melhor ficar aqui em casa mais um dia para me tratar e melhorar um pouco.

– Sem problema, Iaúna! Fique aí, sim, descanse. Você está precisando de alguma coisa?

– Não, senhora. Já tomei remédio e estou um pouco melhor agora, mas não o suficiente para trabalhar.

– Claro, Iaúna, fique por aí. Hoje já é quarta-feira, e, se eu fosse você, ficaria até o fim da semana. As aulas do Tavinho vão começar. Imagina ele, doente, perder logo a primeira semana?

Era tudo o que Iaúna queria ouvir.

– É, acho melhor também, dona Cristina. Me desculpe por isso.

– Imagina, Iaúna, não tem nada do que se desculpar.

– Muito obrigada, dona Cristina. Vou me deitar, então.

– Sim. Vá descansar, e qualquer coisa não hesite em ligar. Me chame ou chame o Tavinho, tá bom?

– Tá ótimo. Beijo, dona Cristina.

– Beijo para você também, Iaúna. Melhoras.

Telefone desligado e todo o final da semana para executar o plano perfeito já traçado na mente. Um plano *cirúrgico*.

"Despensa" Cheia

Iaúna ligou para quem ela acreditava ser o menos ardiloso dos bandidos, e seu raciocínio foi muito simples – chamou pelo celular o mais novo integrante da turma, o tal do Zé. Esse provavelmente não tentaria passar a perna nos outros, enganá-los ou trapaceá-los, por ser menos "macaco velho".

– Alô?

– Alô, por favor, eu gostaria de falar com o sr. José Torres.

– É ele.

– Sr. Torres, boa tarde. Quem me deu seu telefone foi o sr. Ronaldo, e ele pediu para que eu ligasse.

– Pois não, dona...

– Iaúna. Meu nome é Iaúna. Eu sou aquela senhora, lembra, a que encontrou o relógio no carro do sr. Rafael. Não sei se o sr. Ronaldo comentou alguma coisa.

– Falou, sim. Falou qualquer coisa, sim.

– Então, o sr. Rafael, estranhamente, acabou não vindo buscar o relógio. Ontem eu falei com o sr. Ronaldo para ele vir pegar aqui em casa, mas ele me disse que tinha um compromisso com uma cliente particular e não poderia vir buscar o relógio até o final da semana. Aí, ele me passou o telefone de todos os colegas do ponto, assim eu poderia falar com vocês e dizer para virem à minha casa pegar o relógio. Ele quer distribuir o dinheiro obtido com a venda com todos vocês do ponto, inclusive a parte do sr. Rafael. Ele me garantiu que guardará o dinheiro do amigo para quando te encontrar...

– Ah, dona. Perfeito, entendi. Vou, sim. Aliás, vamos, sim.

– Então, eu vou preparar um chá com biscoitinhos para todos vocês. São três pessoas, certo? Ele me passou o nome e o telefone do sr. Ubiratã, do Kaká e o seu. Confere? São três pessoas para o lanche?

– Isso mesmo. Mas não precisa se incomodar com chá, não.

– Ah! Sr. Torres, isso me dá um grande prazer. Faço um chá de ervas delicioso e um bolo de fubá, sirvo também biscoitos para quem preferir e sucos deliciosos, tudo natural. Vocês vão adorar.

– Então está bem, dona...

– Iaúna. Anota aí direitinho para não esquecer.

– Claro. Pronto! Agora, sim, anotei. A senhora deseja que eu fale com o Ubiratã e o Kaká? Posso fazer isso.

– Por favor! Eu adoraria. Vocês podem vir hoje à tardinha? Lá pelas cinco da tarde?

– Sim, mas ainda vou confirmar com todos. Se eu não ligar, é porque está tudo certo. Tenho quase certeza que todos vão poder.

– Olha, o sr. Ronaldo pediu para *todos* virem. Ele disse que não quer ninguém do ponto pegando esse relógio sem que os outros saibam, por isso pede que todos venham. Se alguém não puder, marcamos outro dia.

– Fica tranquila, dona Iaúna. Iremos todos juntos.

– Muito bem, meu querido. Saiba que será ótimo se vierem juntos num carro só. Aqui quase não tem lugar para estacionar.

– Ah. Beleza. Foi bom a senhora ter avisado. Vamos num carro só.

– Então está tudo combinado, sr. Torres, obrigada. Fica marcado para hoje às cinco. Aguardo vocês.

– Eu que agradeço, dona Iaúna. Até mais tarde!

– Até já.

Chegaram um pouco atrasados. Vieram os três, e Iaúna foi logo perguntando:

– Quem é o sr. Torres?

– Sou eu, dona Iaúna.

Era o mais jovem de todos. Aparentava uns 30 anos de idade.

– E o Ubiratã?

– Sou eu, dona Iaúna. A senhora tem nome indígena como o meu.

– Sim, senhor! Mas o senhor não tem traços indígenas como eu.

– Não tenho, não. Sou paulistano da gema. Meus antepassados eram portugueses – disse, todo simpático.

Não foi por acaso que ela deixou Kaká por último. Iaúna queria fazer algumas perguntas a ele.

– E o senhor é o Kaká, certo?

– Sim, sou eu.

– O senhor tem filhos? Vejo que é casado e tem uma linda aliança.

– Sim, tenho uma filha. Só mulher em casa, dona Iaúna.

Todos riram, o clima era o melhor possível.

– Que bom, sr. Kaká, isso mostra que o senhor é bastante respeitoso com as mulheres e incapaz de fazer mal a qualquer uma delas. Isso é muito bom.

– Sem dúvida, dona Iaúna. Temos que ter todo respeito com as mulheres e tratar as damas com muita gentileza.

"É um safado dissimulado", pensou ela.

– Bem, queridos, vamos entrar, e fiquem à vontade. Vou servir o lanche que prometi e trazer o relógio.

– Ah, dona Iaúna, vou aceitar esse seu lanche, se a senhora não se incomodar, estou com uma fome daquelas.

– Assim que se fala, sr. Kaká. Gostei.

Iaúna serviu a todos, e incluiu, no chá e nos sucos, as ervas e drogas que causariam torpor e sonolência. Foi servindo, verificando quem desejava suco e quem preferia o chá, alertando que tivessem cuidado porque este último estava muito quente. Ato contínuo, passou a servir os pedaços de bolo em pratinhos e, numa bandeja, as rosquinhas. Pôs tudo sobre a mesa da sala de jantar para se preparar para deixá-los a sós.

– Meus queridos, fiquem à vontade. Vou buscar o relógio e volto para continuarmos a nossa conversa. Finalmente, o relógio que tanto trabalho está dando a vocês.

– Imagina, dona Iaúna, nós é que estamos dando um trabalhão – respondeu Ubiratã.

– Sem dúvida – reforçou José Torres.

– É mesmo – completou Kaká.

Iaúna subiu a escada fingindo que iria buscar o relógio, pois sabia que não havia necessidade de trazê-lo. O efeito do alucinógeno com calmante fortíssimo começava rapidamente, e eles logo estariam dormindo, rendidos ou muito tontos. Quando voltasse, era só jogá-los na cela através do alçapão.

Assim que Iaúna deixou de ouvir barulho de vozes e talheres, estava na hora de voltar para a sala de jantar. Lá chegando, deparou-se com algo inesperado. Estavam dormindo José e Ubiratã.

"Onde está o Kaká?", perguntou-se.

Aquele que aceitara seu lanche de imediato. No chão? Não, não estava.

"Meu Deus! Sua xícara está cheia e seu bolo, intocado. Será que correu ao perceber o estado de torpor dos colegas?"

Antes que conseguisse se virar para verificar a porta de entrada da casa, sentiu um forte puxão no pescoço que a sufocou de imediato, enquanto uma outra mão lhe desferia uma facada que atingiu sua coxa esquerda, fazendo-a gritar de dor. Ao puxar o canivete que havia parado no cabo, para preparar uma nova estocada, o sangue espirrou, atingindo o rosto de Ubiratã, dopado e debruçado sobre a mesa, próximo à cena de luta feroz que se instalara.

Com a face esquerda de Kaká apertando a face direita de Iaúna, ele gritou, cuspindo saliva com sabor de ódio no ouvido dela:

– Me procurando, índia safada? Agora grita que nem uma cadela, filha de uma puta! Achou que eu ia cair nessa sua conversinha de senhorinha indefesa?

Kaká empunhava o canivete que sempre trazia consigo. Fora o único mais esperto do que ela. Já preparado para outra estocada, talvez até fatal, ele não esperava que aquela experiente descendente dos Moxiruna reagisse.

Iaúna o surpreendeu com um golpe aprendido com os guerreiros da sua tribo. Ao deixar o pescoço livre, ele recebeu o dedão, o indicador e o dedo médio da mão direita da índia num estrangulamento cuja pressão insuportável atingiu em cheio seu pomo de adão. Kaká, franzino, já não conseguia mais falar nem puxar o ar. Com a mão esquerda, ela segurou o pulso dele. A mão que empunhava o canivete se abriu, a arma caiu no chão e, em poucos segundos, Iaúna começou a perceber a força do bandido se esvaindo.

Kaká se ajoelhou, rendido, e, após arregalar estranhamente os olhos, desfaleceu, completamente inerte. Iaúna ainda o sufocou por mais alguns segundos, garantindo, porém, que não perdesse a vida. Não naquele momento.

Segurando com força o ferimento e andando com dificuldade, buscou uma toalha na cozinha e a apertou com firmeza na coxa. Enrolou-a na perna, procurando segurá-la bem firme para estancar o sangue. Precisava correr, pois havia perdido tempo precioso com o golpe inesperado.

Passaram-se 10 minutos depois de Ubiratã e José terem adormecido. Já era tempo demais. Iaúna abriu rapidamente o alçapão da sala, mandou ajeitar os colchonetes para amortecer a queda e, um a um, os dois corpos foram sendo despejados de qualquer jeito na cela, enquanto Ronaldo, atônito e com uma voz muito fraca pela ausência de comida, pedia para sair daquele buraco. Preso às correntes, ele gritava sem parar.

– Me tira daqui! Socorro!!! Onde estou? Socorro! O que foi que eu fiz?

A cada pedido caía a seu lado um corpo que ele tentava segurar para que o choque fosse menos traumático.

– Fique em boa companhia, sr. Ronaldo! – desejou Iaúna.

Em seguida, ela voltou a Kaká, amarrou lacres de plástico para atar suas mãos e pés, e aproveitou para tirar o cinto dele e fazer um rápido torniquete na perna, que continuava sangrando muito.

Ficou ali, observando-o.

– Sua velha filha da puta!!! O que você fez com...

Nem teve tempo de terminar. Levou um choque no pescoço. O resultado foi uma sucessão de espasmos que não lhe permitiram esboçar qualquer reação.

Iaúna se aproximou um pouco mais e zombou em seu ouvido:

– Querido, está doendo muito? Já, já, vai passar. Antes de te dar conforto, queria lhe perguntar uma coisa, assim você já vai refrescando a memória.

Kaká, rangendo os dentes, balbuciou:

– Vai se foder!

Tomou mais uma descarga...

– Você se lembra do assalto que fez no restaurante Ratá?

– Hummm. – Só gemeu. Não conseguia falar.

– O quê? Não consegue se lembrar? Eu sei que foram vocês todos que roubaram o restaurante, mas agora vamos ver quem é o filho da puta aqui. Sei que foi você que meteu a mão no sutiã de uma menina e bateu num adolescente. Covarde e molestador. Então, eu te pergunto: quando você bolinou os seios daquela criança indefesa, você se lembrou da sua filha?

Já falando um pouco melhor:

– Deixe minha filha fora disso!

– Lembrou ou não lembrou, seu puto miserável? Vou deixar sua filha de fora, mas sua mulher, não. Amanhã você vai se encontrar com ela.

– Não, pelo amor de Deus, deixe a Lúcia fora disso!

– Não deixo, não. Me contaram que era ela quem dirigia o carro. Eu sei de tudo. Agora, o que ela não sabe é que, enquanto o canalha bolinava uma menina com idade para ser sua filha, ela, lá no carro, nervosa, servia de motorista para o bando de filhos da puta que são todos vocês.

– Por favor, deixe a Lúcia fora disso!!! – berrou mais uma vez.

– Cala a boca! Hora de dormir. Tenho que tomar conta dos seus amigos, que estão quase acordando. Agora você vai tomar um choque no saco e outro na cabeça para acordar só amanhã. Boa noite! Ah... lembrando, o choque que você vai tomar no saco é pelo que fez na minha perna, seu merda!

– No saco não, por favor!!! – Kaká urrava! Chorava! Berrava! Desmaiou, espumando mais uma vez.

Iaúna desceu rapidamente mais um corpo pelo alçapão, enquanto Ronaldo gritava, pois não encontrava ajuda dos demais devido ao estado de torpor em que ainda se encontravam. Todos rendidos e humilhados.

Iaúna tomou um banho longo e relaxante depois de toda a agitação e da tensão daquele começo de noite. Limpou bem o ferimento e aplicou suas ervas medicinais. A emulsão estancou imediatamente o sangramento. Seria necessário suturar, e isso ela faria do seu próprio jeito, com agulha e linha de costura mesmo. Em seguida, fez um curativo confortável na perna para não prejudicar seus movimentos.

Devagar e com toda a calma, limpou a sujeira e os vestígios do cativeiro do grupo de Ronaldo, deixando tudo em ordem. E, então, saiu para buscar

Lúcia no carro em que tinham vindo, para não despertar suspeitas. Levou consigo lacres e os dois eletrochoques, pois seria assim que renderia aquela mulher. Ela seria a última pessoa do grupo a ser capturada. Presa fácil, pois não era páreo para Iaúna. Dessa forma, o plano estaria executado, e Tavinho poderia falar com Kaká no sábado, ali mesmo, no cativeiro.

Insensibilidade Mata

Naquele sábado, às sete e meia da manhã, Tavinho chegou à casa de Iaúna. Como sempre, ela o atendeu com um belo sorriso de boas-vindas. A índia não esboçava qualquer semelhança com a mulher que havia sido no dia anterior. Estava calma, solícita e amável.

– Então, Tavinho? Tudo bem com você, querido?

– Sim, dona Iaúna. Tudo ótimo! Eu já estou estudando bastante para me adiantar na faculdade. Tô acelerado, como sempre.

Tavinho entrou e foi direto ao assunto.

– Fiquei sabendo que a senhora ficou doente e precisou descansar essa semana. Não é bem isso, né?

– Não, Tavinho, não é. O que fiz foi cumprir com o prometido. Estão todos presos numa cela, lá no porão. Todos, inclusive o cara que bateu em você e a esposa dele, que é quem dirigia o veículo naquela noite.

– Nossa, a mulher dele também?

– Um horror, né? Tão pilantra quanto todos eles juntos. De arrepiar.

– Mas ela servirá também para os ritos?

– Foi o combinado... todos do bando, o que inclui ela. Quer saber mais? Acho que você deve falar com ele na presença dela, assim ela ficará sabendo, caso ainda não saiba, quão safado ele é.

– Claro, dona Iaúna. Meu ódio é tanto... O que ele fez não se faz com ninguém. Que o castigo seja dado, e exemplarmente. Quando vou poder falar com eles?

– Bem, acho melhor eu ir tirar os dois da cela, e aí te chamo. Pode ser? Espere aqui. Fique à vontade. Já venho te buscar.

* * *

Iaúna se dirigiu à garagem e saiu destrancando os cadeados. Lá estava ela junto dos cinco delinquentes, assustados e desorientados. Ainda assim, tinham forças para dar uma de valentões.

– Dona, já chega de brincadeira – bradou o chefe do grupo. – A senhora não acha que já foi longe demais?

– Meu caro, isso não é brincadeira, mas quero soltá-los, sabia? Nem pensar em ficar gastando meu dinheiro com vocês aqui, presos. Preciso apenas saber se um de vocês será perdoado por alguém que foi humilhado, sem a menor necessidade, no restaurante.

Eles se entreolharam, perplexos, perguntando-se como aquela velha tinha conseguido prender todo o grupo que assaltara o Ratá. Ela havia desbaratado a quadrilha inteira, e a polícia nem chegara perto!

Iaúna continuou:

– Se a pessoa for perdoada, e essa pessoa é o Kaká, todos estarão livres. Caso contrário, ficarão aqui e sairão mais à frente... *beeem* mais à frente. Por essa razão, vou levar o Kaká, assim como a esposa dele, para outra sala. É muito importante que ela ouça tudo o que o rapaz que foi humilhado vai contar. Será bom que a senhora saiba o que ele tem a dizer.

– Você bateu em alguém, Kaká? – perguntou a mulher.

– Porra, Lu, dei uns tapas só, o cara tava me enchendo o saco.

– Então, Kaká, isso é o que nós vamos ver, ok? – disse Iaúna.

– E se eu não quiser falar?

– Como eu já disse, todos ficarão aqui e só sairão quando completar um ano do episódio, ou se sucumbirem antes...

– O quê?! Puta que pariu! – gritou Ronaldo. – Cacete, Kaká. Vai logo falar com o moleque. Caralho! Tô cansado disso tudo!

Os outros ocupantes da cela estavam mudos, davam a entender que sentiam um misto de ressentimento do Ronaldo por tê-los enfiado naquela enrascada, e principalmente por querer traí-los com a história do relógio, e raiva do Kaká, que não tinha nada que ter usado de violência contra quem estava no restaurante. Nada parecia justificar seus atos, todos tinham visto tudo, pois estavam lá dentro naquela noite. Só quem não vira fora a Lúcia. Era exatamente isso que Iaúna queria: sofrimento... conflito... Pagariam dia após dia o que tinham feito. Iriam se penitenciar até virarem verdadeiros cordeirinhos pedindo clemência.

– Bem, como vamos fazer? Kaká? O senhor e dona Lúcia vêm ou não vêm?

– Vão logo, caralho!!! – esbravejou Ronaldo.

– Nós vamos. Vamos, né, Lu?

– Ela é uma psicopata, eu não quero morrer... – Lúcia estava prestes a chorar.

Iaúna não aguentou e caiu na gargalhada.

– Mexeram com quem não deviam. Ótimo, então vamos. Antes, porém, vejam bem como o sr. Ronaldo está. Agora, todos vão se algemar também.

Uma vez terminada a tarefa e todos confirmadamente algemados, Iaúna lançou outra etapa para os pobres cativos.

– Agora, cada um vai pegar estes cadeados e prender as correntes que estão aí no chão nas suas algemas.

– Puta que pariu! – exclamou Kaká.

– Isso, Kaká, obrigada – disse Iaúna. – Só você e a Lúcia não precisam se prender às correntes. Vou levá-los para uma outra sala.

– Vamos lá, quero todo mundo atando a corrente, exatamente como a corrente do vagabundo do chefe de vocês. Botou todos nessa situação e ainda tentou passar a perna nos otários. Se fosse comigo...

Após ter verificado se todos estavam devidamente atados e suas correntes passadas às grades da cela, Iaúna se mostrou tranquila e segura.

– De costas para as grades! Vou algemar um a um para não tentarem nenhuma gracinha. Aliás, já vou logo avisando: toda vez que eu tiver que abrir a cela, e não quero precisar repetir, vocês se viram de costas, combinado? Obedeceu, come um lanche. Não obedeceu...

Ninguém respondeu. Iaúna mantinha uma fleuma inabalável e altiva, além de apresentar um sorriso irônico.

– A senhora vai algemar a Lu? Mas ela não vem comigo?

– Vai, sim, mas não sou idiota. Ela só vai depois que eu amarrar você bem amarradinho, lá na outra sala. Vocês ainda vão colocar nos pés essas algemas ligadas por uma corrente. São algemas especiais, assim vão andar bem devagarinho por causa desse pau entre as pernas. Caso deem uma de engraçadinhos, vão tomar, na hora, um choque no rabo. Entenderam?! – gritou.

Mais uma vez ninguém respondeu. Silêncio.

Iaúna levou Kaká acorrentado até a cadeira cheia de amarras usada para as "cirurgias" e o deixou lá, completamente imobilizado. Ato contínuo, dirigiu-se à cela para buscar Lúcia, que já estava em pânico.

– Pensei que não viesse mais – disse ela.

– Sou uma senhora de idade, tenha calma – ironizou Iaúna.

– Me solta agora! – gritou Ronaldo.

– Sr. Ronaldo, o senhor não perde a arrogância, não é mesmo? Quem disse que vou soltá-los das algemas? Vim apenas levar a Lúcia para ficar ao lado do marido. Só isso. Fique bem calado antes que eu me irrite e lhe dê um corretivo na frente dos rapazes.

Iaúna saiu gargalhando da cara de horror daqueles que continuaram na cela e da cara de Lúcia que, àquela altura, já estava aos prantos.

– Olá, Kaká, olha quem eu trouxe para lhe fazer companhia. Veio direitinho arrastando as correntes até aqui, que nem o maridão.

Iaúna passou uma corrente pelas algemas de Lúcia e as prendeu em um cano de água que ficava exposto ao lado da maca, em frente à cadeira na qual se encontrava Kaká.

– Os dois amarradinhos? Bem presos? Agora vou buscar uma pessoa que quer conhecer melhor o sr. Kaká. Ele até já conhece, mas quer conhecer *melhor*. Ele também quer contar umas histórias para a dona Lúcia. Vocês vão achar essa pessoa adorável.

Iaúna saiu deixando ambos num misto de curiosidade e pavor, matutando sobre o que estaria por vir.

– Kaká, o que você aprontou? Por que essa gente está com tanta raiva de nós? O que aconteceu naquele restaurante?

– Sei não, Lúcia. Só podem ser os adolescentes, mas não foi nada de mais.

– Mas por que você bateu no rapaz?

– Ele deu uma de valentão pra cima de mim e apanhou. Foi só...

Iaúna, interrompendo a conversa, entrou na sala com Tavinho.

– Ah, os dois estavam conversando ou discutindo a relação? Interrompi alguma coisa? Quer que a gente volte depois? Mas não vamos, não, vamos falar com vocês *agora*!

Iaúna sorriu com sadismo para incutir mais medo e pavor naqueles dois.

Quando entraram na sala, só Lúcia pôde vê-lo, Kaká estava de costas para Tavinho. Ela achou o rapaz bonito, bem-cuidado e com cara de bom moço. Sentiu uma espécie de alívio ao vê-lo, pois lhe pareceu uma pessoa dócil que desejava o bem de todos, um garoto sem ódio no coração.

Assim que Tavinho foi se aproximando, suas feições se transformaram e ele acertou um tapa de mão aberta na orelha de Kaká, deixando-o completamente tonto – nem mesmo Iaúna esperava uma reação daquelas. Em seguida, Tavinho berrou no ouvido dele:

– E AÍ, VALENTÃO?! Cadê a sua coragem agora? Essa é uma amostra grátis de como me senti na noite do assalto. Se lembra de mim?

Ainda tonto, Kaká respondeu:

– A gente, quando tá assaltando, fica estressado, desculpa.

Tavinho não acreditou no que ouviu.

– Desculpa é o caralho! Você sarrou minha namorada! Enfiou a mão nos peitos dela. Ficou passando a mão nela que nem um estuprador! Ela ficou aterrorizada, chorando, apavorada! E você ainda ameaçou cortar o braço dela.

Iaúna instigou:

– Ouviu bem, *Lu*? Está vendo o tipo de marido que você tem? Enquanto estava lá fora no carro, ele lá dentro passava a mão numa criança que tem a idade da sua filha.

– Kaká, seu mau-caráter! – esbravejou Lúcia.

– Porra, Lúcia, você não vai acreditar nesse merdinha, né?

Tavinho não se conteve... Ser chamado de merdinha de novo? Isso ele não aceitaria! Acertou outro tapão, mais forte ainda, no mesmo ouvido, o que deixou Kaká totalmente zonzo. Em seguida, deu uma passada de olho na sala, procurava algo, então disse a Iaúna:

– Me arruma um saco plástico, já!

– Saco plás…

– Rápido! – interrompeu, com sangue nos olhos. – Vou fazer esse filho da puta confessar tudo na frente da mulher dele.

– Pera aí que tenho aqui nessa estante. Serve saco de lixo, né?

– Para enfiar essa cabeça cheia de merda é o que há de mais apropriado. É bom até demais.

– Calma aí, cara – balbuciou Kaká, ainda meio zonzo.

– Vou te dar uma chance de falar pra sua mulher, na cara dela, o que você fez com a minha namorada e comigo naquele restaurante. Só uma chance!

Tavinho enfiou o saco plástico azul na cabeça de Kaká e o segurou de forma a não entrar um fio de ar sequer. Ele começou a se debater, a gemer e balançar o corpo, tentando não sufocar.

– Solta ele! Ele vai morrer – gritou a mulher.

– E VAI FAZER FALTA? – perguntou Tavinho, aos berros.

Quando Kaká estava quase desfalecendo, Tavinho retirou o saco plástico.

Kaká puxou, no mesmo instante, todo o ar que podia. Tavinho não parava de lhe enfiar a mão na cara, tamanho o ódio que nutria por aquele ser.

– Fala, filho de uma puta! Vou te dar só uma chance de contar pra sua mulher o que você fez. Só uma. Deu pra entender ou já tá surdo? Se eu tiver que enfiar esse saco na sua cabeça de novo, não vai ter volta!

– Tá bom. Para! Espera um pouco. Eu falo.

Ainda na garagem se despediram. Agora bem mais calmo, Tavinho estava visivelmente abatido, pois aquelas eram vidas desperdiçadas, prestes a serem banidas deste mundo. Também estava triste pelo ódio com o qual agira. Pela explosão insana e pelo comportamento ardiloso que tivera com aquele homem e sua mulher. Era tudo muito triste para ele. Nunca havia enfrentado algo assim tão forte, tão de perto. Estava se sentindo muito mal. Pensou até que iria vomitar.

Iaúna, no entanto, sabia que aquela gente não se arrependeria. Sabia como funcionava a mente doentia daquele pessoal. Caso contrário, jamais teria investido na captura de todo o bando. Inclusive na de Lúcia, que parecia ser uma mulher como outra qualquer, que acabara envolvida. Mas de boazinha ela não tinha nada, estava apenas assustada, era muito esperta, isso sim. Iaúna traçara o perfil da quadrilha à medida que fora conhecendo cada um de seus integrantes. Era gente do ramo da criminalidade. O ponto de táxi servia apenas de disfarce. Disfarce excelente para acobertar os crimes que cometiam.

Ao se despedirem, Tavinho olhou para Iaúna e recomendou:

– Pelo amor de Deus, dona Iaúna. Tome muito cuidado!

– Tavinho, fique sossegado. Eu também cuidava dos prisioneiros quando vivia junto da minha gente, sei como agir.

– Tá bom. Tchau, dona Iaúna. Cuidado!

– Você também, meu querido.

Ao retornar, Iaúna, em vez de se dirigir diretamente ao quarto de "cirurgia", foi para a cozinha e deu início ao preparo do chá anestésico e alucinógeno. Como já estavam há quase 24 horas sem comer e beber nada, os cativos tomariam o chá como se fosse água mineral. Despejou o chá numa garrafa térmica para que não derramasse no trajeto e pegou um pratinho com biscoitos.

Em seguida, foi para a garagem, trancou bem a porta e seguiu para o quarto de "cirurgia", onde se encontrava o casal. Estavam discutindo, brigando feio. Tentavam também, em vão, soltar-se das correntes.

Iaúna apoiou a garrafa térmica e a xícara na maca.

– Lúcia, trouxe um chá com biscoitos para que se acalme.

Lúcia estava sedenta e pronta para tomar o chá e comer os biscoitos, quando foi interpelada aos berros. Ao ver aquela cena, Kaká começou a gritar para a esposa não tocar nos alimentos.

– Não faça isso, Lúcia! O chá e o biscoito estão envenenados! Ela vai te envenenar!

– Já não basta o que você fez com a gente e ainda quer me envenenar? Quando isso vai acabar? Solta a gente! Já chega! Eu não aguento mais isso! – gritou Lúcia, mostrando desespero.

– Não vai beber por bem? Então vai beber por mal. Aliás, você deveria me agradecer por eu te dar esse chá. É anestésico, sabe?

Iaúna pegou um vergalhão de aço e lhe deu um golpe nos rins que a fez dobrar as pernas berrando de dor, sendo sua queda interrompida pelas correntes que a mantinham suspensa ao cano de água.

– Engole isso AGORA, sua vaca!!! Vamos ver quem é mais forte aqui.

Segurou a mulher pelos cabelos e, com a outra mão, enfiou-lhe todo o líquido garganta abaixo, socando-lhe os biscoitos na boca, sob os berros de Kaká, que pedia para ela cuspir tudo.

– Para, para com isso! Ela não merece! Pelo amor de Deus!!!

– Deus?! Amor?! E você lá sabe o que é isso?!

– Eu imploro, para com isso. Se você tiver que matar alguém, envenenar alguém, por favor, que seja eu. Solta a minha esposa. Deixa ela em paz!

– Claro, Kaká, você será servido também. Aguarde, sua hora vai chegar.

– Estou tonta, acho que vou vomitar – disse Lúcia.

– Ah, querida, tome mais um gole do chá – insistiu Iaúna.

Lúcia já estava entregue. Sem reação alguma, tamanha a quantidade do líquido anestésico e alucinógeno que havia ingerido.

– Vou soltar suas mãos do cano de água e, em seguida, soltar seus pés; assim, você poderá se deitar nessa maca. Acho que você ficou tonta comendo os biscoitos, seu estômago estava vazio, sua fome era muita, querida.

– Solta ela!!! – berrou o impotente Kaká.

Iaúna deitou-a na maca e imediatamente atou seus braços e pés às tiras de couro com fivelas largas. Lúcia estava completamente grogue.

– Chama a polícia, eu me entrego...

– Bem, sr. Kaká, vamos deixar tudo bem claro: vocês todos vão morrer, e você vai saber o momento de cada um. Sabe por quê? Porque você será o último. Sua mulher, já deitadinha ali e sem entender exatamente o que se passa, será a primeira, e na sua frente. Será que agora deu para entender?

– Ô dona, o que é isso? – disse, aos prantos.

Iaúna foi buscar duas cubas cirúrgicas de inox para colocar o coração e o cérebro de Lúcia. Ao voltar, abriu a gaveta para pegar as ferramentas que usaria para as incisões.

Começou cortando o vestido de baixo para cima, até expor seu colo. Cortou o sutiã, fazendo com que seus seios ficassem à mostra. Ela era relativamente jovem, tinha por volta de 40 anos.

– Para! Para com isso, eu te imploro. Por favor...

– É, Kaká! E pensar que você acreditava que eu estava brincando.

– Por favor, não faz nada com ela. Eu faço qualquer coisa. Tira ela dessa, me castiga. Ela não tem culpa.

– Kaká, você teve todas as chances de se redimir, agora é tarde. Sugiro que, nesse momento, fique de olhos bem abertos.

Iaúna fez o corte no lado esquerdo do peito de Lúcia, aos berros ensurdecedores do marido. Feita a profunda incisão que deixava à mostra o coração ainda batendo, afastou as costelas de Lúcia e, com rápidas investidas junto às veias que irrigavam seu corpo, retirou o coração da pobre incauta que, por ter se juntado com aquele homem, acabara se envolvendo na criminalidade.

Em seguida, após deitar o coração na cuba ao seu lado, soltou as amarras do braço e da perna do lado direito para que pudesse virá-la, deixando seu corpo seminu apoiado em seu flanco esquerdo para a retirada do cérebro, e, dessa forma, completar o serviço, ainda sob a visão do marido.

Agora era a vez de Iaúna se mostrar completamente indiferente e guardar no congelador os órgãos retirados daquela mulher que jazia na maca metálica. Daquele corpo, Iaúna queria que Kaká visse o destino. Sepultou-o em um recesso na parede e o fechou com blocos de cimento que haviam sobrado de uma reforma de muitos anos atrás. Só se deu ao trabalho de, no dia seguinte, cobrir com argamassa. Iaúna queria deixar claro, para desespero do insensível e abusador Kaká, que aquele corpo jamais seria visto por quem quer que fosse. O castigo tinha que ser severo e estava apenas começando. Ele teria que assistir, por longos oito meses ou talvez um ano, ao fim dos outros comparsas. Ele teria o privilégio de assistir à execução de todos, um a um. A velocidade da execução dependeria apenas do desgaste e da necessidade de Tavinho, nada mais.

A polícia nunca desvendaria esse caso. Jamais descobriria o paradeiro dos desaparecidos e reclamados pelos familiares, tampouco saberia do veículo e dos pertences deles.

O assunto foi tratado de forma *cirúrgica* por Iaúna. O último a deixar o mundo foi mesmo o molestador, três meses depois de Ronaldo. Seu corpo foi deixado sobre o corpo de Rafael, no mesmo poço abandonado que ficava em área alagável às margens da Represa Billings. Todos eles, sem exceção, imploraram para morrer. Suplicando pela morte, nenhum deles aguentava mais ouvir os berros ou presenciar cena tão deplorável.

Iaúna havia sido implacável. Acabara por exibir um comportamento nunca antes revelado. Quem presenciara e sentira sua tirania morrera sem deixar vestígios. E pensar que, saindo de seu domínio, era uma pessoa afável, adorada por todos, inofensiva, e que se mostrava ingênua.

O caso dos taxistas ficou conhecido como "O mistério do ponto da rua Sete de Abril" e arquivado, alguns anos depois, com carimbo em maiúsculas na capa: SEM SOLUÇÃO.

PARTE QUATRO

A Busca, o Vazio

Passados Quase Seis Anos

Fim do ano de 2012, fim também do ano letivo universitário para os amigos do tempo de escola. Estão radiantes. Tavinho foi uma inspiração para todos.

Martha Moss cursou Administração, com especialização em finanças, e já pretende fazer um MBA enquanto segue em seu novo trabalho. Como excelente aluna, a exemplo de Cristina Albuquerque, conquistou vaga de trainee em uma multinacional, e a carreira, salvo alguma mudança de rumo, já está traçada. A essa altura, ela é das poucas pessoas que ainda chamam o dr. Octávio Albuquerque Júnior de Tavinho.

Nesse mesmo ano de formatura, Martha viajará para uma temporada de esqui com os tios e alguns primos, inclusive a tal prima que sempre rivalizou com ela: nas notas da escola, na disputa para ser a mais inteligente da família, na beleza, enfim... em tudo, e, claro, não será diferente no esqui. Com essa viagem programada, Martha passará uma temporada fora do Brasil, inclusive o Natal.

Tavinho está se sentindo incomodado com essa história, mas apoia a namorada em tudo e jamais pensaria de forma egoísta.

Martha, por sua vez, não está nada confortável em deixar Tavinho sozinho no Brasil durante quase dois meses. Por outro lado, acha que deve fazê-lo para demonstrar sua independência, cumprir suas obrigações familiares e descansar, é claro. A família vai esquiar na sua terra natal, Nova Zelândia, mais precisamente em um local bem distante e com fuso horário superdesfavorável, o que dificultará a comunicação.

★ ★ ★

Tavinho, ou melhor, o cirurgião Octávio Albuquerque Júnior, "atropelou" os anos letivos do curso de medicina com sua sede de vencer, passando por todos eles no menor tempo possível, mas com máxima qualidade. Dormia pouco e estudava muito, incluindo toda a carga horária necessária para exercer a profissão, participando desde muito cedo de cirurgias das mais diversas. O que Tavinho realizou nesse período foi simplesmente fantástico, de deixar qualquer professor surpreso.

Após cinco anos de faculdade, já cursara o básico e terminava o período de residência, o que o deixaria apto para dar início à sua carreira solo em um renomado hospital cardíaco de São Paulo. Seria o responsável por uma das equipes de cirurgia cardíaca, área liderada por especialistas de renome internacional. Professor do curso de medicina, participava também de um projeto inovador na área de nanotecnologia. Aliás, este projeto revolucionaria os procedimentos cirúrgicos cardíacos no mundo, uma vez que anularia, em grande parte, a necessidade de intervenções invasivas.

Somente uma coisa incomodava muito Tavinho – ele não encontrara os executores do pai e não se conformava com isso. Pedira a Iaúna para tentar encontrá-los, mas ela nunca conseguira obter qualquer informação relevante na 77ª DP.

Onde estariam Cleverson e Joilson? Tavinho não conseguia tirá-los da cabeça:

"Esses eu vou encontrar, nem que seja a última coisa que farei na vida. Vou achá-los. Quero vê-los confessar na minha frente o que fizeram com o meu pai. Vão ter de pagar caro pelo crime que cometeram."

Era o único momento em que o ódio surgia em seu semblante. O mesmo ódio que nutrira por aquele homem que maltratara Martha e o subjugara covardemente. Seu rosto se transfigurava, seus olhos se enchiam de lágrimas, pois sabia o que perdera com a ausência do pai.

Cristina Albuquerque, aos 52 anos, estava bem conservada, era uma mulher bonita e esbanjava charme. Havia fundado, com enorme êxito, o que considerava o grande projeto da sua vida, a Fundação Professor Albuquerque. Dada a reputação da família, a fundação mantinha fluxo de entrada de recursos de grandes instituições e de pessoas físicas, que muitas vezes não contribuíam apenas com recursos financeiros, mas também ocupavam funções importantes na gestão em regime pro bono. Sendo assim, a fundação gozava de extraordinária saúde financeira, com mais de mil alunos matriculados entre os ensinos básico, fundamental e médio – exatamente como planejado por ela.

Iaúna seguia com os Albuquerque. Estranhamente exibia, aos 64 anos de idade, um semblante de não mais de 40. Era impressionante como parecia ter parado no tempo. A todos dizia que isso se devia à pele de índio, que afortunadamente envelhecia a uma velocidade inferior à do homem branco. Cristina não se conformava e vivia se perguntando qual era o *verdadeiro* segredo.

Ao longo desses seis anos, Tavinho ficou sob forte proteção de Iaúna, mantendo boa dose de "suprimentos" que, dia após dia, mês após mês, ano após ano, faziam com que ele se superasse cada vez mais. Como era necessário um ritual a cada três, quatro meses, ele foi à casa de Iaúna, pelo menos, duas dezenas de sábados. Foram mais de 20 mortes dedicadas ao seu desempenho e a outros fatos que ainda estariam por ser revelados. Mais de 20 vidas ceifadas!

Ao longo desse período, Iaúna também acompanhou de perto o namoro de Tavinho com Martha. Ela sempre procurava ajudá-los a estarem juntos nos poucos momentos que restavam entre os estudos. Era uma colaboradora e tanto. Confidente de Tavinho, tornou-se também de Martha, que revelava a ela suas dúvidas, dilemas, incertezas e medos.

Martha estava se tornando uma pessoa muitíssimo chegada a Iaúna, assim como era Cristina, pois se aproximara e se afinara bastante com ela. Porém, uma coisa era absolutamente certa: jamais o segredo de Iaúna e Tavinho lhe seria revelado. Jamais... O segredo pertencia apenas a eles dois e a ninguém mais. Ninguém!

Manipulações – Parte "A"

Martha está preocupada por deixar Tavinho em São Paulo enquanto estiver esquiando em Christchurch-Canterbury. No fundo, tem certeza de que quem deve estar preocupado é ele, e não ela. Sabe que, nas altas temporadas, aquela estação de esqui torna-se cenário de todo tipo de paquera. E terá como companhia sua prima rival que, ainda que esteja namorando, e pelas histórias que já chegaram aos seus ouvidos, não se negará a alguma *aventura* por lá.

Sabe que Tavinho não estará exposto a situações e ambientes semelhantes. Ainda assim, acha que poderá perdê-lo para alguma oportunista. No fundo, está projetando o ambiente da Nova Zelândia naquele onde seu amor ficará na companhia dos amigos. Canterbury é tão irresistível assim? Daí a sua insegurança?

Como se aproxima o momento da viagem, Martha, com tantas dúvidas na cabeça, resolve fazer uma visita a Iaúna para se aconselhar com ela e se despedir. Confidencia seus medos na intenção de buscar conselhos e diminuir suas preocupações.

– Minha filha, calma. Que estresse é esse? Tavinho é um homem trabalhador e está completamente absorvido por obrigações, pelos estudos e por você. Tire essas bobagens da cabeça.

– Pois é, dona Iaúna, mas é difícil. Terá a festa de Réveillon… E muitas mulheres que veem o sucesso do Tavinho gostariam de estar no meu lugar e poderão tentar tirá-lo de mim. Sei lá… A carne é fraca.

– E a sua não é? Sua carne também não é fraca, minha filha?

– Ah, dona Iaúna, não sei… Estou namorando o Tavinho, e a minha prima também está namorando um cara legal. Nós não vamos ficar olhando para os lados, né?

– Não sei não, eu não teria tanta certeza assim... somos todos humanos. Mas você está se preocupando à toa. Até onde eu sei, Tavinho vai passar o Réveillon em casa com amigos, talvez até dona Cristina esteja por lá também.

– Tá bom, dona Iaúna, esquece o Réveillon. E depois? Só voltarei pouco antes do Carnaval.

– Bom, minha filha, acho que você quer meu conselho, certo? Você é nova e acho que deveria aproveitar ao máximo, entende? Então, vá esquiar, vá se divertir. O que é que tem se você encontrar um bonitão por lá? Vá à luta, porque a vida é curta e foi feita para ser aproveitada.

– Dona Iaúna, o que é isso?

Martha ficou espantada com o assanhamento da governanta.

– Minha filha, você tem 21 aninhos. O que são 21 aninhos! – Sorriu.

– Mas não quero fazer nada disso, dona Iaúna.

– Então você é uma boba! Duvido que Tavinho fosse achar ruim se você tivesse um caso por lá.

– Fala sério! Tá doida? Acho que ele me mataria.

– Mataria nada.

– Pois eu acabaria com ele. Ficaria possessa!

– Então, faça um pacto com ele. Quem trair conta para o outro. Pronto. Fica resolvido. Se ele trair você, ele te conta. Se você o trair, você conta para ele. Se os dois traírem, ambos contam. Nada mais justo.

– Que coisa louca, dona Iaúna. Não sei se eu teria coragem de contar.

– Bom, aí não, né? Pacto é pacto. Se você der a ideia, vai ter que contar.

Martha passou a pensar bastante no assunto. "Meu Deus... como isso cairia nos ouvidos do Tavinho?"

Chegado o último final de semana em que estariam juntos, os jovens namorados decidiram fazer uma rápida viagem para o litoral norte, onde os pais de Martha têm uma casa. Foram na sexta-feira à noite e voltaram no sábado à noite, pois Martha viajaria no domingo à tarde, dois dias antes do Natal. Eles já estavam antecipando as saudades e queriam aproveitar cada momento para desfrutar da companhia um do outro, sem deixar que a melancolia tomasse conta dos dois. Fizeram passeio de barco, andaram de mãos dadas pela areia, brincaram no mar, almoçaram em um restaurante perto do píer e, depois das seis da tarde, curtiram de lá mesmo um lindo pôr do sol que se despedia presenteando-os com uma paleta de cores vibrantes em tons de amarelo, vermelho e lilás, cuja mescla produzia uma pintura única. Fim de tarde simplesmente deslumbrante.

Após voltarem da praia, por volta das oito, trocaram os presentes de Natal e se dirigiram para a suíte. Tomaram banho e passaram os últimos momentos tranquilamente a sós, entre carícias, até a hora de retornarem a São Paulo.

Assim que deixaram a casa de praia, Martha começou a ficar bastante pensativa. Tavinho percebeu-a distante e tentou falar dos planos de Natal e Réveillon, de certo modo um pouco tristes por um estar longe do outro e pela saudade que sentiriam... Mas Martha continuava desconfortável.

De repente, sem pensar muito, disparou a seguinte conversa seguida de uma proposta:

– Ah! Tavinho! Eu tenho certeza de que um montão de mulher vai dar em cima de você quando eu estiver fora.

– Que besteira você está falando, Martha. Que bobagem.

– E o pior: sei que você, sabendo que não vou estar aqui, vai acabar me traindo com alguma periguete. Homem é assim. É só dar um pouco em cima, dar um pouco de corda, e pronto. Lá vão vocês.

– Você está sendo boba, sabe muito bem que não sou assim. Que bobagem.

– Ah! É, sim.

– Não sou, não – retrucou Tavinho.

– Então, Tavinho, se você me trair, você vai me contar? Você seria capaz de me contar?

Iaúna exercia uma influência tremenda sobre Martha, que reproduzia literalmente as palavras da índia.

– Martha, eu não vou te trair!

– Então, se você não vai me trair, não precisa ter medo de me contar, certo?

– Claro que não, Martha.

– Então, vamos fazer um pacto? Se você me trair, você me conta, e se eu te trair, eu vou te contar.

– Tudo bem, Martha, mas acho isso tudo a maior besteira. Mas te conto, sim. Pode deixar.

No dia seguinte, Martha não quis que Tavinho a levasse ao aeroporto, nem quis se despedir. Ele achou esquisito. Será que Martha não queria chorar, ou queria esquecê-lo? Sair sem se despedir? Comportamento estranho... Mas seria o último dia em que se veriam até a volta dela das férias nas belas montanhas da Nova Zelândia.

Manipulações – Parte "B"

Tavinho, à véspera do Réveillon de 2012, realizou uma cirurgia pela manhã e deu apoio a outro colega, em função de um evento cirúrgico inesperado e grave. Nem é preciso dizer que não foi à toa que o colega o chamou para socorrê-lo, pois seu brilhantismo e autocontrole eram qualidades notórias e invejáveis. Tavinho ajudou a salvar mais uma vida em um dia de enorme significado para todos e, como sempre, saiu pelos fundos do hospital, sem qualquer sinal de arrogância ou presunção.

Dirigiu-se para casa, pois alugara um pequeno e charmoso sobrado perto do hospital. No percurso a pé, tentou ligar para Martha, pois já eram 11 da manhã e doze horas a mais na Nova Zelândia, mas não obteve sucesso. Queria demais desejar-lhe votos de Feliz Ano-Novo antes da virada e dizer o quanto a adorava e a desejava. Como não conseguiu encontrá-la no celular, ligou para o hotel solicitando seu quarto – nada também. Pediu que a localizassem, mas o retorno do concierge foi de que ela havia saído com a prima. Provavelmente, ido jantar fora. Pena, pois Tavinho achava que ela passaria o Réveillon na festa do hotel com os parentes e, dessa forma, seria fácil encontrá-la.

Martha. Onde estaria a namorada dele? Ela e a prima tinham saído com dois rapazes que haviam conhecido na boate do hotel e com os quais já tinham jantado e dançado. Martha ficara encantada com um deles desde o primeiro dia em que o vira: por volta de seus 28 anos, louro, olhos azuis, alto e atlético.

Martha não desgrudava os olhos dele. A noite do Réveillon seria a noite da investida. Do tudo ou nada. Mas também pensava em Tavinho: "Será que ele está com outra? Ele merece uma traição?"

Martha e a prima convidaram os rapazes para jantar com a família. Conversaram muito ao longo do jantar, foram ficando mais próximos, trocaram confidências, até que chegaram à clássica pergunta de Martha ao rapaz:

– Você tem namorada?

– Não. E você?

– Tenho.

Ambos sorriram. Em seguida, continuaram a conversa entremeada de assuntos que iam ficando cada vez mais picantes durante as músicas que dançavam de rosto colado.

Martha não desgrudou do rapaz, até que, por volta das onze e meia da noite, ambas deixaram o hotel com os pretendidos e partiram para um passeio de carro, cujo motorista era o parceiro de sua prima. Assim, Martha estava livre para conversar, além de envolvê-lo em carícias.

O rapaz que dirigia o carro esporte, entre afagos com a prima de Martha, pegou uma estrada estreita que terminava em um belvedere de onde se podia ver o vale que abrigava o resort onde estavam hospedados. Estacionou em local isolado e investiu imediatamente em uma série de beijos. Martha, por sua vez, apenas sorriu para o companheiro e, enlaçando-o, cobriu-o de beijos, carícias e profundos toques de prazer.

Vidros do carro embaçados, corpos suados, ardentes e ofegantes, foi assim que Martha passou o Ano-Novo. Pura diversão e prazer. Jamais esqueceria aquela noite.

E agora teria de cumprir o pacto feito com Tavinho.

Tavinho teve tempo de tomar banho, descansar um pouco, trocar-se e rumar para a casa da mãe, que, por sinal, gostava demais daquele local por causa da rotina de visita às amigas, da prática de exercícios ao ar livre, pois muitas áreas verdes do bairro haviam sido preservadas, e de seus restaurantes simples, mas de excelente comida.

* * *

Iaúna, como sempre, estava ajudando Cristina nos preparativos para receber os convidados que chegariam por volta das dez, horário em que Tavinho, provavelmente, já estaria se dirigindo para ver os amigos na festa da Fernanda de Vita.

A caminho da casa da mãe, ele recebeu uma mensagem de Martha:

"Pena que não conseguimos nos falar. Feliz Ano-Novo. Com muuuitas saudades. Beijos, te adoro."

Tavinho respondeu imediatamente, perguntando se poderia ligar, mas não teve retorno. "Pena mesmo", pensou.

Assim que chegou à casa da mãe, viu a grande movimentação desde o jardim onde passara a maior parte de sua vida, e deu de cara com ela, muito animada, vindo recebê-lo na porta. Abraçaram-se e trocaram beijos. Cristina era um doce de pessoa e se derretia ao ver o filho.

– Oi, gatão! Como vai? Que cara é essa, Tavinho? Saudade da Martha?

– Muuuita, mãe. Acabei de receber uma mensagem dela. Pena que não conseguimos nos falar.

– Mas ela também deve estar sentindo demais sua falta, filhão.

– É. Espero...

– Está cansado, Tavinho? Quer descansar um pouco? Tenho te achado meio acabadão. – Riram. – O coraçãozinho tá apertado, né?

– Muito trabalho, mãe.

– Pois é, Tavinho. Acho que você aparenta ter mais idade do que realmente tem. Você é muito sisudo, e isso te deixa com ar de mais velho. Não que descansar mesmo?

– Não, tudo bem, mãe. Consegui dormir um pouco à tarde porque já sei que hoje... hoje a noite será bem puxada, né?

– É, vai ser mesmo, filhão!

– E como estão os preparativos, mãe?

– Estão indo bem! Iaúna está me dando uma supermão, e já chegaram os garçons para ajudar a arrumar a cozinha, as mesas e depois servir a ceia. Está tudo bem sob o comando daquela índia "braba".

Tavinho e Cristina riam quando Iaúna apareceu.

– O que é isso? Rindo de mim, é? Olá, Tavinho! Que surpresa boa!

– É, dona Iaúna, dessa velha jovem demais. Como adivinhou que estávamos falando da senhora?

E continuaram rindo.

– Ah! Só podia ser, né? O que foi dessa vez?

– Sabe o que é, dona Iaúna, a gente estava falando do seu "jeitinho doce", esse jeitinho que só a senhora tem quando comanda as pessoas.

– Comigo é assim. Se der mole para esse pessoal, não sai nada. E o que sai não sai direito.

– Pois é, Iaúna, é disso que estamos rindo. Não sei o que teria sido da minha vida sem a sua grande ajuda. Até na educação desse garotinho de 1,80 aqui você teve forte participação.

– Podem rir! Não ligo, não.

– Não é para ligar mesmo, Iaúna, não mesmo.

– Bem, dona Cristina, eu vim avisar que está tudo bem, tudo arrumado e sob controle. O restante da arrumação só depende agora do pessoal do bufê. Acho que já vou tomar meu banho e me trocar para depois a senhora se aprontar para a festa. Assim, pelo menos, eu ou a senhora ficamos supervisionando. Pode ser?

– Está perfeito, ótimo. Enquanto você toma seu banho, eu fico aqui conversando com o Tavinho e dando uma espiada no serviço.

– Combinado. Em meia hora, quarenta minutos, eu me apronto.

– Ok.

Passados quarenta minutos, durante os quais Tavinho e a mãe conversaram principalmente sobre a viagem de Martha, Iaúna voltou e já foi falando:

– Pronto, pode ir tomar seu banho, dona Cristina!

Mais um motivo para darem risada da índia "braba".

– O que foi? Nós não combinamos isso? Por que estão rindo de novo?

– Mãe, olha só como está chique! A roupa que demos a ela de Natal.

– Gostaram? Coisa de gente que tem gosto. Estou me achando.

– É, dona *enxuta*. A senhora tá a maior gatona! Vai arrumar marido logo, logo. Aliás, do jeito que está conservada, mais um pouco, vai caçar é um garotão.

– Deixa de bobagem, Tavinho!

Risadas, até que Cristina falou:

– Sim, senhora! Estou me retirando para me aprontar. Liberada?

E mais risadas. Haviam tirado a tarde para mexer com Iaúna, que sempre levava aquilo tudo na esportiva.

Ficaram ali na sala de estar, a sós, Tavinho e Iaúna. Ela sentia, como sensitiva e intuitiva que era, que Tavinho estava triste, mas tentava não demonstrar.

– O que você tem, Tavinho? O que está te perturbando?

– Como sempre, a senhora me *desnudando*. Enxergando coisas além das aparências. Fiquei meio chateado com essa viagem da Martha, não que eu não quisesse que ela fosse, mas o que me chateou foi a *forma* como aconteceu, os pedidos que me fez. Saiu sem se despedir, por exemplo, achei tudo tão frio... distante. Me deu a impressão de que não sente amor por mim com a mesma intensidade que eu sinto por ela. É uma coisa inexplicável. Ela quer distância em momentos em que poderíamos estar juntos, puxa conversas sobre traição quando nunca dei motivos... Penso tanto nela, no bem dela, em protegê-la e em nunca magoá-la. Por que eu iria traí-la? Isso jamais passou pela minha cabeça.

Tavinho descreveu para Iaúna o que havia acontecido na viagem de volta da praia.

– Ah, Tavinho, já que está me contando isso, permita que eu lhe diga uma coisa: Martha tem outra forma de pensar, com certeza, ela não está tão ligada em você quanto você nela.

Tavinho ficou pálido.

– Mas como assim, dona Iaúna? Ela diz que me adora!

– Claro, ela diz. Mas ela *age* assim? Para mim não, e não acho que você deveria se iludir. Curta o seu Réveillon, a sua idade e a *sua* vida!

– Dona Iaúna, me diga. Ela falou alguma coisa? Que não gosta mais de mim? Por que a senhora está dizendo isso?

– Tavinho, falo isso para você não se decepcionar com as pessoas e não achar que todas são iguais a você.

– Mas não acredito que Martha seria capaz de me trair.

– Pois eu não teria tanta certeza. Sensitiva como sou... Não acho mesmo que Martha se importa tanto assim com a relação.

– Nossa, dona Iaúna!!!

– Amor da minha vida, você bem sabe o quanto gosto de você e o quanto me preocupo com você. Não falaria isso, se não acreditasse ser a verdade e se não fosse para o seu bem...

– Com certeza, dona Iaúna. Sei disso. Mas agora fiquei realmente preocupado.

– Não é para tanto. Simplesmente esqueça a Martha enquanto ela estiver lá. Só isso.

– Difícil. Difícil eu conseguir. Mal ela foi, e conto os dias para ela voltar. Não paro de pensar nela.

– Pode ter certeza de que ela está lá, todos os dias, se esbaldando, e muito. Deve estar pensando pouco em você. Lá é tudo novo, ela está esquiando com um monte de gente nova, conhecendo lugares novos, se divertindo todas as noites, como você bem sabe que acontece nos resorts. Não é verdade?

– Sei lá! Não conheço o ambiente desses resorts. Quer saber? Melhor eu não pensar mais nisso. Tenho a festa de hoje com os meus amigos e vou tentar me divertir.

Em Christchurch-Canterbury, Martha e a prima voltaram para o hotel por volta de uma e meia da manhã e deram de cara com os primos.

– Foram abduzidas? O pai e a mãe esperaram vocês para brindarmos o Ano-Novo. Bem na hora da virada, vocês saíram sem dizer aonde iam e desligaram os celulares? Tá todo mundo preocupado...

A prima não titubeou:

– Fomos só dar uma voltinha, mas o carro atolou. Ficamos presos na neve e demorou muito para conseguirmos... Veio até guincho!

– E os celulares? Por que estavam desligados?

– Não tinha sinal, maninho. Nem 4G, acredita?

Claro que eles não caíram naquela conversa. O primo mais velho olhou para a irmã, depois para Martha, com olhar de reprovação, e, sem encarar os dois rapazes, disparou:

– Bom, mana... inventa uma melhor pra mãe e pro pai amanhã. Vou dormir. Feliz Ano-Novo pra vocês – desejou, com um claro tom de decepção.

– Feliz Ano-Novo, maninho!

– Feliz Ano-Novo, primo!

Quando eles entraram no elevador, os ficantes se entreolharam e riram ao dizer:

– Vamos tomar algo no bar antes de subir?

Em São Paulo, Fernanda de Vita convidou também seus ex-colegas da escola para passar o Réveillon na casa dela. Assim, faria uma grande festa.

Tavinho esperou Cristina voltar do banho e não se arrependeu porque pôde vê-la deslumbrante, elegantérrima, vestida de branco para a passagem do ano. Usava brincos e colar de ouro e diamantes. Ele iria de camisa azul. Estava cansado de andar todo de branco.

Nova Zelândia, cinco e meia da manhã, Martha tinha acabado de ir dormir com um leve sorriso no rosto. Precisava descansar da noite intensa que tivera. Encontrava-se acompanhada em seu quarto, mas não da prima. Deitada, só de calcinha, estava com o homem que convidara para ficar ao seu lado, não apenas naquele primeiro dia de 2013, mas também em todos os outros, até o final de suas férias. E Tavinho? Ela decidira esquecê-lo, mas teria de cumprir o pacto. Tirá-lo da cabeça agora seria o melhor a fazer.

Ao ser um dos primeiros convidados a chegar à festa de Fernanda, Tavinho foi recebido pela amiga, que já veio falando:

– Martha me ligou!

Fernanda foi impetuosa, e na hora percebeu que o amigo ficara incomodado. Um misto de constrangimento com ciúme da amiga por ele próprio não ter conseguido falar com a namorada, apesar de ter tentado inúmeras vezes.

– Jura? Há quanto tempo ela ligou?

– Ah, acho que era uma e meia lá.

– É mesmo?

– É. Ela me disse que todos na mesa ficaram falando para ela ligar para alguém no Brasil. Ela me escolheu… BFF!

Fernanda era mesmo impulsiva.

– Ela não te ligou?!

– Não. E pensar que eu tentei falar com ela por volta das onze, e ela não estava mais no hotel. Havia saído com a prima.

– Ela perguntou por você, Tavinho.

– Mesmo? Ou está falando só para me agradar?

– Não, Tavinho, eu não mentiria assim pra você. Perguntou mesmo. Perguntou se você viria aqui na festa hoje e se estava bem.

Tavinho não acreditou, inclusive achou Fernanda bastante estranha. Não era à toa que estivesse estranha, pois Martha perguntara muito se Tavinho estava se comportando, ao que Fernanda havia respondido que sim. Já a resposta de Martha não havia dado bons sinais a Fernanda do que estava acontecendo do outro lado do mundo, não para Tavinho, e isso a deixou desconfortável; afinal, Tavinho também era seu amigo.

– Bom, quem sabe ela sente saudade e me liga.

Plano em Prática

A duas semanas do Carnaval, Tavinho encontrou, em sua apertada agenda, um espaço para marcar um jantar num restaurante português com seu melhor amigo de infância: Oswaldo Roche. Aproveitou que Martha ainda não havia retornado, e foi tratar de um assunto muito importante com o amigo: pôr em prática, de uma vez por todas, seu plano – encontrar uma forma de vingar a morte do pai, fazendo com que aqueles que brutalmente o assassinaram tivessem o merecido castigo. Sentia calafrios só de imaginar aquele homem calmo, educado, de alma elevada e dedicado a buscar um país justo sendo maltratado, humilhado e morto a sangue frio.

Adulto, estudos já concluídos, Tavinho agora tinha independência e amigos fiéis que poderiam exercer influência nas investigações e ajudá-lo no que fosse preciso. Estava disposto a correr o risco e tentar buscar o paradeiro dos assassinos, já que Iaúna não tinha conseguido. Ele havia insistido muito nesse assunto, mas a índia nunca trazia uma informação quando se tratava de encontrar Cleverson e Joilson. Segundo relatava, lá na 77ª DP, os policiais reclamavam que era grande a dificuldade na interlocução com outros Estados, lamentavam-se, desculpavam-se, e nada acontecia. Assim sendo, sem comentar com Iaúna, Tavinho decidiu buscar outro caminho.

Logo que se sentaram, Oswaldo Roche, despachado como sempre, soltou o seu famoso:

– Como tem passado o bacana?

– Estou ótimo, Oswaldo, muito trabalho, mas estou bem. E você?

– Também, trabalhando bastante, Tavinho.

Os colegas do cirurgião Octávio Albuquerque, bem como sua mãe, jamais deixariam de chamá-lo de Tavinho. Apenas quando estavam em público, e com enorme esforço, dirigiam-se a ele com a necessária formalidade.

– Estudando muito – continuou Oswaldo. – No meio deste ano, presto o exame da OAB. Quero passar direto e já concursar para Delegado Federal. Para mim está fácil, pois já passei no da Civil. Isso vai facilitar a minha vida quando eu prestar o concurso. Espero!

– Legal, Oswaldo, excelente. Vamos pedir um vinho? Aqui também tem umas entradas maravilhosas. Podemos pedir bolinhos de bacalhau e lulinhas grelhadas. O que acha?

– É, Tavinho, o doutor sabe pedir. Que vida e educação incríveis sua mãe te deu, e você está sabendo usufruir. Eu, como você bem deve lembrar, tive pais que não deram lá muita bola pra mim. Não estou reclamando, não. Mas é que você teve uma oportunidade que poucos tiveram, de conhecer o mundo, o que há de bom e de melhor por aí. Admiro sua mãe e você por darem valor a tudo isso.

– Oswaldo, fique tranquilo. Tudo isso você vai poder conquistar. Mas... vamos direto ao assunto? Te chamei aqui, pois eu quero conversar contigo a respeito daquilo que a gente não consegue comprar de jeito nenhum. Por exemplo, a vida do meu pai de volta.

Oswaldo ficou pálido pelo esboço de tristeza e emoção que Tavinho estampava no rosto.

– Oswaldo, você lembra que meu pai morreu assassinado, não lembra?

– Sim, Tavinho, foi muita covardia. Mas você deu a volta por cima, né? Sua mãe soube segurar a barra.

– Sabia que os bandidos não foram condenados pela *morte* do meu pai? Foram condenados por roubo qualificado. Saíram da cadeia em menos de seis meses. Mataram meu pai e saíram da prisão em menos de seis meses! É de deixar qualquer um louco! Perdi toda uma vida ao lado dele por obra desses canalhas, e eles ficaram soltos por aí, provavelmente cometendo outros crimes.

– Que barbaridade, Tavinho! Que horror! Esse fato minha mãe não tinha me contado.

– Isso me perturba até hoje! Meu pai era uma pessoa adorável.

– Imagino, Tavinho. Sei que ele era muito querido por todos.

O garçom se aproximou da mesa para deixar o couvert e pegar o pedido das bebidas.

– Vamos pedir, Oswaldo?

– Claro, vamos.

– Vou escolher o vinho. Posso?

– Claro, Tavinho.

– Vamos nesse aqui.

Tavinho escolheu um Pêra-Manca, acompanhado por duas garrafas de água sem gás. Em seguida, pediram as lulas grelhadas para acompanhar o couvert.

– Então, Oswaldo, eu quis falar com você pelo seguinte...

A partir desse momento, Tavinho começou a relatar a enorme frustração que sentira toda vez que tentara encontrar o paradeiro dos dois delinquentes e a polícia não alcançara resultado algum. Ele não disse que Iaúna estivera envolvida na procura dos criminosos, pois isso soaria muito estranho, e perguntas ficariam no ar: "Por que Tavinho achava que dona Iaúna poderia encontrar os assassinos? O que ela teria a ver com isso?" Mal sabia Oswaldo, no entanto, quanto bandido Iaúna havia encontrado para servir de "ingrediente" no preparo do elixir. O que Tavinho fez foi mentir e se colocar como a pessoa que procurara pelos assassinos do pai junto à 77ª DP.

– Mas, Tavinho, você deu dinheiro aos policiais para ajudá-los a encontrar os delinquentes?

– Fiz de tudo, Oswaldo. Fiz de tudo, e eles sempre alegando não terem nenhuma pista do paradeiro dos dois.

– Tavinho, confesso que acho isso muito estranho, muito estranho *mesmo*. A polícia, em geral, quando quer, acha. Seja onde for. Agora, você sabe no que tá se metendo, né?

– Oswaldo, você bem sabe quanto confio em você. De você, só quero a informação de onde encontrá-los, nada mais. Precisamos contratar um investigador particular? Vamos contratar, achar alguém de confiança. Só me diga quem pode ser essa pessoa e quanto vai custar. Não tenho a mínima ideia por onde começar, não conheço nada do meio. Por isso estou recorrendo a você. Tenho que encontrar esses bandidos.

– Tavinho...

Neste momento, o garçom traz o vinho e as águas. Segue-se o intervalo da conversa para o rápido ritual de degustação antes do brinde. Em seguida, chegam o couvert e a entrada, momento em que, pela interrupção do assunto principal, conversam amenidades e escolhem os pratos com a recomendação do maître.

– Tavinho, voltando à conversa, o que você pretende fazer com a informação do paradeiro deles?

Tavinho não diria a verdade.

– Desejo conversar com eles. Desejo saber *por eles* tudo o que aconteceu naquele dia. Claro que terei de tomar todos os cuidados, inclusive não irei sozinho, jamais faria isso. No fundo, Oswaldo, tudo o que se passou naquela noite foi muito estranho e, sinceramente, sempre me perguntei se foram eles de fato.

– Como assim, Tavinho?

– Pois é, acho que é outra coisa que você não imaginava. Os bandidos sustentaram muito bem a versão de que não foram eles os autores do disparo. Pior: nunca ninguém provou!

– Mas você acredita nisso?

– Acho pouco provável, é claro. Mas, na realidade, eu quero entender esse meu tormento de tantos anos sem solução na minha cabeça.

– Você tem noção do perigo de mexer com essa gente?

– Claro, Oswaldo, mas você me conhece. Como te disse, vou tomar todo o cuidado e jamais irei ao encontro deles despreparado e sem alguém comigo.

– Bom, amigo, vamos lá: vou pegar o processo e levantar tudo a respeito. Como já está encerrado, terei que ir ao Arquivo Central – nem vou precisar me dirigir à 77ª DP, e isso é bom porque não levantarei qualquer suspeita. Vai saber se esses assassinos não têm informantes dentro da delegacia, e esse é o motivo da dificuldade em obter as informações...

Tavinho respirou aliviado ao perceber que Oswaldo havia acreditado na sua versão e, por sorte, não iria à delegacia.

– Em que ano ocorreu?

– Em 1995. Setembro de 95. Eu tinha de três para quatro anos.

– Vou levantar tudo a respeito; se precisar de investigador, aviso.

– Perfeito, Oswaldo, de antemão já agradeço muito por querer ajudar.

– Bem, vamos continuar o nosso jantar e falar de coisas boas?

Na manhã do dia seguinte, Oswaldo, jovem advogado e policial da 15ª DP, estaria se debruçando na busca de informações. Dada a sua competência, saberia muito bem o que precisava ser feito.

Tavinho, por outro lado, acabara de manipular seu melhor amigo, pelo simples fato de não falar a verdade a respeito de suas intenções, mas colocara Oswaldo, como desejava, em busca das pessoas que haviam matado seu pai.

Martha Voltou!

Manhã de sábado, sete dias antes do início do Carnaval. Martha chegaria a São Paulo por volta das nove. Tavinho recebeu um telefonema:

– Chegou?!

– Cheguei!!! Pode vir aqui me ver ou está no hospital?

– Não, claro que posso! Deixei a manhã e a hora do almoço livres para te ver. Estou saindo! Beijo.

Tavinho desceu voando a escada de casa e foi pegar o carro num estacionamento próximo. Radiante, tomou o caminho para chegar à casa dos pais de Martha, onde foi recebido pela mãe dela que, sem titubear, já foi falando:

– Olá, Tavinho, entra! Que saudade! Não vejo você desde que Martha viajou.

– Sim, é verdade. Mas vi o sr. Moss. Encontrei com ele, Martha deixou uma série de coisas para eu resolver pra ela. Não sei se ele falou para a senhora. A gente se encontrou agora em janeiro, num dia de semana.

– Falou, sim. Quer subir? Martha está lá em cima com a Fernanda, e acho que a Silvia também vem aqui matar a saudade.

– Posso subir?

– Claro!

Tavinho chegou ao quarto de Martha e lá estavam as duas amigas numa conversa que ele interrompeu:

– Oi, minha gatinha! Que saudade!

Fernanda sorriu ao ver Tavinho e, tentando ser o mais simpática possível, soltou:

– Que bonitinhos, os dois pombinhos! Oi, Tavinho! Ela chegou! Agora você pode matar as saudades!

Fernanda já sabia e estava preocupada.

Martha começou a despejar uma série de presentes nas mãos de Tavinho, que olhava para aquilo tudo e não entendia nada.

– O que é isso, Martha? Quanto presente! Tá louca?

– São pra você. São saudades, meu gatão!

– Nossa, amiga! Também tenho que concordar com Tavinho. Quanta coisa!

De repente, soou a campainha. Era Silvia Bruno que, entrando correndo feito uma louca, também chegava para dar as boas-vindas.

– Marthaaa! – Um abraço bem apertado uniu as velhas amigas.

– Oi, Silvia!

– Oi, Tavinho! Feliz de reencontrar a nossa esquiadora?

– Claro, né? Como vai?

– Estou bem, Tavinho! Nossa! Como você está bonitão com essa roupa branca de médico! – brincou Silvia.

– Obrigado. É meu uniforme. – Sorriu.

Eram todos muito jovens e estavam virando gente séria no mercado de trabalho.

– Olha, Martha, a Fernanda e eu vimos. Tavinho se comportou superbem por aqui. Só trabalho, o cara é sério! – exclamou, olhando para Fernanda. – Não é, Fernanda? Não foi? Namorado comportado?

– É, é isso mesmo, Martha, concordo com a Silvia. – Sorriso não muito aberto.

Neste ponto, as coisas estavam começando a ficar complicadas. Martha enxotou Tavinho do quarto, dizendo que queria falar com as amigas e que depois sairiam juntos. Tavinho, inocente, foi pegando os presentes e dizendo:

– Já entendi. Vão colocar as fofocas em dia, certo? – Estava desapontado. Esperava ser o centro das atenções da namorada.

– É, é isso, Tavinho! – exclamaram as três, quase em coro.

– Martha, quando você acredita que vamos poder sair? Quer almoçar?

– Acho que elas vão acabar almoçando aqui.

– Ah. Está bem. Me liga, então. Depois que você descansar.

Foi o clássico balde de água fria. Ele havia reservado a manhã e a hora do almoço exclusivamente para Martha.

Até as seis, horário em que Martha ligaria, Tavinho até que teve uma tarde intensa. Deu uma aula a residentes, em seguida dirigiu-se a um laboratório de pesquisa muito bem protegido por segurança de acesso, onde se encontraria com seu professor e pesquisador de um projeto revolucionário na área cardíaca. Às cinco, estava marcada uma chamada com o laboratório parceiro, em que atualizariam as descobertas naquele que poderia ser considerado um megaprojeto inovador na área da cirurgia cardiovascular. Lá estava Tavinho, entretido com o tema de que mais gostava – salvar vidas, e queria salvar muitas, aliviando-se da angústia de saber que algumas eram perdidas nas mãos de Iaúna, para que ele pudesse continuar a melhorar o mundo de outras tantas.

Entretanto, Tavinho tinha um receio sobre esse assunto. Não queria crer que houvesse alguém que pudesse estar a par do projeto, afora as pessoas devidamente autorizadas. Ele vinha recebendo telefonemas de alguém que não se identificava, dizendo querer marcar um encontro. Ele desconversava, fugia do assunto, não dava continuidade ao telefonema, pois não queria admitir, para quem quer que fosse, que o projeto pudesse existir, dado seu caráter estratégico e, consequentemente, sigiloso.

O telefone celular de Tavinho tocou.

"Oba! É Martha!"

– Oi, gatinha.

– Oi, gatinho, tudo bem? Desculpe ter te tratado mal. Eu estava cansada e com aquelas duas por aqui... Não sabia a quem dar atenção. Estou morrendo de saudade.

– Também, Martha. Estou aqui no hospital e devo demorar mais uma hora. Me atrapalhei todo. Você descansou? Quer sair?

– Claro que quero, Tavinho. Estou louca de saudade.

– Em vez de eu te pegar, por que não ganhamos tempo com você indo direto até a minha casa? A gente se encontra lá. Eu preparo alguma coisa para comer rapidinho, tomamos um vinho, conversamos com calma, e também te mostro o que comprei enquanto você estava fora. Que tal?

– Está ótimo! Combinado! Saio em uma hora. Assim chegamos praticamente juntos.

Tavinho queria mostrar que, a cada semana que Martha estivera fora, ele havia comprado um presente para ela. Durante sua ausência, juntara nada menos que oito presentes, cada um mais especial que o outro. Variavam entre um cachorrinho de pelúcia até um lindo anel muito delicado de labradorita. Tavinho queria fazer uma surpresa entregando os presentes – um a um – e contando uma história diferente.

Tavinho chegou em casa, mas Martha ainda não estava lá. Começou, então, a arrumar a mesa. No centro, colocou uma vela, tudo minuciosamente planejado, e ao lado uma torta de morango que havia comprado no caminho. Em seguida, pôs uma lasanha no forno de micro-ondas. Estava tudo pronto. Agora era só esperá-la chegar.

A campainha tocou. Assim que Tavinho abriu a porta, Martha literalmente pulou em seus braços, o que os levou, como que numa dança, direto ao sofá, onde despiram um ao outro, para matar as saudades.

– Te adoro, garoto.

– Eu também te adoro, garota. Que saudade do seu cheiro, desse seu corpo, dos seus lábios. Que saudade.

Após se amarem, Tavinho foi buscar os roupões no quarto e já encontrou Martha vestida em sua camisa branca de médico, servindo a lasanha. Com cuidado, tirou a camisa dela e vestiu-a com um dos roupões.

– Que lasanha deliciosa, Tavinho!

– Boa, né? Iaúna que fez. E com a fome que a gente fica depois desse enrosco... Fala sério... Fica melhor ainda! – Riram.

– E ela, como está?

– Tudo na mesma.

Estavam se divertindo e comendo ao som de música. Ao terminarem, saíram da mesa para beber o vinho e, quem sabe, repetir o amor que haviam feito alguns minutos antes do rápido jantar à luz de velas.

Ao se sentarem, Tavinho abraçou Martha, brindaram e, logo após o primeiro gole, Tavinho disparou:

– O nosso pacto era contar, caso houvesse traição de uma das partes. Eu gostaria de dizer que não te traí. Nem mesmo em pensamento.

Martha ficou ruborizada. Não esperava por aquilo naquele momento.

– E você? Me traiu? – perguntou Tavinho.

Martha ficou calada.

– Martha?

Quando Tavinho olhou para ela, entendeu tudo.

– Martha? Você me traiu?

Silêncio.

– Martha?

– Sim, Tavinho, sim.

Tavinho a desenlaçou imediatamente com um gesto de incredulidade.

Primeiro pensamento: "Como pôde? Como pode alguém trair desejando não ser traído? Por quê?"

– Não acredito que você fez isso comigo, Martha!

– Foi um erro, Tavinho. Estou muito arrependida. Se pudesse voltar atrás, não faria de jeito nenhum.

– E você espera que o idiota aqui acredite nisso?

– Eu estava insegura. Dona Iaúna me colocou um monte de minhoca na cabeça. Disse que, provavelmente, você me trairia. Todo esse tempo viajando, ela me deixou tão insegura e...

– Iaúna? Duvido! Martha, isso não tem pé nem cabeça. Então quer dizer que se alguém fala, uma pessoa qualquer, seja lá quem for, que eu vou te trair, você acredita? O que é isso?

– A minha prima também começou a paquerar e a beijar um rapaz que saiu com a gente. Ele tinha um amigo. O cara partiu para cima de mim e me beijou.

– Mentira, Martha! Mais mentiras! Você não espera que eu acredite nisso, espera?

– Mas, Tavinho...

– Nada de Tavinho. Agora a culpa é do amigo do cara que estava com a sua prima? Ah, entendi, está tudo explicado, você foi envolvida pela vagabunda da sua prima, aquela galinha. Você mesma não teve culpa de absolutamente nada. É uma santa.

– Tavinho, não é isso.

Quanto mais Martha tentava se explicar, mais se complicava.

– Então o que é, Martha?

– Tavinho, em resumo, eu estava insegura e para mim não teve significado algum. Eu bebi umas taças de champanhe, foi só um beijo roubado.

– Você não espera que eu acredite nisso também, espera? Quando foi que aconteceu?

– No Réveillon.

– Na passagem de ano?

– Sim. Estou sendo sincera. Não era esse o combinado? Sempre dizer a verdade?

A garota estava mortalmente constrangida, mas não derramava uma só lágrima, não demonstrava qualquer sentimento – permanecia fria.

– Martha, você mal havia chegado lá e já estava interessada em outro? Nos braços, e sabe-se mais o quê, de outro?

Martha não tinha o que falar. Permaneceu em silêncio, e seus olhos fitavam o chão.

– E aposto que você contou hoje à tarde para as suas amigas, me expôs ao ridículo de ter me posto um chifre durante as férias, enquanto eu aqui bancava o palhaço esperando você voltar?

– Tavinho, não foi assim. Não foram as férias todas.

– Ah, não? Foi só até o penúltimo dia que você me botou chifre? Ah, que bom.

– Tavinho, eu fui envolvida. Me senti envolvida e estava insegura, triste. Não sei te explicar.

– Puxa, ela estava triste e... Que desculpa de merda! Eu deveria ter feito o diabo por aqui, esquecido tudo que você me falou quando foi viajar e usado essa desculpa também. Eu vou te ajudar a explicar: isso de que foi envolvida não engana ninguém. Você deu em cima do cara e ficaram juntos as férias todas. Você e a putinha da sua prima me expuseram diante de seus familiares, que nem sei quem são, mas sempre que me encontrarem vão dizer "olha o corno aí". Como se não bastasse deixar o assunto em família, você contou para nossas colegas de turma, que irão espalhar para um pessoal que nem você e nem eu conhecemos. Você pediu para elas jurarem que não vão contar para ninguém, certo? Elas juraram, né? Ficou só entre vocês três e toda a cidade de São Paulo, eu te garanto! Depois de tudo isso, você ainda conseguiu vir aqui e trepar comigo? Bem, Martha, só queria entender por quê. Como pode ter passado pela sua cabeça que eu pudesse merecer uma facada pelas costas! A quem se diz que adora não se faz uma coisa dessas. Talvez o maior de seus erros tenha sido me expor. Nem é tanto a traição em si, se fosse mesmo verdade que foi um caso fortuito, e você não me contasse e não me expusesse, que diferença faria? Me expor foi, é e continuará sendo o que de pior você fez comigo. Entendo agora o sorriso malicioso da Fernanda no seu quarto, e o trouxa aqui sem saber o que se passava. Como alguém expõe desse jeito uma pessoa que diz que ama? Que é a pessoa mais importante da sua vida? Como? Não só passei, como ainda passarei vergonha.

– Tavinho, eu entendo o que você sente, mas…

– Entende?! Entende porra nenhuma!!! Você não faz ideia, não tem a mínima noção! Como *você* pode dizer que sabe o que *eu* sinto? Mais essa agora.

– Tavinho, vamos resolver, calma.

– Calma é o caralho! Não me chame de Tavinho. Pra você, a partir de hoje, eu sou o dr. Octávio, entendeu? Pega suas coisas e some daqui. Tudo o que você me deu e tudo que eu comprei pra você vou jogar num latão de lixo. Deus ajude que ninguém ache essas porcarias.

Tavinho, enfurecido, se levantou e foi até o armário onde havia deixado os presentes que ganhara e os que comprara para ela.

– Pega isso! O resto vou jogar no lixo, com exceção deste cachorrinho de pelúcia. Fica com ele, uma recordação pelo belo par de chifres que me colocou e por ter me exposto dessa maneira. Parabéns! Você estragou tudo.

Tavinho abriu a porta. Martha se levantou e saiu sem dizer uma só palavra. Havia arrependimento pelo que fizera? Talvez houvesse alguma tristeza por ter terminado como terminara. Era o fim de um relacionamento promissor.

Ao voltar para dentro de casa, Tavinho sentiu uma insuportável dor no peito, e lágrimas começaram a rolar pelo seu rosto.

Martha cumprira o pacto feito com Tavinho.

Por Quê?

Após a dificuldade para pegar no sono, Tavinho se levantou, no domingo, meio que se arrastando, ainda em estado de choque pelo que havia passado. Preparou um café e sentou-se na sala de estar com os olhos fixos no nada. Lágrimas rolavam pelo seu rosto, e ele sentia o coração apertado, angustiado de tanta dor.

"Onde errei?", perguntava-se. "Será que fui ingênuo ou arrogante a ponto de não acreditar que pudesse ser traído? Por que me dediquei tanto a ela? Por que desejava o tempo todo protegê-la? Valeu a pena tudo o que vivemos juntos? Ou foi tempo perdido, jogado fora? Valeu a pena saber a verdade?"

A cabeça de Tavinho não se livrava de tantas indagações. De qualquer modo, jogaria fora tudo o que encontrasse e pudesse lembrar aquela época, aqueles anos que passara com Martha.

Pensava também em Iaúna. Por que ela havia deixado Martha com tantas dúvidas a seu respeito? Ou mesmo a certeza de que ele a trairia?

"Há algo por trás disso? Alguma manipulação de dona Iaúna? Será que ela acredita que Martha não é confiável e a colocou à prova, gerando esse triste fim do nosso relacionamento? Além do mais, ela também trouxe para mim muitas dúvidas a respeito de Martha. E ela estava certa, absolutamente certa! Como fui ingênuo! Bem que dona Iaúna me avisou… Eu que não quis dar ouvidos. Essa velha índia sabe das coisas", concluiu.

Tavinho foi até o aparelho de som que ficara ligado a noite toda sem tocar música alguma. Buscou ajuda em letras da Legião Urbana que talvez pudessem decifrar o que acontecera.

Após uma hora mais ou menos, Tavinho desligou o som usando o controle remoto, e continuou sentado, de olhos fechados. Pôs-se a refletir sobre sua decisão, sobre sua escolha. Refletiu profundamente, como nunca antes havia feito.

"Será que joguei fora um casamento, minha futura família, uma vida compartilhada, de cooperação, ao lado da pessoa que eu amava e com quem teria filhos? Será que optei pelo mais fácil – o lado das ausências? Ausência do companheirismo, da entrega, da aceitação por eventuais falhas, dos remorsos, da oportunidade de perdoar e também de aprender com os próprios erros?"

Com certeza, o episódio faria com que Tavinho se transformasse, e para pior. Ele se tornaria um predador, deixaria de exercitar seu lado leve, harmônico, flexível e doce.

Sorriu e, como quem se sente aliviado por romper com tantos compromissos e deles se poupar, dormiu, mas não sonhou.

Pedra sobre a Essência

Era fim de inverno do ano de 2013, e já se passara um bom tempo desde a separação de Tavinho e Martha. Demorou muito até que todos absorvessem o afastamento dos dois. Para as pessoas conhecidas, eles formavam o casal perfeito, daqueles em que um nascera para o outro.

Os pais de Martha tinham insistido incessantemente em falar com Tavinho, mas, depois que os sobrinhos relataram o que acontecera, decepcionadíssimos e envergonhados, passaram a dar razão à reação dele.

Cristina sempre se perguntava se o filho fizera a coisa certa, inclusive conversara inúmeras vezes com ele, tentando exercitá-lo a refletir sobre o assunto, ainda que julgasse um absurdo o que Martha fizera. Até o dia em que entendeu que ele estava cansado da mesma ladainha e não tocou mais no assunto, por compreender que aquela relação para ele havia perdido o encanto.

Dos amigos de escola Tavinho também se afastou, pois não via a menor razão para manter contato com Fernanda e Silvia – eram muito amigas de quem ele não queria mais ver nem pintada de ouro. Às vezes, saía para jantar com Renato Stein e, claro, com Oswaldo Roche mais assiduamente, pois assim atualizaria as informações a respeito da busca pelos assassinos do pai.

Por ora, as informações sobre a investigação não eram boas. Oswaldo havia descoberto que os bandidos, num primeiro momento, tinham deixado São Paulo e se mudado para o Nordeste. Mas já não estavam mais lá.

– Não me diga isso, Oswaldo.

– Verdade, Tavinho. Talvez seja essa a dificuldade encontrada pelo pessoal da 77ª DP. Não fosse isso, eles até já teriam te dado algum retorno.

"Por isso Iaúna não conseguiu nada", pensou.

– E agora?

– Agora é o seguinte: vamos ter que pagar um investigador, um P2 na verdade, para fazer o rastreamento de todo o percurso desses caras. A boa notícia é que tudo indica que eles estão juntos – agem sempre juntos. Isso é bom, pois, se cada um tivesse seguido um caminho, o trabalho seria duplo.

– Bom, ok. E você tem o cara certo para nos ajudar nisso?

– Tenho, sim. É uma pessoa da minha inteira confiança. Tem disponibilidade para fazer viagens. Sabe como operar, além de ser treinado. Vive disso, é macaco velho.

– Bem, Oswaldo, eu posso deixar esse assunto do investigador com você? Confio em você.

– Claro, Tavinho. Estava pensando nisso mesmo.

– Outra coisa: quero te pedir para não falar em meu nome, pode ser? Não queria que estabelecessem qualquer relação comigo.

– Óbvio, digo que é para mim, mas acho que ele nem vai perguntar.

– E quanto isso pode custar?

– Acredito que, se dermos uns dez por mês, para ele se dedicar *integralmente* ao serviço, estará de ótimo tamanho. Posso tentar baixar, mas não aconselho. Esse valor é para que ele se dedique de corpo e alma ao serviço, sem "olhar para os lados", sem se pegar tentado a aceitar outros serviços... eu sei que você tem pressa.

– Isso mesmo. Por mim estão valendo o esforço e o dinheiro.

– Porém... tenho que te dizer umas coisas, Tavinho.

– Ai, meu Deus! O que vem agora?

– Pois é. Esse tipo de "serviço" pode durar muito tempo: seis meses. Até mais!

– O quê, Oswaldo? Tudo isso?

– Olha só: o pouco que eu levantei até agora... parece que eles saíram de São Paulo pela Rodoviária e foram para o interior da Bahia. De lá para a Ceilândia. Há uns meses se mudaram para o Mato Grosso do Sul...

Tavinho mostrava certo ar de impaciência, já havia esperado muito por informações sobre o paradeiro desses bandidos. Na cabeça dele, em um ou dois meses no máximo, estariam frente a frente.

– Parece que foi isso o que aconteceu. Eles estão atuando em Corumbá, e será de lá que começaremos a investigação.

– Mas não pode demorar tanto.

– Corumbá é terra de ninguém. Eles podem até ter trocado de nome.

– Aí, fodeu!

– Calma. Presta atenção: existe registro da saída deles de São Paulo pela compra dos bilhetes de ônibus feita com um cartão de crédito. As passagens estavam em nome do tal do Cleverson, depois da cadeia ele conseguiu um emprego na Vinte e Cinco, e o mais curioso nisso tudo é que, até dez dias antes do embarque, havia pagamentos de faturas desse cartão de crédito, mas depois disso nenhuma outra despesa foi computada. Nada! A última fatura do cartão do Cleverson, a que continha as passagens de ônibus, não foi paga. A administradora do cartão não conseguiu mais achar o dito-cujo. Sumiu. Tudo isso sugere que eles continuam atuando juntos. Em Corumbá, trocaram de identidade. Entendeu por que a dificuldade em encontrá-los? O investigador vai ter que reconstituir todo o caminho que fizeram e executar um minucioso trabalho para, sem levantar suspeitas na hora em que identificar os caras, seja lá onde quer que estejam, ter certeza absoluta de que aqueles, na verdade, são o Cleverson e o Joilson. Deu para entender? É trabalho para profissional de primeira linha, vou acompanhar de perto.

– E esse investigador é bom mesmo, Oswaldo?

– É top.

– Bem, amigo, você me convenceu. Vamos em frente. Só tem mais uma coisa: quero pagar pelo *seu* trabalho.

– Tavinho, me explica uma coisa. Se amanhã eu tiver um enfarte e você cuidar de mim, você vai cobrar honorários médicos?

Ambos riram muito.

– Vai me convidando para jantar, pra que eu te dê os relatórios de acompanhamento do caso, e continue pagando a conta. Quando eu precisar me tratar com você, acho que nem jantares vou poder te pagar.

Gargalharam, chamando a atenção dos outros clientes.

– Oswaldo, muito obrigado. Agradeço demais o que você está fazendo por mim.

– É, Tavinho. Mas veja lá o que vai fazer quando souber do paradeiro desses elementos.

Tavinho era uma pessoa muito bem-humorada e adorava ironias.

– Não vai levar *anos* para achá-los? Até lá, a gente pensa, Oswaldo.

Riram novamente.

– Brincadeiras à parte, já falamos sobre isso. Eu tomarei muito cuidado, Oswaldo. E me aconselharei com você.

– Obrigado pela confiança, Tavinho. Não deixe de me falar nada sobre as suas intenções.

– Fechado.

Deram um forte abraço.

Seria bom Joilson e Cleverson se cuidarem, pois nem Oswaldo Roche e nem mesmo seu investigador brincariam em serviço. Por outro lado, Tavinho já tinha o esboço do que seria o fim daqueles dois vermes.

Eram 23:45 quando pediram os veículos para o vallet do restaurante, e cada um saiu para o seu lado. Oswaldo disse que iria direto à casa do investigador para fechar o negócio. Tavinho seguiu às pressas para o hospital, pois estava empenhado na pesquisa sigilosa. Viraria a noite nisso.

Tratava-se do uso de nanotecnologia em procedimentos cirúrgicos. Seria essa a pesquisa que revolucionaria a área médica, mas que, num primeiro momento, apenas se daria na cardiologia, e tudo sob o comando do genial dr. Albuquerque Júnior. Essa pesquisa facilitaria o acesso, a um custo mínimo para o Estado, de pessoas menos favorecidas às cirurgias do coração. Além disso, não se restringiria ao Brasil, pois alcançaria o mundo todo. Tavinho estava empolgadíssimo com a possibilidade de, a custos baixíssimos, salvar milhões de pessoas ao redor do mundo.

Esse segredo ele havia confiado à sua mãe, pois sabia o quanto ela era entusiasta de inovações. Investir e inovar na saúde e na educação era tudo o que ela gostaria de ver os governos fazerem.

* * *

Na antessala que dava acesso tanto aos escritórios como ao laboratório, Tavinho encontrou seu parceiro de pesquisa e mentor. Estranhando sua presença ali tão tarde da noite, perguntou:

– O mestre aqui a uma hora dessas?

Sorriram como bons companheiros que eram.

– Olá, Octávio, como vai?

Entre doutores, eles se tratavam pelo nome, e não pelo título. Contudo, Tavinho, em respeito ao que o colega representava, sempre se dirigia a ele chamando-o de mestre.

– Estava esperando por você – continuou ele. – Achei que voltaria, pois as luzes estavam acesas. Mas eu já estava quase indo embora.

– Vamos entrar, deixe-me abrir a porta.

As inúmeras bancadas, lado a lado, abrigavam, durante o dia, diversos pesquisadores daquele projeto e de outros de futuro mais distante.

– Por favor, sente-se. E então, mestre, em que posso ajudá-lo?

– Gostaria de saber como vão as pesquisas, Octávio.

– Vão bem, vão *muito* bem, de vento em popa... Acredito que, em dois anos, teremos resultados concretos para apresentar. Aí, quem sabe, mais uns cinco a oito e já teremos alcançado escala industrial e comercial, se o governo continuar apoiando, é claro.

– Então, Octávio, você está me dizendo que, a partir de 2020, poderemos ter uma revolução na forma de tratar males cardíacos. É isso? Uma verdadeira ruptura em relação aos procedimentos atuais.

– Exato. Daí a minha animação. Significará uma enorme redução de custos, com melhoria de desempenho e de resultados. Além de os procedimentos serem praticamente indolores, não haverá necessidade de afastar o paciente de suas atividades cotidianas. É sensacional, e, como disse, caminhamos a passos largos para tal conquista, ainda que com poucos recursos para tanta pesquisa.

– Então está tudo mais acelerado do que eu imaginava. Você sabia que a concretização desse projeto pode significar a destruição de inúmeras cadeias produtivas? Pode destruir o mercado de muita gente, gerando uma reação nada amigável?

– Sim, claro! Não só pode como deve. Não fosse assim, ainda estaríamos iluminando as casas com lamparinas a óleo de baleia!

Deram risada. Embora a do mestre tenha sido meio sem graça.

– Então, Octávio, você percebe que poderemos, inclusive, perder o emprego?

– Imagina, mestre. O senhor? Eu? Nós? Perdermos o posto de trabalho? De jeito nenhum.

– Ah, Octávio, aí estão a segurança e o ímpeto dos jovens, muito bem. Mas você sabe com quanta gente graúda estamos mexendo? O fato é que fui procurado por essa gente, e eles não estão de brincadeira.

– Como? Que gente?

– Octávio, prefiro poupá-lo de dizer quem são. – Olhou para os lados, para o teto, e sugeriu: – Que tal darmos uma volta? Aqui não dá para conversar.

O colega estava visivelmente incomodado e desconfortável em falar sobre aquilo dentro dos laboratórios com câmeras.

– Por que não vamos à minha casa, que é aqui perto, mestre? É um pulinho. Ficamos mais à vontade, tomamos um vinho e conversamos com calma.

– Para mim está ótimo, Octávio.

Assim que chegaram, Tavinho se dirigiu à pequena adega que havia montado e escolheu um Cabernet Sauvignon.

– Por aqui, professor. Vamos nos sentar à mesa mesmo. É mais confortável.

Enquanto Tavinho abria a garrafa e despejava um pouco no seu copo para degustação, o PhD deu início à explanação.

– Então, Octávio, continuando o papo que havíamos começado, eu queria dizer que tome muito cuidado e me ouça com bastante atenção. Quis sair do laboratório, pois não sei dizer se existem escutas instaladas lá. Realmente fiquei impressionado com quem me procurou... sabia *mais* do que eu sobre a pesquisa.

Tavinho, com quase 23 anos, estava participando da mais difícil prova de sua vida.

– A pesquisa que você vem conduzindo, e no estágio avançado em que se encontra, ao que tudo indica será um sucesso, mas despertou a ira de gente grande. Essa descoberta mexe com empresas que fizeram investimentos cujo retorno deverá se dar a longuíssimo prazo. Além de incomodá-las, mexe com quem as financiou: gente de muito poder. Inclusive, foi essa gente que me enviou um mensageiro. Em resumo, querem que paremos imediatamente com a pesquisa, além de "sugerirem" que a manipulemos de forma que se demonstre um fracasso. Uma alternativa apresentada foi a de esvaziar o projeto em nome da falta de pesquisadores capacitados para fazê-lo seguir em frente. Esse segundo caminho nos daria a chance de atrasar a pesquisa por tempo indeterminado, sem a necessidade de enterrar o projeto e nos expormos como fracassados.

– O QUÊ?! Mestre, eu me recuso a qualquer uma das alternativas. Que loucura!!!

– É, Octávio. A minha reação também foi essa, mas as pessoas que me procuraram são muito perigosas e não estão brincando. Você precisa ver o emissário do grupo que veio falar comigo. Cara de mafioso.

– Mas, professor, se pararmos a pesquisa, outras universidades e outros países irão desenvolver o domínio dessa tecnologia. É uma corrida para ver quem chega primeiro, e nós estamos à frente. Simplesmente isso. De que adianta lutar contra algo que não tem mais volta?

– Filho, quando estou te falando que são pessoas poderosas e perigosas, elas sabem o que têm a fazer. Esse movimento de desaceleração da velocidade é de escala mundial, a gestão está nas mãos de poucos, muito poucos e muito poderosos, que têm, inclusive, os governos na palma da mão, compreende o que quero dizer?

– Meu Deus, mestre. Isso é inaceitável!

– Filho, sei que é revoltante, mas não temos alternativa, eles são capazes de *qualquer coisa*, se é que me entende. Acabaram de oferecer *muito* dinheiro. Inclusive, deram a entender que poderemos não aceitar... Mas, caso não aceitemos... eles cuidarão da situação de *outra* forma, me entende? Coisa de gângster. – O professor enfatizava certas palavras para ser o mais claro possível.

Tavinho estava pálido e boquiaberto com o que ouvia de seu mestre, profissional exemplar. Ingenuamente, ainda aventou uma última possibilidade na qual o colega poderia não ter pensado.

– E se formos à polícia? E se denunciarmos essa ameaça a todos os institutos e órgãos nacionais e internacionais ligados à saúde?

– Pelo amor de Deus, pense! Aí, sim, estaremos perdidos! Sem provas, vão acabar conosco de vez, científica e moralmente, e depois... Nossa vida irá virar um verdadeiro inferno! Pelo amor de Deus. Pense!

Tavinho, ainda inconformado, tentava digerir tudo aquilo. Eram muitos sentimentos misturados e de difícil organização.

– Octávio, não quer saber quanto ofereceram? Gostaria que soubesse para que avaliasse o quanto esse assunto é sério e quanto mexe com interesses dos quais não temos noção, e, provavelmente, jamais teremos.

– Sim. Quanto?

– Dez milhões de dólares *para cada um* e numa conta fora do Brasil.

– De dólares?! Mas o que faz essa gente querer nos comprar por essa quantia?

– Ainda não deu para entender, Octávio? Imagine os interesses que existem por trás disso.

– Mestre, mas, nestas circunstâncias, o senhor não está dizendo que...

– Não, Octávio. Pelo amor de Deus! De jeito nenhum. Por favor, não pense assim a meu respeito. Sabe quanto eu prezo a ciência e a integridade das pessoas. Por favor. Também sei o quanto você é aplicado e ético na condução da sua vida, dos seus deveres.

Tavinho levou a mão ao peito, massageando-o, pelo desconforto causado pelo comentário do colega.

"Eu, ético? Esse cara nem imagina como cheguei até aqui."

– Estou desolado com essa história, mestre.

– Octávio, você não precisa responder já. Pense. Esfrie a cabeça, mas pense bem. Não é o dinheiro. Sei que não nos venderíamos por nada deste mundo.

Tavinho continuou massageando o peito.

– Mas o senhor falou qualquer coisa sobre... se aceitaria? O senhor disse que já se conformou.

Tavinho parecia estar imaginando alguma alternativa.

– Eu me conformei em aceitar deixarmos o projeto, Octávio, mas disse que teria de falar com você por ser a peça-chave na pesquisa e no processo de descontinuidade, *caso* aceitássemos. Foi quando fizeram a oferta para nós dois.

– Seja mais claro, professor. O senhor aceitou ou não aceitou?

– Não, Octávio. Não! Eu aceitaria somente se *você* concordasse. Foi a minha saída para não esticar demais a conversa. Disse que não havia a menor chance de eu destruir o projeto sozinho. Desta forma, ganhei tempo para refletir e falar com você, é claro.

– Entendi, mestre.

– Quero te dizer que pensei muito, e é por isso que rogo que você também o faça. Aliás, quero que você entenda uma coisa: nós nos metemos com gente que não tem o menor escrúpulo. O que conta é só, absolutamente só, o dinheiro, o lucro. Como te falei, essa gente investiu milhões ou até bilhões de dólares em soluções que tornaremos obsoletas em poucos anos com a nossa descoberta. Nossa solução destrói uma cadeia enorme de empresas e de interesses de governos que nem imaginamos.

– Mas isso é inovação, mestre.

– Sim, inovação que incomoda gente que não vai pensar duas vezes se precisar tirar, seja lá quem tiver que tirar, da frente. Na realidade, Octávio, não temo apenas por mim. Mas principalmente pela minha família, por você, uma mente brilhante, e pelos seus também.

– Mas, como o senhor mesmo disse, isso é coisa de gângster.

– Exato, máfia. Mas agora imagine, Octávio. Nós somos amados pelas nossas famílias. Se amanhã formos encontrados mortos, se é que seremos encontrados, o que farão as pessoas que nos são próximas, sabedoras da nossa pesquisa, do seu teor revolucionário? Entende que elas imediatamente ligariam as coisas e buscariam instaurar uma investigação? Eu tenho três filhos, Octávio. Não posso pôr em risco a integridade deles.

– Meu Deus! Nem me fale, contei para minha mãe sobre a nossa pesquisa.

– Pois é. Imagine se ela promove alguma denúncia, instaura uma investigação, vai aos jornais e solta o verbo. Ela passa a correr sério risco de vida. Seja quem for que represente alguma ameaça, na minha forma de entender, estará arriscando a pele sem saber.

– Mas, professor, da forma como o senhor está falando, não teremos escolha. Eu não vou nem cogitar. Não há alternativa plausível. Se não temos ninguém a quem recorrer, não conseguiríamos nos proteger no caso de uma eventual denúncia, e sabemos que esse povo é ardiloso, além de ganancioso. Não há o que pensar, concorda?

– Você está vendo aonde cheguei? Fiquei pensando dias a fio, Octávio! Mas você é rápido demais. Octávio, preste atenção, o assunto é grave, sério e perigoso. Eu estou com medo. Receio por nós e por nossas famílias! É gente que sabe como não deixar rastro, nenhuma testemunha viva.

Tavinho se transformou. As sobrancelhas se ergueram, os músculos se retesaram e os olhos saltaram.

– Não é possível! – Passou a mão nervosamente pelos cabelos e massageou a nuca. – Que impotência... Me sinto um idiota. Um frouxo!

– Eu também, Octávio. Me sinto um covarde!

– Se é assim, então vamos vender dificuldade, professor.

– Como assim, Octávio?

– Vamos aceitar. Nós vamos dizer que será preciso transferir a equipe atual de forma paulatina para não despertar suspeitas. Traremos uma nova equipe, inexperiente, para o projeto, assim tudo começará a dar errado em mais tempo e, com isso, nossa exposição ao projeto irá diminuir. A transferência da *nossa* equipe se dará para fazer frente a projetos emergenciais do governo. Sempre haverá projetos como esses, de urgência e, à medida que forem surgindo, nós iremos encaixando as melhores cabeças nas pesquisas de urgência epidemiológica, assim não haverá como refutar. As justificativas serão boas e consistentes. Com a equipe nova, tudo, naturalmente, começará a dar errado. Desse modo, não nos exporemos, e a culpa será da falta de pesquisadores, falta de tempo para pesquisa, necessidade de mais recursos etc. Então, vamos subir o valor para mais 10 milhões de reais em dinheiro aqui no Brasil. Para cada um! Eles que se virem para justificar a origem e o propósito. Já que temos de nos sacrificar profissionalmente e mandar nossa reputação às favas, eles que paguem bem por isso.

Seu mestre ficou branco e desconcertado com o que ouvia.

– Octávio, espera um pouco. Podemos simplesmente encerrar o projeto e não receber nada. Não quero esse dinheiro imundo!

– Como assim?!

Tavinho estava descontrolado. Ganância e ódio somados. Ficou irreconhecível à frente de seu mentor.

– Mas, Octávio, eu jamais disse que deveríamos nos vender. Eu disse apenas que deveríamos sair do projeto, sob pena de nossas vidas e das vidas de quem amamos ficarem em perigo. Eu desejava apenas voltar a eles e informar que não iríamos querer nada em troca e que esvaziaríamos o programa.

– O que é isso, professor? Nossa reputação não vale nada? A *minha* reputação custa uma fortuna!

– Nossa reputação vale sim, Octávio, e minha ética também, e não estão à venda.

– Então me passe o contato que falo diretamente com eles do meu jeito. Falo com esse grupo e cuido de tudo para mim e para o senhor.

– Octávio, você não entendeu. Eu não quero nada! Absolutamente nada! E duvido que aceitariam essa sua proposta! Octávio, me ouça! Você tem a sua vida inteira pela frente, não estrague a sua juventude! Não entre nesse jogo! Por favor.

O módulo de manipulação de Tavinho passou a entrar em ação. Ele ficou fitando o professor, caminhou pensativo em círculos e voltou os olhos diretamente para os olhos de seu mestre.

– Tem razão, professor. Me descontrolei completamente. Fiquei transtornado de ódio, e isso deve ter me embotado. Me desculpe, peço desculpas.

– Fique tranquilo, Octávio, te entendo perfeitamente.

– Vamos sair do projeto, parceiro... Me dói demais sair assim, mas ok, vamos sair.

– Graças a Deus, Octávio! Que bom que pensa assim. Bem, vou falar com o emissário. Te mantenho informado.

– Mestre, eu vou com o senhor. Jamais deixarei o senhor sozinho com esse desclassificado de quem me falou. Aonde vocês irão se encontrar?

– Ficamos de marcar no meu consultório, mas ainda não tenho data e nem horário.

"Excelente", pensou Tavinho.

– Perfeito, mestre, marque o mais cedo possível, e estarei lá para, juntos, declinarmos a proposta e garantirmos ao grupo que iremos descontinuar o projeto. Creio que vão achar estranho não aceitarmos o dinheiro, e teremos de ser convincentes. Será bom eu estar por lá com o senhor.

– Muito obrigado, Octávio. Será ótimo, pois dará credibilidade, e sairemos desse temor, dessa angústia, de uma vez por todas.

Esse encontro valeria para Tavinho passar discretamente seu contato para o tal emissário. As negociações começariam dali em diante, e apenas com ele.

"Quer saber? Vão fechar na hora. Tenho a metade do meu colega para negociar. Não quis? Problema dele. Quem oferece uma quantia do vulto que lhe ofereceram, numa primeira conversa, não vai nem titubear com a minha contraproposta. Direi que cuidarei de tudo. Cem por cento na frente! Se quiserem, vai ter que ser assim e, em um ano, o projeto estará desmantelado, morto e enterrado!"

Sagacidade para manipular, uso da inteligência para o mal. Onde andaria a essência de Tavinho? Acabara de ocorrer mais uma ruptura, não pela inovação tecnológica que ele perseguia com aquele projeto que seria interrompido, mas por quebra de valores éticos e morais tão caros aos homens de bem.

Após um ano, não haveria qualquer menção das pesquisas envolvendo o uso de nanotecnologia em procedimentos cirúrgicos complexos, ao menos na cardiologia.

Algo Maior Estava no Ar

Era começo de noite de sábado, 7 de janeiro de 2015, dia em que Tavinho completaria 24 anos.

Haveria uma recepção – uma festa daquelas –, no 18º andar de um prédio sofisticado. Dali, a nova residência de Tavinho, poderia ser apreciado um cenário magnífico da cidade de São Paulo.

Era uma linda cobertura, cuja compra, para muitos, constituía um sonho impossível. O apartamento, adquirido de um senhor com idade bastante avançada e sem recursos para mantê-lo, no ano anterior, era exatamente o imóvel que Tavinho queria – próximo dos melhores hospitais, espaço maravilhoso e muito bem avaliado, mas em péssimo estado de conservação. Por esse espetacular e bem localizado apartamento, desembolsara uma pechinha por lineares 500 metros quadrados.

Além de acertar com o ex-proprietário o pagamento de metade do imóvel em dinheiro, e assim sonegar os devidos impostos, Tavinho não precisaria comprovar a origem dos recursos. Outros milhões foram gastos em nove meses de reforma do apartamento, que recebeu uma piscina em seu terraço e o que há de mais sofisticado em termos de tecnologia.

A decoração clean, escolhida a dedo por ele em conjunto com o melhor designer de interiores do país, consumiu mais outra vultuosa soma, isso sem contar as obras de arte dando cores e formas às paredes. Nada mal para um garoto que estava completando 24 anos de idade.

Nesse dia, Tavinho apresentaria seu novo apartamento aos amigos mais íntimos, e, junto aos convidados, estaria uma pessoa especial: Martha Moss. Decorridos quase dois anos sem vê-la, ele acreditou que seria bom convidá-la, esfregar na cara dela tudo de que poderia estar desfrutando, causar inveja e, principalmente, um terrível arrependimento. Tavinho não deixaria passar em branco a oportunidade de causar na traidora a sofrida sensação de perda de oportunidade. Ele queria gritar: a vida te deu uma chance de ouro, e você a jogou no lixo!

Tavinho contava com a ajuda da sempre presente Iaúna, que fazia os últimos preparativos para a recepção que teria início às oito da noite. Tudo visitado e revisitado, o apartamento estava lindo e dispunha de todo o conforto para receber seletos cinquenta convidados. Tavinho contratara o melhor bufê de São Paulo, de forma que estava muito tranquilo quanto ao atendimento de excelência que teriam seus amigos.

Na piscina, cuja parte mais funda ficava no terraço e a mais rasa entrava pela sala, foram colocadas velas de cera em forma de lírios, que seriam acesas mais tarde. Os ambientes foram divididos em nichos, todos refrigerados para que o calor não causasse desconforto àqueles que quisessem dançar ao som de uma seleção musical preparada por um DJ de renome. Todos os ambientes estavam impecáveis.

A primeira a chegar foi Cristina, pois, se necessário, ajudaria o filho. Logo vendo que não havia nada a fazer, entregou o presente. Tratava-se da linda pasta que ela havia dado ao marido quando completaram um ano de casados, e que ele nunca deixara de usar até o fatídico dia. Ela a recuperara após a tragédia, mandara reformá-la, limpá-la, engraxá-la, enfim ficara novinha em folha. Ao receber o presente, acompanhado de uma linda caneta Tibaldi comprada em uma joalheria, Tavinho abraçou a mãe e pôs-se a chorar como um menino – mágoas, lembranças, emoções, angústias, perguntas sem respostas...

– Que saudade eu sinto dele. Que saudade! Que presente esse que você me deu. Essa pasta... algo tão simples e que me toca tanto. Obrigado, mãe!

– Por isso quis vir um pouco mais cedo, pois sabia que você se emocionaria, filhão. Eu também sinto muitas saudades do seu pai. Sei que você faz de tudo para honrá-lo. Mas você envelheceu muito, meu filho, precisa descansar mais, se divertir mais... Sua aparência não está boa, o vigor da sua pele não é o que se espera de um rapaz tão jovem. Promete que vai se cuidar? Por favor, Tavinho, cuide-se mais. Promete?

Aquelas palavras caíram como uma bomba sobre Tavinho. Ele tentava, constantemente, abafar o turbilhão de sentimentos mesclados com o julgamento dos valores éticos que havia aprendido desde cedo – e isso lhe ocorria em função das escolhas que fizera.

– Claro, mãe, prometo.

Beijaram-se ternamente.

– Bem, mãe, vou lavar meu rosto. Olha o que a senhora aprontou.

Sorriram.

– Vá, meu gatão, vá se lavar.

Depois de Cristina chegaram Oswaldo Roche e a esposa, que haviam se casado fazia um ano e meio. No mesmo elevador subiram dois professores da universidade. Em seguida, apareceram Renato Stein, Silvia Bruno e algumas outras pessoas do círculo de amizades que Tavinho fizera após o ingresso na universidade. Fernanda de Vita foi com o noivo e mais um casal, cuja mulher o aniversariante conhecia muito bem – Martha Moss.

"Nossa! Esse sujeito é completamente diferente de mim", avaliou Tavinho.

– Olá, Martha, como vai? Entrem! Bem-vindos!

– Obrigada, Tavinho, e com você, tudo bem?

– Tudo ótimo.

– Esse é o Rubens, ele também é médico... ginecologista – apresentou ela.

Seu acompanhante, para descontrair, disse imediatamente:

– Vulgo gineco, como as mulheres gostam de nos chamar.

Todos riram.

– Muito prazer, Rubens, fiquem à vontade. Vão entrando, por favor. Ah, Martha! Minha mãe e dona Iaúna estão no terraço; se quiser vê-las, é logo ali – apontou.

– Claro, Tavinho. Sua mãe está lá? Que bom poder revê-la. Vou falar com ela agora.

Os outros convidados, conforme iam chegando, acomodavam-se no deslumbrante apartamento.

Tavinho sentou-se com Oswaldo e sua divertida esposa, e puseram-se a falar dos velhos tempos. Degustando uma excelente cava, iam dando início à noite. Falavam de amenidades, quando a mulher de Oswaldo foi distraída por Silvia Bruno, que também era outra mulher espirituosa. Assim que ambas se dirigiram para o terraço, Tavinho aproveitou a deixa e perguntou:

– E aí, amigo, como vão as…

– Posso te dar seu presente de aniversário?

– O quê, como assim?

– Marque um dia da semana que vem, de preferência à noite. Vou te entregar o dossiê completo, irmão.

Tavinho gelou, ficou branco. Oswaldo estava visivelmente emocionado.

– Meu Deus, Oswaldo! Vou pular daqui de cima de alegria.

– Não faça isso. Preciso de você *vivo*!

Riram.

– Sério, Oswaldo, esse é o meu melhor presente! Do meu melhor amigo! Vou terminar a noite na piscina aquecida com a minha modelo favorita.

– Que modelo?

– Depois te conto. Me fala mais! Onde estão os caras?

– Quando te levar o dossiê, dou mais detalhes. Tão em Nova Andradina, no Mato Grosso do Sul. Ainda bem que ficaram por lá, porque facilitou o trabalho.

– E o que eles estão fazendo por lá? Roubando? Assaltando?

– Sim, mas parece que de forma diferente. Ganharam muito dinheiro, acho que com estelionato, e agora abriram um negócio e vivem de trapaças. O dossiê trará detalhes. O investigador foi fundo no assunto. Ele é muito bom, um craque.

– Vamos marcar na terça-feira, então? Até lá você acredita que estará tudo certo? Tudo pronto?

– Sim, o investigador terminará o dossiê nesse fim de semana. Te confesso que queria entregá-lo aqui, fazer uma surpresa, mas infelizmente não houve tempo.

– Meu Deus! Mesmo assim a notícia que você me deu é excelente!

– Mas, Tavinho, me conta aqui em off, que história é essa de modelo?

– Ah, Oswaldo… então, depois do que aconteceu com a Martha, fiquei livre e resolvi aproveitar. Tenho um amigo que é um dos grandes publicitários de São Paulo e, dependendo da menina que passa por lá, ele já encaixa um encontro comigo. É dia sim, dia não, e variado…

Riram.

– Mas, Tavinho, por acaso você gosta dessa vida?

– Cara, raciocina comigo: tenho outra? Vivo para o trabalho. Mulheres são complicadas, e a gente não vai entender elas nunca. Sei lá se eu gosto ou desgosto, mas já experimentei um pouco da outra vida e deu no que deu. Por enquanto, está ótimo assim.

– É, mas não vá acabar solteiro.

– Do jeito que estou envelhecendo, acho que é o que vai acontecer. Hoje, minha mãe resolveu falar com toda aquela classe que estou parecendo um idoso. Acho que as mulheres estão acabando comigo.

– Falou *o* pegador! – E trocaram soquinho. – Deve ser muito trabalho, isso sim. Além de poucas noites de sono e falta de uma mulher que te ame de verdade. Faz um bom tempo que você não para um minuto, e, cansado como está, sua aparência parece a de um cara mais velho, mas nada de mais.

– É, é verdade. Quantos anos você daria para mim hoje?

– Sei lá, Tavinho. Pera aí! Vamos fazer direito esse teste.

Oswaldo se virou e procurou a esposa.

– Querida! Querida, dá um pulinho aqui.

– Oi, sim, amor. O que foi?

– Sem medo de ofender, pois o Tavinho sabe que parece bem mais velho do que é. A pergunta é: quantos anos você daria para ele?

A mulher de Oswaldo olhou, olhou, e Tavinho interveio:

– Fique sossegada, pode falar o que acha *de verdade*. É que até a minha mãe me falou hoje que estou muito envelhecido, e quero fazer alguma coisa para me recuperar. Mas quero me convencer de que é mesmo sério.

– Olha, Tavinho, sendo bem sincera, eu te daria uns 35 a 40 anos.

– Caramba! O negócio está feio mesmo... – admitiu Tavinho.

Riam quando Iaúna veio dizer que mais um convidado estava subindo. A portaria do prédio tinha avisado.

– Quem é, dona Iaúna?

– Uma tal de Beatriz – disse ela, com aquele ar de mãe ciumenta. Não estava aprovando nem um pouco essa fase *Don Juan* de Tavinho.

– Ah! A Beatriz. Ok. Minha amiga.

Tavinho mirou seu melhor amigo e deu aquela piscada. Oswaldo sorriu e entendeu que era para olhar à vontade.

Nesse momento, Tavinho correu para o lado de Martha, que conversava com Cristina, puxou-a pelo braço pedindo licença por um rápido instante, alegando querer saber qual era mesmo o nome de um convidado.

– Martha, percebi que você nem olhou para dona Iaúna, aliás, nem a cumprimentou. Aconteceu alguma coisa? – O sujeito era pura falsidade.

– Sim, Tavinho, aconteceu. Ela foi a grande responsável pela nossa separação, ninguém tira isso da minha cabeça.

– Martha, por favor, de novo não, né? Vai desenterrar esse assunto agora? – Como era mestre na arte de "operar" os incautos.

– Tavinho, nunca vou me eximir de culpa alguma. Claro que é da minha total responsabilidade tudo o que aconteceu, mas ela me manipulou e tentou manipular você também. Se um dia você me der uma chance, eu te contarei tudo que está engasgado em detalhes. Mas aqui e agora não dá.

Tavinho fingiu estar meio sem jeito e concordou:

– Certo, Martha. A gente vai falar sobre isso um dia desses. Pode deixar, vou marcar.

Assim que a campainha tocou, Tavinho se antecipou:

– Eu atendo, é a Beatriz.

Pediu licença a Martha e se dirigiu à entrada do apartamento. Ao abrir a porta, escutou um sonoro: "Feliz aniversário, meu delícia!", seguido de um beijo na boca e um longo abraço.

Era uma estonteante morena de olhos verdes, cuja beleza causou o maior frisson em todos os convidados e fez com que Oswaldo olhasse boquiaberto para suas muito bem equilibradas curvas.

Martha olhou, mediu e avaliou a estonteante morena de delicados traços, belissimamente maquiada, corpo e trajes impecáveis e absolutamente na moda. Virou-se para sua melhor amiga, Silvia Bruno, que estava ao seu lado, e deu um sorriso amarelo.

– Deve ser mais uma de suas putas de luxo. – Silvia deu de ombros e tomou o último gole de sua terceira taça.

Dr. Octávio Era Outro

Tavinho terminou a noite como prometera: em um delicioso banho de piscina com sua acompanhante do momento e ao som de sucessos da atualidade e alguns hits remixados do final dos anos 90 e início de 2000. Ficou superfeliz em encontrar todos os amigos da escola, ver que cada um estava conquistando seu espaço profissional e se dando muito bem.

No café da manhã de domingo, começou a pensar em cada um deles, enquanto a deslumbrante mulher que o acompanhara naquela noite ainda dormia.

Pensava em seu melhor amigo, Oswaldo, que passara no exame da OAB e já era um jovem e astuto Delegado Federal. Renato Stein também conquistara a carteira da OAB. Criminalista, trabalhava em um bem-conceituado escritório, e já era cotado para se tornar, muito em breve, sócio da banca. Fernanda de Vita, a exemplo de seus dois colegas, também havia passado no exame da OAB e estudava para as provas que, dali a um ano, prestaria para juíza federal de São Paulo. Martha Moss se preparava para uma temporada na Nova Zelândia, ocuparia seu primeiro cargo no exterior, depois de cumprir o programa de trainee. Teria, provavelmente, uma vida solitária, de muitas viagens e pouca possibilidade de se fixar. O Brasil era pequeno demais para aquela jovem e ambiciosa profissional. Tavinho sabia bem disso.

Assim que terminou o café, Tavinho deixou um bilhete para Beatriz:

"Precisei sair e não volto hoje. Fique à vontade. Seria ótimo se você saísse antes do meio-dia, pois a essa hora chegará a equipe de limpeza. Ajustei o despertador para as 10:00 porque assim você terá tempo de arrumar suas coisas. Beijos e obrigado por tudo. Compre um presente para você."

Dentro de um envelope deixou uma boa quantia.

Em função da notícia que seu grande amigo lhe dera, Tavinho saiu de casa sabendo o que queria. Dirigiu-se a uma concessionária próxima, onde compraria um novo carro e solicitaria também blindagem e vidros filmados, além de outros acessórios.

Durante o tempo em que passou na concessionária, recapitulando mentalmente a agenda, lembrou que, em 20 dias, estaria em um congresso no exterior e havia marcado com Iaúna uma sessão no sábado que antecederia a viagem.

Por falar em Iaúna, Tavinho começara a pensar em uma série de coisas sobre ela que o vinham incomodando, principalmente seu comportamento em relação a Martha, que voltara a insistir naquela história de manipulação. Além disso, pensava na razão pela qual Iaúna vinha manifestando ciúmes meio exacerbados em relação a ele, uma vez que cuidara dele desde a mais tenra infância. "Alguma coisa estranha está no ar", pensou. Então, decidiu que, antes de viajar, chamaria Martha para uma rápida conversa.

– Dr. Octávio?

– Ah... Sim!

Estava completamente aéreo. Era a vendedora da loja chamando-o para assinar a documentação da blindagem, que levaria um mês para ficar pronta.

– Está tudo em ordem com o seu carro novo, doutor. A picape cabine dupla, nessa cor, está maravilhosa, ficou linda! Eu também escolheria essa cor se fosse para mim.

"Vendedores... todos iguais", pensou ele.

– Já enviamos seus dados e os do veículo para a blindadora. A empresa que instala a geladeira fará o serviço lá mesmo, na blindadora. Como o senhor pediu, serão colocados dois bancos individuais atrás e a geladeira entre os bancos. É o melhor modelo que eles têm. Vai ficar show de bola, dr. Octávio. Depois quero dar uma volta na sua picape! – disse, insinuante, a bela funcionária.

Ambos sorriram.

– Até o fim de fevereiro ou começo de março, o veículo será entregue para o senhor, emplacado e com a documentação em ordem.

– Perfeito, muito obrigado.

– Nós é que agradecemos a preferência, dr. Octávio.

Saindo da concessionária, procurou imediatamente um número na lista de contatos.

– Olá, Martha?

– Oi, Tavinho!

– Como vai?

– Tudo ótimo. Que surpresa! Nossa, ligou rápido! – Martha se mostrou contente com a ligação.

– Martha, eu não queria deixar de lado aquela conversa sobre dona Iaúna, então gostaria de me encontrar logo com você.

– Ah, Tavinho! Eu estive pensando melhor, deixa isso pra lá. Tenho essa mágoa, já remoí demais esse assunto e estou cansada. Não gostaria mais de voltar a falar nisso, já é passado.

– Martha, escuta! Gostaria muito de te ouvir, eu quero entender, sério, quero saber o que se passou, o que você vivenciou que eu não soube.

– Bem, Tavinho, se você insiste, tudo bem.

– Insisto, sim, Martha, quero te ouvir. Você pode vir à minha casa alguma noite dessas depois do trabalho? Aí conversaremos a respeito. Fica bom para você?

– Você sabe que estou trabalhando a cinco ou seis quadras do seu apartamento, né?

– Nossa, sério? Não sabia. Então, deixa eu te dizer, na quinta-feira estarei de volta em casa cedo, se você puder passar na quinta…

– Vou estar livre. E na sexta também.

– Então, ótimo. Está marcado. Sete e meia?

– Em ponto.

– Beijo, Martha.

– Beijão, Tavinho.

* * *

Chegou o grande dia, aquele em que seria desvendada uma série de mistérios. Era terça-feira à noite, e Oswaldo Roche foi anunciado pelo interfone. A porta do apartamento estava aberta, o que permitiu a Tavinho ouvir, de dentro da adega, o elevador chegar. Seguiu-se, em voz alta, o convite lá de dentro:

– Entra, Oswaldo! Deixei a porta aberta porque estou aqui na adega escolhendo um vinho.

– Opa, Tavinho. Isso é bom! Tranco a porta?

– Por favor, pode fechar e trancar. Obrigado.

Oswaldo fechou a porta atrás de si, trancou-a e já foi mostrando para Tavinho duas pastas que balançava com as mãos em sentido vertical, enquanto declarava:

– Olha o que tenho para você!

– Ah, Oswaldo, meu herói! Venha, vamos sentar no terraço, à beira da piscina.

Tavinho colocou meia garrafa do vinho no decanter, mas, antes mesmo de deixá-lo repousar ali por alguns minutos, serviu as duas taças que estavam pousadas em uma das mesas da piscina.

– Nossa, Tavinho! Que vinho delicioso.

– Para ocasiões especialíssimas, meu caro amigo. A safra de 1997 é tida como uma das melhores deste supertoscano maravilhoso e considerado pelos críticos internacionais um dos melhores que a Itália já produziu! Mas... bem... vamos ao que interessa, Oswaldo. O que tem aí?

– Tavinho, temos tudo. Fotos atuais dos dois elementos, além de endereço e imagens do trabalho e da casa de cada um. Eles devem estar bem diferentes agora porque eram muito jovens quando o crime ocorreu. Tinham mais ou menos 20 anos naquela época e já devem ter entrado nos quarenta.

– E eles estão no Mato Grosso do Sul mesmo? Nova Andradina, né?

– Não foi nada fácil localizá-los, pois a mudança de nomes e de todos os documentos gerou uma dificuldade imensa. Eles devem ter contado com gente graúda para conseguir as documentações completas de pessoas falecidas. Obviamente, ocultaram o óbito dessas pessoas e, com isso, os dois malandros adquiriram as identidades, tendo certidões de nascimento, registros gerais etc.

e tal. Inclusive, conseguiram, com os documentos novos, licença para abrir uma serraria.

– Nossa mãe! Mas que gente graúda é essa?

– Ah, Tavinho, deve ser algum político com grande influência na cidade e em órgãos de fiscalização do Estado, cartórios, repartições etc.

– E eles vendem madeira cortada? No mínimo, devem vender madeira retirada de florestas sem licença ambiental, provavelmente ilegal.

– Pior. Está no dossiê. Vendem madeira *roubada*. São chefes de quadrilha. Mandam seus capangas interceptarem caminhoneiros, roubam a carga e dão sumiço no motorista, no ajudante, quem estiver pela frente.

– Minha nossa, Oswaldo. Que horror!

– Pois é. Costas quentes. Bem, o que tenho aqui são informações mais do que suficientes para encontrá-los.

– Queria que você desse essa bonificação ao seu colega. Ele merece, concorda, Oswaldo? E, de mais a mais, nunca se sabe quando podemos precisar de seus *préstimos*, digamos assim.

Tavinho lhe estendeu um envelope.

– Doutor, claro que ele merece. Mas você irá se encontrar com essa gente mesmo?

– Sim… pretendo, Oswaldo.

– Mas que loucura é essa?

– Quero ouvir da boca deles o que realmente aconteceu. Quero apenas perguntar, serei muito cordial. Vou dizer que entenderei o que se passou, mas que preciso saber exatamente, de verdade, se o tiro que acertou meu pai saiu ou não de alguma das armas deles. Sabe por quê?

– Sim, você me falou alguma coisa a respeito. Isso é tudo muito louco! Muito doido, cara!

– Semana passada eu fui rever o processo. De fato, no julgamento, eles, o tempo todo, alegaram inocência dizendo que não portavam arma alguma, por isso não poderiam ter atirado. Num primeiro momento, como a cápsula nunca foi encontrada, o exame de balística foi descartado. Contudo, o legista, que por sinal também havia sido professor na universidade junto com meu pai e era colecionador de armas, confessou a minha mãe, *por fora*, na missa de sétimo dia, que poderia jurar que a bala era de uma arma de cano longo. Infelizmente, ele morreu menos de um ano depois, e o projétil simplesmente sumiu após a necrópsia. Na verdade, ele se suicidou após descobrir que tinha uma doença rara e fatal chamada Creutzfeldt-Jakob. Minha mãe me contou também que o tal legista veio até ela e afirmou, com todas as letras, que tinha certeza de que o tiro que entrou na têmpora esquerda do meu pai... Aquele projétil se assemelhava mais ao de uma espingarda de caça do que ao de um revólver. Ora bolas, eles não teriam como sair correndo ou andando pela rua com uma espingarda na mão que nem caçadores de javali em plena São Paulo.

– Nossa Senhora, irmão! Que história escabrosa essa!

– Pois é, Oswaldo, pode ser que não tenham sido mesmo eles! É muito estranho, mas essa pode ser a verdade.

– Mas, Tavinho, é tudo muito perigoso. Ir atrás deles, pelo amor de Deus!!! Não faça isso! Eu conheço esse tipo de gente, é arriscado demais!

Tavinho mentiria mais uma vez para deixar seu amigo um pouco mais tranquilo.

– Oswaldo, já contratei um cara enorme para ir comigo. É um cara de dois metros de altura por dois de peito, um verdadeiro armário.

Os dois riram.

– Tavinho, isso não adianta nada.

– Ah, Oswaldo, adianta, sim! E mais, ele vai levar um amigo dele com a gente, cujo tamanho também não deixa nada a desejar.

– E daí?

– E daí que não vou fazer nada sem a presença desses dois caras junto comigo. Oswaldo, preste atenção, sinceramente, não acredito que terei problemas, tenho quase certeza de que eles ficarão aliviados. Pode ser que se assustem num primeiro momento, mas depois se sentirão mais tranquilos sabendo que achei ser possível não serem eles os assassinos do meu pai, mas eu preciso ter certeza.

– Mas, Tavinho, não tendo sido eles, quem pode ter sido, então?

– Entendeu por que desejo falar com eles? Eu não sei quem, mas que alguém atirou... isso ninguém discute. Talvez eles tenham alguma pista. Sei que judiaram do meu pai, sei o que fizeram ele passar, porém, quem foi o assassino? Das duas uma: ou foram eles mesmos ou alguém de quem podem me dar alguma pista. É isso.

– Tavinho, insisto, é muito perigoso. Esses caras querem sossego, são bandidos e, ao perceberem que você descobriu a verdadeira identidade deles, vão querer te matar.

– Então, Oswaldo... aí vem o meu segundo pedido de favor. Queria muito que você me arrumasse aquelas armas de choque.

– Eletrochoque? Você vai enfrentar bandidos com Tasers?

– Oswaldo, vou conversar com eles. Gostaria de ter isso nas minhas mãos e nas mãos dos meus "guarda-costas" para uma emergência, sei lá, talvez queiram me atacar mesmo. Insisto, eu duvido! Mas quero me prevenir. Aliás, gostaria de ter dois modelos diferentes: o que solta os eletrodos a distância e aquele de encostar. E dois de cada; se um falhar, tem o outro. Por que estou te pedindo? Porque não quero comprar. Não sei comprar o melhor e sei lá como se escolhem esses negócios; só sei que quero o melhor. Oswaldo, presta atenção: sei me cuidar; além disso, vou falar com esses caras em local movimentado, numa boa, sem agressividade. Estarei em um lugar com muita gente perto, com grande movimento, com dois caras ao meu lado. Montarei um plano excelente para atraí-los para um shopping. Se a conversa for ruim, saio dali e sumo na hora. Enquanto você arruma e me traz os Tasers, vou bolar um bom plano. Não vai ter perigo. Vou levar esses dispositivos apenas por precaução. Só isso.

– Bem, Tavinho. Leia o dossiê, prepare o plano. Vou arrumar os aparelhos antes que você parta para essa viagem louca.

– Maravilha! Vamos comemorar terminando o vinho? Obrigado, irmão! Muito obrigado mesmo por ter me ajudado e por me compreender.

– De nada, seu louco!

Passados dois dias, era a quinta-feira tão esperada na qual Martha e Tavinho se encontrariam. O encontro seria em grande estilo, pois ele queria impressioná-la.

Martha chegou ao 18º andar vestindo uma legging preta de ginástica, que lhe caía muito bem por sinal, além de deixá-la com um ar saudável, atlético. Trajava um top Nike rosa-claro e um tênis de corrida supercolorido. Tavinho já havia tomado banho e colocado um jeans rasgado e uma camiseta branca, básica, de gola em V, mesmo porque o calor de São Paulo era bastante forte nessa época do ano.

Cumprimentaram-se com beijos no rosto e foram imediatamente para o terraço, lugar mais agradável do apartamento. Bebericando dois drinques muito especiais preparados por ele, saboreavam deliciosos canapés.

– Estou vindo da academia. Malhei *muuuito* hoje. Posso beber à vontade. Por sinal, Tavinho, não pude deixar de observar que seu Dry Martini foi preparado exatamente do jeitinho que sua mãe gosta. Tal mãe, tal filho! – Martha abriu um largo sorriso.

– Ah, sim. E como gosta! Ela adora essa bebida e eu também aprendi a gostar. Aliás, acredita que até hoje, em casa, ela mesma prepara com os acessórios que demos de presente para ela em Deer Valley?

– Sério? Que lindo! Adoro sua mãe.

– Eu também!

Riram, quebrando o gelo daquele encontro.

– Bem, Martha, me conta o que te aflige, o que realmente aconteceu.

– Tavinho, em primeiro lugar, quero repetir que nada do que vou falar é no sentido de me redimir. Apenas desejo te contar um negócio estranhíssimo que aconteceu depois que brigamos.

– Depois?

– Sim, depois.

– Como assim?

– Bem, Tavinho, quando a coisa aconteceu no Réveillon, eu fiquei desesperada. Eu não queria realmente que tudo terminasse como terminou. Fui até sua casa conversar com a tia Cristina. Eu estava aos prantos.

– Meu Deus! Minha mãe nunca falou sobre isso.

– Pedi para ela jurar que não diria absolutamente nada a você, mas queria lhe contar o mal que havia lhe feito e quão arrependida eu estava.

– E a dona Iaúna ouviu isso?

– Ela devia estar ali por perto, porque, assim que a sua mãe saiu para pegar uma água com açúcar, dona Iaúna apareceu. Ela estava transfigurada e começou a me falar horrores que nunca imaginei. Ela me chamou de vaca! De vadia!!!

– O quê, Martha? Ela te chamou de vadia?!

– Sim, Tavinho, e isso não é nada! Ela continuou: "Você caiu como uma idiota no meu papo, sua fraca! O Tavinho está em minhas mãos, ele me ouviu várias vezes dizer que você aprontaria com ele. Sua safada, vagabunda, sem vergonha. Não sei como dona Cristina te aceitou aqui." Me falou desse jeito, Tavinho, aos sussurros e entre os dentes, usou essas e outras palavras até piores, não me lembro de tudo exatamente. Fiquei assustadíssima.

– Não acredito.

– Pois pode acreditar. Depois disso, ela se virou para mim e disse para eu ir embora e nunca mais me aproximar de você. Quer saber como ela falou?

– Como?

– "Diga adeus à dona Cristina e fale que só veio se despedir. Suma daqui e não volte nunca mais. Se voltar, te mato!" Falou que me mataria!!!

– Martha, pelo amor de Deus, são acusações muito graves.

– Pois é. Eu jamais falaria com você ou mesmo procuraria você ou sua mãe, caso não tivesse me convidado para o aniversário. Pensei até que dona Iaúna tinha morrido, já que você estava me convidando.

– Ela não sabia que você viria, Martha, é provável que tenha tomado um susto, então.

– Bem, Tavinho, o que mais me perturbou foi o fato dela dizer, de forma tão assustadora, que você estava nas mãos dela e que me mataria. Eu fiquei em pânico. Disse que me daria um chá de sumiço e que ninguém, nunca mais, veria a minha cara.

– Minha nossa! Te agradeço por ter me contado tudo isso, mas acredito que é tudo bobagem de quem se sentiu ferida por você ter me traído. Foi um exagero, é claro. Te peço mil desculpas.

– Imagina, você não tem nada que se desculpar por ela. Na verdade, me sinto aliviada por ter tido uma oportunidade de contar o que aconteceu, e você entender por que não desejo nunca mais ver essa mulher na minha frente.

– Claro, entendo, Martha.

Tavinho ficou bastante preocupado, pois sabia muito bem o quanto estava nas mãos de Iaúna. Mas por que ela teria falado isso da forma como falara para Martha? "Estranho e muito perturbador saber disso", pensou ele.

– E então, Tavinho? Vai jantar em casa hoje?

– Sim, janto sozinho hoje.

Martha se aproximou e segurou os braços dele, inclinando-se, empinando o peito e contraindo o abdômen.

Sorrindo, Tavinho perguntou:

– Seu namorado, como se chama mesmo o gineco?

– Rubens.

– Ah, sim. O dr. Klein. Ele sabe que você está aqui?

– Não, ele deve achar que ainda estou malhando.

– Então, Martha, volte para ele. Depois do jantar, chegarão duas amigas para passar a noite comigo. Não quero que elas te vejam aqui.

Afastou o braço e se pôs de pé, fazendo um gesto indicando que estava na hora.

Constrangida, Martha entendeu o recado, levantou-se e se despediu.

– Prazer em revê-la, Martha. E obrigado pelas informações e por se preocupar comigo.

Havia lágrimas contidas nos olhos de Martha, que quase escorreram pelo seu rosto. Por sorte, ficaram onde estavam. Despediram-se com outros beijos na face e Martha partiu.

Intrigado, perguntava-se o que poderia estar passando na cabeça daquela velha índia, enxuta aos quase 70 anos. Teria ficado louca? O pior é que ela aparentava estar cada vez mais jovem, e de louca não parecia ter nada. Tavinho pensou a respeito. Pensou em certas "coincidências" que vinham acontecendo e foi rascunhando em um pedaço de papel pousado sobre o bar:

Manipulação relatada por Martha

Dona Iaúna havia tentado me convencer a trair a Martha

Agora essa história de estar nas mãos dela

Cenas de ciúmes descabidas

Rejuvenescimento impressionante

Chá de sumiço

"Teria ela, ao longo dos anos, feito algumas plásticas?", questionava-se e imediatamente respondia: "Mas eu saberia! Eu perceberia!"

Imediatamente teve uma ideia e, em voz alta, disse:

– Vou filmar o ritual todo! Quero, além de tomar conhecimento de tudo que acontece naquela casa, ter todo o ritual e o mantra anotados, traduzidos do dialeto indígena e gravados, assim poderei verificar seu funcionamento e não permanecer dependente dela.

Pensativo, planejou a instalação de câmeras nos principais aposentos usados para a cerimônia. Pediria ao pessoal de TI do hospital para fazer a instalação dos equipamentos. "Tenho certeza de que me farão este favor", pensou. Sensor de gravação com detector de presença, de alta resolução... Colocaria as câmeras em locais discretos, tudo em tecnologia wireless. Começaria na semana seguinte, num horário em que Iaúna não estivesse em casa.

Tavinho pegou seu celular e digitou um número conhecido.

– Alô? Oi, Josy, tudo bem?

Ouvia o outro lado.

– Então, minha malvada favorita, envie as duas. Quero companhia em dose dupla hoje.

Voltou para a sala de estar, ligou o som, e ali, enquanto esperava suas acompanhantes, ficou ouvindo *Satisfaction* para animar a festa.

Os Sismos Haviam Sido Longe

Tudo caminhava bem. Tavinho estava trabalhando como nunca. Em função do falecimento de um importante cirurgião cardíaco, fora-lhe oferecida a liderança de mais uma equipe cirúrgica. Antes de completar 25 anos, ele já estaria comandando duas equipes no hospital mais renomado do país.

Apesar de toda essa carga de trabalho, ele estava seriamente empenhado em colocar as câmeras e escutas não só nos locais onde Iaúna realizava os rituais, como também naqueles onde preparava o elixir. Desejava ver de perto o que se passava naquela casa que um dia fora de seus avós, para ter certeza de que não havia qualquer segredo muito bem guardado.

Combinara com o gerente técnico de TI do hospital de irem à casa dela instalar todos os equipamentos eletrônicos de imagens e escuta antes de ele partir para o congresso do qual seria um dos palestrantes. Para o técnico, Tavinho disse que precisava instalar os equipamentos antes da viagem, mas, na verdade, queria tudo pronto antes do ritual que ocorreria no sábado anterior ao congresso. As gravações seriam monitoradas do seu apartamento.

Tavinho estava determinado a falar menos com Iaúna e a fazer menos confidências a ela, até levantar toda a verdade do que havia de fato ocorrido. Não comentou também, pois não queria magoá-la, sobre a investigação referente ao assassinato de seu pai. O fato de ter, por conta própria, mandado investigar o paradeiro dos malfeitores poderia levá-la a achar que ele se sentia frustrado por ela não ter tido competência – poderia magoá-la, e ele não queria isso. A essa altura dos acontecimentos, ponderava, até que tinha sido bom não ter comentado nada, pois ela poderia estar querendo poupar a família dele de algum sofrimento que a retomada do assunto porventura traria. Mas Tavinho queria saber a verdade e faria qualquer coisa para entender exatamente o que se passara na fatídica noite de setembro de 1995. Iaúna era muito protetora, sempre fora e sempre se comportara como sua guardiã, mas ele já era adulto e ela precisava entender que essas amarras não deveriam durar para sempre. Não era nada saudável para nenhum dos dois.

Assim que saiu do hospital naquele dia, dirigiu-se com o técnico para a casa de Iaúna. Disse ao rapaz que a casa era dele e que andava desconfiado de que alguém entrava lá na sua ausência, e ele queria saber quem era, antes de comunicar à polícia, pois não tinha ainda certeza de que isso ocorria e não queria passar vergonha. Claro que não levou o rapaz à garagem, nem ao porão, e muito menos à cela. Aliás, a cela ele nunca vira, mesmo porque aquilo devia ser tão arrepiante que ele preferia nem conhecer os subterrâneos da casa.

Assim que saíram, foram para o apartamento dele fazer as instalações. De imediato, passaram a ter imagens muito claras das dependências onde se encontravam as câmeras e as escutas. Porém, deram-se conta de que estava faltando o teste de áudio.

– Droga! Precisamos testar o áudio.

– Sim, é verdade. Não dá para confiar que está tudo perfeito. Eu tenho um amigo que pode ajudar, mas ele vai precisar ir até a sua casa enquanto a gente fica aqui. Desse modo, ele poderá fazer todos os ajustes necessários, tanto das imagens quanto do áudio.

– Mas são quase dez da noite!

– Ele deve estar em algum bar por aí... Eu pedindo, ele vai numa boa.

Riram.

– Então liga pra ele. Vou pegá-lo, deixo ele lá na casa e volto para cá. Enquanto faço isso, vou chamar minha assistente para te servir café, bolo e biscoitos.

Foi uma operação de guerra. Tavinho precisou se deslocar para pegar o outro rapaz, deixá-lo na casa de Iaúna e, depois de explicar onde exatamente haviam sido feitas as instalações, voltar para o apartamento.

Tudo pronto, tudo perfeito! Da sala de sua cobertura, Tavinho, agora, tinha acesso e gravação de tudo o que se passava nos ritos de Iaúna. Deitou-se às duas da manhã daquele exaustivo dia, noite e louca madrugada.

No sábado, Tavinho acordou um pouco mais cedo do que de costume. Tomou banho com calma, preparou um café reforçado e se dirigiu para a sala de estar. Abriu seu laptop e acionou o sistema de filmagem e escuta. Tudo estava perfeito. Deixou sua casa e seguiu direto para mais um dia de rito.

Entrou com o carro na garagem de Iaúna. Antes mesmo de subir a escada e ir ao encontro dela, foi rapidamente até um armário onde eram guardadas as coberturas de placas falsas que Iaúna usava para seu veículo não ser facilmente identificado. Pegou três delas, guardou em seu Porsche Cayenne e bateu a porta.

– Bom dia, dona Iaúna!

– Bom dia, querido. Demorou para subir. Vamos entrar?

– Já entrei! Estava retornando mensagens do hospital.

– Então, como está se sentindo?

– Estou bem. Mas não quero arriscar ir para o congresso e começar a sofrer desgaste por lá. Afinal, serão quinze dias longe, e precisarei estar absolutamente em forma. Minha palestra será uma das mais aguardadas. Quiçá a mais!

– Claro, querido. Aceita um pedaço de bolo de fubá? Fiz ontem.

– Não, obrigado. Acabei de tomar café, e dos reforçados. Mas depois, com certeza, vou aceitar. Sempre dá muita fome.

– Gostou do meu colar?

– Gostei muito, aliás, a senhora está uma gata hoje.

– Só você, Tavinho. Se não se importa, não acha que poderia me chamar apenas de Iaúna? Para que esse "dona Iaúna"? Me chame de Iaúna e só, pronto. Você já é adulto.

– Tá bom, Iaúna! Mas não sei se vou me acostumar.

– E você poderia deixar eu continuar te chamando de Tavinho?

– Claro, Iaúna. Por que isso agora?

– Te digo, querido. Desde que você se formou, sua mãe vem me cobrando que eu te chame de Dr. Octávio...

– Nossa, que bobagem. Me chame de Tavinho mesmo, como sempre.

– É, mas sua mãe... sabe como é... ela não é fácil. Eu disse a ela que, para mim, você seria sempre meu eterno Tavinho. Ela me respondeu que você não gostava. Nem ela.

"Mais fofocas", pensou Octávio. "Teria minha mãe dito isso mesmo? Ela adora dona Iaúna."

– Mas acho que concordamos com tudo, né... Iaúna?

– Sim.

– Que bom que você concorda. Fico feliz.

– Então está bem, Tavinho. Vá para o quarto, que eu vou em seguida. Quero cuidar muito bem de você hoje.

Tavinho subiu ao quarto e, antes de se sentar na cama para aguardá-la, ficou pensando, intrigado, em como a velha índia havia ficado atraente, enquanto observava o local onde tinham sido colocadas as várias câmeras e escutas, tomando todo o cuidado para que ela não se aproximasse sem ele perceber. Estavam bem escondidas, e, portanto, tudo deveria estar funcionando perfeitamente.

A manhã foi de intensa dedicação ao rito como um todo, e, logo após a volta do transe, Tavinho tomou um iogurte com mel acompanhado por uma torrada integral com manteiga. Entregou-se à necessária hora de sono profundo e acordou por volta das duas da tarde descansado do exaustivo e puxado ritual dos Moxiruna.

– Bem, dona Iaúna... *Iaúna*, obrigado por tudo. Você sempre muito atenciosa e cuidadosa comigo.

– Tavinho, você sabe que eu faço isso com o maior prazer. Aliás, há um tempo que eu venho querendo lhe dizer algumas coisas sobre nós.

– Sobre o quê, Iaúna?

– Sobre alguns costumes indígenas que, acredito, lhe agradarão muito. Mas preciso de algum tempo para te falar a respeito. Não queria que fosse uma conversa rápida.

– Claro, Iaúna. Quando quiser.

– Vamos fazer assim, Tavinho... da próxima vez que você vier, fique um pouco mais em vez de sair logo após o término do ritual. Aí, com tempo, falamos sobre tudo que desejo falar, falamos de mim, de você... enfim, falamos de nós.

– Sim, Iaúna, combinado. Faremos isso. Ah, pode marcar então. Isso será por volta de maio ou começo de junho, certo?

– Certo, Tavinho. Certinho.

– Ah, mas, antes, acho que a gente vai acabar se encontrando. Acho que consegui uns ingredientes no hospital da universidade. Se der certo, te conto em detalhes.

– Mesmo? Que bom. Assim não vou precisar me preocupar com a próxima sessão.

– É verdade, Iaúna! Achei mesmo que iria gostar...

Iaúna segurou os braços de Tavinho, puxando-o para que dessem um forte abraço. Segurou-o firme em seu peito, num tipo de abraço terno e doce. Ao se desvencilharem, ela o beijou na face por uns três segundos, como nunca fizera, e disse:

– Te adoro, Tavinho.

Tavinho sorriu e, meio sem jeito, replicou:

– Também gosto muito de você, Iaúna. Sabe disso. – E piscou para ela.

Ambos sorriram, e Tavinho partiu ansioso para o seu compromisso.

Ainda meio sonolento, mas bem recuperado e já sentindo o cérebro revigorado, Tavinho foi para o seu apartamento, onde descansaria na companhia de uma colega de trabalho que vinha enviando mensagens declarando estar louca para conhecer a casa dele. Tavinho não se negaria uma oportunidade dessas. Convidou-a para um almoço a dois, regado a um bom vinho, na área da piscina. Infalível! Era inevitável que, depois do belo "evento", não terminassem o dia em seu aconchegante quarto. O trajeto de volta para casa era bem mais curto que o de ida para a casa de Iaúna – menos retornos e mais vias expressas. Não lhe tomava mais do que 15 minutos.

Ao entrar em casa, correu para o laptop e se pôs a verificar os registros daquela manhã de sábado. Adiantou a gravação até o momento em que chegou à casa de Iaúna, por volta das sete. Iaúna não aparecia em lugar algum, via-se apenas a imagem estática da cozinha. Mas ouviam-se vozes distantes, plenamente reconhecíveis, que foram se tornando cada vez mais claras à medida que se aproximavam da cozinha:

"*Claro, querido. Aceita um pedaço de bolo de fubá? Fiz ontem.*"

"*Não, obrigado. Acabei de tomar café, e dos reforçados. Mas depois, com certeza, vou aceitar. Sempre dá muita fome.*"

Minutos depois, apenas ruídos de locomoção e, então, entra Iaúna. Havia colocado um vestido branco, de corte simples e de muito bom gosto, deixando que as curvas de seu corpo ficassem bem destacadas e definidas. Pele morena avermelhada e incrivelmente elástica, com tônus excelente e inimaginável para sua idade – isso era o que mais impressionava. Calçava sapatos de salto baixo e usava uma gargantilha de pedras cor de terra, que, aliás, lhe caía muito bem.

Ruídos de abrir e fechar de portas, e então ela apareceu em uma imagem superclara, sob vários ângulos, aproximando-se do fogão e aquecendo a água da infusão. Pegou ingredientes na geladeira, no armário, e alguns deles já estavam sobre a bancada de mármore antigo, ao lado do fogão. As imagens estavam perfeitas, de modo que o entretiveram por uns bons 20 minutos, antes que ele começasse a verificá-las, assim como as escutas do quarto onde ficara durante a manhã. Mudou no menu do software de monitoramento para QUARTO, e lá estava ele. Começou a ver as cenas, mas lembrou-se de que poderia dar um zoom, e assim o fez. Eram 07:20 do dia em que fizera o ritual. Deu de cara com seu rosto de frente para uma câmera e começou a rir sozinho.

"Que coisa louca", pensou. "Mas funciona que é uma beleza!"

Em outra câmera, ele se viu de perfil, não só de perfil, como também de cima, devido à posição no teto. Tudo muito incrível. Deu um rápido *avançar* para ver mais adiante. Iaúna já estava no quarto e já vestia seus trajes indígenas que, aliás, deixavam algumas partes de seu corpo descobertas, tornando-a bastante sensual. Era uma figura interessante. Deu mais um *avançar*, a sala já estava escura, e ele deitado e amarrado. Voltou um pouco as imagens – havia exagerado no avanço – para ver desde o início do ritual que ela mantém guardado a sete chaves... O interfone tocou.

– Dr. Octávio?

– Sim?

– Doutora Isabel, do hospital, está aqui embaixo. Pode subir?

– Sim, claro, manda subir.

Tavinho deixou para ver o resto mais tarde. Fechou o sistema, desligou o laptop e o guardou no interior de um móvel onde mantinha os equipamentos eletrônicos. Agora seria a hora da diversão, da sedução e da consumação – sua outra especialidade.

Tocaram a campainha.

– Olá, Isabel!

– Olá, Octávio.

– A casa é sua, minha pediatra preferida!

– Finalmente vou conhecer seu apartamento.

– Finalmente. Será um prazer mostrá-lo. Vamos começar pela cozinha, enquanto tomamos uma taça de champanhe?

– Claro, me parece uma ótima ideia!

A residente, uma R4 um ano mais velha que ele, deixou-o extasiado. Passaram a noite juntos e só acordaram depois das dez no domingo. Por isso, ele teria de deixar para assistir ao filme do ritual somente quando voltasse de Milão. Não teria tempo agora e nem durante o congresso, mesmo porque não era urgente.

Tratou de verificar os últimos pormenores, enquanto ela tomava banho e se recompunha da noitada maravilhosa. Despediram-se. Tavinho, como esperado, ligou para Cristina.

– Oi, mãe, já já estou indo para o aeroporto.

– Se cuida, Tavinho.

– Claro, mãe, claro que vou me cuidar.

– Veja se não trabalha muito e aproveite para fazer turismo também.

– Tá bom. Fique em paz, e, se precisar de algo de lá, é só me mandar uma mensagem ou ligar.

– Sim, gatão. Pode deixar.

– Beijos, mãe.

– Beijos, filhão.

Pegou o relatório que o investigador havia produzido e guardou na sua maleta de mão. Roupas para 15 dias em outra mala, e partiu de Cayenne rumo a Guarulhos.

O Tsunami Chegou

Já se passara um mês da sua volta ao Brasil, e Tavinho não conseguia encontrar um minuto sequer para assistir ao vídeo do ritual. Contudo, vinha passando bastante tempo com seu amigo Oswaldo, tranquilizando-o sobre o plano de abordar serena e tranquilamente os algozes do pai, pois já os havia perdoado.

Na sexta-feira, véspera da sua partida para a grande empreitada, Oswaldo levaria os Tasers para o amigo. Na verdade, Tavinho estava longe de querer ter uma conversa amigável com Cleverson e seu comparsa Joilson. A lista de materiais que levaria era interminável e comprovava suas intenções. Lacres e abraçadeiras de acrílico, formol, que pegara no hospital, uma caixa plástica usada para transportar órgãos destinados a transplantes, que ficaria no congelador da sua picape, além de uma caixa de instrumentos cirúrgicos básicos e também ortopédicos.

Com receio das câmeras das estradas e dos locais que visitaria, levou alguns disfarces leves: bigode postiço, barba postiça, capa de chuva amarela, gorro de lã, bonés, placas falsas de veículos, além de lona e plásticos industriais. Todos os disfarces seriam guardados no banco de trás, para que ele tivesse fácil acesso a cada um deles, já que os usaria ao longo da viagem de carro e no destino. Essa lista de itens jamais seria divulgada a quem quer que fosse, muito menos a seu amigo Oswaldo. Estava tudo pronto para, no fim de semana, mais exatamente às quatro da madrugada de sábado, ele partir rumo a Nova Andradina.

* * *

Assim que Tavinho chegou em casa, Oswaldo já estava lá esperando por ele.

– Oi, Oswaldo, como vai? Tudo bem?

– Tudo, Tavinho, tive um dia cheio, mas sobrevivi. E você, como está?

– Muito bem. Na correria, mas tudo bem. Amanhã, saio cedinho para Nova Andradina. – Piscou para o amigo.

– Vê lá, hein? Pensou bem, mesmo?!

– Oswaldo, já te expliquei, vai ser tudo muito tranquilo. Vou à madeireira junto com meus armários.

Riram da descrição dos "guarda-costas" de Tavinho.

– Vou alegar que preciso de muita madeira para construir uma mansão. Vou lá, logo pela manhã, e converso com os dois a respeito do investimento que farei na cidade. Aí eu os convido para terminar a conversa num jantar no maior shopping da cidade. Eles devem ficar atraídos pela oportunidade de vender para um forasteiro rico. No shopping, começo a conversa verdadeira, e, se tudo correr bem, eles vão perceber que não quero vingança. Vou dizer que acredito neles, mas não posso morrer sem descobrir quem pode ter dado o tiro que vitimou meu pai. Vou deixá-los falar. Só isso. Não vai ter perigo algum.

Há tempos que Tavinho não falava a verdade ao seu melhor amigo.

– Está bem, Tavinho, mas cuidado. Sempre muito cuidado, pois os caras continuam na criminalidade.

– É, eu sei, eu sei, Oswaldo. Mas então, o que trouxe aí nessas caixas?

– Trouxe o que você me pediu. Na realidade, quatro eletrochoques. Dois deles de contato e dois disparadores de dardos. São das melhores marcas e todos testados pela polícia. Você está levando sondas extras, mas acho que não vai precisar. Veja lá, regra número um para você, que é inexperiente: sacou a arma, pelo amor de Deus, atira!

– Legal, Oswaldo, era disso que eu precisava. Devo te pagar alguma coisa por eles?

– Não, Tavinho. Na realidade, falei com um colega e peguei emprestado mesmo. Acho que você nem vai usar. Certo?

– Claro! É isso aí. Duvido muito que eu vá usar. Tomara, né?

– Quer ver como se usa?

– Sim, mas só a de contato. A outra, não, não gostaria de queimar os cartuchos, e já assisti a demonstrações no YouTube. Bom tê-los todos. Só me dê uma aula rápida de como manuseio a de contato.

Ficaram treinando o uso dos dispositivos paralisantes por cerca de meia hora, e, logo em seguida, despediram-se. Como planejara sair por volta das quatro da manhã e rodaria 900 quilômetros, a viagem seria bem puxada.

Tavinho chegou a Nova Andradina às três da tarde, uma hora antes do planejado. Durante o trajeto só parou para abastecer, ir ao banheiro e esticar um pouco as pernas. Antes de cada pedágio, mudava alguma coisa na vestimenta. Colocava uma camisa de outra cor, uma peruca, um bigode postiço, gorro, boné, e assim por diante. Queria ter certeza de que ninguém conseguiria descrevê-lo, caso houvesse necessidade de fazê-lo. Só não trocou de calça; até os sapatos trocou por botas ou tênis.

A cada abastecimento, antes de entrar no posto, ele não se descuidava de procurar um local ermo, encobrir as placas da sua picape com um número diferente e modificar o visual. A primeira troca se deu ainda em São Paulo, numa rua residencial de periferia, na qual havia observado não existirem câmeras. Ainda assim, tomou o cuidado de manter o veículo o mais escondido possível, de modo que dificilmente qualquer diligência conseguiria fazer o rastreamento comparando com o motorista. Na geladeira que tinha entre os bancos de trás, Tavinho colocou sanduíches naturais, energéticos, água... Dessa forma, não perdeu tempo com paradas para almoçar ou lanchar. Sua geladeira estava, com folga, abastecida.

Hospedou-se num motel vagabundo, pagou em dinheiro, como em todo o trajeto, inclusive os pedágios, tomou uma chuveirada e ligou para a madeireira. Uma recepcionista atendeu. Tavinho perguntou se os sócios se encontravam lá – citando o nome falso dos dois – e foi prontamente atendido pelo responsável comercial.

– Alô, pois não?

– Alô, boa tarde. Quem fala aqui é Ricardo, tudo bem?

– Sim, tudo bem. Em que posso servi-lo?

O delinquente tinha adquirido algum sotaque arrastado e vocabulário do interior mato-grossense, mas nada muito acentuado.

– Eu estou precisando comprar muita madeira para uma construção que vou fazer na minha chácara, lá no Condomínio Frutal.

– Ah, o senhor comprou lá no Frutal?

– Sim, vou construir um hospício pra minha sogra morar – brincou, para quebrar o gelo.

Tavinho queria impressionar, pois o condomínio era tido como local de gente endinheirada.

– Quero construir uma casa toda de madeira. O arquiteto já fez a planta, e eu queria dar um pulo aí com ele para verificar preços e condições. O problema é que só vou conseguir chegar aí por volta das sete da noite, e amanhã não terei tempo. Queria saber se você pode me esperar.

– A casa vai ser toda de madeira?

– Vai ser, sim. A casa vai ficar linda, o projeto já está pronto.

– E qual madeira o senhor vai querer, já sabe?

– Então, é isso que eu e meu arquiteto queremos ver. Qual a melhor alternativa, se há uma madeira nobre da região que deixaria a casa ainda mais bonita, qual o preço, condições de pagamento... Tudo isso.

– Tá bom. E qual a metragem da casa?

– Uns 900 metros quadrados de área construída.

– Chá por Deus, homi. Minha Nossa Senhora! Isso vai dar madeira pra mais de metro.

– Então, por isso preciso ir aí conversar com o senhor.

– Vou falar com o meu sócio, é ele que cuida da produção. Já vou pedir pra ele olhar a disponibilidade de estoque. Não dá pra começar a construir com um tipo de madeira, e aí faltar, né, doutor... doutor...

– Ricardo! Tira o doutor da frente.

– Tá bom, Ricardo. Tô vendo mesmo que você tem voz de canivete. Ficamos assim, eu e meu sócio esperamos vocês até as oito.

– Está ótimo, mas devo chegar antes. Lá pelas sete estarei por aí.

– Combinado. Você tem o endereço?

– Não, preciso do endereço e preciso também saber quem eu procuro quando chegar aí.

"Endereço e nomes fornecidos bateram com o relatório do investigador. Fantástico!", pensou Tavinho.

A conversa não poderia ter sido melhor, ele encontraria os dois. Não teria nem o trabalho de ir ao encalço de um ou de outro separadamente. Seria o encontro perfeito.

Ao desligar o celular, deitou-se, ansioso, e começou a olhar para o teto sem conseguir dormir. Que cama horrível! Tomou um Frontal para se acalmar e relaxar um pouco. Colocou o despertador do celular para as 17 horas. Teria que arrumar as coisas no carro e usar um disfarce totalmente inédito. As placas ele havia trocado assim que entrara na garagem da espelunca.

Era muita tensão. Acordou antes de o despertador tocar e foi direto para o endereço indicado, mapeado no relatório, pois não se dera nem ao trabalho de anotá-lo em outro lugar. Ao chegar à serraria, passou em frente em velocidade baixa para verificar a movimentação. Parecia vazia, nenhum cliente. Apenas dois carros estacionados. Deu meia-volta em um retorno a mais ou menos um quilômetro. Dessa vez, Tavinho entrou direto e se dirigiu à administração. Passou por pilhas e mais pilhas de tudo quanto é tipo de madeira beneficiada, cujas tábuas eram das mais variadas larguras, dispostas verticalmente e apoiadas umas às outras, compondo enormes e infindáveis cavaletes em forma de "x".

– Seu Ricardo?

Tavinho estava de peruca, óculos e boné.

– Sim, sou eu mesmo. Você é o Jorge?

– Isso, muito prazer! Vamos entrar – disse aquele que um dia fora Joilson.

– Obrigado.

Cumprimentaram-se rapidamente enquanto entravam na administração – uma espécie de chalé todo em madeira.

– Então, Ricardo, investindo na região, hein! Já comprou terras pra criar gado, plantar, e agora quer agradar a jararaca.

– Exatamente! – exclamou com uma risada.

– Isso é bão demais! E o arquiteto?

– Está a caminho com o projeto. Acabei chegando mais cedo, mas podemos falar dos tipos de madeira. Seu sócio está com a planilha?

– Sim, sim, Ricardo. Ele já pegou as amostras e a informação das quantidades pra te mostrar.

– Perfeito.

– Ó ele ali. Ô, Marcelo! Chega aqui! – gritou Jorge. Na realidade, era Cleverson.

– Pera aí, Jorge! Preciso dar uma mijada e volto com todo o material pra conversarmos – berrou de dentro de uma sala envidraçada do escritório.

Gente ignorante e sem a menor educação.

Tavinho sentou-se à mesa de uma modesta sala de reuniões do chalé, e, enquanto aguardavam Cleverson para a reunião, Joilson foi preparar um café. Tavinho estava com a mão esquerda no bolso, segurando o eletrochoque de contato. Tinha um em cada bolso lateral da calça tipo safari, propositalmente bem folgada para que ninguém notasse o volume causado pelos aparelhos. Levava também duas seringas "carregadas".

Joilson terminava de passar os dois cafés numa cafeteira elétrica no canto da sala, quando Tavinho se preparou para atacá-lo, prestando muita atenção se Cleverson já estaria de volta do banheiro. Sem titubear, aplicou em Joilson um bote de cinco segundos de descarga elétrica, fazendo-o cair inerte...

Assim, começava a pôr em prática seu plano – de maneira totalmente diferente daquela relatada ao melhor amigo. Não haveria piedade.

Tavinho imediatamente pôs-se a gritar:

– Marcelo! Marcelo! O Jorge caiu no chão. Acho que está tendo um infarto.

Cleverson veio correndo do banheiro, ainda com o cinto aberto, e correu em direção a Joilson, que se encontrava tensionado pelas descargas.

– O que houve?

– Não sei. Ele estava preparando o café e, de repente, bum, caiu apagado. Precisamos chamar uma ambulância.

– Me deixa ver.

Assim que Cleverson se agachou para socorrer o amigo, recebeu também uma carga de 50.000 volts na nuca e tombou. Ele parecia querer andar, gritar, mas não conseguia realizar qualquer movimento coordenado. Tavinho aproveitou e deu mais uma descarga em Joilson, pois o tal efeito paralisante era relativamente rápido. Em seguida, aplicou oito miligramas de Diazepam em cada um deles, dose suficiente para meia hora de sono profundo. Acordariam presos cada um a uma cadeira, muito bem amarrados com os lacres de alta resistência.

Enquanto estavam inconscientes, Tavinho percorreu o perímetro do local para verificar se não havia nenhum segurança que passara despercebido ou câmeras que precisassem ser eliminadas.

Tudo limpo! Respirou aliviado! Foi até sua picape e pegou a maleta de instrumentação cirúrgica, os eletrochoques de disparo, o recipiente plástico de proteção térmica e alguns metros de lona plástica. Foi organizando tudo como se estivesse numa sala de cirurgia, com muito cuidado.

Quando começaram a despertar, Tavinho aplicou dois tapas na fuça de cada um deles, chamando-os pelo nome verdadeiro.

– Acorda aí, seus vagabundos!

– O quê?! – perguntou Joilson.

– Espera seu *sócio* acordar.

– Acorda, cara!

Mais dois tapas na fuça de Cleverson. Joilson olhava perplexo e, sentindo torpor e dores pelo corpo em função da tensão muscular a que fora submetido, fazia caretas, olhava perdido e não entendia nada do que se passava.

– Ahn? O que foi? O que foi?

Cleverson acabava de acordar, ainda mais confuso.

– As princesas acordaram?

– Ricardo, que porra é essa?

– Meu nome não é Ricardo. Vamos parar de brincar de troca de nomes agora mesmo. Meu nome não é Ricardo, e sim Octávio Albuquerque Júnior. Filho do professor Octávio Albuquerque, de quem vocês tiraram a vida.

Ambos ficaram pálidos, demonstrando enorme espanto em função do que acabaram de ouvir.

– Agora vamos ao verdadeiro nome de vocês: Joilson e Cleverson, quem diria! Os assassinos agora descobertos, amarrados e impotentes, do jeito que ficou o professor Albuquerque, meu pai, naquele fatídico começo de noite de 1995.

– Nós não matamos o seu pai, cara, nós não matamos...

– Ah, não?! É mesmo?! E como você explica eu ter ficado órfão de pai aos quatro anos de idade? Será que estamos falando de *pessoas diferentes*? – perguntou, irônico.

– A gente jura pelo que há de mais sagrado nesse mundo!!! Não foi a gente!

– Vamos supor que eu acredite. Então, quem poderia ter sido?

– A gente acha que foi alguém ligado ao sujeito que contratou nós pra assaltar e assustar seu pai.

– Como assim?! Quem iria querer *assustar* meu pai?!

Joilson estava apavorado, pois sentia a fúria nos olhos de Tavinho. Queria e precisava convencê-lo de que não desejavam mal ao pai dele, jamais fariam algo para machucá-lo.

– Seu Octávio...

– Dr. Octávio! – berrou o renomado médico, que agora exigia todo o respeito. O respeito que eles não haviam tido com seu pai.

– Desculpe, dr. Octávio, escute: a gente foi contratado por um sujeito com cara de índio.

– Cara de índio?! – Octávio gelou. – Cadê ele?

Momento de hesitação por parte de Joilson.

– Nã... não, não sei dele não, doutor.

– Como ele era, então? Me descreve, porra!

– Ele era tipo índio. Mas se vestia com roupa normal. Ele passou a ficha do seu pai, disse que queria dar um susto nele. A gente não foi contratado por ele pra matar seu pai, mas pra dar só um susto. Era o combinado, até que veio o disparo. Na hora, achei que tinha sido acidental, mas nossa arma não disparou. Outra pessoa disparou e matou o seu pai. A gente achou que foi a mando da pessoa que contratou nós ou mesmo a própria pessoa.

– Então vocês estavam armados?

– Tava sim. Mas a gente num atirou, juro, é verdade.

– Pode me dizer por que acha que foi outra pessoa… esse tal de sei lá quem?!

– Claro que sim, doutor, vai com calma. A gente quer que o senhor entenda e acredita em nós. Esse índio ficou bancando a nossa defesa, além de dar dinheiro pra gente ficar calado. Ele visitava nós na prisão e garantia que, com os excelentes advogados e as provas que seriam muito fracas, a gente sairia livre daquela situação, e acrescentava que ia ter mais dinheiro e novas identidades. Ele disse que não abandonaria a gente e que cuidaria de tudo porque tinha muita influência. No mais, deu dinheiro suficiente pra nós abrir um negócio e arrumar a vida. O cara fez tudo o que tinha prometido pra gente. Além de rico, ele é muito poderoso. A gente acha que foi ele mesmo, porque era um sujeito muito frio, parecia político.

– Mas a história não encaixa! Vocês não estão me convencendo! Expliquem por que ele poderia querer a morte do meu pai. Querer matá-lo para quê?! Tem que ter um motivo.

– Ele não contou pra gente, doutor. Eu juro!

– Essa história não tem pé nem cabeça! Vocês querem que eu acredite nisso?! – Tavinho já começava a ligar os pontos, mas desejava saber mais.

De repente, Cleverson tomou a palavra e relatou uma lembrança:

– Mas é isso mesmo, dr. Octávio. Lembro também que ele falava com uma mulher que tava na sala do flat onde ficou hospedado. A gente se encontrava nesse flat pra planejar tudo, e ele sempre dava um bom dinheiro. Num dia, depois de um tempo em que ficaram conversando, tocaram no assunto de uma casa. Ele não falava dos motivos diretamente pra gente, mas falava de uma casa com essa mulher, e acho que era isso que tava atrapalhando o plano.

– Então esse índio não agiu sozinho? Tinha mais gente nessa história?

– A gente se encontramos algumas vezes pra planejar tudo, e sempre tinha uma senhora com ele no flat. Ela ficava ouvindo lá da sala e falava pouco. Não dava pra gente prestar muita atenção nela, mas eu lembro que, das poucas vezes que falou, dizia que precisava de um sobrado, sei lá onde. Uma casa pra continuar com os planos e construir um futuro, e que tinha um sujeito que não queria ela por lá.

Tavinho esboçou espanto. Começou a pensar coisas inimagináveis.

– Como ela era? O que mais eles falaram, ela ou ele? Tanto faz! Preciso saber. Vocês têm que lembrar!!!

Joilson voltou a tomar a palavra.

– Então... a gente não prestava muita atenção nas coisas que ela falava. Mas ela sempre repetia "tem que parecer assalto". Foi assim que a gente entendeu a história do susto que eles queriam dar no seu pai. No fundo, a gente foi de bucha, a gente tava na merda de grana. E, pra dar um susto, era moleza pra nós.

– Susto?! Seus filhos da puta! Vocês bateram covardemente no meu pai!!!

Tavinho não aguentou e desferiu um soco na boca de Joilson.

– Eu quero nomes! Fala!!!

Joilson estava completamente atordoado e Cleverson, em pânico total, mal conseguia falar.

– E... ele...

– Fala!!! Puta que pariu!!! Fala!!!

– Ele se apresentou pra gente como Pajé. Mas, entre eles, só se chamavam de Juruna, Muruna...

O raciocínio rápido de Tavinho já havia montado todo o quebra-cabeça.

– Moxiruna? O nome exato. Eu quero o nome exato!

– Impossível lembrar, doutor. Só nome muito complicado. Bom, o dela era bem curtinho. O Pajé só chamava ela pelo nome indígena. Era curto, mas não me lembro. Você lembra, Cleverson?

– Não era Juruna, Joilson?

A essa altura, os prisioneiros acreditavam estar conquistando a confiança de Tavinho, mas, na verdade, era ele que estava manipulando os dois.

– Se eu falar um nome, vocês acham que conseguem se lembrar?

– Hum, não sei não, doutor.

– E você, Cleverson?

– Também não sei não, senhor. Mas sou bom de nomes, pode ser que eu me lembre. Qual o nome que o senhor tem?

– Para a índia, tenho o nome de Iaúna!

– Iaúna, isso mesmo! Iaúna!!!

"Meu Deus!", pensou Tavinho. "A casa da minha mãe! Meu pai era contra doá-la para dona Iaúna, só pode ser isso! Mas a casa nem era dele, jamais ele teria proibido minha mãe de... Será??? Não posso acreditar nisso!!! MEU DEUS!!!"

Tavinho ficou atônito, desesperado, começou a sentir calafrios da cabeça aos pés e a suar frio. Começou a imaginar o perigo que passava não só sua mãe, como também ele próprio. Quanta confiança, quanta generosidade dedicada a uma pessoa tão próxima a ele e a sua mãe, e agora saber que o pai fora morto sob a orientação dela!!!

"A casa... foi isso... só pode ter sido isso." Tavinho formulava a frase repetidas vezes.

Joilson, ao perceber que o estado de Tavinho havia se alterado, arriscou:

– O senhor está bem, doutor?

Era um jogo e tanto! Mas Tavinho notou que eles haviam identificado sinais de fraqueza nele e estavam tentando se mostrar amigáveis, como se ali todos fossem vítimas de uma mesma pessoa.

– Estou ótimo. Melhor impossível. Já consegui tudo o que desejava de vocês.

– Então, dr. Octávio, a gente ajudou o senhor. Pode soltar nós agora?

– Ainda não. Vou soltá-los daqui a pouco, logo depois de levá-los a um sono profundo – respondeu, irônico.

– Mas por quê?

– Para que sonhem, encontrem-se com meu pai e lhe peçam desculpas por todos os maus-tratos que causaram a ele, a minha mãe e a mim. Vocês tiveram a chance de se redimir, negando-se a fazer o serviço. Mas o dinheiro falou mais alto, não? Mais alto do que a vida de um órfão. Mais alto do que a tristeza de uma mulher praticamente recém-casada e com um filho pequeno para criar, não é mesmo? Nada disso incomodou vocês, certo? Estou dando a terceira chance a vocês agora de pedir desculpas pessoalmente a meu pai.

Aos berros, mas sem serem escutados naquele local ermo, os prisioneiros de Tavinho receberam uma nova dose, agora de 10 miligramas de Midazolam cada um – anestésico mais potente que o anterior e de efeito rápido, fazendo-os dormir um sono muito tranquilo... do qual jamais acordariam.

* * *

Tavinho colocou os corpos sobre um plástico e iniciou as incisões cirúrgicas no tórax. Retirou o coração de cada um deles, afastando as costelas com as próprias mãos, quase quebrando-as. Craque na matéria, fez a operação com destreza e rapidez. Em seguida, com o uso de uma serrinha cirúrgica elétrica para corte da caixa craniana, iniciou um processo mais demorado de remoção dos cérebros, mas de uma forma bem diferente da empregada por Iaúna. Com a serra ortopédica, efetuou três cortes na parte posterior do crânio, formando um triângulo quase equilátero, cuja base se formava pelo próprio osso occipital, subia até o topo do triângulo pela sutura lambdoide do crânio e fazia fronteira com o osso parietal. Chegou, assim, à massa encefálica, retirando-a em seguida, quase que por inteiro.

Com boa dose de concentração e transpiração após a remoção dos órgãos, deu um banho de formol limpando o que era possível ao redor das incisões que ainda purgavam sangue. Terminou o trabalho de coleta dos órgãos e os acondicionou na caixa de transporte. Em seguida, recolheu todo e qualquer vestígio da sua presença ali. Nada de sangue, de instrumentos cirúrgicos perdidos aqui ou acolá, celulares pelo chão, mobília desarrumada, luzes acesas, portas abertas... Deixou tudo arrumado, sem rastro algum. E os corpos, envoltos em plástico e lona preta, ele levou para a picape.

Tavinho colocou os cadáveres dentro da cabine, no assoalho do compartimento traseiro. Pensou ser melhor assim, pois, se houvesse qualquer blitz na estrada, iriam querer saber o que havia na caçamba, mas dificilmente o que havia dentro do carro.

Tavinho voltaria de jaleco branco e colocaria algum disfarce. Tudo muito bem planejado, como de costume. Já eram quase nove da noite, e precisava correr para chegar a São Paulo ainda antes do amanhecer. Seu plano era entrar na estrada abandonada por volta das cinco e meia da manhã. Daria ainda um telefonema para Iaúna, para avisá-la que iria entregar uma caixa contendo os ingredientes, para não pegá-la de surpresa.

– Que saudade do *meu* Tavinho!

– Tudo bem, Iaúna?

– Sim, querido, e você?

– Tudo ótimo! Você se lembra de quando eu te disse que talvez conseguisse alguns ingredientes no hospital da universidade?

– Claro! Lembro, sim!

– Então, deu tudo certo e gostaria de deixá-los na sua casa.

– Mas quando? Ainda estou na sua mãe. Muita chuva!

– Ah, certo. Entendi... mas pretendo deixar somente amanhã, pela manhã. Não sei bem ao certo qual o horário.

– Ah, então não tem problema. Devo ir cedo para casa e já vou estar por lá.

– Melhor, Iaúna! Combinado! Nos vemos em sua casa, então.

– Ótimo, querido. Não vejo a hora de te encontrar.

Tavinho não teve outra opção, senão dizer:

– Eu também, Iaúna, eu também.

Por sorte, pela forte chuva que caíra, as estradas estavam vazias naquele horário. Fez o trecho entre os Estados do Mato Grosso do Sul e São Paulo em duas horas e meia, quando, então, trocou novamente as placas da picape e colocou um disfarce – capuz, bigode e jaqueta de couro.

No horizonte, uma nova tempestade à vista – nuvens densas cobriam o céu, indicando que haveria um verdadeiro espetáculo de raios e trovões. A chuva forte seria ótima companheira, pois afastaria a vigilância de policiais rodoviários e permitiria a Tavinho pensar em tudo o que ocorrera e bolar como trataria desse assunto com a mãe. No momento, não tinha a menor ideia.

Agora que sabia o tamanho da traição que ele e a mãe haviam sofrido, entendeu por que Iaúna nunca tivera interesse em encontrar aquela gente. Fingia sempre que iria atrás do paradeiro daqueles dois bandidos e dizia que não estava sendo possível encontrá-los.

“Além do mais”, pensava, “há um assassino solto que me é desconhecido.”

Confuso, magoado e agoniado, rememorava sua infância com aquela mulher, por quem nutrira os mais profundos sentimentos de carinho, admiração e gratidão. Ao mesmo tempo, vinha-lhe à cabeça o momento em que os delinquentes disseram o nome dela como sendo a mandante do assassinato de seu pai.

– COMO PÔDE?! – gritou, aos prantos.

Vivenciava emoções que nunca havia sentido e que acabaram por lhe embrulhar o estômago. Sem a menor condição de evitar, parou duas vezes para vomitar a refeição leve que fizera antes de pegar a estrada.

"E o tal do Pajé?", pensava. "Eu vou encontrar o filho da puta, custe o que custar!" Quanto a Iaúna, agiria por enquanto como se nada soubesse, mas um dia trataria do assunto com ela, a mulher em quem tanto confiara e que, na verdade, era uma das assassinas mais cruéis que havia conhecido, tamanha a sua dissimulação. Tavinho já decidira o que fazer, só não sabia ainda se daria a ela a chance de confessar, pelos próprios lábios, a atrocidade que havia cometido. Se a encontrasse naquele exato momento...

Eram quatro e cinquenta da manhã quando Tavinho chegou a São Paulo completamente exausto e, de certa forma, desorientado. Não fosse a determinação e minúcia com que planejara aquela investida, dificilmente conseguiria levá-la a cabo. Cobriu a distância naquela noite e madrugada em menos de nove horas, chegando a passar dos 200km/h. Aproveitou o tempo a seu favor e trocou, rapidamente e pela última vez, a placa da picape, numa rua sem saída. Valeu-se também do momento para mudar o disfarce, vestindo uma capa de chuva amarela com capuz e botas novas.

Partiu por uma estrada vicinal abandonada e seguiu por uma trilha que, a cada momento, se mostrava mais aberta. Parou, arrancou os corpos de dentro do utilitário, desenrolou-os das lonas plásticas e começou a arrastá-los, um de cada vez, uns 30 metros mata adentro, num esforço que poderia levá-lo ao colapso a qualquer momento. Deixou-os ao lado de uma árvore, a céu aberto. Jamais identificariam aqueles seres como sendo Joilson e Cleverson, pois, antes de partir, faria seu último "ato cirúrgico". Deixou para cortar os dedos daqueles infelizes ali, naquela mata no coração de São Paulo, pois assim ficaria a impressão de que aquilo tinha sido ação de cruéis matadores para queima de arquivo. Queria que parecesse coisa de facção criminosa.

– Pronto, dezenove! Vou guardar os quirodáctilos aqui, pois assim dificilmente identificarão estes filhos da puta... – sussurrou para si mesmo.

Eram as pontas dos dedos dos infelizes, que guardou rapidamente em um tubo plástico de uns 15 centímetros por sete de diâmetro, o qual, em seguida, assim que o tampou, pôs no enorme bolso da capa de chuva.

Afastou-se dos corpos que ali jaziam, ainda bastante enjoado, e vomitou pela terceira vez. Estava fraco, apresentando muita desorientação e inúmeros questionamentos em função de tudo pelo que passara naqueles dias. Contemplava aqueles corpos que, com certeza, serviriam de alimento para a grande concentração de urubus que habitavam a região, ou, quem sabe, seriam encontrados por algum infeliz. A Tavinho não importava nem um pouco como acabariam, o importante é que jamais seriam identificados. Jamais!!! "O Estado não gasta dinheiro com esses miseráveis, inclusive, prefere é que se matem entre si. Melhor. Muito melhor!", concluiu.

Era início de outono, madrugada de chuva torrencial que ainda estava longe de terminar. Tavinho teria de levar o material até a casa de Iaúna antes de voltar para o apartamento. Depois de rodar quase dois mil quilômetros, não via a hora de chegar em casa, relaxar e descansar o corpo numa banheira com sais, ao som de boa música, de preferência clássica. Desejava repousar, mas ainda teria de se fazer de inocente e deixar a caixa que acondicionava os ingredientes de seu próximo ritual, de seu próximo elixir, na casa de quem, agora, seria a sua próxima presa.

Ninguém Iria Querer essa Troca

Oswaldo chegou à casa de Tavinho no meio da tarde daquele domingo. Como de praxe, eles foram ao terraço do apartamento saborear um delicioso rosé, degustar uma tábua de queijos e fumar um bom charuto cubano.

– Então, Tavinho, como foi?

– Perfeito. Eles entenderam, apesar de serem bandidos, que eu os deixaria em paz. Acabei nem indo à madeireira. Lá não tem shopping, então chamei os dois para a conversa num restaurante supermovimentado. Aliás, a cidade é um ovo, muito carente de bons locais para pernoitar, ou mesmo comer decentemente.

– Mas o que eles disseram?

Tavinho teria de mentir, e agora, mentir muito... para aquele que mais prezava dentre os amigos.

– O que já sabíamos: não fizeram os disparos e não sabem quem os fez, mas garantiram que não foram eles. Aliás, tivemos uma longa conversa, pois eu queria sair de lá convencido de como tudo acontecera.

– Mas eles aceitaram falar, Tavinho? Não ficaram incomodados nem desconfiados?

– Foi como eu te falei, eu os acalmei, tranquilizei-os do ódio que senti no passado e disse que já não se fazia mais presente. Continuei dizendo que havia superado a morte do meu pai, que não queria o mal deles, mas precisava saber a verdade, e se por acaso tinham alguma ideia do que poderia ter acontecido, uma vez que não haviam sido eles os autores do disparo. Acreditaram em mim e, a partir desse ponto, disseram uma coisa que me impressionou demais, e com isso eles acabaram por me convencer de que estavam falando a verdade.

– O que foi? O que foi que eles disseram?!

– Revelaram que estavam armados!

– Jura?!

– Sim, porém, nos autos de defesa, nas acareações, nas confissões sem o uso de tortura e no tribunal, essa foi a grande mentira da defesa, que sempre sustentou que não portavam arma de fogo.

– É mesmo? Eles começaram assim? Já declarando que estavam armados? Cacete!

– Sim, Oswaldo, e, a partir desse ponto, a conversa fluiu bem melhor para ambos os lados. Perdemos o nervosismo, pedi desculpas por tê-los levado ao encontro dizendo ser um comprador de madeira...

– E o que eles disseram de novidade sobre o assunto?

– Disseram que não atiraram, que por algum tempo até pensaram terem cometido um grande erro devido ao nervosismo e disparado a arma acidentalmente. Mas quando souberam que o exame de balística havia concluído que a bala era de espingarda, tiveram certeza de que não saíra da arma deles – Tavinho misturava fatos com invenções.

– E não sabem de onde poderia ter vindo o tiro?

– Eles acham que alguém, de dentro de alguma casa, reagiu ao presenciar o assalto, mas como não devia ter prática, errou o tiro.

Neste ponto, Tavinho já queria pôr um fim na conversa, mas Oswaldo não deixou.

– É mesmo? Mas então... nós vamos ter que investigar de onde saiu o disparo!

Era o que Tavinho temia. Oswaldo, como bom investigador, acharia estranho Tavinho não dar prosseguimento às investigações.

– Oswaldo, muito obrigado! Você é um amigão! O amigão de sempre. Mas veja, pensei demais na viagem de volta, talvez o que você vá começar a ponderar agora: ainda que os dois larápios que maltrataram meu pai tenham sido convincentes, vamos supor que eles saibam de alguma coisa. Teríamos de começar tudo de novo? Torturá-los para arrancar alguma informação? Você já imaginou? A gente liderando sessões de tortura?! E se *realmente* não foram eles e os dois não têm a menor ideia de quem foi, como alegaram para mim?

Enfim, Oswaldo, eles juraram de pés juntos que não sabem. Você sabe que de bobo eu não tenho nada, é difícil me enganar.

– Bom, Tavinho, a pergunta que te faço: você sossegou com essa história? Agora se sente em paz?

– Nossa, Oswaldo, chega! Estou cheio de perseguir essa história. Exausto! Chega mesmo!

– Claro. Sem estresse. Se me permite, só mais uma última dúvida?

– Diga, Oswaldo – falou num tom impaciente.

– Eles não perguntaram como você descobriu... Eles não ficaram com medo? Curiosos?

– Ah, sim. Ia esquecendo de te falar. Eles perguntaram, sim!

– E aí?

– Disse que pedi ajuda a dois investigadores particulares e que fiz questão de não colocar a polícia na jogada. Disse para eles ficarem tranquilos quanto à minha discrição.

– E eles lá acreditaram, Tavinho?!

– Olha, eu não quis nem saber. Quando percebi que eles iriam começar a perguntar demais, fui logo me levantando.

– Fez muito bem, Tavinho. Mas você correu um risco tremendo nessa hora!

– É verdade, foi o momento mais tenso. Fiz um sinal para os "armários", que montavam guarda na porta do restaurante. Quando eles perceberam que eu estava acompanhado, ficaram pálidos.

– Mas, Tavinho, e se esses caras te perseguirem *aqui*? Eles te acham fácil!

– Quer saber? Duvido! Acho que ficaram incomodados, mas viram que eu não queria briga, muito tempo já passou. Só para você saber, estou direto com os guarda-costas.

– Não deixe de andar sempre nos carros blindados.

– Óbvio, todos os meus carros são blindados. Mas, ainda assim, vou ficar com os meus "amigos" por um bom tempo. É um saco! Detesto isso! Mas, paciência, tudo bem...

– Bom, Tavinho, você acha que acabou? Tem certeza de que acabou? Pôs uma pedra nesse assunto?

– Acho que pus. Ou melhor, tenho certeza de que pus! Acabou!

– Ótimo, Tavinho...

– Bem, Oswaldo. Mais uma vez, só tenho a lhe agradecer por todas as dicas e preocupações com o assunto, os eletrochoques... ah, inclusive, olha só, aqui estão eles, intactos.

Tavinho queria mostrar ao amigo que não houvera qualquer violência no tal encontro, ao entregar os eletrochoques carregados e os de distância sem uso e limpos, em ordem.

– Coloquei todos nessa caixa aqui para facilitar. Tenho certeza de que você fará excelente uso deles. Aliás, posso ficar com um para ter no carro? Para alguma emergência?

– Esses não, Tavinho. Tenho que devolver. Mas vou te dar um de presente.

– Obrigado.

– Imagina, Tavinho. Eu também tenho os meus, um de cada. Ajudam a mim e a muitas pessoas que eu conheço. Esses aparelhos se tornaram muito baratos.

– É bom saber.

– Bem, já vou andando.

– É cedo, fique um pouco mais.

– Não posso, tenho muito trabalho hoje na delegacia.

– Que pena!

– É... é uma pena.

– Muito obrigado por tudo, meu amigão de sempre.

Ao fechar a porta e voltar-se para o interior do seu apartamento, Tavinho ligou para Iaúna a fim de marcar uma nova sessão.

– Alô?

– Alô, é o Tavinho.

– Eu sei, querido. Tudo bem?

– Sim, tudo bem. Viu o que lhe deixei na geladeira?

– Vi, sim, Tavinho. Mas como você demorou para me ligar! Fiquei muito preocupada quando nos falamos. Estava me parecendo fraco, e claramente a sua memória estava bem prejudicada! Se você não me ligasse hoje, eu iria te ligar sem falta!

– Muito trabalho no hospital, Iaúna. Uma cirurgia atrás da outra.

– Mas você precisa se cuidar.

– Tem razão, e por isso eu estava querendo ver se você pode me atender no feriado de 21 de abril, na próxima quinta-feira. Mesmo horário dos encontros de sábado. Pode ser?

– Mas não é muito longe? Você pode vir antes.

– Minha agenda não me deixa ir antes, Iaúna.

– Mas você acredita que aguenta bem até lá?

– Sim, sem problemas. Naquele dia, creio que estava fisicamente exaurido. Estava estafado com tanta coisa acontecendo ao mesmo tempo – respondeu Tavinho ironicamente. – Mas, então, te atrapalha se eu for no dia 21 de abril, ou posso ir sem problemas?

– Claro que pode vir, querido. A casa é sua também, esqueceu? Não tenho nada marcado pela manhã e começo da tarde. Para mim está perfeito. Combinadíssimo.

– Ok, então, combinado, Iaúna!

– Ah, Tavinho, me conta como conseguiu os ingredientes?

– Como te disse, consegui no hospital da universidade. Indigentes. Não tinham sequer documento. Nada. Eles foram levados ao hospital da universidade para servirem às aulas de anatomia e dissecação. Tirei o coração e o cérebro, alegando necessidade de estudos para um grupo. Não foi problema encontrar uma justificativa.

– Indigentes, sei – falou num estranho tom de desconfiança, como se houvesse pensado alto demais, mas Tavinho não reparou, ou fingiu não reparar.

– Bem, chego então por volta das sete no feriado, tá bom?

– Tá certo querido, combinado.

– Tchau, então.

– Não vejo a hora de te dar um beijo, Tavinho.

Ao desligar o telefone, Tavinho se lembrou de assistir ao vídeo do ritual, que havia um bom tempo estava aguardando no laptop.

Iniciaria o filme a partir do minuto em que Iaúna entrava no quarto. Julgou que as cenas anteriores poderiam ser deixadas de lado, pois mostravam momentos nos quais tinha consciência do que ocorria. Pulou, inclusive, a parte em que Iaúna proferia os mantras, que já eram de seu conhecimento. Cada detalhe havia sido estudado e entendido, e aquilo tudo era bastante familiar para ele.

Tavinho queria mesmo era saber o que acontecia *depois* de perder a consciência. E viu que Iaúna tinha atitudes assustadoras. Ela empunhava um cajado e entrava em estado de transe profundo. Infelizmente, a câmera não conseguia pegar nitidamente o semblante, mas podia-se constatar, quando ela levantava a cabeça, que seu rosto estava transfigurado, seus olhos quase que totalmente pretos e esbugalhados. Impressionado com as cenas horripilantes, ele foi passando quadro a quadro para analisar bem os detalhes.

"Ainda bem que fico inconsciente", pensou.

Começou a observar que as chamas das velas e a fumaça do incenso se agitavam assim que o ritual começava, mostrando que havia um turbilhão de energias se manifestando naquele quarto sombrio. Percebeu que Iaúna parecia incorporar algum tipo de entidade, gemia e deslocava o corpo para trás, como que querendo atenuar uma dor, um sofrimento. Era estranho demais seu comportamento no ritual.

Intrigado e todo arrepiado com aquelas cenas, voltou o filme várias vezes, buscando a revelação quadro a quadro, inclusive dando um zoom para tentar identificar o que se passava com o corpo daquela mulher.

A pele dela se esticava, e seu semblante e corpo iam se tornando extremamente joviais para a sua idade. Seu rosto transformava-se em um rosto jovem, a pele, já muito bem conservada, esticava-se ainda mais, revelando, por vezes, uma moça de seus 30 anos de idade, enquanto ela já estava beirando os 70!!! Tavinho, horrorizado, entendeu tudo:

"É isso! É essa a fonte da juventude. Durante os rituais, ela suga a *minha* juventude! A desgraçada troca, durante os ritos e invocações dos deuses, toda a minha juventude pela inteligência que me proporciona!"

De repente, num impulso violento, colérico, berrou:

– Eu não queria essa troca, porraaa!!!

Precisava extravasar sua raiva e decepção. Ao ver a mesa de centro de vidro, não se conteve: agarrou-a por baixo, girou-a no ar num só impulso, espatifando-a no chão da sala, quebrando e espalhando tudo que se encontrava sobre ela.

– Quem disse que eu queria essa troca? Esse demônio nunca me deu a chance de decidir o que *eu* queria!

Sentou-se no sofá, e ainda falava em voz alta, desesperado.

– Ela não me deu nada! Ela me arrancou muito sem que eu soubesse! Me arrancou a juventude, sem me dar escolha! Filha da puta!!! Arrancou meu pai de mim e da minha mãe!!!

Tavinho sabia que teria de tomar uma atitude drástica, pois já não tinha ideia de quantos males aquela mulher poderia ter causado e quantos ainda estariam por vir.

Decidiu: agiria, sem falta, na quinta-feira. Com certeza, as câmeras estariam desligadas, e nenhum vestígio seria encontrado. Primeira coisa, deixaria quatro galões de gasolina na casa dela, na quarta-feira à noite – era certo que ela estaria na casa da sua mãe. Deixaria os galões muito bem fechados e disfarçadamente acondicionados na garagem, em um local onde ela não tinha o hábito de ir.

Embora não pudesse ter certeza absoluta de que Iaúna não os encontraria por acaso, era a única maneira de preparar o terreno.

Enquanto pensava, embora a cabeça já estivesse clamando por mais elixir, traçava o plano e executava-o mentalmente, algumas poucas lágrimas escorrendo-lhe dos olhos, ao mesmo tempo em que perguntava:

– O que fiz comigo mesmo? Era isso que eu queria para mim? Meu Deus, a vida é para ser vivida assim? Valeu a pena?

Tavinho passou a buscar, através da internet, locais que faziam tatuagens de henna. Ele queria colocar, no ombro esquerdo, um tribal que desceria até o seu cotovelo – era parte do plano.

Ele iria mostrar – faria questão de mostrar – que tudo, tudo na vida, sempre terá...

A Contrapartida

Na manhã de quinta-feira, 21 de abril, conforme o combinado, Tavinho partiu para a casa de Iaúna, com seu estojo cirúrgico no bolso esquerdo do paletó. Por cima da roupa, um disfarce simples: um sobretudo com capuz, apenas para que eventuais câmeras de segurança não filmassem seu rosto, assim como os trajes que usava por baixo. Como era bem cedo e fazia um certo frio, alguém de sobretudo e capuz não despertaria atenção.

Estava tenso demais, passava e repassava os planos mentalmente. A cabeça, cansada de tudo que vivera, dava claros sinais de esgotamento.

Desde o dia anterior no final da tarde, logo após um estranho telefonema de sua amiga Fernanda de Vita, superpreocupada, querendo saber se Tavinho havia tido contato com Martha, pois ela tinha saído com uns amigos para um happy hour na terça e não voltara para dormir em casa, e desde então o celular dela só dava caixa postal, ele decidira desligar o aparelho. Não queria distrações, aborrecimentos e tampouco saber na casa de quem sua ex havia se metido. Um pouco antes de chegar ao sobrado que um dia pertencera a sua família, ele pensou em ligar o celular, mas logo desistiu. Tavinho costumava deixar o aparelho no mudo nas ocasiões em que tomava o elixir. Mas agora o ritual seria diferente, *beeem* diferente. "Não quero ninguém me atrapalhando. Imagina se ligam do hospital avisando que fui escalado para uma cirurgia de emergência inadiável e que só eu posso operar o ilustríssimo paciente?", pensou.

Assim que chegou, entrou sorrateiramente pela lateral, para deixar o sobretudo na garagem. Voltou ao portão e tocou a campainha.

– Olá, dona Iaúna, tudo bem? Quero dizer, Iaúna! Preciso me acostumar com o que combinamos. Chega de dona Iaúna. Agora é só Iaúna, certo?

– Certo, Tavinho! Por que não entrou direto?

Àquela hora da manhã, Iaúna chamou a atenção de Tavinho. Estava muito bem-vestida, levemente maquiada, atraentemente bonita e elegante. Desceu a escada para recebê-lo com um largo sorriso, jogando a franja de seus lisos cabelos, à altura dos ombros, para trás.

Tavinho sofreu para disfarçar sua ira, mas conseguiu manter a fleuma.

– Ah, Iaúna, vai saber se você não está namorando... entro e interrompo alguma coisa... – Riso forçado.

– Querido, para com isso! Quem vai querer alguma coisa com essa índia velha?

– Velha? Você está cada vez mais jovem e bonita! – Isso era verdade. Nesse momento, ele não precisou mentir nem disfarçar. – E então, o meu elixir e as minhas acomodações, tudo pronto?

– Claro, Tavinho. Como sempre!

– Estou precisando muito, já sinto um certo desgaste e não posso falhar nas cirurgias.

– Que bom que está gostando de me ver assim. Eu me sinto muito bem quando ouço você falar essas coisas para mim, um homem tão bonito e tão charmoso. Fico nas nuvens, sabia?

– Para com isso, não sou bonito, não. E o pior, estou ficando acabado ainda com tão pouca idade... Já tenho até rugas e cabelos brancos! Para um cara de 26 anos, é de matar, não é não? Será que é algum efeito colateral do elixir? Estou achando que sim.

Apesar da cutucada de Tavinho, Iaúna se mostrou impassível.

– Nada disso, fica sossegado. O elixir não tem qualquer efeito colateral.

– Bom saber. Caso contrário, eu já ia querer parar. Não quero ficar velho, não! – disparou, mantendo o jogo.

– Deixou o carro aonde?

– Vim de táxi. Estava sem paciência para dirigir. É feriado, estou meio cansado.

– Ah, depois posso te levar para casa, então.

– Claro. Por que não? Seria ótimo.

Quem sabe não a convidaria para subir ao seu apartamento? Era tudo o que ela queria, e como queria...

– Vamos sentar um pouco, Tavinho.

– Bom, vou ficar aqui, Iaúna, enquanto você se prepara. Espero na sala mesmo.

– Eu já volto, Tavinho, fique à vontade, querido. Aliás, você não me contou onde e como conseguiu os ingredientes que deixou aqui.

– Depois eu conto, Iaúna. Antes de voltar para casa eu conto.

Entraram em casa, ainda conversando. Logo mais, ele estaria deitado por causa dos efeitos do elixir. Antes, porém, teve o cuidado de registrar na memória cada pedacinho daquela casa que tanto significava para ele e, principalmente, para a mãe. Aliás, nesse momento se lembrou muito dela e do motivo pelo qual decidira que aquela casa ficaria com Iaúna. Sabia que seu pai havia ficado incomodado, ponderara a respeito, com o intuito de fazer a esposa pensar melhor sobre a decisão que tomaria – fora só isso, nada mais. Seu pai honrara os valores que tinha em sua passagem pela Terra. Ele estava muito longe de ser egoísta ou duvidar do futuro brilhante da esposa, bem como do de Iaúna que, àquela época, era considerada uma mulher fantástica, uma guerreira, ainda muito jovem, que havia sido acolhida por eles.

"Como pode ser tão má? Tão fria?", pensou.

Após ingerir quatro goles do elixir e inalar a fumaça, atado à cama para o início do ritual, começou a entrar em seu habitual estado de transe profundo que se prolongou por aproximadamente três horas.

Ao acordar, sentiu, e em seguida observou, Iaúna apoiando-se ao lado da cama, deixando a coxa esquerda tocar levemente seus dedos. Ela segurou seu braço para que não o tirasse daquela posição.

– Como está se sentindo, querido?

Aos olhos de Tavinho, que naquele instante a observava com muito mais cuidado, ela estava com a pele ainda mais rejuvenescida.

– Bem, estou bem. Um pouco cansado e com fome, como de costume, mas estou bem.

– Fique sossegado e descanse. Tome seu iogurte, coma sua maçã e volte a dormir.

– Farei isso, vou dormir mais uma horinha e sairei em seguida.

Depois de dormir mais aquela hora, Tavinho ficou de pé ao lado da cama, respirou fundo e chamou Iaúna.

– Iaúna! Iaúna, você está por aí? – Teve a ligeira impressão de que ela conversava com um homem.

– Sim, querido! Estou indo.

Quando Iaúna apareceu, Tavinho observou que ela já havia se arrumado com outros trajes e refeito a maquiagem. Colocara um vestido alaranjado justo sem sutiã, que deixava seu colo bem à mostra. Apesar de ser um modelo simples, para usar em casa, ele a deixava muito sensual.

– Olá, Tavinho, tudo bem?

– Sim, tudo. Já descansei.

– Que bom, queri...

– Eu vou lhe contar como e onde, de fato, consegui os ingredientes do rito de hoje – disse ele, interrompendo-a.

– Você me falou. Foi no hospital da universidade, certo?

Passando devagar por trás de Iaúna, Tavinho fechou a porta do quarto que havia ficado entreaberta.

– Então, Iaúna, não foi bem assim. Na realidade, os ingredientes são dos assassinos do meu pai.

Iaúna não reagiu como ele imaginava. Tavinho pensou que, no momento em que revelasse a verdade, Iaúna ficaria pálida, aterrorizada. Mas não. O rosto se contraiu todo, os olhos se arregalaram, mas de forma artificial, quase teatral. Tavinho ficou na dúvida: péssima atriz ou...

– Sério, Tavinho? Como? Como conseguiu? Você... rapaz, você não está falando sério...

– Estou, sim. Encontrei-os, e foi fácil – disse em tom agressivo.

Tentando disfarçar, Iaúna começou a fazer perguntas sobre o paradeiro dos dois.

– Pelos deuses da floresta! – exclamou, dissimulada. – E onde você...

– Eles me disseram que *você* sabia que eles estavam no Mato Grosso do Sul. Mais precisamente em Nova Andradina. Por que o espanto?

Iaúna, nesse instante, ficou séria, sem saber o que dizer. Apresentou um misto de tensão e tristeza enorme no semblante, como se todos os seus planos estivessem à beira de um colapso, de um enorme precipício. Havia algo de errado. Disso ele estava certo. Agora, já sob o efeito do elixir, Tavinho percebia que a índia não estava sendo sincera.

O jovem cirurgião fitava-a, observando a reação dela e aguardando a próxima jogada. Contudo, Iaúna foi até a cama e se sentou – não tinha mais como negar.

– Tavinho, do fundo do meu coração, eu peço desculpas.

– Você mata o meu pai e pede desculpas?!

– Tavinho, olhe para mim. Não fui eu quem matou seu pai.

– Você arquitetou tudo, foi a grande mentora de um terrível plano para se apossar de tudo o que a família Albuquerque tinha de bom.

– Não, Tavinho. Fiz o que fiz para você e por você. Sou sua guardiã, sou a pessoa que se preparou durante todos esses anos para ser a sua mulher, estar ao seu lado.

Tavinho ficou estarrecido com o que acabara de ouvir.

– Desde quando você era pequeno, fiz tudo o que fiz para te proteger. Eu precisava da casa, da *nossa* casa, e posso até ter cometido um erro ao achar que seu pai poderia se colocar à frente como um obstáculo que me impedisse de ficar com ela. Sim, posso ter errado, mas me redimi. Me redimi como sua protetora, aquela que realizaria todos os seus sonhos, mulher fiel, sua admiradora, aquela que sempre cuidou e cuidará de você, fazendo de tudo para lhe dar cada vez mais poder e glórias.

Tavinho ainda não esboçava reação, mas Iaúna não se intimidou. Ao contrário, deitou-se na cama e o puxou para ela.

– Venha cá e me possua, sou sua. Me guardei todos esses anos para me entregar a você. Vamos nos casar, vamos ter filhos, vamos criar uma família maravilhosa. Uma nova família!

Tavinho continuava a não acreditar no que estava ouvindo.

– Me larga, sua assassina!!! Você mandou matar o meu pai, destruiu os meus sonhos...

– Não, Tavinho, eu *realizei* o seu sonho de ser um homem inteligente e bem-sucedido... Tudo que você tem, tudo que você conquistou, tudo você deve a mim! E você sabe muito bem disso. Por si só, você jamais teria alcançado fama, poder, fortuna... Venha, me possua. Eu busquei a juventude e a beleza para que você desfrute delas. Fiz tudo por você, somente para você... sou sua e de mais ninguém, nunca fui tocada, me guardei todos esses anos só para você.

– *Sua* juventude? Buscou a *sua* juventude? Você roubou a *minha* juventude, isso sim! Você é uma psicopata!!! – gritou.

– Não, Tavinho, eu não levaria isso mais adiante, eu desejava apenas ser bonita para você. Somente para você, Tavinho! Ser a mulher dos seus sonhos, por isso desejei ficar assim... por você! Eu quero e eu vou realizar todos os sonhos que você tinha e os que ainda estão por vir...

Era tanto o ódio, que ele buscava algo para extravasá-lo. Passando os olhos, encontrou, encostado na parede, o cajado de Iaúna. Segurando-o firmemente com as mãos, levou-o com toda sua força à cabeceira da cama, partindo-o em dois.

– Não, Tavinho! Não faça isso!

– Que ódio eu tenho de você!!! Cala a boca!!! Antes de realizar o que você acha que são os *meus* sonhos, você tirou meu pai de mim, da minha mãe. Você é louca! Você não passa de uma serial killer! Depois me queria porque só estava pensando em você. Você pilhou a minha juventude e talvez a minha saúde! Me tirou tudo!!!

Em mais um movimento de ira incontrolável, Tavinho, de forma inesperada, desferiu um golpe com o que restara do cajado em suas mãos, atingindo o supercílio esquerdo de Iaúna, que se dobrou sobre a cama em meio ao sangue que jorrou do ferimento.

Aproveitando que estava grogue pela pancada surpresa, Tavinho pulou sobre ela e amarrou-a com as tiras de couro que estavam penduradas ao lado do estrado. Ela começou a gemer, saindo do estado de torpor, e passou a chamar por ele. Em seguida, desatou a gritar e a se debater – berrava, urrava, chutava, mas jamais alguém ouviria com as portas e janelas daquele quarto hermeticamente fechadas. O pequeno pano usado nos ritos para enxugar seu suor, ele enfiou na boca da índia. Depois, com seu próprio cinto, à altura dos lábios, circundou a cabeça, fazendo com que a boca se fechasse e segurasse a mordaça que estava entre os dentes, pois assim o escândalo cessaria. Iaúna estava inerte, lutava, porém em vão, para se desvencilhar das amarras.

Tavinho, logo após verificar se ela estava bem atada à cama, pois conhecia sua esperteza e destreza, colocou os joelhos nas laterais do corpo de Iaúna. Sentou-se sobre ela e curvou a cabeça em direção ao rosto da sua presa.

– Preste atenção, sua assassina! Sei muito bem o que você fez. Sei que matou meu pai e que me roubou a juventude durante os ritos. Agora sei e até entendo por que, aproveitando-se das nossas inseguranças e fraquezas, de toda a nossa imaturidade, você manipulou a pobre Martha e a mim em relação ao nosso amor. Agora eu sei realmente quem é você. Pare de tentar gritar e me escute!

Nesse momento, Iaúna se rendeu. Embora enlouquecida por não conseguir sair daquela situação, rendeu-se e, ainda ofegante, encarou Tavinho. Os rostos estavam colados – olhos nos olhos. O suor lhe escorria da testa, em profusão, enquanto os olhos de Tavinho injetavam sangue de ódio e desprezo por aquele ser agora indefeso.

– Melhor assim. Vou tirar a mordaça e lhe fazer uma pergunta. Se me responder, tiro você daqui imediatamente. Não quero te fazer mal e não vou te matar. Só quero que responda uma pergunta.

Retirou a mordaça com cuidado e disparou:

– Quem é o Pajé?

Iaúna cuspiu no rosto dele e soltou um berro assustador, ensurdecedor, como se quisesse avisar alguém de algo. Suas feições estavam completamente alteradas, as veias do pescoço e têmporas pulsavam, e ela se debatia na cama como um animal feroz, enlouquecido, tentando se soltar das amarras.

– Responde, sua cadela!!! Quem é o Pajé?

De maneira assustadora, quase sobrenatural, ela berrou, desesperada, como se houvesse mais alguém na casa:

– Iaruanã!!!

Tavinho recolocou a mordaça nela, tornou a verificar se todas as amarras de couro estavam muito bem atadas e, de forma terna e suave, disse, nos ouvidos dela:

– Iaúna, é tarde demais para clamar por seus deuses. Fique tranquila, não vou fazer nada com você porque, no fundo, eu só quero seu bem. Vou me ausentar por alguns minutos e já volto.

Tavinho saiu do quarto, deixando-o devidamente trancado. Desceu à garagem e, no caminho, começou a fazer aquilo a que se propusera, abrindo as portas de todos os quartos da casa e do porão. Só não foi até a cela. Aquele lugar lhe causava náuseas, lhe trazia lembranças devastadoras. Abria tudo o que via pela frente, até chegar ao local onde depositara os quatro galões cheios de gasolina. Ele poderia jurar que havia coberto os galões com o plástico preto que agora se encontrava cobrindo apenas três.

Deixou dois deles na garagem e subiu com os outros. Apenas as persianas permaneceram fechadas. Correu de cima a baixo, derramando gasolina. Ao chegar ao andar onde estava Iaúna, não fez diferente. Então, abriu a porta do quarto onde ela estava, retirou imediatamente o estojo do bolso, virou-se para ela e disse com toda a calma do mundo:

– Isso é para você sentir a dor de uma traição, uma pequena traição, comparada com todas as suas. Essa será a minha única traição a você. A única! Eu menti. Você vai morrer. Não te darei direito de escolha.

Iaúna deixou escorrer uma lágrima solitária, entregando-se completamente à situação. Não oferecia mais nenhuma resistência.

Tavinho abriu o estojo e sacou uma seringa. Iaúna começou a se contorcer, mas ele, sem hesitar, aplicou-lhe uma dose considerável de Midazolam. Como Iaúna apresentava alto nível de oxigenação no sangue por estar bem ofegante, o efeito se deu rapidamente. Tirou-lhe as amarras e a carregou em seu ombro até a cozinha. Sentou-a numa cadeira que ficava em frente à mesa que tanto lhe servira para induzir suas vítimas à morte. Braços e tórax caídos sobre o tampo. Voltou ao quarto onde ela ficara amarrada e encharcou-o de gasolina, assim como fez com todas as outras dependências, os móveis...

"Não posso deixar nenhum vestígio", repetia mentalmente como um mantra.

Desceu para a garagem, pegou os dois galões que ali estavam e rapidamente encharcou o escuro subsolo, aquele porão assustador que havia sido palco de impiedosos, horríveis e tenebrosos sacrifícios e torturas, ministrados por uma assassina fria e implacável.

Não saía da sua cabeça que, de alguma forma, ele havia participado indiretamente de tudo aquilo.

Terminado o porão, Tavinho largou os galões de volta na garagem, onde provavelmente a proprietária os mantinha, assim deveria concluir a perícia quando viesse avaliar o motivo do incêndio. Em seguida, pegou o disfarce – gorro, barba comprida e horríveis óculos escuros quadrados de cor âmbar. Completava o disfarce uma camiseta regata que deixava à mostra o tribal de henna que fizera no dia anterior, conforme planejara para essa ocasião, e uma camisa enrolada na cintura. Depois encharcou de gasolina seu paletó, camisa, estojo médico e tudo o mais que havia levado, e deixou na garagem, bem próximo à picape de Iaúna, pois sabia que aquele subsolo iria ferver em chamas, e, com certeza, o carro explodiria.

Tavinho tomou todo o cuidado possível, precisava ter certeza de que ninguém o tivesse visto naquele dia, fosse como ele mesmo, quando entrara na casa de Iaúna e a cumprimentara, fosse com o disfarce que usara. Se ninguém notara qualquer movimentação suspeita, melhor então. Até aquele momento, tudo caminhava conforme o planejado.

Eram quase três da tarde, espiou pela persiana e constatou que não havia absolutamente ninguém na rua – nem crianças brincando. Agora era preciso agir mais rápido do que nunca. Lançou um fósforo aceso no segundo andar e observou a velocidade com que as chamas foram se alastrando. Isso lhe deu a noção do tempo que teria para fugir. Desceu voando para o porão e ateou fogo somente na entrada, cuidando para que o incêndio iniciasse nos pontos mais distantes da cozinha – por onde ele escaparia das labaredas. Não viu necessidade de atear fogo no térreo, havia muito móvel, muita madeira, livros, tapetes... Era arriscado demais, poderia ser surpreendido pela voracidade implacável das chamas e da fumaça tóxica. Restaria pouquíssimo tempo para deixar o local.

Alcançou novamente a cozinha, Iaúna estava praticamente na mesma posição – apenas um dos braços havia caído ao largo do corpo. O calor já era fortíssimo. Tavinho suava em bicas, a roupa encharcada, os olhos lacrimejavam, a boca muito seca. Quando estava quase saindo, escutou o ranger da porta da despensa sendo aberta; "deslocamento de ar", concluiu. Saiu dali correndo. Não olharia mais para trás.

Assim que ele atravessou a rua e trocou a corrida por passos largos para não levantar suspeitas, ligou o celular e inseriu sua senha. Trêmulo e agitado, errou as duas primeiras tentativas. Havia quatro ligações perdidas e dois recados em sua caixa postal, da noite passada. Ambos da sua mãe. Cristina devia estar preocupadíssima, ele NUNCA desligava o celular, um cirurgião cardíaco do porte do dr. Octávio Albuquerque Júnior deveria estar disponível 24 horas por dia, sete dias por semana.

Caminhando em direção a um bar que ficava a quatro quadras da casa de Iaúna para tomar uma água com gás bem gelada e controlar os nervos – enquanto observava, melancólico, os poucos sobrados que ainda resistiam à especulação imobiliária –, Tavinho acessou sua caixa postal. A voz de Cristina soava aflita: "Oi filho. Estou preocupada, já te liguei três vezes. Aconteceu alguma coisa? Vai operar amanhã, em pleno feriado? Me liga assim que você puder... ou manda um sinal de fumaça. Beijos." Tavinho sorriu com a ironia da piada e pensou na mãe, no quanto a amava e admirava. Cristina era mais que uma mãezona, era a sua heroína, o seu maior tesouro.

Atravessou mais uma rua e ouviu o segundo recado: "Iaúna acabou de me chamar para ver umas coisas velhas que ainda estavam guardadas no porão. Ela quer minha autorização para jogar tudo fora. Coisas da sua avó, inclusive. Quem sabe encontro algo que sirva de recordação? Me convidou para tomar um chá com bolo de fubá juntas, daqui a pouco, lá mesmo na casa dela. De lá te ligo de novo. Te amo, meu eterno gatão..."

FIM

Papel: Pólen soft 70g
Tipo: Bembo
www.editoravalentina.com.br